ReCA tree for to

②

110) Navaja suiza
multiuso
114) cali Brando la
posibilidad de que
yo pueda.
115) la cloaca.
115) dar a la interruptor
de la linterna
115) la alcantrilla
118) un pijama
142) los torniquetes
142) Torcer - tuerzo
158) un arpa
el arpa dorada

NUNCA MIRES ATRÁS
Artur Rodríguez

kind books

ISBN-13: 978-1530579136
ISBN-10: 1530579139
www.arturkind@hotmail.com

Para los tres ángeles del puerto
Para Ana

«El destino es menos inexorable de lo que parece»
Edward Bulwer-Lytton, *Zanoni*

ÍNDICE

Delante de mí divergían dos caminos, y yo elegí el de en medio. Abro los ojos. El problema no es que haya un problema, el problema es la ausencia de problema. Parpadeo. El problema es esa constante inmadurez de proporciones cósmicas, ese aferrarse de manera patética y absurda a la mente racional que todo lo simplifica y lo empequeñece. Me froto los párpados. Preferimos un océano de ignorancia racional a una gota de verdad ilógica. Una gota bastaría. Respirar profundamente tres veces cada mañana podría provocar el cambio decisivo que este siglo está esperando. Me levanto de la cama. El suelo desnudo congela mis pies. Me preparo un café. Me gusta quemarme los labios con la taza ardiendo. Y salgo a la calle en dirección a mi despacho. Hace exactamente un mes que no se presenta nadie por allí. Ningún cliente. Ni siquiera un empleado de la luz que quiera leer el contador. Aun así, cada día sigo el mismo ritual. Porque ese es mi trabajo. Me llamo M. Cacho y soy detective privado.

Mi oficina es un antro paupérrimo situado en el sobreático del número 132 de la calle Marina. Consta de una sala principal donde tengo la mesa, un viejo ordenador, un teléfono y una Olivetti Lettera 40 de color rojo que me regalaron por la primera comunión y de la que no he podido deshacerme nunca: me relaja aporrear sus teclas cuando tengo que pensar. Se podría decir que, aparte de detective privado, soy escritor; aunque sé que nunca nadie leerá mis relatos, gajes del amateurismo. Completa el cuadro una repisa (donde descansa una requemada cafetera), un mueble archivador (donde guardo los documentos de todos mis casos), un sofá cama (que podría muy bien ser de la Segunda Guerra Mundial), una mesita baja con cenicero (aunque no fumo desde el 2000), y un póster que reproduce a Billy el Niño ataviado con sombrero negro, chaqueta de lana, botas largas, rifle y revolver. A parte de la sala principal, también tengo un pequeño lavabo con ducha por si se produce alguna emergencia: mi trabajo no tiene horarios y más de una vez he tenido que quedarme aquí a dormir.

Cada mañana sigo el mismo ritual: pongo agua en el tanque de la cafetera, la lleno de café, y la dejo encima de la vieja placa eléctrica que tengo en la repisa. Después, me siento en mi silla y enciendo el ordenador; mientras este va despertando aprovecho para abrir el correo ordinario (casi siempre facturas y propaganda), y luego compruebo si hay algún correo electrónico que se deba contestar. A estas alturas el gorgoteo de la máquina de café interrumpe mis quehaceres, así que me levanto, y me sirvo la segunda taza humeante del día. Si tengo suerte, la luz del sol entra por la ventana.

Hoy no es ninguna excepción, por eso, cuando suena el timbre de la calle, casi se me cae la taza al suelo del susto. Podría ser un cliente, aunque también podría ser correo comercial, mejor no hacerse muchas ilusiones. Dejo la taza encima de la mesa, al lado del periódico que todavía no he tenido tiempo de abrir. La fecha no da lugar a error: otro maldito lunes. Echo una ojeada a la contra. Una mancha de café, derramada con las prisas, emborrona el titular: «La felicidad es una decisión». Es un budista el que habla. A mis treinta no me veo de monje, así que a joderse. Me acerco a la puerta de entrada y descuelgo el interfono, me aclaro la voz y respondo:

—¿Diga?

—¿Eh…, despacho del señor Cacho? —Es una voz masculina, un poco rasgada. «El sujeto debe tener unos cincuenta», me digo.

—Ahora mismo le abro —respondo mientras le doy al interruptor del teléfono.

Me acerco a la mesa y trato de poner en orden los cuatro papeles que hay encima. Como el ascensor no funciona tengo un par de minutos para conseguirlo antes de que aparezca. No me gustaría que el único cliente del mes se lleve una primera mala impresión. Tiro el correo inútil a la papelera, guardo las facturas en un cajón y coloco el teclado del ordenador en paralelo con la pantalla. Perfecto. Me dirijo a la puerta justo cuando está sonando el timbre. La abro. Detrás de ella, una especie de gorila peludo me observa. Lleva americana de pata de gallo (color crema), camisa blanca y zapatos de piel marrón. Todo le va un poco estrecho, cosa que resalta su abultada musculatura.

—Soy Cacho —le digo ofreciéndole la mano.

—Bernstein, Leonid Bernstein. —Me la estrecha con fuerza.

—Adelante. Tome asiento, por favor.

Tiene un acento peculiar, pero me es difícil dilucidar su país de origen. El doblaje de películas, con sus acentos inventados, ha hecho mucho daño en este campo concreto de la deducción. Al pasar por delante de mí, oigo el roce de sus pelos contra la camisa blanca. El sonido es asqueroso, como si un mono se rascara el culo.

—¿Qué puedo hacer por usted, señor Bernstein? —Siempre empiezo con las formalidades.

—Leonid, llámeme Leonid.

—De acuerdo.

—Deseo contratar sus servicios.

—Muy bien —digo agarrando mi bloc de notas—. ¿Vive usted en Barcelona o está de paso?

—Vivo aquí desde hace veinte años. —Leonid me mira de arriba abajo—. ¿Qué importancia tiene eso?

—Son solo preguntas rutinarias.

—Desde que me casé con Marta.

—Comprendo.

—Una mujer increíble. Lo sacrifiqué todo por ella, aunque no le gusten los perros; su único defecto.

—¿Cómo dice?

—Los perros.

—Vaya, no se puede tener todo, ¿eh? —Me muerdo el labio—. ¿Le parece que vayamos al grano?

—Sí.

—Bien —digo tratando de sonar amable—. ¿Cuál es el motivo de su visita?

—Johnny.

—¿Familiar, amigo?

—No —responde Bernstein con la voz entrecortada.

Espero que prosiga, pero se queda callado y con la cabeza gacha. No parece capaz de decir nada más. Por si acaso, saco unos pañuelos de papel del cajón.

—¿Algo personal? —digo ofreciéndoselos.

—Precisamente —responde mientras se le escapa un sollozo de niña—. Se trata de mi perro.

—¿Disculpe?

—Han raptado a Johnny.

Pausa. Bernstein coge uno de los pañuelos y se suena sonoramente. Empiezo a perder la paciencia.

—Supongo que se cree usted muy gracioso.

—¿Por qué?

—¿Tengo cara de municipal?

—No, ¿debería de tenerla?

—Son cien al día más los gastos, ¿le apetece gastarse esa cantidad por un perrito perdido?

Leonid mete la mano en el bolsillo, saca siete billetes de cien y los tira encima de la mesa.

—No es un «perrito perdido», se trata de *Johnny*.

—Ajá —asiento mientras miro de reojo el dinero.

—Johnny es un perro con pedigrí azul, ¿sabe usted lo que es eso?

—No tengo la menor idea.

—Significa que proviene de una de las líneas de campeones más reconocidas en México. Es uno de los más caros del mercado, ¿comprende?

—Entiendo —digo sin demasiada convicción—, pero debe tener en cuenta que yo tengo una reputación que mantener. Una cosa es rebajarse a un vulgar asunto de cuernos, pero ¿se imagina usted qué pasaría si corre la voz de que M. Cacho se dedica a buscar perros perdidos?

—Nadie tiene por qué enterarse. Usted simplemente estará buscando a Johnny, no tiene por qué especificar de quién se trata. Si es cuestión de dinero, puedo adelantarle más.

El tipo me parece sincero, aunque veo a la legua que todo esto me va a traer problemas. Pero necesito la pasta y, más que eso, sentirme útil. Estar parado demasiado tiempo no es bueno para el cerebro.

—Está bien, acepto el caso, Leonid.

—¡Excelente, excelente! —exclama el señor Bernstein.

—De momento puede quedarse con esto —le digo alcanzándole los billetes que tiró encima de la mesa.

—Pero…

—Nunca cobro por adelantado. Cuando todo acabe, le haré llegar la factura.

—De acuerdo, como a usted le parezca mejor.

—Bien. ¿Ha traído algún retrato de Johnny?

—Sí —dice mientras me pasa una manoseada foto de su cartera.

Observo atónito la imagen que tengo delante. Se trata de un perrillo pequeño de color negro: el chihuahua con la carita más dulce y tierna que yo haya visto nunca. Además, su cuello está decorado con un lazo rosa. Casi dan ganas de llorar. De alguna manera entiendo que la pérdida de este perrito pueda significar un drama para cualquiera. Se me escapa una mueca.

—Esperaba otra cosa, ¿verdad? —dice Bernstein con una sonrisa.

—No puedo decir que no —admito.

—¿Otro tipo de perro quizás?

—Cada uno tiene sus gustos —digo frunciendo el ceño—. Pero ¿por qué le ha puesto un lazo rosa? Es macho, ¿no?

—Como usted ha dicho, cada uno tiene sus gustos —proclama Bernstein, claramente ofendido.

—Lo siento.

Pausa.

—¿Me ayudará a encontrarlo?

—Sí.

Me parece ver en los ojos de Leonid un brillo distinto, como cuando después de una mala racha, llega una buena noticia.

—¿El perro está identificado?

—Sí, lleva un collar con una chapita.

—¿Una chapita?

—Sí, ya sabe, con su nombre impreso y mi número de teléfono.

—¿Por eso cree que lo raptaron?

—Si se hubiera perdido, alguien me habría llamado. ¿No cree?

—Presupone usted que esté vivo, y que alguien lo haya encontrado.

El señor Bernstein inspira profundamente y, luego de unos segundos de apnea, suelta el aire.

—No hace falta ser tan duro.

—Prefiero mantener la cabeza fría, le dejo a usted la parte de los sentimientos.

Leonid no dice nada.

—¿Cuándo fue la última vez que lo vio? —le pregunto mientras vuelvo a mi cuaderno de notas.

—Hace tres días. Estábamos dando un paseo por el parque de la Ciutadella, como cada mañana. La verdad es que hacía un solecito muy bueno, así que decidí sentarme un rato en uno de los bancos que hay al lado del estanque con barcas, justo el que queda al lado del mamut ese tan bonito.

—Mamut, ¿qué mamut? —pregunto sorprendido.

—Es una estatua, por supuesto —me aclara Leonid.

—No la recuerdo.

—Barcelona tiene una gran devoción por este animal extinto.

—¿Ah sí? Lo desconocía. —Odio cuando alguien de fuera sabe más que yo de mi propia ciudad.

—Incluso le han dedicado ustedes un museo, está en la calle Montcada. Resulta que hace millones de años, por esta zona…

—¿Quiere que tome apuntes señor Bernstein? —le pregunto mostrándole el cuaderno. Se me queda mirando con cara de bobo.

—Perdone usted, me he dejado llevar —responde mientras con las uñas de la mano derecha se rasca la cabeza.

—No se preocupe, continúe, por favor.

—La cosa es que fue sentarme en el banco y que se me cerraran los ojos automáticamente. Debí dormir una media hora. Cuando desperté Johnny ya no estaba. ¿Cree posible que me dieran un somnífero sin darme cuenta?

—Es posible. ¿Comió o bebió algo después de salir de casa?

—No —responde Bernstein lacónicamente. Y añade—: Uno cree estar seguro en un sitio como Barcelona y ya ve usted.

—La ciudad ha perdido mucho desde las olimpiadas —digo con una mueca.

—¿Le pueden haber hecho algo malo a Johnny?

—Es pronto para sacar conclusiones —digo atajando—. ¿Sería tan amable de rellenar esta ficha?

Le paso una hoja para que pueda dejarme sus datos personales. El hombretón se saca de la americana una pluma enorme, que casi parece de mentira, desenrosca el tapón y empieza a escribir. Por un momento, me parece ver a un niño pequeño haciendo un ejercicio de caligrafía. Espero, pacientemente, a que termine.

—Aquí tiene —dice devolviéndome la ficha. La ha rellenado con una letra menuda y preciosa, solo le ha faltado poner corazones en los puntos de las íes. La guardo dentro de mi cuaderno de notas junto con la foto de Johnny.

—Cuando tenga algo me pondré en contacto con usted.

—Muchas gracias, señor Cacho.

—No hay de qué —añado, acompañándolo a la puerta.

El señor Bernstein se aleja mientras sus pasos resuenan por las escaleras. La anchura del hombretón hace que parezcan todavía más estrechas de lo que son. Espero que no se encuentre a nadie subiendo: eso sí que sería un drama.

Vuelvo a mi silla y respiro aliviado. En fin, supongo que tengo un caso. Una mierda de caso pero un caso, de todos modos. Miro la pantalla del ordenador con atención, como si esta tuviera que decirme algo importante. Doy un sorbo al café: está frío. Me cuesta admitirlo, pero la verdad es que no sé ni por dónde empezar; nunca he buscado un perro. Supongo que, en, realidad encontrar a una persona es mucho más fácil que encontrar a un animal. Las personas, hablan, compran con tarjetas de crédito, van a bares, alquilan habitaciones de hotel, follan, se traicionan, se quieren, mienten, a veces dicen la verdad, reciben postales de amor, pagan las facturas del móvil, compran sus cigarrillos en el estanco de la esquina, tienen canciones preferidas, siempre siguen la misma ruta para ir al trabajo, les gusta tomar un café en cualquier bar decorado a la italiana y, en fin, uno puede seguirles el rastro. Pero ¿un perro? Lo único que hacen los perros fuera de casa es cagar y mear y, por desgracia, la mierda es solo mierda. Un cazador acostumbrado a seguir rastros podría hacer este encargo mejor que yo.

Bien pensado, quizás no sea tan mala idea: seguirle el rastro a Johnny.

Me levanto, cojo la chaqueta —una Harrington negra— y salgo a toda prisa.

A primera hora de la mañana, el parque de la Ciutadella está bastante desierto. Además, la temperatura es agradable y no hay mucha gente; básicamente personas que se dirigen al trabajo, abuelos madrugadores, empleados de la brigada de parques y jardines y también algún que otro jubilado paseando al perro. La ventaja de este parque es que no es muy grande, al menos comparado con los que hay en otras ciudades del mundo. En Barcelona casi todo es pequeño y nada de lo que vale la pena está a más de media hora del centro.

Primero cubro el perímetro externo, para hacerme una idea global del espacio. Empiezo desde la entrada que da al paseo de Lluís Companys y voy dando la vuelta por el interior, pasando por delante del Museo de Zoología, el Invernáculo, el Museo de Geología, el Umbráculo, el Zoo, el Parlamento de Cataluña y, para terminar, la plaza de la Cascada. Nada sospechoso. Nada anormal.

Recorro, entonces, los caminos principales del interior del parque en busca de Johnny, pero, como era de esperar, tampoco encuentro nada. Quizás sería una buena idea hacer fotocopias de su foto y colgarlas por los árboles, aunque no creo que los de parques y jardines me dejaran hacerlo. Además, no diría mucho de mí como profesional. No puedo cobrarle cien al día al señor Bernstein y limitarme a pegar cuatro papeles. Se me tiene que ocurrir algún modo de encontrar al chucho.

Decido acercarme a los bancos que están al lado del estanque, al fin y al cabo, ahí es dónde Johnny fue visto por última vez. Voy dando la vuelta desde el diminuto embarcadero hacia la izquierda, en dirección a la plaza de la Cascada. Así puedo ir controlando todos los bancos que, a estas horas del día, están, en su mayor parte, libres. Solo veo una vieja que da de comer a las palomas (cosa que me hace pensar en la película *Mary Poppins*) y un chico, de unos veinte, que duerme estirado. Benditos algunos.

Cuando estoy casi a punto de salir de la plaza de la Cascada, me topo con una estatua inmensa de hormigón: el mamut. Me imagino al gato de Botero que hay en la Rambla del Raval tratando de montarlo. Eso sí les gustaría a los turistas. Me extraña que no se le haya ocurrido al alcalde. En fin, el banco que me dijo Bernstein debe ser el que queda justo delante del horrendo mamut. Así que me giro. Delante de mí, puedo ver una especie de compartimento en donde hay dos bancos enfrentados. *Chicken run*. Decido sentarme, tanto caminar me ha cansado. El banco está bastante sucio pero no me importa, al fin y al cabo, soy un tipo duro. O quizás solo sea estúpido.

Me quedo un rato sin moverme. ¿Se ha vuelto absurda mi vida? Podría ser. Es lunes por la mañana y estoy rastreando un perro desaparecido en el parque.

Sí, efectivamente, se ha vuelto absurda.

Interrumpe mis pensamientos una especie de silbido. ¿Qué diablos es eso? Giro la cabeza en la dirección del sonido. Se acerca un tipo que pasea un bulldog francés, de color blanco con manchas negras, que no para de resoplar como si se estuviese ahogando. Al ver que lo miro, el hombre sonríe y se me acerca.

—Buenos días. —Parece amistoso.

—Buenos días.

—¿Le importa? —me dice señalando el banco de enfrente.

—En absoluto.

Se sienta y quedamos encarados. Lo observo disimuladamente. Va vestido a la inglesa, con gabardina de color crema, zapatos hechos a medida (o así me lo parecen) y sombrero. Si esto fuera una película interpretaría el personaje Michael Caine. Nos quedamos en silencio hasta que el hombre rompe el hielo:

—Me gusta sentarme aquí cinco minutos cada mañana, es como un ritual. Si le molesto me lo dice.

—Ningún problema, solo estaba tomando el aire.

—Yo desde que tengo a Balón que vengo cada mañana por aquí —dice señalando al perro.

—Supongo que se lo debe agradecer.

—La verdad es que no lo sé, nunca me ha dado las gracias —dice el hombre, y explota a reír.

Vaya, me ha tocado un gracioso. Aunque, si viene regularmente por aquí, quizás sepa algo.

—Supongo que para mí también es saludable —añade el tipo mientras me guiña un ojo.

Asiento con la cabeza y, como veo que está relajado, decido pasar a la acción.

—Perdone que le pregunte, ¿ha observado usted algo extraño en estos últimos días? —Intento que mi pregunta suene casual.

—¿A qué se refiere?

—Gente extraña merodeando por aquí.

El tipo parece tomarse unos segundos para reflexionar.

—No, no, realmente no. ¿Por qué lo pregunta?

—Nada, me han llegado rumores de que el parque se está volviendo peligroso.

—No he observado nada anormal.

—Habladurías, entonces.

—No creo que sea peligroso venir al parque, al menos durante el día. Y por la noche lo cierran, o sea que…

—Ya veo, no hay de qué preocuparse —concluyo.

Se produce un incómodo silencio; lástima que no fume, ahora sería un buen momento para llenar la ausencia de sonido.

Es el hombre quien toma la iniciativa de nuevo:

—En fin, si me permite debo proseguir con mi paseo. Balón necesita ejercicio —dice levantándose—. Y yo también.

—Que tenga un buen día.

—Vamos, vamos chico —le dice a Balón, que se incorpora y empieza a mover la cola emocionado. Después se gira hacia mí y añade—. ¿Sabe una cosa? Me ha caído usted bien. Le daré un consejo.

—¿Un consejo?

—A nadie le importan ya los perros, no se moleste por ellos.

—¿Perdone?

—Le daré mi tarjeta, quizás pueda serle de utilidad alguna vez.

—¿Qué perros? —insisto.

¿Cómo puede saber que estoy buscando a un perro? Esto es muy raro. Y encima Balón se me está restregando contra la pantorrilla.

—Aquí tiene —dice el hombre del sombrero alargando la mano.

Entre sus pulcros y cuidados dedos puedo ver una tarjeta de color crema.

—Pero ¿por qué? —digo incrédulo.

—Nunca se sabe —me responde misterioso.

—Gracias —digo cogiendo la tarjeta.

—No hay de qué —responde sin mirarme—. Hasta la vista.

—Hasta pronto…

El hombre se aleja a paso decidido estirando de la correa a Balón. Los observo hasta que desaparecen entre los árboles. Qué tipo más raro. La tarjeta sigue en mis manos. La miro y leo:

> *La vida es muy perra, S. L.*
> *c/ Aurora*

No entiendo nada. Le doy la vuelta. Solo un nombre: H. P. Ras. No hay teléfono de contacto y, además, la dirección está incompleta. «La vida es muy perra». Debe ser algún tipo de broma. Me guardo la tarjeta en el bolsillo, me levanto y pongo rumbo a la cafetería Federico, la que está en la calle Trafalgar. Creo que ya he sufrido suficientes cosas raras por ahora: merezco comer algo, refrescarme y pensar con tranquilidad.

El café está medio vacío y, como cada mañana, me pregunto cómo se lo deben hacer el bueno de Federico y su madre, Amalia, para sobrevivir. El sitio es bastante horroroso, sobre todo comparado con los bares que uno puede encontrarse hoy en día, que de tan bonitos hasta da miedo sentarse en las sillas y tocar los platos. Por contra, la cafetería Federico se ha quedado anticuada: el suelo es de mármol gastadísimo, las luces de fluorescente están pasadas de moda, las mesas y sillas —de madera de contrachapado— parecen robadas de un colegio de la posguerra, y las tazas y vasos son probablemente los mismos que se compró tu abuela para su boda.

De todos modos, entro y me siento en un taburete de la barra. Como cada mañana, Federico —pelo rizado y bigote a lo Emilio Zapata— prepara los cafés mientras su madre elabora unas olorosas tortillas desde la cocina. Podría decirse que Federico es la timidez en persona, una timidez patológica que ha tenido que vencer —por razones obvias— mediante una especie de personaje vociferante inventado por él mismo. Nunca lo he oído hablar de nada que no esté relacionado con el bar; tampoco se le conoce ninguna afición ni debilidad; que se sepa no ha catado mujer y, para más inri, a sus cincuenta y pocos sigue viviendo con su madre.

—Cacho, ¿qué ponemos? —vocifera.

—Un pincho de tortilla de patatas y una caña.

Casi nunca tomo alcohol antes del mediodía, así que no os llevéis una impresión equivocada. Simplemente, siento que de algún modo tengo que celebrar el hecho de tener un nuevo caso en el que trabajar, aunque sea un caso de perros. Federico me sirve la birra. El primer trago de una cerveza fresca siempre es el mejor.

—Ah —Se me escapa un pequeño rugido de placer.

Justo en ese momento llega la tortilla: una ración generosa, recién hecha y acompañada por dos trozos de pan con tomate. Un olor a paraíso invade el espacio. Me pongo un pedazo de cada en la boca. De inmediato, el calor de la tortilla recién hecha se mezcla con el frescor del tomate, y la textura blanda de la patata con el punto crujiente del pan. Mientras mastico, un sinfín de pequeñas explosiones de placer se suceden a lo largo del paladar y por encima de la lengua, como fuegos artificiales.

—Ah —se me vuelve a escapar.

Federico me mira de reojo.

—¿Todo bien, Cacho?

—Perfecto, todo perfecto —respondo con un hilito de voz mientras pego otro trago a la cerveza. A veces la vida puede ser perfecta.

Mientras termino el desayuno, medito acerca de cuál es el siguiente paso a dar. Supongo que lo primero es descartar las opciones obvias.

—La perrera —se me escapa en voz alta.

—¿Cómo dices, Cacho? —Federico está siempre atento.

—Un café, por favor.

—Enseguida.

Hay dos posibilidades: que Johnny se haya extraviado o que lo hayan raptado —tal como asegura el señor Bernstein. Puesto que el animal iba identificado, si hubiese llegado hasta la perrera, estos se hubiesen puesto en contacto con él. A no ser, claro, que de algún modo hubiese perdido el collar. Tres días en la calle dan para mucho.

—Aquí tienes —dice Federico dejándome una pequeña, olorosa y humeante taza de café negro.

—Gracias.

Un buen café nunca puede durar más de dos sorbos. Este dura dos y medio. Casi perfecto.

Decido que lo mejor será pasar por el despacho para consultar la dirección de la perrera, es un trámite necesario para descartar la posibilidad de que pueda estar ahí.

—Federico —digo para recabar su atención.

Cuando me mira, dejo un billete de cinco euros en la

barra.

—Ya está bien —le digo para que no me dé la vuelta.

—Bote —dice este haciendo sonar una campanita a desgana, con toda seguridad obligado por su madre. Y añade—: Que tengas un buen día, Cacho.

—Me conformo con que no sea muy malo.

Salgo apresurado a la calle, con la convicción de los que tienen una tarea que cumplir, y me dirijo a mi despacho de la calle Marina.

El ordenador me está esperando como un fiel ayudante. Lo enciendo y abro el Explorer. En situaciones así me alegro de poder gozar de estos prodigios de la tecnología: es un descanso encontrar la información que deseo sin tener que hablar con nadie.

Después de una breve consulta, descubro que la perrera todavía se encuentra en la carretera de Sant Cugat: para llegar hasta allí, tendré que coger la moto. Hace tiempo que no veo Barcelona con un poco de perspectiva, así que me parece un plan ideal. Me levanto, cojo el casco, me pongo la Harrington y me dispongo a salir.

Justo cuando estoy cerrando la puerta, suena de nuevo el timbre. Qué extraño, dos veces en la misma mañana. ¿Podría ser otro cliente? Me aclaro la garganta y descuelgo el auricular del interfono.

—¿Diga?

—¿El señor Cacho? —pregunta una voz femenina.

—Yo mismo.

—¿Me puede abrir?

—Enseguida.

Le doy al botón hasta que oigo el chasquido de la puerta; dejo la chaqueta y el casco, y me siento en mi silla.

Al poco, sus nudillos murmuran «toc-toc» a mi puerta.

—Está abierto —digo alzando la voz.

Asoma una morenaza de largas piernas, ojos verde manzana y pies demasiado grandes.

23

—¿Se puede? —pregunta tímidamente.

—Adelante, por favor.

La chica cierra la puerta y se acerca hasta mi mesa. Lleva minifalda tejana, sandalias de tacón medio y una camiseta blanca de algodón donde leo: «Forever young».

—Siéntese.

—Gracias. Mañana —dice tendiéndome una mano.

—¿Perdone?

—Mañana, me llamo Mañana.

—Ah, encantado. Cacho, mi nombre es Cacho.

Por el tono grave de su voz y la firmeza con que me estrecha la mano, se me pasa por la cabeza que sea transexual. Aun así, su feminidad está fuera de toda duda.

—Usted dirá, Mañana —digo centrándome.

Se la ve nerviosa y con la mirada dubitativa. Agarra su bolso y saca dos hojas unidas mediante una grapa. Me mira por un instante a los ojos y las deja encima de la mesa. Observo atónito: delante de mí tengo un currículum.

—Señor Cacho, busco trabajo.

Doy un bote en la silla. ¿Se estará quedando conmigo? A juzgar por sus ojillos asustados, no lo parece.

—¿Está de broma? —le pregunto.

—Acabo de completar mis estudios —responde mientras rebusca de nuevo dentro del bolso. De su interior saca el TIP y lo plantifica encima del currículum—. Aquí puede ver mi licencia. Está todo en regla.

Observo el TIP como si fuera una boñiga de mierda.

—Se equivoca de persona —digo.

—Soy una gran admiradora de su trabajo —responde.

Me entran ganas de reír.

—¿Mi trabajo?

—Sí, me impresionó mucho como resolvió el caso de las hermanas López.

—¿Cómo puede ser eso? —digo, sin entender cómo sabe que yo llevé ese tema al principio de mi carrera.

—Rajuelo expuso algunas de sus investigaciones en

clase.

¿Rajuelo? ¿El Cara Tortuga? Claro, ahora caigo. Rajuelo, un antiguo compañero de bares y casos, hace ya unos años que se dedica a la docencia.

Decido poner a la chica a prueba, nunca se sabe.

—Entonces, en caso de peligro, ¿cuál es el protocolo a seguir, según Rajuelo?

Mañana hace una pausa y sonríe complacida.

—«Salir por patas» —dice.

—Exacto. No hay duda de que el Cara Tortuga sigue en forma.

—Ni que lo diga, él me recomendó que le viniera a ver.

—Vaya. —Esto empieza a sonarme a encerrona—. Aun así, hay muy poco que yo pueda hacer por ti —digo tuteándola—. Justo esta mañana ha entrado el primer cliente del trimestre.

—O sea que no andas sobrado de trabajo. —Ella también se apunta al carro del tuteo.

—Exacto.

—Ni de dinero, supongo.

—Correcto.

—No importa, estoy dispuesta a trabajar gratis, para coger experiencia.

—No me parecería justo —respondo con sinceridad.

—Eso es cosa mía, estoy dispuesta a hacerlo.

—¿Y si no me gusta trabajar contigo?

—Entonces me iré.

—Sin montar el número.

—Exacto.

Dudo unos instantes. Miro a través de la ventana que me queda a la derecha. Las nubes pasan. Respiro. La vuelvo a mirar a ella. Parece esperar una respuesta.

—¿Qué sabes de perros?

—¿De perros?

Puedo observar, por su mirada, que piensa que le estoy tomando el pelo. De golpe, me percato que aceptar a Mañana en el caso, implica tener que contarle que —el susodi-cho caso— es tan idiota como encontrar un perro. Aun así, decido proceder.

—Sí, de perros —digo a regañadientes—. Debo encon-trar a Johnny.

—¿Johnny? —dice atónita.

Lanzo encima de la mesa la foto del chucho.

—¿Puedo? —me pregunta.

—Adelante.

Mañana coge la foto con un movimiento preciso y la observa.

—Así que tienes que encontrar a Johnny —dice con una cierta sorna.

—Sí, así están las cosas.

Mañana vuelve a mirar la foto con detenimiento.

—Interesante —añade.

—¿Por qué? —pregunto yo.

—Se nota que no es un perro cualquiera.

—Parece ser que vale una pasta inhumana.

—Sí, es un perro bastante especial.

—La cuestión es que hay una persona dispuesta a pa-gar para que lo encontremos, eso es lo único que me im-porta.

—¿Alguna pista? —pregunta mientras deja la foto en-cima de la mesa.

—No muchas. Fue robado en el parque de la Ciutadella aprovechando que su dueño se quedó dormido en un ban-co al lado del estanque.

—También podría ser que el perro decidiera largarse durante la siesta, ¿no?

—En ese caso, lo más probable es que ahora estuvie-se…

—¿En la perrera?

—Exacto.

—La perrera… —dice Mañana pensativa.

—Justo me dirigía allí —digo mostrando con un gesto

de la cabeza las llaves de la moto que reposan encima de la mesa.

—Entonces he llegado en el momento perfecto, ¿no? —dice Mañana tratando de que me apiade de ella.

Me lo pienso por unos instantes. Pero ¿qué diablos? Le impresionó el caso de las hermanas López, ¿cuánta gente puede decir eso? Y mejor acompañado que solo, supongo.

—Si no me gusta como trabajas, te echaré sin miramientos —digo—. ¿Entendido?

—Vale —La felicidad le desborda por los ojos.

Espero que el bueno de Rajuelo no se haya equivocado mandándome esta chica.

—¿Te importa ir de paquete? —pregunto.

Mañana se pone toda roja y mira al suelo. Quizás acabe de contratar una ayudante transexual al fin y al cabo. Acabo por ruborizarme yo también.

—Eh, ah, no; me refiero a esto… —digo sacando otro casco del armario—. Me desplazo en moto.

—Ah —dice ella mientras una nueva sonrisa ilumina su cara—. Que va, perfecto, me encanta ir sobre dos ruedas. ¡Brum!

—Entonces en marcha, te contaré los detalles del caso por el camino.

Salimos por la puerta, primero ella y luego yo. No sé cómo, pero de pronto vuelvo a tener trabajo y, además, una segunda de a bordo. Quizás no es el perfil más obvio de ayudante, pero siempre es mejor tener a alguien con quién poder charlar, o con quién compartir el tercer donut.

Salimos a la calle. Tengo la moto aparcada justo delante de la puerta. Es una Honda Dylan de color negro mate, ideal para moverse por la ciudad. Nos ponemos los cascos, me subo, arranco la moto, la bajo del caballete, y le hago un gesto con la cabeza para que monte. Cuando pone su culazo en el asiento, la suspensión se hunde dos palmos. Madre mía, menuda estampa debemos hacer. Doy gas a fondo para no hacer el ridículo y poder arrancar de una forma digna. El motor empieza a girar haciendo un ruido tremendo. Sale una bocanada de humo del tubo de escape y salimos a toda marcha rumbo a la perrera.

En poco tiempo nos plantamos en la carretera de la Arrabassada. Esta sube por la montaña del Tibidabo hacia Sant Cugat en un sinfín de curvas que hacen las delicias de los locos del motor. Entre todos ellos, avanzamos al trantran Mañana y yo, a lomos de la Dylan de 125 centímetros cúbicos. El aire es limpio y fresco. El solo hecho de alejarse un poco del centro de la ciudad ya parece quitarnos un algo de estrés.

Accedemos a la perrera, o Centro de Acogida de Animales de Compañía —tal como reza el cartel—, a través de una pista de tierra que lleva hasta la rampa de entrada. A mano derecha, se encuentra el edificio principal y, a mano izquierda, la zona de jaulas donde están los perros. Una ensordecedora banda sonora, formada por ladridos y aullidos de todo tipo, nos da la bienvenida. Debe ser estresante trabajar aquí. Aun así, el aspecto del sitio es agradable y las jaulas y los perros parecen en perfecto estado.

Entramos en el edificio principal, donde están las oficinas y demás instalaciones. En la pequeña recepción, detrás de un ordenador, una chica de unos treinta y cinco con el pelo a lo Coco Chanel, teclea. Va vestida con el uniforme verde del lugar.

Me identifico:

—Buenos días, me llamo Cacho. Soy detective privado. Ella es Mañana, mi ayudante —Le enseño la licencia.

—Nieves —me dice tendiéndome la mano—. ¿En qué puedo ayudarles?

—Estamos buscando un perro perdido.

—Bien, han venido al lugar adecuado —dice Nieves con una sonrisa—. Esto está lleno de animales perdidos.

—¿Y los dueños logran recuperarlos? —pregunta Mañana.

—En muchos casos —responde Nieves—. Por ejemplo, el año pasado se devolvieron a sus dueños más de quinientos perros.

—Vaya, eso es una cifra respetable —digo.

—Sí, entre los animales que se recuperan y los que la gente viene a adoptar, casi logramos colocarlos a todos. Está claro que siempre nos queda un remanente que, prácticamente, vive aquí desde hace tiempo; perros que son demasiado viejos y que han perdido el atractivo, pero el resto suele tener suerte.

—Qué lástima esos que no logran salir —dice Mañana.

—Eso digo yo —concluye Nieves.

—Entonces vamos a ver si tenemos suerte nosotros también —digo sacando la foto de Johnny y tendiéndosela.

La chica observa la foto con detenimiento, casi como si estuviera leyendo un informe muy complicado.

—Chihuahua adulto… ¿Cuándo se perdió?

—Hace tres días, en el parque de la Ciutadella; el dueño se quedó dormido y cuando despertó el perro ya no estaba.

—Ya ves… —censura Mañana.

—Ocurre más a menudo de lo que la gente cree —dice Nieves—. Sobre todo en abuelos, los pobres se quedan dormidos por la tarde.

Sonrío ante la imagen del señor Bernstein dormitando en el parque, rodeado de abuelitos que se han quedado fritos.

—¿Entonces…? —pregunta, impaciente, Mañana.

—Creo que no nos ha llegado ningún Chihuahua, un segundo.

Nieves empieza a mirar en su base de datos. Se trata de un conjunto de folios protegidos por fundas de plástico, cada cual representando un perro. Me gusta que todavía no lo hayan informatizado, le da un toque artesanal.

—Aquí no está, pero podemos ir a echar un vistazo, que no esté con los que trajeron ayer.

—De acuerdo —digo.

Salimos del edificio detrás de Nieves, que nos conduce por una colmena de pequeñas jaulas en las que están los perros. El olor es muy intenso, aunque no diría desagradable. A nuestro alrededor, varios voluntarios están atareados dando de comer —o sacando a pasear— perros de todos los tipos, tamaños, razas y colores. Alguien debería darles un premio. Nieves anda con seguridad, como si fuera la reina del lugar. El sonido de sus botas con suela de goma resuena por el espacio, dándole ritmo. Mire por donde mire, hay perros enjaulados que me observan con ojos suplicantes; parecen muy conscientes de que muy bien podría ser su billete a la libertad. Quizás en otra ocasión. Doblamos un pasillo, avanzamos unos metros y nos detenemos enfrente de un grupo de jaulas. Un hombre de unos cincuenta —barba, pelo rizado, mono de trabajo, gafas y botas de agua— limpia a conciencia el suelo con una manguera. Nieves le hace un gesto para captar su atención.

—Pedro, ¿llegó ayer algún chihuahua? —dice casi gritando.

El hombre para la manguera y, parsimoniosamente, se sube las gafas.

—Hola, Nieves —dice con el ceño fruncido—. ¿Chihuahua dices?

—Sí.

—No, solo mil leches.

—¿Perdón? —dice Mañana.

—Pedro —censura Nieves.

—Me refería a perros callejeros, de razas mezcladas, nada que se pueda identificar como un chihuahua.

—Ya me lo pensaba —dice Nieves.

—Está bien, muchas gracias —concluyo yo.

Pedro mueve la cabeza de lado a lado en un gesto que no sé cómo interpretar, se vuelve a colocar las gafas, enciende de nuevo la manguera y prosigue con su trabajo.

Nieves nos hace un gesto y nos ponemos en marcha.

No paramos de andar hasta que llegamos a la salida.

—Siento no haberles podido ayudar —dice Nieves.

—No pasa nada. De todos modos le dejo mi tarjeta, por si hubiera alguna noticia —digo alargándosela.

—De acuerdo —contesta Nieves cogiéndola con dos dedos. Y añade—: En caso de que el dueño del perro quisiera adoptar, aquí tienen las puertas abiertas.

—Se lo comentaré, gracias.

—O ustedes, claro.

—Lo pensaremos —dice Mañana.

—Gracias de nuevo —añado.

—De nada.

Nieves se aleja hacia el edificio donde están las oficinas y nos deja solos al lado de la moto. Me entretengo levantando polvo con la punta del zapato.

—¿Y ahora qué? —pregunta Mañana.

—No tengo ni idea.

—Como no nos pongamos a buscar por la ciudad…

—No —digo—. Cada vez creo menos en la posibilidad de que Johnny esté perdido. Alguien lo robó.

—¿Entonces?

Valoro todas las opciones

—Si van a tratar de venderlo, lo harán por internet —pienso en voz alta—. Al fin y al cabo, es el paraíso de los contrabandistas.

—¡Claro! —dice Mañana con entusiasmo desmesurado.

—¿Qué te pasa?

—Mi compañero de piso, Rubén, es informático. Si quieres puedo hacer un rastreo, le pediré que me ayude. Él está acostumbrado a moverse por ahí.

—*Chicken run.*

—¿Cómo dices?

—Que me parece fenomenal.

—Ah —dice Mañana un poco confusa—. Si lo están tratando de vender por la red, lo encontraré.

Parece muy segura de sus palabras, ojalá tenga razón.

—Entonces, ¿te llevo a casa? —le pregunto tendiéndole el casco.

—Sí.

—Perfecto. ¿Dónde vives?

—Te voy diciendo —dice bajándose la visera.

—Perfecto.

Nos montamos en la moto y doy gas a fondo. Mañana se coge a mi cintura para evitar caerse hacia atrás. Hacemos todo el trayecto en silencio, cada uno pensando en sus cosas. Viajar en moto es casi como meditar, y encima el viento te refresca las ideas. Mañana me va indicando el camino y, en algún momento, deseo que no lleguemos nunca. A la altura del número 176 de la calle Diputació, me hace señas para que suba encima de la acera. Paro el motor.

—Gracias por el viaje —dice bajando de la moto—. La suspensión trasera sube un palmo emitiendo un fuerte resoplido, como si fuese Atlas liberándose del peso del mundo.

—No hay de qué. Al fin y al cabo, creo que tendría que ser yo el que te las diera.

Mañana saca del bolso las llaves del piso.

—Como cualquier cosa y me meto con lo de internet, ¿vale?

Introduce las llaves en la cerradura.

—Perfecto, cuando sepas algo me llamas al móvil.

Abre la puerta, pero se detiene a medio entrar.

—¿Qué pasa? —digo.

—Es que… Nada, que no tengo tu móvil.

—Ah, claro, que tonto. Toma —le digo pasándole mi tarjeta—. Ahí va todo.

—Estamos en contacto —me dice sonriente.

La puerta se cierra con un sonido metálico. Me subo a la moto. Lo último que me parece ver son sus piernas subiendo los primeros peldaños de las escaleras. Doy gas y me incorporo al tráfico de nuevo. Me acaba de entrar un hambre atroz, así que lo mejor será ir para casa a prepararme algo. No puedo pensar con el estómago vacío.

Aparco la moto en la calle Sicília, cerca del minúsculo apartamento que alquilé después de la separación de mi mujer, y empiezo a andar hacia mi portal cuando un husky siberiano se me pone al lado. Pego un brinco porque no lo he oído llegar, pero la verdad es que el perro parece la mar de tranquilo. Se limita a andar en paralelo a mí, dándome, incluso, un poco de clase: como si yo fuese una especie de aristócrata. Así que dejo que me acompañe hasta el portal. Mientras introduzco la llave en la cerradura me mira, como esperando alguna cosa, pero yo no hago nada, solo me despido de él con la mano y entro.

¿Qué diablos pasa hoy con los perros?

Mi apartamento no es nada del otro mundo. Básicamente, está formado por un espacio principal (que hace las veces de cocina y comedor), un cuarto de baño y una habitación. Aunque el edificio es viejo, el apartamento está reformado y es bastante acogedor. Las paredes son claras y la luz entra a raudales por las ventanas. El suelo es de madera y las paredes no están muy abarrotadas de cosas del pasado. Además, se podría decir que soy una persona bastante ordenada, o por lo menos que me gusta encontrar un cierto orden dentro del desorden, y eso le da un toque personal al espacio. Resumiendo, que al entrar no te vas a tropezar con mis calzoncillos de la semana pasada.

Se ha hecho la hora de comer, así que decido prepararme macarrones con sofrito de berenjena. Enciendo la radio. Suena el *Concierto para piano número 21* de Mozart. *Chicken run*, esta pieza tiene la virtud de relajarme más que un Atarax. Saco todo lo que voy a necesitar (un cuchillo, una tabla para cortar, media berenjena, una cebolla, una lata de tomate triturado) y lo dispongo cuidadosamente encima del mármol. Pelo y corto la cebolla lo más fino que sé. Lavo la media berenjena, le quito la piel y la corto a daditos. Echo la cebolla en una sartén con aceite caliente y, al rato, la berenjena. Miro, pacientemente, como se van dorando. No tengo prisa y me gusta cocinar, así que la espera no es ningún problema. Pongo, también, agua a hervir en una olla. Cuando la berenjena y la cebolla ya están al punto, abro la lata de tomate. En la radio dan paso al *Concierto para piano número 23* de Mozart (no sé por qué el 21 y el 23 siempre van juntos) y el locutor dice que Claudio Abbado, el director, tiene el don de la sensibilidad. Soy feliz. Me gusta la música clásica; al menos en eso me escapo del cliché.

Es el turno del tomate; lo echo en la sartén y ronronea como un gato agradecido. Lo mezclo con la berenjena y la cebolla, y luego lo tapo. Por un instante, el continuo espaciotemporal parece relajarse. La tapa tiembla como el pecho de una virgen. El agua hierve silenciosamente. Todo está bien.

Echo los *penne rigate* directamente de la caja azul al agua hirviendo. Luego leo en la caja «cottura 10 minutti». Ya queda poco. Añado sal, pimienta y una lágrima de azúcar al sofrito, y lo dejo reposar un poco. Cuando la pasta está lista la cuelo, lo mezclo todo y rallo parmesano por encima. Los fragmentos de queso caen lentamente como si fueran nieve. Si Dios existe me debe estar aplaudiendo.

Me como dos platos y bebo tres vasos de verdejo. Está todo delicioso.

Al terminar decido tumbarme cinco minutos en el sofá verde oliva, para digerir un poco y poder pensar. No creo que Mañana me diga nada hasta bien entrada la tarde, o sea que no hay problema. Al cabo de poco me quedo totalmente frito.

No sé cuánto rato duermo, solo puedo decir que me despierta el sonido del móvil y que, de pronto, me encuentro rodando por los suelos del susto.

Descuelgo cabreado.

—¿Diga?

—¿El señor Cacho? —Es una voz de mujer.

—Sí, sí, soy yo; hable, hable.

—¿Le cojo en mal momento?

—En absoluto —miento. Lo hago porque casi siempre es un mal momento, o sea que tampoco podría ofrecerle otra alternativa para comunicar conmigo.

—Es usted detective, ¿verdad?

—Sí.

—Necesito su ayuda.

¿Cómo? ¿Dos casos en un mismo día? Parece que la diosa fortuna ha decidido pagarme los atrasos.

—¿Señor Cacho?

—Sí, diga.

—Se trata de algo grave.

A través del altavoz del teléfono, puedo oír como tiembla su respiración.

—Lo mejor será que se acerque a mi despacho y me lo cuente.

—De acuerdo.

—¿Le parece bien… —digo mientras miro mi reloj y veo que son las siete y media— a las ocho?

—¿No será muy tarde? —pregunta la señora. Por el timbre de su voz diría que debe tener unos sesenta y cinco años—. No quisiera molestar.

—No se preocupe, trabajo veinticuatro horas al día —digo—. Apunte: calle Marina número 132, sobreático, primera.

—Muy bien.

—¿Qué nombre pongo?

—¿A qué?

—A la cita.

—¿Qué cita?

—La nuestra.

Pausa.

—El mío.

—¿Cómo?

—Ponga mi nombre.

—¿O sea?

—¿Cómo dice?

—¿Qué cómo se llama?

—¿Quién?

Santa paciencia.

—Usted.

—Ah, sí, claro, Remedios.

Apunto su nombre en mi libreta.

—Bien, hasta luego, Remedios.

—Hasta luego, señor Cacho.

Cuelgo el teléfono. Me lavo la cara con agua fresca, me peino y me pongo desodorante Sanex: hay que disimular a toda costa el hecho de que acabo de levantarme. Y salgo a toda prisa: no es cuestión de hacer esperar al segundo cliente del día.

En la acera me espera, impaciente, mi fiel *scooter*. Le salto encima, enciendo el motor y doy gas a fondo. Nos incorporamos al tráfico entre toses mecánicas y nubes de humo negro. Mientras avanzo entre coches demasiado grandes, tengo que cerrar la boca para no ahogarme. Maldita ciudad.

Logro llegar en un tiempo récord de seis minutos exactos.

Al entrar en el despacho me invade un terrible olor a fracaso. Abro la ventana, pero solo consigo que entre aire templado. Saco una botella de Jameson y un vaso de uno de los cajones del escritorio, y me sirvo dos dedos de *whisky*. Vuelvo a guardar la botella. Como no tengo nada mejor que hacer, me siento a esperar a que llegue Remedios.

Justo cuando estoy meditando sobre cómo llegué a ser detective privado —cuando en realidad, de pequeño, quería ser astronauta—, suena mi teléfono móvil.

—¿Diga?

—Soy Mañana.

—¿Quién? Ah sí, perdona. —Todavía no logro acostumbrarme a su nombre. Supongo que ya debe haber husmeado por internet acerca de Johnny, y yo durmiendo la siesta. Dios—. ¿Tienes algo entonces? —pregunto como quien no quiere la cosa.

—Sí, he rastreado la red con Rubén y no hay mercado de perros pijos robados, solo un montón de gente que trata de vender los cachorros que ha parido su perra; cosa que sigue siendo ilegal, aunque a nosotros, eso, no nos interesa.

—Lo suponía —digo—, la gente con pasta prefiere comprar con garantías.

—Exacto. Además, nadie robaría un Rolls-Royce y pondría un anuncio en internet para venderlo. Tiene que ser algo más oculto.

—Entonces… —digo pensativo.

—Cacho, se me ha ocurrido una idea —dice Mañana miedosa.

—Adelante.

A ver con qué sale.

—He localizado el comercio más pijo de venta de animales de toda Barcelona; se llama La Perrita Celosa y es tienda y peluquería a la vez.

—¿Y?

—No sé, si es que existe un mercado negro de perros pijos, quizás ellos sepan algo, ¿no? Al fin y al cabo se los estarán robando a sus clientes, ¿sí?

Es verdad, es una buena manera de averiguar si nuestra hipótesis es correcta o, por el contrario, el caso de Johnny es aislado.

—Buena idea —digo complacido—. ¿Y dónde está tan adorable establecimiento?

—En la calle Santaló, número 42.

Valoro la posibilidad de ir hoy mismo, pero ya es demasiado tarde.

—Quedamos allí mañana a las once, ¿de acuerdo?

—¿Vamos a ir juntos?

—Exacto.

—¿Debo deducir que voy a ser la señora de Cacho?

—Suposición acertada.

—¿Y que mi maridito está muy apenado por la pérdida de nuestra pequeña mascota?

—Profundamente entristecido.

—De acuerdo.

—Por cierto, te vestirás un poco más fina, ¿verdad?

—La duda ofende.

—Como profesional, debo asegurarme de que todo se hace según lo previsto.

—Ya lo sé —dice alargando mucho la *e*. Y añade—: Bromeaba.

—Hasta mañana —digo alargando mucho la segunda *a*.

—*Bye bye*.

Estoy colgando el teléfono cuando suena el interfono, como para tocarme la moral. En fin, ¿serviría de algo pedir tiempo muerto?

Cuando Remedios entra por la puerta me deja anonadado: parece sacada de una viñeta de *13, Rue del Percebe*. Lleva vestido negro, bolso negro, zapatos negros y pelo negro recogido en un moño. Su mirada es esquiva y no consigo asimilar a dónde lleva el plano de arrugas que tiene por «careto».

—Siéntese.

—Gracias, joven —dice escueta.

Me encanta que me llamen así.

—De nada —respondo.

La mujer se toma su tiempo para retirar la silla y sentarse, supongo que debe tener artrosis.

—Usted dirá —suelto en tono neutro.

Pausa.

—El caso es que me da un poco de vergüenza hablar

del tema —susurra.

—Lo que diga no saldrá de estas cuatro paredes.

—No quiero que me tome por loca.

—No tengo la costumbre de hacerlo.

Pausa.

—Conforme —dice con un poco más de confianza—. Verá, lo que quiero contarle tiene que ver con Juan Ramón, mi marido.

—Bien —musito mientras apunto en mi cuaderno—. ¿Juan Ramón qué más?

—Jiménez.

—¿Cómo el poeta?

—Exacto.

—Vaya.

Pausa.

—Anteayer por la noche, se fue y todavía no ha vuelto a casa.

—¿Ha ido usted a la policía? En un caso así, es lo primero que debe hacerse.

—Es que verá…

Se nota que le cuesta expresarse.

—Mi marido…, creo que está metido en algo oscuro.

—¿Cómo de oscuro?

—Algo de demonios.

—Señora Remedios, no sé si comprendo bien lo que trata de decirme.

—No se equivoque, mi marido es una buena persona, o al menos lo era; últimamente, una ya no sabe lo qué pensar.

—¿Qué indicios tiene de que su marido está metido en algo oscuro?

—Él ha sido siempre un apasionado del ocultismo, era su *hobby*, su gran pasión.

—Ya veo…

—Además forma parte de una sociedad secreta, Los Caballeros del Alba Gris.

Resoplo.

—Remedios, para serle sincero no tengo ni idea de lo que se hace en ese tipo de sociedades.

—La verdad es que yo tampoco. Solo sé que vienen de muy antiguo y que no aceptan a las mujeres.

—Ya veo.

—Aunque muchos no lo sepan, tienen un gran poder; o al menos eso decía mi marido.

—¿Poder? ¿Qué tipo de poder?

—Están formadas por personas ricas e influyentes, lo mejor de lo mejor, o sea que ya se puede usted imaginar. En principio, no se pueden publicar los miembros del grupo, pero yo a mi marido le saqué algunos nombres. Ya sabe, no hay nada que pueda ocultarse cuando se comparte la misma cama.

La cosa empieza a ponerse interesante. Asesino una mosca de un manotazo y miro fijamente a Remedios.

—¿Qué pudo averiguar?

—Como usted debe saber, la miga de esta gente es que va aprendiendo cosas. A medida que avanzan en lo que saben, aumenta su rango.

—¿Como en la escuela?

—Más o menos.

De momento, no me parece nada raro.

—¿Qué tipo de cosas se aprenden? —pregunto.

—Por lo que yo sé, es como una religión donde les enseñan a creer en un una especie de Creador.

—Vaya, nada nuevo, pues.

—También aprenden los secretos y las leyes fundamentales del universo, o eso decía mi marido. Al parecer es un conocimiento oculto que se va trasmitiendo entre los hermanos, de generación en generación.

—Y al cual solo puede acceder una pequeña elite, ¿me equivoco?

—Entiende usted bien. Además, cuando se sube de rango, se empieza a tener acceso a un *cierto nivel* —dice

Remedios en tono misterioso.

—¿Cierto nivel?—repito tratando de comprender.

—Sí. Se podría decir que, de algún modo, se entra en contacto con la gente que tiene *poder real*.

—¿*Poder real*? —Si sigo repitiendo como un loro, Remedios acabará por pensar que soy tonto.

—Como le decía, mi marido me confesó que la Orden estaba compuesta por personajes muy ilustres.

—¿Tipo?

Remedios hace una pausa, como si dudara.

—Rodolfo de la Vega, por ejemplo.

—¿El empresario textil?

—Sí.

—O el cantante de ópera ese, Narciso…

—¿Jiménez?

—Exacto.

—Interesante.

—¿Lo conoce usted?

Cuando murió mi abuela heredé una extensa colección de óperas en vinilo en un estado pésimo; Narciso Jiménez era uno de sus cantantes preferidos.

—De oídas —respondo escueto, y nunca mejor dicho.

—Creo que ahora mismo está actuando en el Liceo.

—Así pues, su marido se codea con gente de dinero y de la cultura.

—También políticos, gente de aquí y de Madrid.

—Vaya, ¿en serio? —digo arqueando las cejas. Esto podría ser algo gordo.

—Eso me dijo, y no tengo motivos para creer que me engañara. Estamos muy unidos.

—La creo. Aun así, no veo qué relación puede tener su desaparición con todo esto. Sigo pensando que debería ir a la policía.

—No se precipite, señor Cacho.

Remedios se toma unos segundos, como si quisiera medir bien sus palabras.

—Dígame.

—Mi marido estaba muy emocionado antes de desaparecer, ya que iban a darle el grado 33 de evolución, cosa reservada a unos pocos elegidos. La ceremonia debía producirse en un sitio secreto, un lugar subterráneo que al parecer es propiedad de la Orden.

—¿Sabe la dirección de ese lugar?

—No, mi marido solo me dijo que lo vendrían a recoger a casa. Me pidió que fuera a cenar con Lola.

—¿Lola?

—Sí, nuestra vecina.

—Claro.

—No se crea que soy una persona indiscreta, pero comprenderá que tanto misterio provocó mi curiosidad.

—Sí.

—Hasta ahora, había interpretado la afición de mi marido como eso, una afición, un pasatiempo. Nunca hablaba mucho de lo que hacía en sus encuentros, pero jamás pensé que podría ser algo malo.

—Ya veo.

—Mejor eso que el bar, me decía a mí misma.

—¿Y nunca hizo nada extravagante o fuera de lo común?

—A veces se encerraba en la biblioteca a leer durante horas, pero nunca pensé que eso pudiera ser malo, al fin y al cabo, leer es una cosa buena, ¿no?

Tengo mis dudas al respecto, pero decido no abrir boca.

—Como le decía, aquella noche no pude resistir la tentación de fisgonear desde la ventana de Lola.

—¿Y qué vio?

—Algo un poco extraño: dos hombres vestidos de negro y rojo doblaron la esquina en dirección a nuestro portal y justo cuando llegaron mi marido salió por la puerta, o sea que debían haberlo avisado por teléfono.

—Ajá.

—Entonces se situó en medio de ellos y se fueron en silencio.

—¿Cómo iba vestido su marido?

—Con una gabardina negra que le compré hace un par de años en El Corte Inglés.

Voy tomando notas a toda máquina.

—¿Había más gente en la calle?

—No: era de noche y no es una calle muy transitada.

—¿Podría facilitarme la dirección exacta?

—Vivimos en la calle Amigó, en el número 74.

—¿Hay algún modo de contactar con la gente esa, Los Caballeros del Alba Gris?

—No, que yo sepa.

—Oiga, ¿ha contemplado la posibilidad de que su marido la haya abandonado para unirse de forma total a la secta esa?

—¿Juan Ramón? No lo creo, no sabe hacer ni un huevo frito.

Me sacan de quicio las mujeres que creen que estamos perdidos sin ellas.

—En fin, podría ser que hubiera mujeres en esa secta también, ¿no?

—Ya le he dicho que no nos aceptan. Además, no es una secta; Juan Ramón nunca caería en una trampa así. Quizás en otras sí, pero en esta no.

—No pretendía ofenderla. —Hago una pausa—. Entonces, si no es una secta, ¿qué demonios es?

—Una logia, creo, o eso decía siempre mi marido —responde Remedios titubeante.

—¿La logia de Los Caballeros del Alba Gris, entonces?

—Exacto.

Respiro profundamente mientras tamborileo la mesa con las puntas de los dedos.

—Remedios, no puedo prometerle nada, ya ve que el ocultismo no es exactamente mi especialidad.

—Me da igual.

Pausa.

—Serán cien al día, más los gastos.

—Conforme.

Pausa.

—Muy bien —digo concluyendo—. Por cierto, ¿cómo ha dado conmigo?

—Mi marido.

—¿Su marido? —digo desconcertado.

—Ah, sí, casi se me olvida —musita Remedios—. Al volver a casa, después de que él se fuera con los dos hombres, encontré un mensaje encima de la mesa del comedor. En resumen, me decía que me quería, que estaba a punto de enfrentarse a uno de los momentos más importantes de su vida y que esperaba que todo fuera bien. En caso contrario, me decía, necesitaría su ayuda y la de Dios.

—¿Mi ayuda?

—Sí —dice Remedios asintiendo con la cabeza—. Terminaba diciendo que en caso de no haber vuelto en dos días me pusiera en contacto con usted.

—¿Y tiene alguna idea de cómo llegó a saber de mi existencia? —La curiosidad me puede.

—Pensaba que usted tendría la respuesta a esa pregunta, señor Cacho.

—Vaya… —digo decepcionado—. Ya ve que no.

—Qué lástima.

—¿Me ha traído alguna imagen de él?

—Sí, aquí tiene —dice sacando una foto del bolso negro. La examino. Juan Ramón es un tipo de unos sesenta años y mirada penetrante; pelo blanco, todavía abundante; labios finos, casi femeninos; mofletes generosos y nariz de tubérculo, como la de un boxeador. Aunque no se podría decir que es atractivo, desprende un gran magnetismo—. No es muy reciente —aclara Remedios—, pero se podrá hacer una idea. Detrás le he apuntado mi número de teléfono. Es el de casa, lo siento pero no tengo móvil *de esos*.

—No se preocupe —digo apuntando todos los datos en

una ficha, si fuera por mí, los móviles no existirían; se vivía mejor con los contestadores automáticos—. ¿Cuántos años tiene su marido?

—Sesenta y cinco; recién jubilado.

—Bien —concluyo—, a la que sepa algo me pondré en contacto con usted.

—Se lo agradezco, estoy muy preocupada.

—Señora Remedios, está usted en buenas manos.

La acompaño hasta la puerta y, una vez ha desaparecido, me quedo apoyado en la pared unos segundos. La ventana sigue abierta, como si fuera una pantalla de cine. Afuera, se ha hecho de noche.

Miro mi reloj de pulsera. Son casi las nueve. Me siento delante de mi querida Olivetti. Las teclas me miran hambrientas. «Basta de trabajo por hoy», me digo. Ahora un poco de placer. Saco la botella de Jameson del cajón y me relleno el vaso. Quedan a la vista una pila de hojas. En la primera se puede leer lo siguiente: *Relatos cósmicos*. Es el título de mi libro de cuentos. Doy un sorbo. El *whisky* desciende por mi garganta, lentamente, como una serpiente incendiada. Busco la última página y la saco del cajón. La meto en la máquina de escribir. El ruido del engranaje mecánico es aceite para mi cerebro. Leo el último párrafo para coger el hilo. Y me pongo a aporrear.

Sé que cuando llegue a casa, de aquí a un par de horas, nadie me estará esperando. Sé que tendré que comer pizza congelada. Pero me da igual. En estos momentos soy el hombre más feliz del mundo.

La Perrita Celosa es un establecimiento realmente repulsivo situado en la calle Santaló, en la zona alta de la ciudad. Consta de dos locales coronados por un gran cartel de color rosa donde se puede leer el nombre del comercio. El primer local es la tienda; el segundo, la peluquería. Dos grandes aparadores permiten ver los perritos que están en el interior.

Cuando llego, Mañana ya me está esperando. La puedo ver de espaldas contemplando los cachorros que, encerrados en las jaulas de cristal, juguetean entre tiras de papel de diario. Se ha vestido con falda y camisa y, la verdad, es que daría el pego como concejala del ayuntamiento. Además, el aire fresco de la mañana le sienta bien.

Bajo del autobús y me acerco a ella.

—Buenos días —me dice animada.

—Buenos días.

—¿Y la moto?

—No arranca, no sé qué le pasa —digo con tono de derrota—. La he dejado en el taller.

—Vaya…

—Siento el retraso.

—No pasa nada —dice señalando los perrillos de detrás del cristal—. ¿Has visto que monos?

—La saben larga estos de las tiendas de perros. Tendrían que prohibirlo.

Mañana los mira de nuevo, como para despedirse de ellos.

—¿Entramos? —pregunto.

—Sí, será mejor que nos pongamos en marcha, que se me está encogiendo el corazón.

Abro la puerta de la tienda y, diligentemente, la dejo

pasar.

—Gracias.

—No hay de qué.

Nos adentramos en un mundo de objetos extraños que, supongo, hacen las delicias de los propietarios de animales: cadenas, huesos, cojines, galletas con formas raras, cestas, ropa, vídeos y un largo etcétera. Tengo la misma sensación abrumadora que cuando entro en un *sex shop*.

La dependienta, una señora de mediana edad que no ha conseguido disimular sus arrugas a pesar de los *liftings*, levanta una ceja. Lleva un vestido corto de color rosa que le realza los pechos. Todavía contribuye más a reafirmar mi sensación de *sex shopismo*. Nos mira de arriba abajo un par de veces, pensativa. Bizquea. Supongo que detecta algo extraño en nosotros. Al fin y al cabo, no dejamos de ser un detective con el pelo grasiento y una mujerona de sexo indeterminable.

—¿En qué puedo ayudarles? —pregunta.

—Nos encontramos en un momento muy doloroso —musita Mañana.

—Oh —se le escapa a la dependienta.

—Nuestro perrito, Johnny, ha desaparecido.

—¿De qué raza era?

—Chihuahua.

—Qué lástima.

—Pues sí —digo yo.

—Ya no sabemos dónde ir y, puesto que es un perro con pedigrí, nos preguntábamos si quizás usted nos podría informar de si existe algún tipo de asociación que los busque o trate de seguirles la pista.

—Desgraciadamente, no. Normalmente los perros se extravían y eso es todo.

—¿Qué quiere decir?

—Eso digo yo —suelta la dependienta.

—Es que mire… —susurra Mañana—. Tenemos la sospecha de que Johnny quizás… no se perdió.

—Ah, ¿no?

—Pensamos que igual nos lo robaron. Al fin y al cabo, el perro tiene su valor, y no me refiero solamente a valor sentimental, si usted me quiere entender.

—Pedigrí azul —añado por si quedaba alguna duda.

—Pedigrí azul —repite la dependienta—, ya veo… No es algo que se vea mucho por aquí.

—Exacto.

Suspira.

—Aun así, no lo creo.

—¿Por qué?

—Suponiendo que existiera una red que se dedicara a raptar perros caros, ¿quién los compraría? A la gente que le gusta tener ese tipo de animal le interesa, sobre todo, aparentar. El perro es como el coche o el collar de perlas. ¿Si usted decidiera comprarse un yate para lucirlo, se lo compraría nuevo o robado?

—Queda claro —digo—. Sería un contrasentido. —Trago un poco de saliva y prosigo, tratando de medir bien mis palabras—: Aun así, veo que ha pensado bastante sobre el tema.

La dependienta me mira de arriba abajo.

—Es que es más común de lo que la gente podría pensar —dice—. Se extravían muchos más perros de lo que se podría prever, y una hace sus teorías.

—¿Y cuáles son esas teorías?

—…

La mujer se frena. Es obvio que empieza a darse cuenta de que está hablando más de la cuenta.

—¡Que ropita más mona! —suelta de golpe Mañana señalando una especie de chaqueta diminuta—. ¡Le hubiese sentado divina a Johnny!

La dependienta desvía la mirada hacia la cesta donde está la perruna chaqueta. Parece complacida.

—Sí, estos trajecitos son una monada, los he escogido yo misma —dice acercando un par de ellos para que los podamos mirar de más cerca.

—¡Qué lástima que mi Johnny ya no los va a poder llevar más! —exclama Mañana mientras examina el género.

Lanzo a la dependienta una mirada de súplica; ella suspira de nuevo.

—Oiga, yo no quiero problemas —dice.

—Lo que diga quedará entre nosotros. Solo queremos recuperar a Johnny.

Hace una larga pausa.

—Está bien… —murmura—, veamos, ¿su perro desapareció en un parque?

—Correcto —digo yo.

—¿Y quizás el señor se despistó, o incluso se quedó un rato dormido, y fue durante ese lapso de tiempo que el perro desapareció? —Empieza a coger velocidad.

—Oiga, cualquiera diría que el robo lo hizo usted —digo tratando de que suene a broma.

La dependienta suelta una sonora carcajada.

—¡Ojalá!

—¿Ojalá?

—Sí.

—¿Qué quiere decir?

—Vamos, si me pudiera dedicar a pasear por el parque, significaría que no estaría esclavizada en este antro.

—Pero entonces, ¿cómo lo ha adivinado? —pregunta Mañana con falso desespero.

—No es ningún misterio —dice la dependienta con normalidad—, es la tercera vez que alguien entra en esta tienda con la misma historia.

—Será casualidad, ¿no? —digo yo.

—Podría ser, pero como la señora dijo, los chuchos valen un dinero…

Mañana y yo nos miramos. Saco un papel del bolsillo y le escribo mi número a la dependienta.

—Tiene usted razón —digo entregándole el papel—. Si averigua alguna cosa más, le agradecería mucho que me lo comunicara.

—De acuerdo, aunque lo veo bastante difícil —dice frunciendo el ceño. Luego hace una pausa, como dudando. Y añade—: Solo… —se vuelve a parar de golpe—. Nada, quizás no tenga importancia.

—De todos modos, me gustaría saberlo —digo rápido.

—Los otros que vinieron preguntando por sus perros no eran de aquí.

—¿Qué quiere decir? —pregunta Mañana.

—Que eran extranjeros, eso es. A diferencia de ustedes, que son de aquí.

—Sí, es un detalle curioso —digo.

—¿Verdad? —añade ella pensativa.

—Muchas gracias, ha sido usted de gran ayuda —digo mientras dejo un billete de veinte encima del mostrador—. Buenos días.

Cogidos del brazo, nos dirigimos hacia la puerta del establecimiento. La voz de la dependienta nos detiene antes de que podamos dar dos pasos.

—Oiga, yo no sé si debería… —protesta señalando el billete.

—Por las molestias —dice Mañana, y añade—: ¡Hasta pronto!

Salimos de la tienda y andamos un par de calles para volver a ganar el anonimato de la ciudad.

—¿Qué te parece? —pregunta Mañana.

—Se confirma la teoría: han raptado a Johnny —respondo con seguridad—. Y no solo eso, alguien está capturando perros caros en Barcelona.

—Además, las personas robadas parecen tener todas un mismo perfil —añade Mañana—: ricas y extranjeras.

—Correcto —digo pensativo—. Aunque el señor Bernstein lleve veinte años en Barcelona, nunca se confundirá con alguien nacido aquí. El que le robó pensaría que estaba de paso.

—Entonces, si están robando a gente extranjera, ¿podría ser que luego revendieran los perros a personas de aquí? Incluso podrían engañarlos haciéndoles creer que los perros son legales, ¿no?

—Un perro robado no puede justificar su pedigrí. Sigo pensando que si te sobra el dinero vas a comprar a El Corte Inglés, no te molestas en buscar el mejor precio. Y tampoco creo que los roben para venderlos al primero que pase. Tanto esfuerzo debe ser para algo.

—¿Entonces?

—No lo sé.

Nos quedamos un rato sin decir nada.

—¿Cogemos juntos el autobús? —pregunta Mañana.

—Creo que prefiero bajar andando, necesito aclararme las ideas.

—¿Quieres que te acompañe?

—Prefiero ir solo, no te lo tomes mal.

—No te preocupes, al fin y al cabo ese es tu modo habitual de trabajar, ¿no?

—Supongo que sí. Por cierto —digo recordando de repente—, tenemos un nuevo caso.

Mañana pega un bote.

—¡Cómo! ¿Y me lo dices así como si nada?

—Me lo encargaron ayer por la noche, no he tenido tiempo.

—¡Quiero saberlo todo!

—Pero ¿ahora…?

—No acepto una negativa.

No creo que pueda hacerla cambiar de opinión. Además, a veces, es mejor saber claudicar.

—Está bien —digo—, tomamos un café y te lo cuento. Pero no me atosigues a preguntas, ¿eh?

—Vale, vale —espeta Mañana empujándome al interior de un bar. Al instante, el aroma a café recién molido nos embriaga como si fuera el canto de una sirena. Buena elección.

—Por cierto —digo mientras nos sentamos en una mesa—, ¿sabes algo acerca de sociedades secretas?

Mañana se encoge de hombros.

—Cacho, ¿qué te parece si empiezas por el principio?

Charlamos un buen rato hasta que logro ponerla al corriente acerca de los detalles de la desaparición del señor Jiménez y la tenebrosa Orden de Los Caballeros del Alba Gris. Trato de que suene todo muy normal, aunque no sé si lo consigo. Entre Juan Ramón y Johnny, van a conseguir que Mañana se lleve una impresión equivocada de mi trabajo. A ella parece no importarle; solo se dedica a tomar notas, como si se tratara del caso más importante de la historia. Me encanta.

Cuando queda satisfecha con mis explicaciones, pago y salimos a la calle.

Miro mi viejo reloj de pulsera.

—La una y siete —digo.

—No jodas. ¿Ya?

Me encojo de hombros.

Mañana decide tomar un taxi; al parecer ha quedado con alguien y va con retraso. Así que me quedo solo observando un autobús que pasa por delante de mis narices; el humo que sale del tubo de escape me hace toser. Ya veis, vivir en la ciudad es de lo más sano.

Pausa.

Decido andar hasta mi casa, a ver si durante el trayecto se me ocurre alguna idea. Hay un buen trecho, pero eso no es problema, ya que siempre me ha gustado caminar.

Tomo la calle Muntaner y empiezo a descender hacia el centro de Barcelona. Se me antoja que esta calle es como la varilla que utilizan los mecánicos para medir el aceite que hay en el motor de los coches. Hace unos años, uno diría que solo había un poquito de aceite al fondo, ahora parece que la grasa ha empezado a trepar hacia arriba. La calle limpia y los negocios caros se van sustituyendo gradualmente por la suciedad y el mal gusto. Aun así, me parece mucho más auténtico el ritmo de la parte baja que el punto estático de la parte alta.

Al nivel de la calle Diputació, entro en las librerías de segunda mano, esas que tienen los libros ordenados por precios: a un euro, a tres euros o a cinco euros. No lo puedo evitar, siempre hurgo entre los diversos volúmenes, aunque casi nunca encuentro nada que valga la pena.

Una vez más, salgo con las manos vacías. Cruzo la Gran Via y sigo bajando. Se levanta un viento frío. «Quizás debería ir a casa», me digo, mientras un escalofrío me recorre la espalda desde los riñones hasta las cervicales. Meto las manos en los bolsillos de la Harrington. La inercia me lleva. El cielo está ligeramente cubierto y la ciudad empieza a antojárseme triste y sucia. Uno diría que está enferma. La capa de maquillaje que le ponen el ayuntamiento y los publicistas no le disimula las patas de gallo, ni la sarna entre los dedos. En los bolsillos encuentro algo que no reconozco. Lo saco. Es la tarjeta que me dio H. P. Ras, el misterioso hombre que me encontré en el parque de la Ciutadella. Contiene escrito el nombre de una calle: Aurora. No queda muy lejos de donde estoy, así que decido acercarme a echar un vistazo.

Penetro, como un espectro furtivo, en el barrio del Raval. Inmediatamente, percibo como empiezan a mezclarse las cosas: el olor a comida árabe con el gris de las paredes, las luces de neón con los tacones de las señoras que salen del Liceu, el coma etílico de los estudiantes de Erasmus (que alquilaron el piso por internet) con la vieja que lleva cincuenta años viviendo en el barrio y que no sale de casa porque no tiene ascensor.

Recorro la calle Aurora de cabo a rabo, pero no veo nada sospechoso, ni tan siquiera curioso o que me haga pensar que tiene relación con el tal Ras. Vuelvo a estar en un callejón sin salida. Como el estómago empieza a reclamarme la presencia de algo sólido, decido entrar en un bar con pinta de moderno. El camarero está en la barra escribiendo en una pizarra. Me siento en una mesa al lado de una ventana con los cristales empañados; afuera empieza a chispear. Al poco, se acerca el chico con cara de «me has interrumpido».

—¿Qué le pongo? —Es argentino.

—Un biquini.

—¿Cómo?

—Un mixto, ¿puede ser?

—Claro —dice el tipo con suficiencia—. ¿Y para beber?

—Un Spritz, por favor. De Aperol.

—De acuerdo.

El camarero se aleja con paso cansado y me quedo mirando por la ventana. Me gusta contemplar la lluvia desde la barrera. Ya sé que estás pensando. Que mi vida es bastante fácil y que, comparado con hacer ocho horas cinco días por semana en una oficina, lo mío es coser y cantar; pero no te equivoques, estoy trabajando de todos modos, mi cabeza no para en todo el día y donde funciona mejor es en los bares.

El chico me trae el biquini y el Spritz. Su color anaranjado contrasta con el ocre de la calle, casi como si el resto de la existencia fuese en blanco y negro. Le doy un sorbo. Es refrescante y amargo. Me encanta. Luego voy a por el biquini. El jamón dulce es infumable, como casi siempre en los bares, pero al menos ha tenido la decencia de no usar Tranchettes y de untar ligeramente el pan con mantequilla. Me lo como con parsimonia, mientras voy dando sorbitos del combinado. Cuando termino, le pego un mordisco a la oliva gigante que está dentro del vaso; me la reservaba para el final. Está empapada de Spritz, así que los gustos se entrelazan como la doble hélice del ADN. Entorno los ojos para poder apreciar mejor las sensaciones de placer y entonces lo veo. A través de la ventana, al otro lado de la calle hay una puerta de madera con una antorcha encima. La calle, ahora, está bastante oscura —ya no llueve, pero el cielo sigue cubierto— así que supongo que habrán encendido la antorcha para iluminar el cartel que hay debajo. Abro bien los ojos y puedo ver el dibujo de un caballero encima de su montura que se dirige hacia un sol naciente. La imagen tiene un único color gris oscuro. «Los Caballeros del Alba Gris», me digo. Me acerco a la barra para pagar mi bebida.

—Son quince euros —me comunica el argentino levantando la punta de la nariz.

—¿Perdone?

—Quince euros.

—¿Por un Spritz y un biquini?

—¿Usted qué se cree? Estamos en Barcelona.

Pago y me voy.

La verdad es que no sé muy bien cómo me las voy a arreglar para entrar en el garito sin levantar sospechas. Es curioso porque el estilo de la puerta, del cartel, de la antorcha, y el aire que desprende el portal vibran de una forma muy extraña, como si acabaran de aparecer del pasado. En la puerta no hay timbre; por contra, una pesada aldaba en forma de lagarto parece observarme. Agarro la cabeza del bicho y lo golpeo contra el tope de metal. Toc-toc-toc. Espero unos segundos. Nada, silencio. Justo cuando me dispongo a aporrear la puerta de nuevo, oigo como la cerradura empieza a girar lentamente. Hago un paso hacia atrás mientras la puerta se abre. Nadie sale a recibirme, pero un calorcito muy agradable sale del interior, así que decido asomar la cabeza. Lo que puedo ver es una estancia de madera antigua, maciza, y con las paredes forradas de terciopelo rojo. Delante de mí, un mostrador y una chica que me observa. Sus oscuros ojos son tan grandes que me reflejo en ellos como en dos espejos; su piel, tan pálida como el queso de cabra; sus labios, finos, como hechos a cincel.

—Adelante —dice con una ligera sonrisa.

—Gracias.

En silencio, me introduzco en el espacio —«piensa, piensa» me digo, ya que de ello dependerá el éxito de la empresa— y la puerta se cierra a mis espaldas con un sonido metálico. Clac. Estoy dentro.

—¿Será usted tan amable de mostrarme la tarjeta? —pregunta la chica.

Me acerco.

—Eh…

De pronto me veo hurgando en los bolsillos, ¿la tarjeta? Mierda. ¿Qué tarjeta? Debería haber pensado una estrategia antes de llamar: un club tan selecto solo admite socios. Empiezo a sacar papeles de los bolsillos que voy dejando encima del mostrador, a ver si de ese modo consigo ganar algo de tiempo para pensar una excusa. Las manos me tiemblan como si acabara de desarrollar un primerizo párkinson y empiezo, además, a sudar y resoplar. Cuando pienso que me voy a desmayar, de pronto, la chica me interrumpe.

—Ejem, perdone, creo que lo que busca está ahí.

Su dedo apunta una tarjeta color crema.

—Eh, sí, sí, claro —digo sin comprender nada.

Cojo la tarjeta y la miro. *La vida es muy perra, S. L.* Le doy la vuelta. H. P. Ras. ¿Qué diablos significa esto?

—Gracias —me dice ella mientras me coge la cartulina de entre los dedos.

—De nada —digo sin comprender.

Ante mi sorpresa la chica mira la tarjeta, sonríe en señal de aprobación y me la devuelve.

—En adelante, y si es que va a volver, le recomiendo que la guarde en este estuche —me dice sacando de debajo del mostrador lo que parece un portatarjetas metálico.

—Pero…

—Bienvenido.

Pausa.

—Gracias.

—Debe usted cruzar esa puerta y esperar allí —me dice señalando una diminuta entrada, la existencia de la cual no se me había revelado hasta el momento.

—Claro —digo, aunque no suena muy convincente.

Se crea un silencio denso e incómodo entre los dos.

Se supone que debería andar hacia la puerta, pero no lo estoy haciendo. La chica continúa enfrente de mí, sus largos dedos tamborilean encima del mostrador, aunque no se produce ningún ruido, como si fuese la protagonista de una película muda.

—No tenga miedo —me susurra—. Es usted un elegido.

Empiezo a caminar hacia la puerta, más por no hacer el ridículo que por otra cosa. ¿Un elegido? Como mucho el tonto del mes. La chica me sigue, casi puedo notar su fría presencia en mi espalda. Me detengo delante de la puerta; ya no tengo tan claro que quiera entrar. Ella se me acerca, aunque no puedo verla porque sigue detrás. Solo noto sus afilados labios que me rozan la oreja y un escalofrío que me recorre el cuerpo. Trato de apartarme, pero soy incapaz. «Algo va mal», me digo, mientras sus labios se me pegan y percibo su aliento: huele a canela. Me hechiza, me susurra:

—¿Le comió la lengua el ratón o fue el gato? —Su voz suena a lana mojada.

Durante unos instantes, el tiempo se paraliza. Luego, la puerta se abre delante de mí y la chica se pone a reír. Una risa masculina, como de viejo verde, que no engancha con su belleza rara. Sus palabras me han congelado el alma, definitivamente, ya no quiero entrar. «¿Le comió la lengua el ratón o fue el gato?» Empiezo a girarme porque quiero verle la cara, pero ella me está empujando al interior de la habitación. El aire parece haberse densificado y cada vez es más difícil respirar. Me estoy girando, pero no lo voy a lograr. Tengo ya medio cuerpo dentro del cuarto. Mis piernas no responden, están como dormidas. Hago un último esfuerzo por darme la vuelta y, mientras mi cuerpo acaba de traspasar el umbral, puedo ver de reojo a la chica: parece levitar unos centímetros por encima del suelo. «Debo haberme mareado», pienso. Clac. Estoy teniendo alucinaciones. La puerta se cierra en mis narices.

Miro a mi alrededor. Estoy dentro de una sala circular forrada, también, de madera e iluminada únicamente por una lumbre. Delante de esta, dos sillas separadas por una mesita baja. En una de ellas una niña, sentada, mira hacia el suelo. Permanezco inmóvil. Al cabo de un tiempo que no podría precisar, la chiquilla levanta la cabeza en mi dirección. No parece el movimiento de alguien tan joven, se asemeja más al de una veterana bailarina capaz de controlar sus músculos al milímetro. Entiendo por su mirada que debo sentarme en la butaca vacía. Avanzo tímidamente hasta situarme delante de ella y, luego, lo hago. Ahora la niña me mira a los ojos. Me cuesta mantenerle la mirada, ya que sus verdes pupilas parecen quemar más que el fuego de la lumbre.

—Buenas tardes —me dice.

—Buenas tardes —le respondo.

—¿Qué puedo hacer por usted?

De repente, recuerdo que no tengo ninguna coartada. Está claro que lo que desearía es preguntar por Juan Ramón Jiménez, pero eso sería delatarme, así que digo lo primero que me pasa por la cabeza.

—He visto el cartel de la entrada y me ha llamado la atención. ¿Qué tipo de servicios ofrecen ustedes?

La niña estalla a reír.

—¿Servicios? —dice entornando los ojos—. De todo tipo.

No ha parado de reír.

—No me parece que lo que haya dicho sea tan gracioso.

La niña se pone seria sin transición alguna.

—Señor Cacho, llegar hasta aquí es muy complicado,

diría casi imposible.

¿Por qué sabe mi nombre? Todo esto es muy raro. Decido contraatacar:

—¿Entonces como puede ser que, simplemente, haya cruzado la puerta entrando sin problemas?

La niña me mira, por un segundo sufro ante la idea de que mis ojos se fundan como la grasa al fuego.

—Señor Cacho, usted ha sido invitado, es por eso que ha sido capaz de ver la puerta y de cruzarla.

—¿Perdone?

—Nuestra puerta es un portal protegido.

La niña me sonríe ahora. No recuerdo que nadie me haya invitado aquí, pero, en fin, por lo menos estoy un poco más cerca de descubrir algo de Juan Ramón Jiménez de lo que lo estaba antes.

—¿Ha oído hablar de nosotros, señor Cacho?

—No —miento.

—Somos, ¿cómo decirlo…? Ah, sí, poderosos.

—Vaya.

—Para que se haga una idea, en la butaca en la que está usted sentado, Racine escribió *Fedra*. ¿Qué le parece?

«Nunca leí esa basura», pienso para mis adentros. Pero la verdad es que la situación empieza a ponerme nervioso. Tengo ganas de irme, de dejar el caso, incluso la profesión. Con los ahorros que tengo es muy probable que esté a tiempo de comprarme un quiosco en el pueblo de mi madre y dedicarme a cultivar el huerto. En fin, para qué contaros.

—Estoy aquí por error —digo en un acto de desesperación—. Nadie me ha invitado.

—Se equivoca. Como le decía, para un *común* es imposible entrar aquí.

—¿Entonces, sería tan amable de decirme quién me invitó?

—H. P. Ras.

Tiene que ser una broma, todo esto tiene que ser una

broma. Me dan ganas de levantarme y abofetear a la niña, pero no lo hago.

—Prácticamente, no conozco al señor Ras.

—Eso no importa.

—De hecho, no le conozco.

—Él vio algo en usted.

—No sé si la sigo.

—Un potencial, supongo.

Pausa.

—Por cierto, ¿no debería usted estar jugando con muñecas? —Me marco un farol.

La niña me mira penetrantemente. Luego habla con la mayor tranquilidad.

—Muy gracioso.

Sus ojos empiezan a brillar de nuevo, deslumbrándome, como cuando un coche pone las largas; no sé cómo lo hace la cría, pero la verdad es que impone. Decido callarme, por si las moscas. Debo ser el detective privado más patético de la historia.

—Señor Cacho, el señor Ras vio una cualidad en usted.

—¿Qué tipo de cualidad? —pregunto honestamente.

—Está dormido, claro, pero quizás podría despertar. Ya lo ha estado, despierto, me refiero, no en esta vida, obviamente; pero en otras ha logrado un pequeño historial, amigo mío.

Como no entiendo nada de lo que dice, me quedo callado. No sé por qué, me viene ahora a la mente una tarde de verano en la que compartí un gofre con una chica de Sant Andreu en la terraza de un bar que daba a una plaza. Hasta casi puedo ver su cabello bailar al ritmo de la flauta que soplaba el viento.

—Señor Cacho, la situación es muy simple. Debe usted hacer una elección.

—¿Una elección? ¿De qué tipo?

La niña se levanta y se dirige hacia la pared ovalada, encuentra una ranura y, mediante sus deditos, abre una portezuela. Dentro, hay un pequeño compartimento, pero, aunque los ojos ya se me han acostumbrado bastante a la oscuridad, no puedo ver muy bien qué se esconde en el interior. De repente, la niña se gira. Lleva en sus manos una bandeja con dos copas. La deja encima de la mesa que separa las sillas.

—O sea que me va a tocar escoger —digo con una mueca.

—Bravo, veo que va comprendiendo. Al final resultará que es usted más listo de lo que pensaba.

—¿Y si no quiero?

—Lo va a hacer de todos modos, ¿no cree?

Reconozco que la cosa empieza a ponerse interesante. No es que me guste que una niña me vacile, pero está claro que ser miembro de Los Caballeros del Alba Gris debe ser bastante entretenido.

—Solo para clarificar —digo—, si escojo de forma correcta, ¿qué pasa?

—Entonces, usted pasa a ser un *hermano*.

—Bien. ¿Y en caso contrario?

—Lo dejaremos en la calle y usted se olvidará de todo este asunto.

—Entonces, ¿no hay ningún riesgo?

—Digamos que ante usted se abre la oportunidad de acceder al *secreto* de la vida.

Todo este numerito esotérico está empezando a acabar con mi paciencia.

—Qué bonito —digo rudamente. Y añado—: ¿Acabamos ya con esta farsa?

La niña me mira, abre la boca, saca la lengua y entorna los ojos. Es roja como la sangre, viscosa como la gelatina. Parece tener vida propia.

—Arrodíllate.

Mierda, no sé cómo, pero mis músculos empiezan a actuar por su cuenta y, de golpe, me encuentro con las rodillas en el suelo y la cara a unos centímetro de las dos copas.

Puedo ver, ahora, que son extremadamente viejas y que contienen un líquido negro. Las dos parecen forjadas en oro, y su única diferencia apreciable es que la de la derecha es más pequeña. Las miro detenidamente. Acerco mi nariz y las huelo. Mierda. Es sangre. Levanto la mirada hacia la niña. Nunca he visto la cara oscura de la luna, pero debe ser más o menos como la suya.

—No pienso beber sangre —digo.

—¿De qué tienes miedo? Te estás muriendo de ganas.

Algo se enciende en mí, algo sucio. Mi mente racional intenta frenarlo pero ya es demasiado tarde. La niña me está inoculando un virus extraño, lo siento en mis huesos.

—¿Por qué debería querer hacer algo así?

—¿Por qué?

Estalla en risas de nuevo.

—Porque ya hace demasiado tiempo que no lo haces, ¿no crees? ¿O te has olvidado? ¿Te has olvidado de la carne cruda al caer la noche? ¿De tu cuerpo bañado en sangre? ¿Del amor salvaje?

La cabeza me rueda, no me encuentro bien. Intento respirar profundamente, pero tengo el diafragma agarrotado. Las palabras de la niña retumban en mi cabeza y el corazón me late con violencia. Debo acabar con esta farsa y sé que solo hay un modo. No sé cómo he podido llegar hasta aquí, pero ahora ya no hay marcha atrás. De pronto, me veo a mi mismo cogiendo la copa grande; es como si estuviera asistiendo a una representación de teatro. La cojo porque me parece menos perversa, si es que eso tiene algún sentido. Me la bebo de un trago, su gusto es dulce, no parece sangre. Más bien zumo de uva. Quizás he tenido suerte y la sangre estaba en la otra copa. La vista se me nubla. O quizás no. Ahora ya no estoy tan seguro. Quizás me equivoco y sí he bebido sangre. No lo sé. Rayos. Caigo al suelo, mi cabeza golpea contra la madera. La niña tiene pezuñas.

Negro.

Me despierto chapoteando en un charco de líquido como un niño en una piscina de plástico; a excepción de que, en mi caso, el líquido es vómito. Miro a mi alrededor: estoy en la esquina de la calle Aurora con la Rambla del Raval. ¿Cómo coño he llegado hasta aquí? Me duele la cabeza y apesto. Estoy muy desorientado y sin fuerzas. Necesito ayuda. Reviso desesperadamente mis bolsillos para ver si todavía tengo la cartera y el móvil. Ahí siguen. Respiro aliviado. Saco el teléfono y miro la hora. Son las doce de la noche. ¿Cómo puede ser? ¿Las doce de la noche? Me resigno mientras mis torpes dedos buscan por la agenda del móvil. Solo quiero llegar a casa.

Al tercer tono, Mañana descuelga:

—¿Diga?

—Soy Cacho, estoy en apuros.

—¿Te han herido?

—Creo que no.

—¿Entonces qué sucede? —pregunta con voz preocupada.

—Creo que me han drogado, me duele mucho la cabeza y no puedo moverme.

—Ahora vengo —dice decidida—. ¿Dónde estás?

—Al lado del bar Aurora, en el Raval, ¿lo conoces?

—Sí, no te muevas.

Sonrío para mis adentros. Mañana se ha introducido en mi vida de una forma totalmente inesperada. Quién sabe, quizás todavía pueda sacar una amiga de todo este enredo. Se me cierran los párpados. Rezo para que llegue pronto. Oscuridad.

Olor de té. ¿Dónde coño estoy? Mi vida empieza a parecerse a la de una hormiga perdida en un lavabo. Me llega una voz cálida y contundente.

—Cacho, Cacho.

Abro los ojos. Estoy en lo que parece el sofá de un comedor de paredes altas, envuelto hasta el cuello en una manta de lana. Por lo que puedo apreciar es el típico piso repintado del Eixample. Delante de mí puedo ver la cara de Mañana. A su alrededor una chica con pelo de chico y un chico con pelo de chica.

—¿Te encuentras bien? —pregunta Mañana.

—Sí, sí, mucho mejor —digo incorporándome—. Ha sido una experiencia muy rara. Creo que me hicieron tomar algún tipo de droga alucinógena.

—¿LSD, MDMDA, DMT, MDA, peyote, ayahuasca? —pregunta el chico.

—Rubén, no le atosigues —censura Mañana.

—Era solo por saber —se justifica este—; cada cual te da una resaca diferente.

—No es el momento de empezar con una de tus clases magistrales, ¿no crees? —dice, ahora, la chica.

—La verdad es que no sé qué me han dado —musito.

Me debieron meter algo en el Spritz, pero ¿quién? Y ¿por qué? Está claro que no voy a descubrirlo ahora, necesito recuperar todas mis fuerzas. Cojo el té, que todavía sostiene Mañana, y le doy un sorbito. me sabe a las mil maravillas.

—Té Mu —dice esta. ¿A que está bueno?

—Sí —respondo—. Sabe como a regaliz.

—Lo mejor es que nos dejéis a solas para que pueda contarme lo sucedido —dice Mañana a los otros. Levanto una mano en señal de protesta, pero ella se me anticipa—. O lo que puedas recordar.

—¿No nos vas ni a presentar? —pregunta el chico, decepcionado.

—Ah, sí, claro —murmura Mañana. Y añade—: Este es Rubén, y ella, Silvia. Como habrás deducido, son mis compañeros de piso.

—Elemental, querida Mañana.

Todos estallamos en risas. Igual tengo futuro como cómico.

—Pues, digo yo, que si me quedo sin ver la serie —dice Silvia señalando la vieja televisión de tubo que está en un extremo del comedor—, al menos tengo derecho a saber qué coño le ha pasado a este.

—Silvia, ya te he dicho muchas veces que un buen investigador no puede ir por ahí contando lo que lleva entre manos.

—Pues a mí, con todo el follón de traerlo hasta aquí, se me ha ido el sueño —añade Rubén.

—Chicos, ¡por favor!

—No, espera, Mañana —digo condescendiendo—. Ya que estoy invadiendo el piso, lo mínimo es contarles por qué estoy aquí. Al fin y al cabo, es su comedor.

—Y también el mío, y yo digo que…

—El tiempo de tomarme el té —suelto en dirección a los chicos—. Luego me dejáis descansar, ¿de acuerdo?

Silvia y Rubén se miran con cara de triunfo. Doy otro sorbo. Me siento como en casa, así que me pongo cómodo y les hago un resumen de lo que recuerdo. Los chicos parecen moderadamente satisfechos con mi narración de los hechos. Aunque, creo que piensan que todavía deliro un poco. En cualquier caso deciden dejarme descansar. Cierro los ojos. Ha sido un largo día y ahora necesito recuperarme. O, por lo menos, eso es lo que dice Mañana, y quizás tenga razón.

Buenas noches.

Me despierta el olor de café recién hecho. Abro los ojos. Una cafetera Bialetti descansa encima del salvamanteles de la mesa del comedor. Todavía echa humo. Doy gracias a Dios por haber cuidado este detalle. Silvia, delante del portátil, desayuna tostadas con mantequilla y mermelada de arándanos, mi preferida.

Me mira. Tiene los ojos negros, los labios carnosos ligeramente frambuesa, la piel pálida.

—Buenos días —dice con una sonrisa—. ¿Has descansado bien?

—Perfecto, muchas gracias —respondo bostezando.

—Me alegro, la verdad es que anoche hacías muy mala cara.

—Me lo creo.

—¿Quieres desayunar?

—¡Por favor!

Me incorporo. Al lado del sofá descansan unas pantuflas con forma de elefante. Me las calzo. Me observo. Un momento. ¿Voy en pijama? ¿Cómo no me di cuenta ayer?

Debo estar poniendo la cara más estúpida de la tierra porque Silvia me mira, divertida.

—Sí, el pijama es de Rubén —dice—. Mañana te lo puso. Las pantuflas son mías…

—¿Pero entonces…?

—Llevabas toda la ropa vomitada, no te podíamos tumbar en el sofá de esa manera.

—Vaya…

—Aparte, apestabas; sin ánimo de ofender, ¿eh?

No sé qué es lo que me sorprende más, que Mañana me haya desnudado y me haya puesto un pijama, o el hecho de no recordarlo.

—Oye, el café todavía está caliente —dice Silvia señalando la cafetera con la cabeza.

Me acerco de un salto, ante tan clara invitación, y me siento delante de ella, que ya me está sirviendo una taza.

—Perfecto —murmuro.

—¿Leche?

—No.

—Aquí tienes el azúcar —dice acercándomelo—. ¿Te apetecen tostadas?

—Sí, gracias…

Son de paquete, pero no me importa en absoluto. La verdad es que no estoy como para hacerle ascos a nada: tengo un hambre atroz, como si hiciera siglos que no comiera. Además, la mermelada de arándanos es casera; creo que esto me va a saber a néctar de los cielos.

Después de haber engullido la primera tostada, me doy cuenta de que estamos solos en el comedor.

—¿Y Mañana? —pregunto.

—Ha dicho que tenía que salir a comprar no sé qué. Volverá a la hora de comer. Por cierto, estás invitado. Eso ha dicho, que te quedes para recuperar fuerzas. Por la tarde ya se verá qué hacéis.

No sé desde cuando mi ayudante ha pasado a tomar el mando, pero no protesto. La verdad es que me apetece una mañana de reflexión. No es que haya avanzado demasiado en ninguno de los dos casos que llevo entre manos, pero me vendrá bien pensar un poco. Hay algo gordo detrás de todo esto, lo presiento, y será mejor estar preparado para cuando llegue.

De golpe, me doy cuenta de que Silvia me está haciendo señas con las manos.

—Perdona —digo—, estaba pensando.

—Ya veo, qué tío —dice esta apurando la taza de café.

Consulto mi reloj de pulsera mientras respiro hondo. Son las diez de la mañana de un soleado miércoles de primavera. Me planteo volver al sofá.

—Ejem —suelta Silvia mientras se gira hacia su portátil.

La miro tratando de comprender.

—Ah, sí, claro, qué tonto —digo—. Debes tener trabajo, ¿no?

—Uno poco, sí.

—¿Te molesta si me quedo aquí?

—Mientras no me des mucho el coñazo... —responde Silvia suspirando.

—Esa es mi especialidad.

—No sé por qué, me lo temía.

—Si quieres puedo cocinar —digo para intentar ganármela.

—Eso sería genial.

—Hecho.

Pausa.

—Oye, ¿y Rubén? —pregunto.

—En su habitación. Es *hacker* y trabaja desde casa, bueno, desde su cuarto. Cuando empiece a oler a comida, ya verás cómo sale cual chucho al sonido del pienso chocando contra el cuenco.

—¿*Hacker*? Creía que era informático.

—Sí, en fin, como quieras llamarlo.

No sé cómo debería llamarlo, pero llevo puesto su pijama, o sea que mejor ser generoso. Solo espero que esté limpio.

—¿Y tú qué haces? —le pregunto a Silvia.

—Redacto mi tesis.

—¿Sobre qué?

—La ecuación Drake.

—¿La ecuación qué?

—Drake —dice Silvia levantado una ceja y arqueando ligeramente la espalda hacia atrás.

—¿Y eso qué es? —pregunto.

—Una ecuación —responde Silvia sonriendo.

—Hasta ahí había llegado solo.

—Bravo.

—¿Y para qué sirve? —insisto.

—Mmm… —murmura Silvia mientras se pellizca la oreja—. Se trata de calcular el número de civilizaciones inteligentes que puede haber en la Vía Láctea.

—¿En serio?

—Sí.

—¿En la Vía Láctea hay alguien más?

—Es posible —dice Silvia misteriosa.

Hago una pausa.

—Cuando la termines ya me la dejarás leer —digo.

No se me ha ocurrido nada mejor.

—Descuida —me responde con una sonrisa.

A la luz que le pega en el cogote, Silvia se me empieza a antojar como un ser angelical, algo que podría evaporarse como las burbujas de la tónica. Quizás debería preocuparme. Siempre que empiezo a pensar así de una chica, significa que mis defensas están bajas.

—Voy a la cocina —digo, decidido, mientras me levanto.

—Vale, pero no te asustes —suelta ella con una sonrisa.

Aunque, hace ya bastante tiempo, yo también viví en una casa compartida —el clásico piso de estudiantes— y, en principio, tendría que estar curado de espantos (en lo que a cocinas guarras se refiere); me asusto. En mi caso coincidimos un romano, una chica griega (nunca supe exactamente de qué ciudad), un tipo de Cork y una inglesa de Sidcup. Ya se sabe, el glorioso programa Erasmus es responsable, entre otras cosas, de las mezclas más extrañas. La verdad es que nos llevábamos muy bien aunque, para decirlo de forma suave, la limpieza no era lo nuestro. Los niveles de insalubridad a los que llegó el tugurio donde vivíamos podrían considerarse casi como un acto de solidaridad con Can Tunis.

Así que me dirijo hacia la cocina bastante seguro de que nada podrá superar mi experiencia pasada, pero me equivoco. Solo con poner un pie en ella, las suelas de las pantuflas se me quedan pegadas al suelo por el exceso de grasa acumulada. Miro a mi alrededor. Los azulejos de las paredes han desaparecido bajo un pegote de color amarillento, como de vómito petrificado; el miserable Gravent encargado de la ventilación está lleno de mierda de paloma y es totalmente opaco; el mármol de la encimera está cubierto de aceite y comida solidificada; la campana no me atrevo ni a mirarla y, en el fregadero, una montaña impresionante de platos y cacharros desafía la ley de la gravedad. Si Thomas Mann lo viera seguro que escribía la segunda parte de *La montaña mágica*, aunque debería titularla *La montaña de mierda*, y quizás no quedaría tan bien. Avanzo por el piso y puedo oír como la goma de los zapatos gruñe por el efecto pegamento del suelo. Decido arremangarme. Manos a la obra. Me lo tomo casi como un desafío personal. Ahora que ya he visto esta cocina, no podría vivir tranquilo pensando que sigue ahí. Debo limpiarla a toda costa. Es como una llamada interior. Algo casi religioso. Si puedo hacerla brillar de nuevo, quizás el mundo tendrá más sentido. Como mínimo, será un lugar un poco más limpio. Deambulo con mis ojos buscando algo que se parezca a un estropajo, cuando veo una pequeña radio en una estantería. Es como la que usaba mi abuelo en el patio mientras se afeitaba. Todavía lo recuerdo mojando la navaja en el barreño verde lleno de agua y jabón. La radio es de esas que van a pilas. La enciendo y un pequeño piloto rojo se pone en marcha. *Chicken run*, todavía funciona. Qué placer buscar una emisora haciendo rodar el dial; todavía no he logrado acostumbrarme del todo a los chismes digitales. Los que nacimos en el 73 somos una generación rara, a caballo entre el Renault 5 Copa Turbo y el tofu. En fin, de lo mejorcito.

Por la radio suena *Candy Says*.

«Perfecto», me digo mientras —estropajo en mano— limpio al ritmo de la música.

Que Lou Reed no muera nunca.

Empleo en la tarea tres horas y media que me dejan exhausto. Cuando termino saco la cabeza al comedor donde Silvia sigue tecleando delante del portátil. Cuando me oye, levanta los ojos.

—Tu ropa debe estar ya seca —dice.

Me echo un vistazo. Sigo llevando el ridículo pijama de Rubén, pero ahora además está todo sudado.

—Cuanto antes me quite esto, mejor.

—¿En serio has tenido el valor de limpiar la cocina? —pregunta mientras se levanta.

—Me gustan las cosas difíciles. Y limpiar me relaja.

Silvia está ahora delante de mí. Se dispone a entrar, pero le bloqueo el paso con el mocho.

—¿Eh? ¿A dónde crees que vas?

—¿Acaso no se puede ver?

—Está fregado.

—Vale, vale. Pero podré asomarme, digo yo.

—Eso sí.

Silvia saca la cabeza y da un silbidito.

—Como detective privado no sé, pero como chacha tienes un gran futuro.

Se me escapa un gruñido.

—En fin, era imposible cocinar ahí. Por cierto, si dejas que me pegue una ducha, luego preparo algo. ¿Te parece bien?

—Adorable —dice Silvia y vuelve a sentarse delante de su portátil.

En comparación con la cocina, el baño parece sacado de un anuncio de la tele. Menos mal. Me desnudo y en un pispás ya estoy debajo del teléfono de la ducha. El agua caliente me rebota en el cuello formando una cascada natural que se desliza por la espalda, como si fuera la capa de un superhéroe. El olor a jabón penetra por mi nariz y parece como si me limpiara por dentro. Tengo la sensación de que empieza el día de nuevo para mí. Me lavo concienzudamente y es como si recuperara la forma original con la que llegué a la tierra, como si quitara la piedra sobrante del bloque de mármol y surgiera mi verdadero yo. Mientras estoy sumido en tan altos pensamientos, se abre la puerta del baño.

—Lo siento —dice Silvia—, es que al final…

Le puedo ver la cara que asoma a través de la puerta, eso quiere decir que la cortinilla de la ducha transparenta. Mierda, estoy desnudo. Me doy la vuelta. Ahora solo puede verme el trasero, algo es algo.

—Eh… —no consigo articular nada más elocuente.

—Que al final se me ha olvidado devolverte la ropa —dice.

—Ah, es verdad.

—¿Puedo pasar?

—Sí, sí, claro, como si estuvieras en tu casa.

Silvia entra y deja mi ropa en un taburete rosa fluorescente. ¿Por qué diablos la gente se comprará estas cosas?

—Aquí la tienes.

—Gracias.

Como ha dejado la puerta medio abierta, la corriente de aire me provoca un escalofrío que me recorre la espalda. O sea que sacudo el culo cual petirrojo expulsando las gotitas del rocío mañanero. Silvia me mira atónita.

—Qué mono —se le escapa.

—¿Podrías cerrar la puerta? —digo medio cabreado—, pasa aire.

—Sí, claro, perdona.

Silvia cierra la puerta. Ahora estamos los dos encerrados en el lavabo. Creo que en la universidad nunca me hablaron de cómo resolver una situación así.

—Si quieres, puedes usar mis chanclas; son esas de ahí —me dice señalando dos gastadas brasileras amarillas.

—Sí…, sí… —balbuceo—. Perfecto.

La situación empieza a hacerse incómoda. Básicamente, porque aquí soy el único que está desnudo. Trato de solucionarlo envolviéndome con la cortina mojada, pero el invento no sale muy bien. A Silvia se le escapa la risa.

—Tranquilo, no eres el primer tío que veo desnudo, eh.

—Ya me lo imagino.

Desisto de trajinar con la cortina.

—Si me necesitas para algo, estaré en el comedor —añade.

Se me ocurren algunas ideas para las que la podría necesitar, pero las descarto.

—De acuerdo —musito.

—Hasta luego.

—Hasta ahora.

Silvia anda hasta la puerta, se gira, y sonríe.

—Por cierto, bonito culo —dice.

Y sale del baño.

Un piropo. No está mal. Quizás, si juego bien mis cartas, pueda acabar saliendo algo bueno de todo esto. Aunque lo más probable es que me estuviera tomando el pelo.

En cualquier caso, decido ganar puntos preparando espaguetis a la carbonara. Clásico pero efectivo. Vamos a dejar una cosa clara: los carbonara se preparan sin crema de leche y sin cebolla. O, al menos, así es como me los enseñó a hacer mi excompañero de piso, el romano del que os hablé. Y os juro que así están más buenos.

Vuelvo a la cocina y empiezo a disponer todos los ingredientes por encima del mármol. Milagrosamente, encuentro un pedazo de auténtico parmesano *reggiano* en la nevera. Cuando lo veo casi se me escapa una lágrima y tengo la sensación de que el fantasma de Josep Pla me da unos golpecitos en el hombro para confortarme; muy extraño. Agarro el queso entre las manos y me dispongo a rallarlo, pero, antes, no puedo resistir la tentación de llevarme un pedazo a la boca. Su tacto casi rasposo al paladar y su intenso gusto, como de lava congelada saliendo del volcán, siempre me devuelve las ganas de vivir; así que me lanzo por este tobogán.

Preparo también una ensalada, algo fresco irá bien como complemento. No me entretengo mucho porque los comensales están ya en la mesa y no quiero hacerles esperar. Silvia tenía razón y a Rubén no ha sido necesario llamarlo, ha salido de su habitación cual can al olor de la comida. Mañana, que llegó, supongo, mientras cocinaba, parece que también trae un buen apetito.

Salgo de la cocina con las dos fuentes de comida —que son recibidas con una ovación—, y el queso rallado en un cuenco como si fuera la hostia consagrada.

—Vaya, si sigues así te vamos a pedir que te vengas a vivir con nosotros —dice Silvia guiñándome el ojo.

—Ni lo sueñes.

—Si cocinaras, podríamos pagarte un sueldo —dice Rubén, y no parece bromear.

—Sí, claro, y te lavo los calzoncillos también.

—Anda, pasad los platos —dice Mañana que está empezando a servir la comida.

—¿Vino? —Rubén me ofrece de una dudosa botella.

—Sí, gracias… —Correré el riesgo.

—Tengo buenas noticias, o algo parecido a eso, creo… —dice Mañana muy animada.

—¿Has averiguado algo?

—Sí, respecto al tema de Johnny.

—Adelante.

—¿Johnny? ¿Quién es Johnny? —Silvia parece interesada.

—Nadie —digo—, continúa por favor.

—Pensé en hablar con amigos que, de un modo u otro, tuviesen contacto con la clase alta barcelonesa. ¿Buena idea, no? A ver si habían oído algo sobre perros —dice Mañana entusiasmada.

—¿Tienes amigos pijos?

—¿Perros? —pregunta Silvia.

—Calma, chicos —resopla Mañana—. Pijos no, pero resulta que tengo un amigo que trabaja como proveedor.

—¿Proveedor? —digo incrédulo.

—En realidad es maquillador profesional, ya sabes, cine, televisión, teatro, cosas así.

—Ya.

—Aunque, de vez en cuando, ayuda en la empresa de su padre.

—Como *proveedor* —musito.

—Sí, de materia prima a restaurantes, todo de primera calidad —dice Mañana todavía excitada—. Se llama Andoni.

Pausa. Mañana me mira esperando mi aprobación.

—Andoni —digo—. Genial. ¿Y eso qué tiene que ver con nosotros?

—Bastante —responde Mañana—. Resulta que uno de sus clientes es un restaurante de Sarrià, una especie de club privado; El Pico de Oro, se llama. No es un sitio al que se pueda acceder fácilmente.

—Ya.

—Pues bien, parece ser que en ese local, él ve entrar y salir jaulas.

—¿Jaulas? —pregunto.

—Sí, o algo parecido.

—¿Algo parecido? ¿Las ve o no las ve? —digo impacientándome.

—Están tapadas con telas, pero, por los ruidos, está bastante claro que dentro va algo vivo.

Pausa.

—Es una buena pista —concedo—. Aunque, siendo un restaurante, podría ser algún tipo de comida, ¿no?

—Imposible —responde Mañana—. No estoy hablando de langostas. Lo que mi amigo ha oído son gruñidos y respiraciones.

—¿Estás segura?

—Completamente.

—Entonces podrían ser perros, es cierto —digo apurando el vaso de vino—. Es una buena pista.

—Gracias —dice Mañana con una sonrisa.

—¿Perros? —interrumpe Silvia—. ¿Entonces Johnny es un *perro*? ¿Estás buscando un chucho perdido? Yo me parto.

—¿Pero no eras detective privado? —dice Rubén sumándose a la fiesta sin que nadie lo haya invitado. Y añade—: ¡Cuando esta me pidió buscar por internet pensaba que se trataba del perro de una amiga!

—Vamos a ver si nos calmamos todos, ¿eh, chicos? —digo tratando de poner orden—. Puntualmente, y quiero recalcar la palabra puntualmente, he… hemos aceptado un caso un tanto particular.

—¿Hemos? —pregunta Mañana con la boca llena.

—Es un decir. Los detectives somos como prostitutas, ¿de acuerdo? Que nadie se engañe, nos pagan por horas y hacemos el trabajo sucio.

—¿Y para qué coño quieren perros en un restaurante? —suelta Rubén de improviso.

—Eso es lo que deberemos averiguar —respondo—. Mañana, ¿crees que tu amigo nos podría arreglar un pase para ese club?

—Imposible, como ya te digo, es una cosa bastante exclusiva. Y él es solo el proveedor.

—Vaya.

Me sirvo otro vaso de vino.

—Lo que quizás sería posible… —Mañana se queda callada, como buscando las palabras.

—Dime.

Sigue sin hablar.

—Mañana.

—A lo mejor podría colarnos como *personal* del local.

—¿De camareros?

—Eso con suerte —dice apenada—. Lo siento, pero no se puede conseguir más.

La miro y se me dibuja una sonrisa en la cara.

—¿No lo ves? ¡Eso es mucho mejor!

—¿Por qué?

—Tendremos acceso a zonas más restringidas.

Pausa.

—¡Claro! —exclama de pronto.

—Cojonudo, Mañana.

—Oye, lo vuestro es bastante entretenido, ¿no? —pregunta Silvia.

—Depende, a veces se reduce a esperar dentro de un coche durante horas, o días —respondo.

—Y puede ser peligroso —añade Mañana.

—Ya —dice Silvia sin mucha convicción.

—Basta de hablar de trabajo —digo para zanjar el tema—, que si seguimos así no vamos a terminar de comer ni mañana.

Rubén suelta un gruñido y los cuatro nos lanzamos a devorar lo que queda en nuestros platos.

Cuando terminamos me levanto para despedirme.

—¿No vas a tomar el café? —pregunta Silvia.

—Prefiero hacerlo de camino al despacho, necesito pensar.

—Vale —me responde.

—Entonces, ¿dónde nos vemos? —pregunta Mañana.

—Llevaré el teléfono encendido, cuando sepas algo de tu amigo me lo dices, ¿de acuerdo?

—Perfecto.

Salgo a la calle. Son las cinco de la tarde. El cielo se ha tapado y hay poca luz. Los días nublados siempre son más duros para los melancólicos. De camino al despacho me detengo en el Rialto, un sucio bar de la calle Diputació, para tomar el susodicho café. En la barra, dos obreros fuman un cigarrillo con cara de asco. Hay vicios que son como las mujeres fatales: a pesar de dar más dolor que placer, no podemos dejarlos tan fácilmente. Me tomo el café. Las conexiones entre mis neuronas se encienden y empiezo a pensar. ¿Para qué coño querrán los perros? No puede ser para traficar con ellos. Ni para comérselos, eso sería absurdo. El restaurante tiene que ser la tapadera de algo.

El teléfono interrumpe mis pensamientos. Lo descuelgo de un manotazo.

—¿Diga?

—Soy Remedios.

Por unas horas había olvidado por completo que también tengo entre manos el caso de Juan Ramón Jiménez.

—Encantado de saludarla.

—Perdone que le moleste señor Cacho, llamaba para saber si sabe algo de mi marido —dice con voz cansina.

—Cada vez estoy más cerca de descubrir la verdad, señora Remedios —miento—. Aun así, necesito un poco más de tiempo.

—Confío totalmente en usted, ya que mi marido también lo hizo, sino no me hubiera dejado la nota con su nombre.

—Señora Remedios, por lo que he podido averiguar Los Caballeros del Alba Gris no son una inofensiva asociación, tienen mucho poder y están dispuestos a defenderse.

—¿Ha tenido usted algún problema? —me pregunta con voz temblorosa.

—No —respondo para no entrar en detalles—. Pero va a ser un poco más complicado de lo que pensaba.

—En cuanto tenga usted alguna noticia, por favor, llámeme.

—Descuide.

Cuelgo el teléfono.

Mi cabeza arranca de nuevo. La conclusión es que debería volver a entrar en la sede de Los Caballeros del Alba Gris. Es el único modo de saber qué diablos ha pasado con Juan Ramón. Busco en mis bolsillos y encuentro el portatarjetas que me dio la chica de ojos oscuros en la recepción de la sede. Lo abro. Dentro continúa estando la tarjeta de H. P. Ras. Qué curioso, ¿por qué rayos me la daría? Demasiado casual. Aunque cuando nos encontramos, yo todavía no tenía entre manos el caso de Remedios. ¿Cómo podía saber él que necesitaría entrar ahí? Si no se me ocurre nada mejor, tendré que intentarlo de nuevo, aunque no me hace ninguna gracia volver a ese sitio.

Salgo del bar y encamino mis pasos al despacho. Cuando llego a la altura de la plaza Urquinaona, vuelve a sonar el teléfono. Maldito chisme. Lo saco del bolsillo y miro la pantalla: número desconocido. Descuelgo.

—M. Cacho al habla, diga.

Una risa femenina estalla al otro lado de la línea, su sonido me es familiar.

—¿Oiga? —digo.

—M. Cacho al habla, muy bueno.

—¿Con quién hablo?

—Soy Silvia, tonto.

¿Para qué me llamará al móvil? No puedo negar que me gusta volver a oír su voz.

—¿Siempre respondes así al teléfono?

—Siempre que no conozco la persona que me llama. Podría ser algo de trabajo, ¿sabes?

—Se trata de algo de trabajo.

—¿Ah, sí? —respondo interesado.

—Te llamo de parte de Mañana, que se está dando un baño.

—Comprendo.

—Su colega os puede colar en el restaurante, pero tiene que ser hoy mismo.

—¿Hoy mismo?

—Esta noche, ¿estás libre?

Esperaba pasar la tarde en el despacho, reflexionando y escribiendo un rato —no me gusta abandonar demasiado mis *Relatos cósmicos*—, o sea que estoy más que libre.

—¿Dónde hay que ir?

—¿Tienes para apuntar?

Saco mi bloc del bolsillo de la Harrington.

—Adelante.

—Calle Osi, 17. Tenéis que estar allí a las ocho en punto.

—¿Te ha dicho Mañana qué vamos a hacer exactamente?

—Ella de camarera; tú, de pinche.

—¿Perdona?

—Y da gracias, parece ser que colaros no ha sido nada fácil.

—De acuerdo, de acuerdo. Dile que allí estaré.

—Descuida.

Cuelga el teléfono. No he tenido tiempo ni de darle las gracias. No importa, ahora debo concentrarme en lo mío. Primero, pasaré por el despacho para coger la cámara de vídeo y, después, iré a casa a prepararme para esta noche. Aumento la velocidad de mis pasos hasta que llego al portal de la calle Marina donde tengo la oficina. Subo las escaleras, también, a paso ligero; aunque no tanto como cuando jugaba al fútbol sala con los amigos. Llego arriba resoplando. Voy a meter la llave en la cerradura, pero al apoyar la mano en la puerta, esta se mueve. Empujo suavemente y se abre. Me asomo. Lo que veo es desolador. Todo está entre revuelto y roto. Los papeles de los casos antiguos esparcidos por el suelo, los libros y documentos caídos de las estanterías, la botella de Jameson hecha pedazos, los *Relatos cósmicos* manchados de *whisky*, la máquina de escribir del revés y la lámpara del escritorio partida por la mitad. Por el contrario, el ordenador está encendido y, contra todo pronóstico, intacto. Me acerco. Recojo la silla del escritorio y me acomodo delante de la pantalla. Hay un mensaje escrito.

Parque de la Ciutadella, mismo banco, ahora.

¿Pero qué mierda…?

No hay tiempo que perder. Apago el ordenador y me dedico a buscar la cámara —que guardaba en el tercer cajón— por el suelo. Es un artilugio en miniatura que sirve para grabar sin que nadie se dé cuenta. Como está camuflada en la hebilla de un cinturón, probablemente no la habrán destrozado a conciencia. Estoy en lo cierto. Encuentro el cinturón al lado de la papelera, y la cámara sigue en la hebilla. Parece funcionar bien y, además, tiene las baterías a tope. Dentro de la desgracia, por lo menos, esta noche podré hacer mi trabajo en el restaurante como Dios manda. Me pongo el cinturón y salgo del despacho. Consigo cerrar la puerta: Ras tuvo la delicadeza de no reventar la cerradura. Aun así, se va a enterar. Nadie me toca los cojones y se queda igual. Este tío no sabe con quien está tratando.

Salgo a la calle.

A pesar del frío infernal que me cala por los riñones, cubro la distancia entre mi despacho y el parque en un santiamén. Avanzo por la tierra húmeda con paso ligero y cortando el aire helado que me roza la piel. Miro a mi alrededor: prácticamente no queda ya nadie aquí. Supongo que dentro de poco lo cerrarán, así que debería darme prisa. Tuerzo hacia la izquierda en dirección al estanque, paso por delante del mamut y encaro los bancos donde me encontré con el malo de Ras. Pero no hay nadie. Mierda. A ver si será todo una broma. Es este caso, sería una broma de muy mal gusto. El despacho destrozado no va a arreglarse solo. Me siento en uno de los bancos. No sé si es muy buena idea, ya que enseguida noto como se me empapan los pantalones; maldita humedad, esta ciudad es como un invernadero gigante. Vuelvo a mirar a derecha e izquierda. Nada. Esto empieza a ser aburrido. Observo los cordones de mis zapatos con la esperanza vana de que puedan darme alguna pista sobre el sentido de la existencia, pero solo obtengo, a cambio, un silencio desolador.

De golpe empiezo a oír una respiración extraña. Vuelvo a mirar. A lo lejos me parece vislumbrar un chucho que se acerca. Sí, ahora lo veo mejor, no hay duda de que viene hacia mí, y no parece tener buenas intenciones. Es un bulldog francés de color blanco con manchas negras, igualito que el de Ras; vaya por Dios. Me subo encima del banco para ponérselo un poco más difícil. El perro se detiene justo en el borde de este y empieza a ladrarme con agresividad. Tiene los ojos encendidos y de la boca le salen espumarajos de saliva amarillenta. Da saltos hacia mí para mantenerme a raya. Creo que no quiere atacarme, solo impedir que me escape. Aun así la situación acojona un poco; el chucho parece poseído. Quizás si le diera una patada en el hocico lograría reducirlo, pero no me convence la idea. Mierda. ¿Por qué me pasarán a mí estas cosas?

Pestañeo y aparece Ras, como salido de la nada. Lleva el mismo sombrero y la misma gabardina color crema de la última vez.

—Balón, Balón, estate quieto, muchacho —dice mientras se va acercando—. Buen chico, buen chico —añade acariciándole el hocico.

—Podría denunciarlo por eso.

Ras suelta una contundente carcajada. Luego le pone una cadena al chucho, saca un papel de diario del interior de su gabardina azul, lo extiende encima del banco y se sienta.

—Es increíble la cantidad de humedad que hay en el parque a estas horas, ¿no le parece?

—Me importa una mierda la humedad —le respondo agresivo.

—¿Piensa permanecer toda la noche ahí arriba?

Pego un salto y me quedo de pie mirando a Ras. «Qué gran cabrón», me digo.

—¿Se puede saber qué quiere de mí?

—Recuperar una cosa que nunca debió estar en sus manos.

—Ya. Oiga, ¿y no podría habérmela pedido, simplemente?

—Tenía la impresión de que no me la hubiera dado, ¿me equivoco?

—No.

Está claro que ha venido a por su tarjeta. Mierda, es la única manera que tengo de volver a entrar en la sede de Los Caballeros del Alba Gris.

—Siéntese señor Cacho, me va a coger dolor de cuello de tanto mirar para arriba.

No hay ninguna razón objetiva para seguir de pie. Así que me siento con toda la dignidad de la que soy capaz. Cuando mis posaderas están encima del banco, noto de nuevo como la humedad me trepa por el culo. Definitivamente, hoy no es mi día.

—Entonces, si no le importa… —me dice extendiendo la mano—, devuélvame lo que es mío.

—Pero usted me la dio.

—Y ahora se la quito.

Pausa.

—Usted pensó que yo era digno —digo tratando de sonar transcendente.

—Fue un error. Las señales estaban muy claras, pero me confundió su actitud. No suele pasarme. ¿Sabe? A veces los extremos se tocan. —Ras me mira a los ojos. Y añade—: Pero no es de los nuestros.

Le aguanto la mirada.

—¿Y no puede darme otra oportunidad?

—Señor Cacho, esto no es un juego. Aquí no hay segundas oportunidades. Se acabó.

—Estrictamente hablando, no puede obligarme a dársela.

Ras abre la boca y contrae sus labios formando una *o*. Es un gesto muy extraño, como si al papa de Roma le hubiesen dicho que no puede repetir el postre. Entonces, mete la mano dentro de la gabardina y saca de ella un gastado librote de color amarillo.

—¿Qué mierdas es esto?

—Un listín telefónico.

—¿…?

—Sería más práctica una agenda, ya lo sé, pero aquí está todo.

Pausa.

—¿Espera que esto me asuste? —pregunto.

Ras no responde. Por el contrario, añade:

—Un momento, por favor, no me va a llevar más de un minuto —dice manoseando las gastadas páginas del listín hasta que encuentra el número adecuado. Entonces, saca un móvil del bolsillo y marca un número—. ¿Manolo? ¿Qué tal, chico? —pregunta jovialmente. Pausa—. Bien, bien gracias. Tengo un pequeño encargo para ti. Sí, a la de tres. —Ras hace una pausa para coger aire y luego susurra—: Uno, dos, tres.

Oigo un chasquido y Balón cae al suelo fulminado. Un chorrito de sangre empieza a manarle de la cabeza. No sale mucha, pero definitivamente Balón debe estar ya jugando en el cielo con el perro de Scottex. Esto empieza a pasar de la raya.

—¿Qué le parece? —me pregunta Ras con una sonrisa.

—No era necesario matar al perro —respondo muy cabreado.

—¿Se había encariñado con él?

—Digamos que no soy un gran fan de los asesinatos gratuitos.

—Los detectives privados sois patéticos, pero eso ya lo sabes, ¿verdad? —dice Ras acercándome la cara. Le apesta el aliento.

—Le repito que no era necesario.

—Vamos, no se ponga melodramático. Además, si usted me hubiese dado lo que no es suyo en primer lugar, nada de esto hubiera sucedido.

En mi rostro se dibuja una mueca de asco. Lo que siento por dentro es todavía peor. Empiezo a comprender el calibre de la situación.

—Se hace tarde —digo— y tengo cosas que hacer.

—Le comprendo señor Cacho, es usted una persona muy atareada.

Estamos cara a cara, mirándonos a los ojos.

—Solo una curiosidad —digo—. ¿Cuál es su cargo dentro de Los Caballeros del Alba Gris? ¿Reclutar a desconocidos? ¿Es usted una especie de ojeador?

Pausa.

—No sé de qué me habla —responde Ras rascándose la oreja. Y añade—: La tarjeta, por favor.

Pausa.

Me imagino al francotirador apuntando a mi cabeza. Supongo que no tendré más remedio que dársela, a menos que quiera ir a hacerle compañía a Balón —sería un honor, pero todavía no he redactado mi testamento. Por cierto, ahora que está muerto me parece la mar de mono; pero eso siempre pasa, la muerte es un gran embellecedor. Así que saco el portatarjetas metálico que contiene la dichosa cartulina y se la ofrezco.

—La niña —digo—, me habló de usted.

Ras se encoge de hombros.

—¿Qué niña, señor Cacho? Solo es mi tarjeta de visita —dice mientras la toma de entre mis dedos—. En cualquier caso ha sido un placer charlar con usted. Que tenga un buen día.

Se pone de pie, como si fuera la cosa más normal del mundo. Mi cara se arruga como una mala cuarteta. Da unos pasos y, cuando está a punto de desaparecer entre la húmeda niebla del parque, se gira y me mira. A la luz de las farolas, sus ojos se me aparecen como de un amarillento repulsivo.

Bajo la mirada. La sangre de Balón ha empapado mis zapatos. Estoy solo y con cara de gilipuertas. La verdad es que a nadie le gusta que le peguen una paliza así, aunque sea metafórica. Por primera vez en la vida, empiezo a sentir miedo de verdad. Tengo la sensación de que este caso me supera; como si no tuviera ni idea del mundo en el que vivo. Es como haber nacido en un zoo: uno ni siquiera puede vislumbrar lo que la vida debería ser en realidad. Me imagino un delfín nacido en cautividad y me deprimo. ¿Le dirá su intuición que hay algo más allá de la piscina? ¿Sabrá de los mares y océanos de infinitas posibilidades?

Vuelvo a mi realidad. Una realidad dónde un tal H. P. Ras puede contratar un francotirador para que me vuele la cabeza en el puto centro de la ciudad. Alguien no juega con la misma baraja de cartas. Alguien ha hecho que me tome esto como una cosa personal. Voy a encontrar a Juan Ramón Jiménez, cueste lo que cueste. Aunque sea lo último que haga —entiéndanme, si muero tampoco pasaría nada grave; a mi entierro no vendrán mis ex novias a llorar desconsoladamente, ni el alcalde depositará una póstuma Creu de Sant Jordi encima del ataúd en señal de agradecimiento por los servicios prestados a la ciudad. No. Mi miserable vida no le importa a nadie. No hay nada que perder.

Me levanto del banco. Se está haciendo tarde y debo pasar por casa para prepararme para lo de esta noche. Encima todavía tengo la moto estropeada, o sea que voy a tener que andar. Ya me lamentaré más tarde. Ahora toca caminar. Primero un paso y luego otro, no tiene más secreto, aunque a veces se nos olvida. Por suerte, el contacto con la tierra compacta del parque, le da un toque de seguridad a mis pasos que me reconforta. De momento sigo vivo. No sé cómo diablos lograré entrar de nuevo en el cuartel de Los Caballeros del Alba Gris, pero ya se me ocurrirá algo.

Cruzo las rejas del parque y tengo la sensación de penetrar de nuevo en la ciudad. Los coches pasan zumbando a mi lado, insensibles a mi pensamiento. El semáforo se pone en verde y encamino mis pasos hacia el paseo Lluís

Companys. Debo llegar hasta la calle Ausiàs March y luego torcer a la derecha hasta Sicília, donde tengo mi apartamento. Seguro que lo consigo. Todavía queda mucha noche por delante y hoy voy a estrenarme como pinche de restaurante. La vida y sus ironías. Aunque supongo que nunca es tarde para aprender un oficio nuevo.

Levanto la mirada. Delante de mí el Arc de Triomf impone su figura a una ciudad descolorida y supurarte.

Llego a casa. Ducha caliente, ropa limpia y el mundo parece librarse de su inmundicia. No me queda mucho tiempo, así que cojo un taxi rumbo a la siguiente parada de la noche: El Pico de Oro. Por suerte el taxista no me da conversación y, en nada, enfilamos por la calle Osi. Me parece bastante discreta, la verdad. Es cierto que el barrio es de buena clase, pero no se me antoja posible que haya un local de alto copete en una calle con tan poco encanto. Me equivoco. Cuando llego al número 132, unas macizas puertas de hierro y madera parecen estar diciendo a gritos «pasa de largo, a menos que lleves la American Express bien cargadita». Siempre he sido más de Visa en números rojos, qué le vamos a hacer. Aun así, me paro delante.

Encima de las gruesas puertas se alza un cartel que reza el nombre del restaurante: El Pico de Oro. Debajo de este, dos gorilas —uno, calvo; el otro, con coleta— protegen la entrada. Decido esperar a que llegue Mañana apoyado en la pared de enfrente, a una distancia prudencial, para no generar sospechas. Si una cosa aprende uno siendo detective, es a calibrar bien las distancias. De hecho, yo diría que esa es la *primera cualidad* en la que, quien se dedica a este dudoso empleo, debe sobresalir. Seguir a alguien se reduce prácticamente a eso: encontrar el punto justo en el que uno está suficientemente lejos como para no ser descubierto y, a la vez, suficientemente cerca como para no perder a la presa. Supongo que con el tiempo esta habilidad va desarrollándose, de manera que ahora ya no tengo ni que pensar mucho sobre el tema y me coloco de forma natural en el sitio adecuado, como un centrocampista del Barça. La *segunda cualidad* del buen detective es el arte de mentir. Les juro que yo he hecho actuaciones que ni Al Pacino en *Serpico*. A lo largo de mi carrera me ha tocado ser fontanero, agente de seguros, vendedor de enciclopedias, empleado de ONG, periodista, turista extraviado, estudiante de arquitectura (eso para poder filmar las casas de la gente), camarero, secretario en una empresa, guardia de seguridad, conserje, ciego y un largo etcétera que no me voy a molestar en nombrar. Y todo eso en la vida real, no en una película. La diferencia es que si no lo haces bien, en la película no pasa nada; en la vida real te puedes llevar un buen mamporro, como mínimo. La *tercera cualidad* imprescindible para triunfar como detective —si es que esta expresión tiene algún sentido— es la intuición. Esa cosa que te dice que fulano es un hijo de la gran puta o que mengano es honesto. La maldita intuición que ahora me está diciendo que esta noche voy a sacar algo en claro de todo este asunto ridículo de los perros. Finalmente, la *cuarta* y última *cualidad* que todo buen detective debe ostentar es…

—¿Se puede saber qué haces? —Mañana interrumpe mis pensamientos.

—Estaba meditando.

—Pues se acabó la vida contemplativa, es el momento de pasar a la acción.

Repaso a Mañana de arriba abajo. Va vestida muy discreta, con tejanos, camiseta y chaqueta. Supongo que hoy no tiene previsto hacer el número.

—Entonces, vamos, ¿no? —digo.

—Sí.

Empiezo a andar con paso decidido hacia las gruesas puertas de hierro y madera que protegen la entrada, pero Mañana me coge del brazo y me detiene. Doy un respingo.

—¿Dónde mierdas vas? —me pregunta con cara de impaciencia.

—¿No entramos?

—Sí, claro, ¿desde cuándo el friegaplatos entra por la puerta principal?

Mierda, ¿qué me está sucediendo? ¿Estaré idiotizado?

—Perdona, es que me ha pasado una cosa bastante gorda antes de venir aquí.

—¿No te habrán vuelto a drogar?

—No, se trata de Ras.

—¿Ras?

—Sí, el tipo que me dio su tarjeta en el parque.

—¿Qué tarjeta?

—La que me permitió entrar en la sede de Los Caballeros del Alba Gris.

—Ah, sí… —dice Mañana mordiéndose el labio. Y luego añade—: ¿Pero Ras es miembro de Los Caballeros?

—No lo sé. El caso es que quería recuperar la dichosa tarjeta como fuera.

—¿Pero, entonces, por qué te la dio?

—Quizás se equivocó de persona.

Mañana se muerde el labio inferior.

—¿Y estás bien? —me pregunta.

—Solo ha sido un susto —respondo mirando el reloj.

—¿Un susto?

—Vamos.

—Vale, vale; ahora, al señor le entran las prisas —dice Mañana, mientras avanza a regañadientes.

Entramos por la puerta reservada al servicio y nos quedamos boquiabiertos: la cocina es alucinante, muy amplia y con una luz muy especial. Se me escapa un «joder» que medio reprimo cuando Mañana me mira censuradora.

En lo primero que me fijo cuando entro en un sitio es en la luz; para mí, dice todo del espacio y del nivel de las personas que se mueven en él. La luz es el alma de los lugares. En el caso que nos ocupa, normalmente uno esperaría la típica cocina bien equipada, pero dotada de asquerosos fluorescentes tintineantes de luz verdosa. Pues no. La cocina está iluminada por bonitos paneles —situados en las paredes y sin sobresalir ni un milímetro de estas— de los cuales brotan chorros cristalinos de luz cálida. Una iluminación exquisita. Además, la cocina en sí parece recién estrenada: todo está limpio y nuevo, a pesar de que los cocineros deben haber estado trabajando afanosamente desde hace unas cuantas horas.

—Tú debes ser el sustituto.

Me giro y veo a un tipo gordo, con una sola ceja. Lleva delantal y un ridículo gorro blanco.

—Sí, Cacho.

—¿Perdona?

—Me llamo Cacho.

—Ah, yo Julián, soy el encargado —dice con cara de agobiado y, sin perder tiempo, añade—: allí tienes el fregadero.

—Ajá.

—Toma —dice mientras, con un gesto, me pasa un delantal absurdo.

—De acuerdo —digo sumisamente—. ¿Dónde están los lavavajillas?

Julián me mira sorprendido y suelta una carcajada.

—¿Lavavajillas? —Emite un resoplido. Coge una copa de cristal y me la plantifica delante de la cara. —Cuando una sola de estas vale más que el lavavajillas entero, entonces se friega a mano. Por lo menos así, si se rompe algo, los de arriba le pueden echar la bronca a alguien. Y eso es muy importante, ya que humillar ayuda a sentirse rico y poderoso.

—¿Entonces? —mascullo incrédulo.

—Vas a tener que limpiar y mimar cada pieza de forma individual, chico.

—Vale —digo titubeando.

—Lo que ya esté fregado lo vas poniendo en las bandejas de ahí y, después, lo secas a mano. Tienes los trapos en el cajón de abajo —me dice señalando.

—Bien.

—Solo dos cosas: primera, trata cada pieza como si fuera el coño de tu novia y, segunda, frota hasta que te salten las uñas. Si al terminar juzgo que el material no está suficientemente limpio, no cobras. Si rompes algo, no cobras. ¿Queda claro?

Iba a preguntarle por el contrato, pero mejor dejarse de ironías. Asiento de nuevo y me voy derechito a mi puesto de trabajo. En el fondo de la cocina, Mañana se ha unido al grupo de camareros y escucha atentamente las instrucciones que les está dando otro tipo malcarado. Empiezo a analizar el espacio que me ha tocado. Debo tratar de ser lo más efectivo posible si pretendo durar cinco minutos en este sitio. Delante de mí, se extiende un fregadero doble y un grifo con tubo de goma. Simple. Compruebo que en el cajón estén lo trapos de cocina. Correcto. También encuentro unos guantes de plástico rosa. Bien, manos a la obra. Me pongo el delantal, me arremango y me calzo los guantes. A mi derecha un tipo fortachón con guantes azules, por si había duda de quién es el novato, comprueba que la temperatura del agua que sale del grifo sea la correcta. No sé cuál deber ser esa temperatura, pero paso de preguntarle; no es cuestión de parecer un pardillo ya de buenas a primeras. Así que empiezo a tontear yo también con mi grifo. El tubo de goma y el delantal hacen que parezca que estamos ordeñando una vaca. Me sale una sonrisa, pero me dura poco, ya que, por la puerta del fondo de la cocina, empiezan a llegar las primeras bandejas con copas. Los invitados debe hacer rato que toman sus aperitivos mientras esperan para sentarse en las mesas. Hago una mueca. Esto sí que es llegar y besar el santo.

—Venga, venga, chicos —Julián se me pega al cogote—. Quiero que, para cuando los invitados estén tomando los cafés, todo lo demás esté limpio. El restaurante debe cerrar con toda la cubertería y la vajilla impoluta y guardada en sus estanterías. ¿Queda claro?

—Sí, señor —responde el tipo que tengo al lado. Lo saludo con los ojos mientras Julián se aleja de nuevo.

—Miguel —me dice.

—Cacho.

—Encantado.

—Lo mismo digo.

Estrechamos las enguantadas manos —la suya, azul; la mía, rosa— y volvemos cada uno a lo suyo. Supongo que la cuestión debe ser fregar a un ritmo bastante rápido para que no se acumule nada. La verdad sea dicha es que mucha mucha experiencia en limpiar no tengo. Está claro que todos lavamos los platos en casa, pero hacerlo de modo profesional es distinto. Desde que leí una vez en el periódico la entrevista a un hombre que había suspendido el examen de barrendero —examen que consistía, efectivamente, en barrer— para mí ya no hay profesión pequeña. Cualquier cosa puede hacerse de forma chapucera o de forma profesional.

Me dejo de historias y empiezo a limpiar las primeras copas que contenían, supongo, el aperitivo de bienvenida. No puedo dejar de pensar que, probablemente, cada una de ellas vale más que mi vajilla entera. ¡Ah! ¿Qué ha sido eso? Noto un intenso dolor en la cabeza y, de nuevo, la respiración en el cogote. ¡Julián me ha dado un capón! Mi instinto es girarme para devolvérselo, pero mientras lo hago me cruzo con la mirada de Miguel, que me insta a detenerme.

—A ver si no nos encantamos —dice Julián en tono de profesor de la posguerra.

—Lo siento, no volverá a pasar —De tan sumiso parezco una víctima del maltrato.

Cuando Julián se ha alejado, respiramos hondo.

—Ándate con cuidado, esto no es un restaurante *normal* —me dice Miguel.

—¿En qué sentido?

—Piensa que aquí se reúne lo mejorcito de todo. Y este tipo de gente hace cosas muy raras. Si te pagan el triple, es para que trabajes bien y rápido, y para que calles.

—¿Llevas mucho tiempo aquí?

—Tres meses.

—Sí que tiene éxito el sitio, ¿no?

—Estos antros siempre triunfan; los montan ellos para sí mismos. Y cuando pasan de moda pues los cierran y abren otros.

—¿Entonces has trabajado en lugares parecidos? —No se me ha escapado una copa por un pelo.

—Más o menos, si les gustas te van llamando, siempre sitios tipo este.

—¿Y por qué no es un sitio normal? ¿Tú has visto algo raro por aquí? —Trato de usar mi voz más casual.

—Verlo no, pero lo he oído.

—¿En serio? —digo haciéndome el tonto—. No será para tanto.

—No ahora, claro. Luego.

—¿Qué quieres decir?

Miguel se toma un tiempo antes de responder.

—Mira, yo no quiero meterme en líos.

—Vale, vale —digo para calmarlo—. Los ricos son raros, ¿eh?

No quiero forzar la máquina, ya habrá tiempo para camelármelo.

—Aquí tenéis otra —dice Mañana entrando por la puerta que da al comedor. Lleva una bandeja llena de copas usadas. Parece animada.

—¿Qué tal? —pregunto.

—Bien, bien, me estoy hasta divirtiendo. Todos me miran el culo.

—Puedo comprenderlo —dice Miguel.

—Oye… —le reprocho.

—¿Es tu novia? —me pregunta.

—Sí —digo yo.

—No —responde Mañana.

—A ver si os aclaráis.

Mierda. En otra ocasión tenemos que preparar mejor nuestros antecedentes.

—Tú a lo tuyo —le digo a Miguel.

Mañana y yo nos miramos con complicidad. De su sonrisa puedo deducir que se está divirtiendo, pero que también está tomando nota de lo que pasa en la fiesta. Seguro que no me defrauda. Por el rabillo del ojo veo que Julián se acerca de nuevo. Le hago una señal a Mañana para que se acerque.

—¡Quédate con todo lo que puedas! —le susurro al oído.

—No te preocupes, Cacho, estás en buenas manos.

—¿Secretitos? —pregunta Miguel, socarrón.

No tengo tiempo de replicarle. La ceja de Julián está demasiado cerca y un capón por noche me parece suficiente. Me concentro de nuevo en mi trabajo mientras veo, por el rabillo del ojo, como Mañana se aleja.

Fuera, la ciudad mantiene el ritmo; ignorante de nuestros quehaceres.

Si el trabajo te atrapa, el tiempo pasa deprisa: cuando vuelvo a mirar el gigante reloj que hay en la pared ha pasado una hora y media. Me asombro de lo agarrotados que tengo los músculos de brazos y cuello. También me noto la vejiga a punto de estallar. Debería ir urgentemente al baño, aunque no creo que Julián me dé permiso: esto es como estar en un maldito campo de trabajos forzados.

Además, debo hablar urgentemente con Mañana para saber qué ha podido averiguar; e idear un plan. No va a ser fácil, a menos que logre encontrar un sitio donde podamos estar a solas. O sea, que empiezo a estar un poco desesperado.

—¡Ay! —grito. Alguien me ha pellizcado el culo. Como sea Julián lo mato, esto ya pasa de castaño oscuro.

Me giro. Es Mañana.

—¡Por fin! —exclamo.

—Buen culo —dice sonriente.

Me pongo rojo. Además, el sudor provocado por el vapor de agua, me empapa la cara. Debo ser un cromo.

—No es el momento —digo cabreado.

—Hacer de camarera me pone cachonda.

—Basta —le digo acercándome para que nadie pueda oírnos.

—Vale, vale, tranquilo.

—¿Crees que podrías arreglártelas para estar en los lavabos en cinco minutos? —pregunto.

—Es una oferta suculenta, pero no estoy segura de si eres mi tipo.

—Mañana, por favor. Tenemos que hablar —digo bastante desesperado.

—Está bien, está bien, cuenta con ello.

Claramente, esta noche, ella se lo está pasando mejor que yo. Me guiña el ojo y se va. Yo hago algunas rotaciones de muñeca, a ver si consigo relajarme un poco, pero el dolor no pasa. Así que vuelvo a lo mío, sin más. Qué pena que mi madre no pueda verme, seguramente se sentiría orgullosa de su hijo.

Al cabo de cinco minutos, me saco los guantes de color rosa y el delantal.

—¿Qué crees que estás haciendo? —Es Julián.

—Necesito ir al baño.

—Irás cuando yo te dé permiso, Cacho.

—Mira, lo siento, pero tengo incontinencia, o voy ahora o en un momento deberás dejarme unos pantalones secos —digo de una tirada.

Julián me mira interesado. Me doy asco a mí mismo por la mentira, pero algo en su mirada ha cambiado.

—Haber empezado por ahí —dice mientras sube su ceja unificada hasta casi la raíz del pelo—. Muchos sufrimos este problema, no tienes por qué avergonzarte. Tómate el tiempo que haga falta, Cacho.

Me da unas palmaditas en la espalda y se aleja. Miguel me mira con una media sonrisa. A veces el destino decide hacerte un regalito.

—¿Dónde está el baño?—le pregunto.

—Al final del pasillo, a la derecha —dice señalando el otro extremo de la sala—. No te recomiendo fumar, tienen alarma.

—Gracias.

Me dirijo al final de la sala, donde empieza el corredor que lleva al baño. La entrada está protegida por unos faldones de plástico grueso. Los cruzo y sigo andando. Inmediatamente, siento un escalofrío; fuera de la cocina hace un poco más de frío. Además, el pasillo está pobremente iluminado. Supongo que debe ser un sitio de paso y por eso no está tan cuidado.

Al fondo, encuentro los servicios tal como me había dicho Miguel. Supongo que lo más apropiado es entrar en el de chicas, para que Mañana no deba entrar en el de hombres. No me apetece demasiado, más que nada por si me encuentro con alguna otra camarera, pero no hay más remedio. Empujo la puerta y, justo cuando me dispongo a entrar, una voz me detiene

—¿Cacho? —susurra la voz desde el interior del lavabo de hombres.

—¿Sí?

—Soy Mañana, estoy en el lavabo de tíos, tercer cubículo.

—¿Y eso?

—Me ha parecido que llamaría menos la atención. Venga, rápido, antes de que te vea alguien.

Entro en el baño y hago una inspección rápida con la mirada. Es mucho más grande de lo que uno podría predecir desde el exterior. Dentro hay nueve cubículos. La puerta del tercero está entornada y, a través de la rendija, un ojo de Mañana me mira.

—Venga, tonto.

—Es que… —digo titubeante.

—¿Qué pasa?

—Que necesito hacer pis, ¡joder!

—Pues venga, ¡date prisa!

No soporto tener a alguien pendiente de eso, y menos una chica.

—Me da cosa —digo con la boca pequeña.

—Pero si no te voy a ver.

—¡Pero me vas a oír!

—Me importa una mierda —estalla Mañana—. ¿O es que te crees que el mío suena distinto?

—Ya lo sé, pero no hay confianza, mujer.

—Cacho, por el amor de Dios.

—Está bien, está bien.

Voy a uno de los urinarios adosados a la pared y hago lo mío.

—¡Venga! —me dice Mañana, impaciente.

—Las manos.

—¿Qué?

—Que me tengo que lavar las manos.

—Joder, y eso que vas de tío duro.

Omito el comentario. Luego me lavo y seco las manos, pulcramente, sin prisas.

—¡Cacho, por favor!

Entro de sopetón en el cubículo. Con el ímpetu arrollo a Mañana que cae sentada encima del wáter; yo quedo encima de ella. Nuestros cuerpos están completamente pegados, los labios a un milímetro. Su aliento es dulce. Su cuerpo, suave.

—Cacho, no sé si tenemos tiempo para eso —dice, Mañana, irónica.

—Sí, sí, claro, claro —suelto mientras me sonrojo por segunda vez esta noche—. Lo siento por el ímpetu. Me he puesto nervioso.

—No hay nadie en el baño, solo tenemos que estar

atentos a que no entre alguien.

—Perfecto —Hago una pequeña pausa para reordenar mis pensamientos—. ¿Has visto algo?

Mañana reflexiona durante unos segundos.

—No sé exactamente qué es, pero algo se está cociendo ahí fuera.

—¿Podrías ser más precisa?

—Todos los invitados tienen una especie de quiniela.

—¿Una especie de quiniela? ¿Qué coño dices?

—Un papel con nombres donde pueden poner cruces.

—¿Qué tipo de nombres?

—Te he traído uno para que lo veas tú mismo.

—Dame, dame.

Lo lleva escondido en la manga, qué arte. Despliego el folleto delante de mis narices. Tiene razón, contiene solo una lista de nombres con una casilla al lado para marcarlos. La leo: «Bribón, Patilla, Cosita, Chispa, Guardián, Patas, Mimoso, Frufrú, Niño, Matador».

—Parecen nombres de perro, ¿no? —me interrumpe Mañana.

—Absolutamente.

La lista es muy larga, así que continúo leyendo como un poseso: «Brindis, Besito, Tiritón, Patitas, Orejón, Colita, Shiva, Johnny».

¡Johnny! *Chicken run*. ¡Johnny está en la lista!

—¿Has visto? —le pregunto a Mañana mientras señalo con el dedo.

—Sí —responde esta conteniendo la emoción. Luego se muerde el labio y añade—: Todo esto es muy raro, ¿para qué querrán a los perros?

—No tengo ni idea —respondo sinceramente—. ¿Peleas clandestinas?

—Johnny es un chihuahua.

—Sí, desde luego, no es el tipo de perro que uno esperaría encontrar en un pelea ilegal —digo pensativo—. Aunque podría ser que los emparejaran por tamaños. Los ricos son muy raritos.

—No sé —musita Mañana—, hay algo que me dice que no.

Un ruido nos interrumpe. Alguien acaba de entrar en el baño. Mañana va a decir algo pero le tapo la boca con la mano y corro el pestillo de la puerta. El tipo anda despacio, pero, claramente, se está acercando. Puedo oír como abre la puerta del primer cubículo, casi me lo imagino mirando dentro y frunciendo el ceño. Vuelve a andar, se está acercando más. Noto los latidos del corazón de Mañana, ¿o son los míos? El tipo abre la puerta del segundo habitáculo. Mierda, si nos descubre, ¿cómo vamos a justificar que estamos encerrados en el lavabo de hombres? ¿Habrán descubierto ya que somos unos impostores? Si es así, supongo que nos espera una buena paliza. El tipo no encuentra nada, así que prosigue con su ronda. Por el ruido de sus pasos, ya lo tenemos delante. Solo nos separa la fina hoja de madera que hace de puerta. La empuja. El pestillo impide que se abra. Silencio. Vuelve a empujar. Retrocede y entra en el cubículo de al lado. Quiere pillarnos sea como sea, probablemente desde arriba. Entonces sucede algo sorprendente. Mañana me desabrocha los pantalones y me baja los calzoncillos —parezco un pingüino—, se pone de rodillas y se mete mi sexo (por decirlo finamente) en la boca. Inmediatamente, comienza a succionar. Tengo una erección brutal, casi como si me estuviese a punto de estallar. Fuera, oigo como el hombre trepa por el habitáculo de al lado. Esto es surrealista. Si me viera mi madre ahora, no sé si estaría tan orgullosa. Por otro lado, si Mañana sigue así voy a terminar en un minuto, o sea que encima voy a quedar mal. Una mano peluda se posa en el borde superior de la pared que separa los dos cubículos, luego la otra. Solo espero que no sea Julián. Trato de pensar algo que nos pueda sacar de esta situación, pero no se me ocurre nada; cuando, de repente, aparece la cara cansina de uno de los pinches por la parte superior del cubículo. Nos pilla en plena faena. Mañana, que lo ve por el rabillo del ojo, succiona con más fuerza, presa del pánico. Intento detenerla pero me es imposible.

—Perdón —dice el tipo y, mientras desaparece dando un salto, sucede lo que hace ya unos segundos que es inevitable. Por unos instantes viajo a Venus y vuelvo a la Tierra. No sé si dar las gracias a Dios o al Diablo. Mañana me mira alucinada. Yo de la vergüenza no sé ni donde posar mis ojos.

—¿Pero…? —dice Mañana medio atragantada.

Tardo unos segundos en recuperarme.

—Mierda, creo que solo es un puto pinche, ni nos han descubierto ni nada —digo guardándome el trasto y subiéndome la bragueta.

—¿Pero entonces? —añade Mañana, mientras coge un trozo de papel de wáter para limpiarse.

—¡No tengo ni la más remota idea! —Suspiro.

Permanecemos callados unos segundos, a la expectativa, esperando el siguiente movimiento de nuestro captor; pero este se mantiene en silencio hasta que Mañana, desesperada, estalla:

—¡¿Se puede saber qué…?!

—Estaba comprobando que no hubiera nadie —la corta el tipo con voz compungida.

—¿Quién eres?

—Solo un pinche, Juanito.

—¿Y por qué coño ibas a comprobar que no hubiese nadie? —pregunta Mañana agresiva.

—Ahora que ya hay confianza os lo puedo decir. Iba a meterme una raya. —Se produce una pausa—. No se lo vais a decir a nadie, ¿verdad? Yo me callo lo vuestro y vosotros lo mío, ¿eh?

Esto es alucinante.

—Tú a lo tuyo —le suelto.

—De acuerdo —dice el tipo entrando en el primer

compartimento.

Mientras oímos como se prepara el tiro de polvo blanco, nos adecentamos en silencio, sin mirarnos a la cara. Cuando salimos del cubículo, nos acompaña el característico solo de trompeta: todo *esnifador* compulsivo lleva un músico dentro. Ya delante del espejo, nos arreglamos para que parezca que no ha pasado nada y salimos del baño a paso ligero. Mañana va delante, está visiblemente cabreada y no creo que quiera hablar sobre el tema. Así que me toca a mí romper el hielo:

—Mañana, lo siento —digo.

Se para.

—¿Y para qué vas a sentirlo? He sido yo solita.

—En cualquier caso, ha sido una situación que se ha dado y ya está.

—Sí, claro.

—Además, ha funcionado —digo tratando de convencerla—. Juanito no ha sospechado nada.

—Vamos a hacer como que no ha pasado, ¿vale? —dice Mañana cabreada.

—Será lo mejor.

Andamos en silencio por el pasillo hasta que llegamos al lado de los faldones de plástico que lo separan la cocina.

—Mejor que no entremos juntos —digo—. Ve tú primera, yo esperaré aquí un segundo.

—Vale —susurra.

Pero se queda inmóvil, esperando a que haga o diga algo. Debería romper este silencio incómodo con alguna frase inteligente, pero no se me ocurre nada. Opto por soltar lo primero que se me pasa por la cabeza:

—¿Seis peniques?

—¡¿Qué coño dices?! —estalla ella cabreada.

Pausa.

—Cuando era pequeño y mi hermana estaba triste le decía esto.

—¿Y ella qué te respondía?

—No te flipes.

—¿Cómo?

—Eso, me respondía «no te flipes».

—Qué tontería —dice Mañana golpeando el suelo con la punta del zapato—. ¿Se supone que esto me tiene que animar? No le veo la gracia.

—No la tiene, es solo un juego.

—Hablamos después —concluye.

Me la quedo mirando unos segundos y, justo cuando va a cruzar los faldones de plástico, lo suelto de nuevo.

—¿Seis peniques?

Mañana me mira muy seria. Poco a poco, le sale una tenue sonrisa.

—No te flipes —dice—. Pero no te flipes, ¿eh?

—Vale, vale.

Mañana se gira y sale por la puerta.

Me quedo solo, un clásico de mi vida. Aunque esta vez la cosa tiene fácil solución; solo tengo que esperar unos minutos y luego entrar. Un escalofrío. Me jugaría cualquier cosa a que a los lavabos de los invitados no se llega por un pasillo tan frío y mal iluminado. Me apoyo en la pared y escucho los ruidos amortiguados que provienen de la cocina, como una canción lejana. De nuevo, se me erizan los pelos del cogote. Me giro de cara a la pared. Una tenue corriente de aire recorre la superficie. Examino el muro. Es de piedra maciza. Me recuerda esos túneles que, durante la guerra, llevaban a los refugios subterráneos. Utilizo las manos como si fueran un detector de metales para seguir la corriente de aire. Me voy desplazando hasta que encuentro el origen. Me detengo. Recorro con los dedos lo que parece ser el canto de una puerta. Una entrada secreta. A simple vista era invisible porque está formada por rocas como las de la pared, aunque estas están hechas de cartón piedra.

Ah, sí, ¿que cuál era la *cuarta cualidad* de un buen detective?

Es la suerte. Tan imprescindible como todas las demás.

Creo que, hoy, este descubrimiento es mi ración de suerte.

Trato de abrir la puerta, pero está cerrada. No se puede tener todo en esta vida. La olisqueo. Huele muy fuerte, como a orín. Aquí hay gato encerrado. O mejor debería decir perro. De momento, a seguir fregando. Luego me ocupo de ti, pequeña.

Vuelvo a la cocina y me aplico a la tarea hasta que pierdo la noción del tiempo. Es odioso aceptarlo, pero trabajar duro, a veces, da la felicidad. Cuando compruebo, de nuevo, la hora en mi reloj de pulsera, no puedo creerlo: llevo más de cuatro horas fregando platos, platitos, platazos, vasos, copas, tenedores, cuchillos, cucharas, cucharones (y todo tipo de utensilios que ni siquiera sabía que se utilizan para comer); y no estoy deprimido. Nunca hubiera imaginado que una cubertería podría llegar a tener tantas piezas. Por otro lado, supongo que el hecho de ser rico consiste precisamente en eso, la sofisticación. Uno no come con un solo tenedor, necesita uno para cada plato. Del mismo modo, también son necesarios un par de zapatos para cada ocasión y, también, un coche para el campo, otro para la ciudad, otro que corra mucho y uno más para que la señora vaya a recoger a los niños al colegio. La vida se vuelve entonces muy complicada, ya que para dar cualquier mínimo paso es necesario contar con una infinidad de cosas. Uno simplemente no puede ponerse el chándal viejo y salir a correr, debe hacerse primero con un GPS de última generación y unas deportivas de trescientos euros. Todos caemos en estas trampas en mayor o menor medida y supongo que hojear catálogos de helicópteros mientras se caga en un retrete de diez mil euros debe ser bastante reconfortante. Aun así, soy de los que creen que al final del día eso se va a convertir en un problema más. Tengo que dar la razón a los *hippies* y afirmar que, al final, uno —para vivir y ser feliz— solo necesita lo esencial. Quizás tantas horas fregando platos me están haciendo delirar... En cualquier caso, ahora sí que le he pillado el truco. He conseguido una coordinación perfecta entre brazos, muñecas y caderas y, hay que mencionarlo, mi velocidad de ejecución no es menor que la de Miguel, el otro friegaplatos. Además, he desarrollado una cierta afición por las cucharillas, y casi podría decir que me lo he pasado bien con esas pequeñas cabronas.

—Señoras, señores, estamos terminando; las últimas bandejas de platos están a punto de salir del comedor —anuncia Julián, el encargado, despertándome de mi ensoñación—. ¡Los auxiliares de cocina pueden empezar a recoger y limpiar!

Acto seguido, se abren las puertas de la cocina y empiezan a entrar las bandejas con las tacitas de café vacías y las copas de licores. Perfecto, nos adentramos, pues, en el tercer acto de esta comedia. Por lo menos ahora ya sé que, si no me sale trabajo como detective, siempre puedo dedicarme a fregar platos. Es un trabajo digno.

—Ya casi estamos —dice Miguel. Tiene esa sonrisa del que entra en el último quilómetro de la maratón.

—Sí, menos mal. Un ratito más y para casa.

—Eh..., yo no —farfulla.

—¿Y eso? ¿Tienes otro curro?

—No, no —responde Miguel, esquivando. Parece reticente a contarme algo. Pero es ahora o nunca, así que le pregunto directamente:

—Oye, ¿pero pasa algo más aquí cuando acaba la cena? Me mira a los ojos.

—Digamos que sigue la fiesta —dice en voz baja—. A los que somos más veteranos nos ponen en una sala pequeña.

—¿Una sala pequeña?

—Sí, llena de botellas, hielo y grifos de cerveza.

—Eso no suena nada mal —digo tratando de sonar interesado—. ¿Trabajo de camarero?

—Más o menos. Se trata de servir copas.

—¿Nada más?

—También hay unas neveras con comida preparada.

—¿Todo dentro de la habitación?

—Exacto.

—¿Y cómo lo hacéis?

Miguel se queda callado.

—No sé si debería seguir —dice.

—Me vendría bien un poco más de trabajo. Solo quiero saber si es algo que yo podría hacer.

Me mira detenidamente, analizándome. Creo que paso el examen.

—Es muy sencillo —dice—, hasta un niño podría hacerlo. Hay una pequeña puerta giratoria por donde vamos sirviendo las copas y la comida. El propio mecanismo de la puerta impide la visión, es decir, nosotros no podemos ver lo que hay al otro lado y ellos no pueden ver lo que hay en el nuestro.

—¿Ellos? ¿…?

—Los ricos, supongo, ¿quién más podría ser?

—Sí, sí, claro.

—Deben tener un teclado al otro lado de la pared, porque a nosotros nos aparece en una pantalla lo que van pidiendo.

—Realmente, parece un trabajo sencillo.

—Lo es, y además no tenemos ni que lavar los vasos.

—¿Ah no? ¿Y qué hacéis?

—Los rompemos y a la basura.

—Qué nivel.

—Eso pensé yo la primera vez, pero, si te fijas, son platos de mala calidad.

—Claro. —Le dedico una sonrisa cómplice—. De todos modos, supongo que no está mal sacarse un sobresueldo, ¿eh?

—Sí,… —dice balbuceando—. Nos pagan en negro, pero generosamente.

—Vaya, a ver si me dejan quedar.

—Lo dudo. Además, no es tan agradable como parece.

—¿Y eso?

Puedo ver como se le dilatan las pupilas.

—La baba. No sé qué hacen los hijos de puta pero la mitad de los vasos y platos están llenos de baba asquerosa. No me extraña que nos los hagan tirar.

Los perros. *Chicken run*. Está claro que al otro lado están los perros.

—¿Oye, y no se escucha nada de lo que hacen los ricos?

—Sinceramente, no sabría decir. Una música atronadora lo llena todo. Se oyen cosas, pero no podría concretar qué es exactamente lo que pasa. Lo que está claro es que no se sientan a escuchar un concierto de violín.

—Me lo creo.

Me giro para coger otra taza de la bandeja y veo que es la última. Esto parece que llega a su fin. La limpio despacio, para que sea mi floritura final, mi firma. Probablemente no volveré a lavar tantos platos en bastante tiempo, a menos que acabe otra vez en la cocina de Mañana, así que quiero dejar el listón alto. Cuando termino, cierro el grifo de agua, seco la diminuta taza, me quito los guantes, doblo el delantal y lo dejo plegado encima del fregadero.

La cocina se ha quedado silenciosa. Solo se oye el rumor tranquilo de los trabajadores que, en un rincón, hacen cola delante de Julián. Este les entrega unos sobres, supongo que con el dinero de la jornada y el contrato. Vaya, esto sí que es eficiencia. Mañana, que ya tiene el suyo, me espera cerca de la puerta de salida. Me pongo la Harrington, me acerco al grupo y espero pacientemente a que me toque el turno. Cuando estoy delante de Julián, este me hace una señal para que me acerque más.

—Esta vez es en negro —me dice—. La primera con nosotros siempre los es, de prueba. Pero me ha gustado tu forma de trabajar. Nos quedamos con tu contacto. Pasado mañana es posible que salga otro evento, ¿te interesa?

—Sí, sí, claro —digo recogiendo el sobre.

—Muy bien.

Me hago a un lado. Mañana se me acerca, parece preocupada.

—¿Qué hacemos? —me pregunta.

Sé que no le va a gustar lo que le voy a responder.

—Espérame fuera, quiero comprobar una cosa.

—¿Estás de coña? —suelta enarcando una ceja—. Me quedo contigo.

—Es mejor que vaya solo.

—¿Por qué?

—No quiero arriesgarme a que sospechen de nosotros. Es más fácil que pase desapercibido si voy solo.

—Pero…

—Lo siento —la corto. Luego añado—: Si de aquí a media hora no he salido, llama a la policía, ¿de acuerdo?

Hace una larga pausa.

—Supongo que no servirá de nada insistir, ¿verdad? —pregunta, ya casi resignada.

—Nos vemos ahora.

Mañana se va con un gruñido. Me pego a Miguel, a ver si puedo enterarme de algo. Este ha formado, junto a otros, un pequeño grupo aparte. Supongo que se trata de los veteranos. Julián se acerca y va señalando a algunos de ellos. «Tú, tú, tú, tú». Cuando lo tengo delante me mira con cara sorprendida.

—Cacho, ¿qué haces todavía por aquí? Para casa.

—Si se necesita alguien más…

—No me hagas cabrear.

—De acuerdo —digo bajando la cabeza—. Con tu permiso voy al baño antes de salir.

Julián me guiña el ojo y trata de hacer un arco con la ceja que le cruza la frente de izquierda a derecha. No hay nada como la solidaridad que se establece entre dos personas que se supone que tienen el mismo problema.

Me deslizo, silenciosamente, a través de los faldones de plástico y voy al lavabo a esperar un rato a que se calme un poco el ambiente. Como no quiero revivir lo que ha sucedido hace unas horas, elijo el cubículo del camarero cocainómano en lugar del que estuve con Mañana. Todavía quedan restos del polvillo blanco encima de la cisterna. Toco el mármol con un dedo: está sucio. ¿Se dan cuenta que cuando esnifan también se llevan para adentro toda la mierda de la superficie? En fin, tampoco soy nadie como para dar sermones.

Aguzo el oído y escucho como el grupo selecto de camareros empieza a desfilar. No puedo deducir hacia dónde se dirigen, pero, en cualquier caso, esto de aquí un momento estará desierto, o sea que perfecto. Pongo en funcionamiento la cámara que llevo oculta en la hebilla del cinturón, a ver si puedo pillar algo que valga la pena. Vuelvo a aguzar el oído. No se oye ni un alma. Salgo del cubículo y me miro en el espejo. Me gustaría decir que veo determinación en mi rostro, pero ese careto de ojos hinchados más bien parece desencantado. Saco la cabeza por la puerta de los lavabos. Bien: el lúgubre pasillo está desierto, así que pongo rumbo a la misteriosa puerta que encontré antes. Mis pasos resuenan en el vacío silencio y parece como si alguien hubiese subido, con mala saña, el volumen de mi respiración. La puerta sigue ahí, muda, indiferente; me recuerda a mi ex. Recorro su contorno con delicadeza, como si se tratara de la espalda de una yegua, y la abro con suavidad. Del interior, sale un viento gélido que me silba al oído y me nubla el cerebro; el canto de las sirenas debe ser algo parecido... En momentos como este es cuando me pregunto por qué no me quedaría en el sofá de casa viendo la tele. En fin. Me introduzco por la oscura abertura, tanteando con el pie por si hay escalones. No los hay. Aun así, esto no va a ser un paseo: el pasadizo tiene el techo bastante bajo, o sea que tendré que andar encorvado. Tampoco hay ningún tipo de iluminación y, cuando cierro la puerta detrás de mí (para no levantar sospechas), me quedo a oscuras. Por suerte siempre llevo una linterna acuática conmigo. Son perfectas en caso de que se ponga a diluviar. Eso y una navaja suiza multiusos. Sí, ya sé que no es muy glamuroso, pero me ha sacado de más de un aprieto. Además, la navaja es muy útil si uno decide comerse una manzana en un parque. Meto la mano en el bolsillo derecho de la Harrington y saco la linternita. La enciendo y su alegre luz me hace sonreír. Se apaga. Mierda, no ahora. Le doy un golpecito, pero nada. Le doy un golpe más fuerte. Se enciende. *Chicken run.* Mejor ponerse en marcha, tampoco tengo todo el tiempo del mundo.

Camino despacio para evitar caerme. Con una mano voy siguiendo la húmeda pared, con la otra aguanto la linterna. El corredor avanza unos diez metros en línea recta y luego empieza a descender. Qué extraño, ¿dónde mierdas estoy yendo? Prosigo cauteloso. Cada vez hay más humedad y tengo miedo de resbalar, así que me meto la linterna en la boca, despliego los brazos y me sostengo —una mano contra cada pared— mientras voy avanzando. Parezco Cristo de nuevo crucificado. Para más inri, empiezo a sudar copiosamente y la camisa se me pega al cuerpo. Es desesperante, debo haber descendido ya como unos treinta metros y de momento no parece que esto tenga un final a la vista. Además, empieza a apestar. Un hedor que yo definiría como «animal». Después de todo, debo estar detrás de la pista buena. No deja de ser curioso que un sabueso esté detrás de un chucho. Si algún día acabo encontrando a Johnny seguro que me escupe a la cara y luego se pone a reír. ¡Guau! Un ladrido, ¡acaba de resonar un ladrido en el corredor! Aumento el ritmo de mis penosos pasos, sea lo que sea, ahora ya no hay marcha atrás. Voy a comerme el mundo con patatas. ¡Ah! Choco contra algo y del impacto me cae la linterna. Se apaga. ¿Qué mierda ha pasado? A tientas recorro con las manos lo que tengo delante de mí: es un muro. Mierda. Me detengo en seco. ¡El corredor no puede acabarse ahí! Lo inspecciono de nuevo con las manos, pero no hay duda, es un muro. Lo golpeo, pero solo consigo lastimarme los nudillos. ¿Y ahora qué? Me siento en el suelo, derrotado. Toda la noche ha sido en vano y vuelvo a encontrarme con las manos vacías. En fin. ¿Qué se supone que debo hacer ahora? ¿Volver? Me quedo pensativo, inmóvil y en silencio. Un escalofrío. De nuevo, una corriente. Es un tenue airecito que me hace cosquillas en la punta de la nariz. Vaya, qué divertido; solo me faltaba esto. Estornudo. Joder, encima voy a coger un resfriado. Saco un Kleenex del bolsillo y me sueno los mocos. Me vuelvo a quedar quieto. La cuestión es que la corriente de aire sigue ahí todavía. ¿Cómo puede ser? Pongo las manos en la pared que me impide el paso y la inspecciono por tercera vez, con delicadeza. ¿Seré imbécil? Efectivamente, a la izquierda la pared limita con el túnel del que vengo, pero a la derecha continúa. Se trataba solo de un giro de noventa grados: ¡el pasillo no acaba aquí!

Problema solucionado.

Me levanto y sigo avanzando con energías renovadas hasta que, al cabo de un rato, una tenue luz, casi imperceptible, llega hasta mis ojos desde el fondo del corredor. Ahora, debo extremar mis precauciones al máximo, así que me acerco sigilosamente. Por lo que puedo ver, estoy delante de una pequeña reja entornada. Me acerco. Al otro lado, se oyen gruñidos y resoplidos animales. El olor a meado es ahora tremendo. Asomo la cabeza entre los barrotes y lo que ven mis ojos es un panorama desolador. Conectada a la reja donde estoy, una rampa desciende a una estancia de piedra iluminada por una bombilla de las antiguas. En la sala, medio centenar de perros de todas las razas, tamaños y tipos están tirados por el suelo, como drogados. Así que es cierto. Alguien se dedica a secuestrar perros caros. Que me maten si sé el porqué. Enfoco con la cámara-cinturón, aunque con tan poca luz dudo que pueda sacar nada aprovechable. Debería haberme comprado la de infrarrojos, qué idiota. En cualquier caso, ahora, debo bajar y encontrar a Johnny entre todos estos perros meados. ¿Por qué coño no me haría policía? Solo tendría que pedir refuerzos por radio y ya está. Pero no lo soy, soy detective privado. Y me toca bajar a mi solito. Empujo la reja: está abierta. *Chicken run*. Bajo por la rampa hasta llegar a los perros. Espero que a los elegidos para esta velada se los hayan llevado ya, porque si ahora me sorprende alguien aquí dentro yo sí que desearé ser un chucho. Doy unos pasos. El suelo de la estancia está trufado de mierda y pis, delicioso. Trato de encender de nuevo la linterna a base de golpes. A pesar de lo absurdo del método, funciona; como en las películas americanas. Examino la habitación a conciencia. Al fondo hay otra puerta, seguramente por ahí deben sacar a los perros. Me muevo por el espacio mientras un san bernardo, con cara de bonachón, abre un ojo y deja escapar un poco de baba. A saber qué mierda le habrán metido, no parece que esté teniendo un mal viaje. Camino entre pastores alemanes, golden retrievers, bulldogs, pit bulls, seters, terriers y un sinfín más de razas; pero no puedo localizar a Johnny. Quizás el pobre está en plena lucha con otro chihuahua, quien sabe. Eso si es que los utilizan para peleas clandestinas. La verdad es que si todos estos perros decidieran atacarme de golpe, estaría perdido. Por suerte, están drogados.

Me dirijo a uno de los extremos de la sala porque me parece que se mueve un chucho diminuto; en el camino le piso la cola a un doberman que me mira con cara de fumador de opio: descansa colega, descansa. Enfoco con la linterna en la dirección del perrito con la esperanza de que sea Johnny. Mala suerte, una rata del tamaño de un león me mira desafiante. Tiene razón ella, la estoy deslumbrando y eso la molesta, tendría que aprender modales.

De golpe, pasos. Me giro preso del pánico y veo una luz. Mierda. Apago mi linterna.

—¿Quién anda ahí? —suelta una rasgada voz.

Me quedo paralizado mientras oigo como alguien se aproxima a la puerta de la sala. Quizás, después de todo, hoy no voy a tener suerte. Hago acopio de fuerzas y empiezo a correr como un loco en dirección a la rampa. En mi camino voy sorteando perros. No miro al suelo, pero a juzgar por los gruñidos que oigo —y por el tacto blandengue— debo estar pisando a todos y cada uno de ellos. Dios me perdone. Aun así, consigo llegar hasta la rampa, que ahora me parece larguísima. Miro de reojo hacia atrás, alguien está tratando de abrir la otra puerta de entrada, así que aprieto el paso. El suelo resbala debajo de mis suelas de goma barata, pero creo que lo voy a conseguir. Clac. Me giro y veo como la puerta se abre y alguien entra. Un tipo con una linterna mira lo que debe ser mi culo desaparecer por la reja.

—¿Pero qué...? —farfulla para sí—. ¡Detente, imbécil!

No sé por qué pero creo que no voy a hacer caso a tan amable orden de mi perseguidor. Suena un disparo. O quizás sí debería hacerle caso. Desaparezco por el túnel hacia arriba. El vigilante todavía tiene que cruzar toda la estancia y subir la rampa, o sea que existe la posibilidad de escapar. Me guardo la linterna en el bolsillo y empiezo a correr como un poseso. Como el pasillo está a oscuras voy con las manos por delante para no hostiarme cuando llegue el giro de noventa grados. Detrás de mí, oigo el tipo que me persigue subir la rampa y entrar en el pasillo, la luz de su linterna va de un lado para el otro. Choco con las manos contra la pared del túnel, vale, ahora debo de estar más o menos a la mitad. Tuerzo hacia la izquierda y sigo corriendo. Espero que el disparo no haya alertado a nadie; si me están esperando al final, por mucho que corra, no voy a conseguir nada. Oigo otro disparo. Aunque ahora la luz de la linterna de mi perseguidor no me da directamente. O sea que todavía no habrá doblado el ángulo de noventa grados. Acelero. Mierda. Doy con todo el careto contra el suelo. ¿Seré imbécil? He resbalado. Tengo una sensación viscosa en los labios y de golpe un gusto que me resulta familiar. Genial, estoy sangrando. Me levanto. La luz de mi perseguidor me da de lleno, lo tengo detrás.

—¡Hijo de puta! —grito.

No sé muy bien por qué lo he hecho, pero me ha salido del fondo del corazón. El hombre parece detenerse un segundo, seguramente está calibrando la posibilidad de que yo pueda estar apuntándolo con una arma. Este es mi momento. Me levanto y empiezo a correr de nuevo. Se me escapa otro grito, esta vez es de dolor. Debo haberme torcido el tobillo al caer porque me duele horrores. Mi perseguidor contesta mi grito con otro disparo. Puedo sentir como la bala me pasa silbando por el lado de la oreja, como si fuera una serpiente de fuego. Llego a la puerta y la empujo con todas mis fuerzas. Cerrada. Mierda. Estoy perdido. *Kaputt*. Aquí acaba la gloriosa vida de M. Cacho. Lástima que el último caso por el que seré recordado será la búsqueda de un perro perdido. En fin, así es la vida. Me apoyo en la pared con las manos en alto. Quizá si el tipo me encuentra así, no me disparará. «Me rindo», grito desesperado. Silencio. Puedo oír como sus pasos siguen acercándose. Puedo casi oler su aliento animal. Cierro los ojos y me entra una profunda nausea. Todo está perdido. Y justo en ese momento la pared en la que me apoyo cede a causa de mi peso y empiezo a rodar hacia atrás. Estoy cayendo al vacío. Por delante de mí, se cruza la imagen de mi padre tomando el té en su despacho. Incluso puedo sentir el olor a jazmín que desprende la infusión. Y de golpe, choof, aterrizo en lo que debe ser una especie de piscina. Todo me da vueltas y estoy sin aliento. Mi cuerpo empieza a empaparse y tengo la sensación de que el agua me llega hasta los huesos, fundiéndose con ellos. Por unos segundos me relajo en la improvisada cuna de agua y creo que esta pesadilla ha terminado, pero me equivoco: sigo sin estar solo. En lo alto, un punto de luz ciega mis pupilas: el tipo trata de enfocar con la linterna para encontrarme. Está bastante arriba y, por lo que parece, no se atreve a saltar. Dispara una vez. No me da. Lo intenta de nuevo, pero se ha quedado sin balas. De momento, parece que no voy a morir. Me relajo y una ligera corriente se me lleva. El punto de luz que me enfocaba se va haciendo pequeño. Me siento como Moisés; nacido de las aguas. Esta agradable sensación dura poco; a medida que mis sentidos se ajustan de nuevo a la realidad, un intenso olor a putrefacción y muerte empieza a invadir mis fosas nasales. Claro, no podía ser de otra manera, estoy en la cloaca. En estos momentos soy un trozo de mierda flotando entre otros trozos de mierda. Dios, si querías decirme algo, no era necesario ser tan explícito. Me arrimo, entonces, al borde del canal y salgo como puedo del agua. Un grupo de ratas, cada una de ellas del tamaño de un gato, me mira con interés. Si deciden atacarme todas juntas, estoy perdido. Debo encontrar una salida. La linterna, ¡claro! Meto la mano en el bolsillo. Ahí está. Le doy al interruptor y, extrañamente, se enciende a la primera. Me dedico a repasar metódicamente el techo. A unos cinco metros hay una salida, con escalerillas y todo, genial, aunque queda al otro lado del canal de agua. Me tapo la nariz y me zambullo de nuevo en la mierda. Encontrarte en una situación horrible de golpe y por azar es una cosa, pero saltar a sabiendas dentro de un río de porquería, requiere una fuerza de voluntad de la que no me sabía poseedor. Llego al otro lado. Una fuerte nausea se instala en la boca de mi estómago. No hay tiempo para detenerse. Salgo del agua. Al ponerme de pie, noto una punzada aguda en el tobillo. Casi me había olvidado de él. Lo miro: está más hinchado que una mortadela italiana. Avanzo penosamente hasta poder apoyarme en las escalerillas, cojo aire y subo como puedo hasta tocar con las manos la tapa de la alcantarilla. Pesa un montón y tengo que hacer un esfuerzo inhumano para levantarla unos centímetros y moverla hacia un lado. El aire frío de la noche me refresca las sienes. Saco la cabeza. Estoy medio mareado y aturdido, la nariz continua sangrándome, apesto y el tobillo me duele como si llevara clavado en él el cuchillo de cortar jamón. Salgo arrastrándome como puedo del agujero. Debo estar en una de las callejuelas perpendiculares a la calle Osi, porque a lo lejos puedo ver a Mañana apoyada en la esquina, fumando un cigarro. Tengo que llamar su atención como sea. «Mañana», grito. Ella se gira. Justo en ese momento me viene una arcada y empiezo a vomitar. Mis rugidos parecen los de un león y me doy asco a mí mismo, pero parece que, por lo menos, ella me ha visto. Mira a su alrededor. Coge un palo que hay detrás de un contenedor de la basura y se acerca corriendo. ¿Pero qué coño hace? «Mañana, que soy…»

Negro.

Abro los ojos. Mañana me mira. Alrededor de la nariz lleva un pañuelo y su cara es de asco.

—¿Se puede saber por qué me has dado? —digo tocándome la cabeza. Tengo un bulto considerable—. Duele un montón.

—Me has asustado.

—¿Asustado? ¿Y por qué?

—Vamos a ver —dice encendida—. De pronto oigo a alguien que pronuncia mi nombre de forma tenebrosa, me giro y veo a un tipo saliendo de la alcantarilla, cubierto de pies a cabeza de mierda, con la cara llena de sangre y vomitando. ¿Tú qué hubieses pensado? Parecías un zombi del videoclip de Michael Jackson. Joder, qué susto me has dado.

Recapacito.

—Sí, supongo que mi aspecto no es el mejor.

—¿Bromeas? Cacho, yo no sé cómo lo haces, pero eres un experto en acabar hecho un cisco.

—Mañana, tenemos que largarnos de aquí cagando leches.

—¿Por qué?

—He escapado por los pelos, pero si nos descubren estamos perdidos.

—¿Te están persiguiendo?

—Luego te lo cuento —respondo impaciente—. Ayúdame a levantarme, por favor.

Le tiendo una mano y Mañana estira de mí hacia arriba hasta que consigo una cierta verticalidad.

—¿Crees que me dejarán subir a un taxi?

—A ti no lo sé, a mí seguro —dice.

—Pues tendremos un problema —digo señalando mi tobillo; sigue hinchado a más no poder.

—Joder, Cacho, cuando haces un trabajo lo haces a conciencia, ¿eh?

—Méteme en un taxi y ya está.

—No puedes ni andar.

—Ya me las apañaré.

—Venga, apóyate —dice ayudándome—. Vamos a encontrar un taxi y luego para mi casa, seguro que Silvia y Rubén se alegran de verte de nuevo.

No tengo fuerzas para discutir, así que empezamos a caminar en dirección a la calle Osi; pero la detengo en seco.

—Mejor hacia el otro lado. Mi perseguidor no me ha visto la cara, pero estarás de acuerdo conmigo que resulto un poco sospechoso.

—Sí, tienes razón —dice mientras retomamos la marcha en dirección contraria.

—Mañana —musito.

—¿Qué?

—Muchas gracias.

—De nada cielo, de nada.

Me desmayo, creo.

Durante un tiempo inconcreto no estoy.

Mañana me trae de vuelta. Oigo su voz muy lejana, como si hablara a través de un colchón de lana.

—¿Qué dices? —me pregunta.

Debo de haber hablado en voz alta porque me está mirando fijamente con cara de preocupación.

—Nada —respondo.

Miro a mi alrededor; estamos en el interior de un taxi. Su aire es nauseabundo, como si todavía estuviera en la cloaca, aunque podría considerarme afortunado por haber salido del peligro. Como empieza a ser habitual, Mañana está a mi lado. No sé cómo lo hago últimamente, pero, como mínimo, no me quedo solo.

Cuando llegamos, le doy al taxista el sobre con todas las ganancias que me he sacado haciendo de friegaplatos esta noche. Los billetes están empapados y llenos de mierda, pero este los coge igualmente; es más del triple de lo que vale la carrera. Prefiero que no haga preguntas y se olvide de nosotros, aunque supongo que eso será difícil.

Bajo del coche y, con la ayuda de Mañana, me arrastro hasta su casa. El trayecto se me hace increíblemente largo. Allí, Silvia nos está esperando. Ha preparado una bañera con agua hirviendo, o sea que supongo que en algún momento Mañana la habrá avisado de lo sucedido. Debo hacer un gran esfuerzo para entrar en el agua caliente, ya que mi lastimado tobillo me sigue doliendo horrores, aun así parece que la hinchazón ha bajado un poquito.

Dentro de la bañera me relajo por completo. El vapor de agua se me cuela por la nariz y los ojos, y parece envolver mi cerebro como si fuera un velo. Me enjabono lentamente todas las partes del cuerpo y, poco a poco, voy recuperando mi forma habitual. Es como si fuera una serpiente mudando de piel.

Al terminar cojo un pijama que, supongo, Silvia ha dejado para mí encima de la tapa del váter. Esta vez no es el de Rubén, sino uno de color rosa con olor a lavanda. Me lo pongo y, de golpe, me convierto en un oso amoroso; en fin, no voy a discutir nada esta noche.

Cuando llego al comedor, Mañana y Silvia me esperan con un vaso de leche caliente y unas galletas Oreo. Delicioso. Me siento en el sofá y voy comiendo poco a poco. Las chicas no dicen nada, parece que comprenden que necesito que entre algo en mi estómago; en estos momentos no podría decir ni mi nombre. El ruido de las galletas resuena en mi cabeza como si un tractor estuviera removiendo tierra, pero el sabor dulce me relaja. Además, la leche caliente parece reconfortar mi estómago y, pronto, me invade un gran sueño.

—Toma —dice Silvia pasándome una manta—. A juzgar por la cara que pones, la vas a necesitar dentro de nada.

—Es que me ha entrado mucho sueño —murmuro.

—Lo mejor será que descanses y mañana ya veremos que hacemos, ¿no? —dice Mañana.

Asiento con la cabeza y me tumbo a lo largo del sofá.

—Aunque antes deja que te vende eso —añade señalando el tobillo.

Vuelvo a asentir mientras me tumbo de nuevo. Por alguna extraña razón me entran ganas de llorar. Los eventos ocurridos esta noche han desatado algo en mí, algo nuevo que no acabo de reconocer; es como si se hubiera roto un cristal; como si todos llegásemos a este mundo atados con cables de acero a un centro imaginario y, hoy, se hubiese partido uno de esos cables; como si estuviese alejándome de lo que hasta ahora he llamado realidad. Supongo que es lo que pasa cuando tratan de matarte.

—Ya está —dice Mañana dejando suavemente mi tobillo a un lado.

—Gracias.

—De nada —Hace una breve pausa y añade—: Buenas noches.

—Buenas noches.

Veo como Mañana desaparece por el pasillo en penumbra. Me siento un poco mejor. El vendaje parece calmarme, casi como si en lugar de llevarlo en el tobillo me lo hubiera puesto en el cerebro. Se me escapa una risa. Estaría bien si se pudiera hacer algo así, poner vendas al cerebro.

«Doctor, estoy triste». «No se preocupe usted, ahora mismo la enfermera le hará un vendaje compresivo y ya verá como se le pasa». Se oye una radio a lo lejos. «Si él te lleva a un sitio oscuro, que no te asuste la oscuridad. Ah, ah, ah, ah, en el amor todo es empezar». Entro en otra dimensión.

Negro.

Abro los ojos. La vieja ventana del comedor me sonríe. Una boca de luz mañanera que me limpia el cerebro de pensamientos negativos mejor que una caja de Diazepam. No sé cuántas horas habré dormido, pero me siento relajado y recuperado, o sea que deben de haber sido unas cuantas. Miro entorno a mí. En la mesa del comedor, Silvia lee lo que parece un informe. La luz impacta sobre su cogote dando a su piel una textura de tierra batida. Hago a un lado la manta que me cubría, me levanto del sofá y me calzo las pantuflas con forma de elefante que alguien ha tenido el detalle de volver a dejar en el suelo. Luego, me envuelvo de nuevo en la manta: todavía llevo el pijama de color rosa y no es cuestión de continuar haciendo el ridículo. Silvia parece no percatarse de mi presencia. Me acerco a la mesa, retiro una silla y me siento. Ella levanta la mirada y me sirve café en una taza que lleva el ojo azul de Dalí, ese que derrocha una lágrima gris. Creo que las regalaban el año pasado con *La Vanguardia*. Hago un sorbo al café. Todavía está aceptablemente caliente. Mis papilas gustativas se relajan y se abren al gusto amargo y ligeramente ácido. De pronto, noto como la circulación en la parte frontal de mi cerebro empieza a activarse; estoy volviendo a la vida.

—Gracias —digo con un hilo de voz.

—¿Cómo te encuentras? —me pregunta Silvia, levantando una ceja en un gesto glorioso.

—Bien, me ha venido de perlas dormir de un tirón, estaba realmente agotado.

—Cacho, no sé cómo te lo montas, pero siempre acabas hecho una mierda. Y no sé cómo lo hago, pero siempre acabo fregándote la ropa.

La miro con cara de no saber de lo que me está hablando, pero tiene razón. Desde donde estoy sentado puedo ver cómo mis pantalones y mi camisa ondean al viento en el tendedero de la galería. Supongo que debían apestar y no había más remedio.

—Si vuelves a dormir otra noche en este sofá, tendremos que empezar a considerar seriamente la posibilidad de hacerte pagar una parte del alquiler —dice guiñando un ojo.

—La verdad es que yo soy el primer sorprendido —farfullo para mí mismo—. ¿Dónde está Mañana?

—Ha salido a comprar cuatro cosas.

—¿Y Rubén?

—En el trabajo.

—Pensaba que trabajaba desde su habitación.

—En casos excepcionales tiene que mover el culo. Debe haber pasado algo grave.

—Ya veo —digo—. Entonces, estamos solos.

—Sí —responde con indiferencia—. Y tu llevas un pijama mío de color rosa.

—Es casi como si fuéramos un matrimonio.

—Vaya, entonces nos hemos perdido la mejor parte.

—¿Cuál es la mejor parte? —pregunto.

—Irse conociendo, ¿no estás de acuerdo?

—Supongo. —Hago una pausa—. Por lo menos es la parte más divertida y donde todo es todavía posible.

—Correcto.

—¿Haces algo este mediodía? —lanzo la pregunta sin pensármelo demasiado.

—¿Por?

—No tengo nada en casa, o sea que tendré que comer fuera, ¿te gustaría acompañarme?

—Vaya, planteado así… ꞏ

—No, me refería a… ¿Te gustaría ir a comer conmigo? Podemos tomar unas tapas en la Barceloneta, ¿conoces el Bitácora?

—No.

—Te va a encantar.

Silvia tuerce la cara y me mira de reojo, como si me inspeccionara.

—Está bien, pero no te hagas ilusiones. No me voy a bajar las bragas solo porque me lleves a comer.

—Eso ya lo veremos.

—Idiota.

—Gilipollas.

—Por cierto, saqué tu teléfono de los pantalones antes de ponerlos en la lavadora.

Mierda, el teléfono, me había olvidado por completo de él.

—¿Funcionaba?

—No, estaba como muerto.

—Joder.

—Aunque le he dado con el secador, a veces sirve —dice indicándome con la vista una de las estanterías del comedor.

Efectivamente, ahí descansa mi viejo Nokia 3410 dividido en todas sus piezas, como si se tratara de un cadáver desmenuzado. Me levanto, recojo todas las partes y las pongo encima de la mesa. Las voy encajando como mejor puedo, intentando no romper nada.

—La suerte está echada —digo mientras aprieto el botón de encendido.

Esperamos como si estuviera a punto de abrirse la entrada a la cueva de Alí Babá y los cuarenta ladrones. Diez segundos más tarde, se enciende la luz de la pantalla y el móvil me pide el número pin.

—Me debes otra —dice Silvia.

—Pues sí.

Introduzco el número secreto y espero unos segundos. Todo parece estar en orden, aunque tengo varias llamadas perdidas, todas del mismo número. No lo reconozco. Quizás Hacienda se equivocó en la última declaración de la renta y me quiere devolver una cantidad indecente de dinero. Llamo para salir de dudas.

—¿Hola?

—¿Cacho? Soy Remedios.

No es el caso. Mierda, esta mujer debe de estar realmente preocupada por su marido y yo sin hacer nada. Improviso algo:

—Señora Remedios, estoy detrás de una pista muy fiable.

—¿Y eso qué quiere decir?

—Que en breve podríamos tener noticias de su esposo —miento. Miento como un perro. No voy a poder entrar en el local de Los Caballeros del Alba Gris tan fácilmente y, aunque lo lograra, ni siquiera sé si Juan Ramón está ahí, ni si lograría sacarlo.

—Es que sigo muy preocupada —dice Remedios con voz temblorosa—. No he ido a la policía porque así me lo pide mi marido en la nota de la que le hablé, pero esto es muy duro para mí.

—Necesito un poco más de tiempo, no es un caso fácil.

—Si puedo hacer algo para ayudar…

Se me ocurre una idea.

—Quizás sí pueda —digo.

—Usted dirá.

—Remedios, me gustaría echar un vistazo a las cosas personales de su marido.

—Pues tendría que venir a casa.

—¿Sería posible?

—Sí, sí; sin ningún problema. Le puedo mostrar todo lo que desee.

—Perfecto, digo.

—¿Quiere venir hoy mismo?

—¿Qué tal después de comer?

—De acuerdo, estaré toda la tarde en casa, o sea que se puede presentar usted cuando quiera.

—Muchas gracias.

—No hay de qué.

Cuelgo el teléfono y me giro: Mañana me está mirando desde la puerta de entrada, acaba de llegar y se me antoja emocionada.

—Bueno, bueno; parece ser que el rey de la casa se ha levantado —dice maternalmente.

—Ya ves, no hay nada que una buena dormida no cure.

—¿Novedades? —pregunta mientras con la mirada señala mi teléfono.

—Creo que sí —digo tímidamente—. He pensado que es muy probable que Juan Ramón conserve entre sus cosas algún tipo de tarjeta parecida a la que me permitió entrar en la sede de Los Caballeros del Alba Gris. Si me hiciese con ella, eso podría darme una segunda oportunidad.

—Buena idea.

—¿Y por qué no vas a ese sitio y, sin más, preguntas por él? —interrumpe Silvia.

—¿Después de lo que pasó? Imposible.

—¿Y si voy yo? —pregunta Mañana—. A mí no me conocen.

—No —respondo—. Es peligroso. No estamos hablando de una *peña de amigos*. Se trata de una sociedad secreta con conexiones a todos los niveles y un poder que desconocemos; uno no puede, sencillamente, acercarse y empezar a hacer preguntas comprometedoras.

—Está bien, está bien —admite Mañana mordiéndose el labio inferior. Y luego añade—: ¿Se puede saber, al menos, qué diablos pasó anoche en el restaurante?

Me callo. Una larga pausa —durante la cual trato de poner en orden la larga secuencia de hechos— se extiende, lentamente, como la miel en una tostada.

—Mañana, allí hay algo muy gordo —digo.

—¿Encontraste a los perros?

—Sí.

Veo como se le ilumina la cara. Probablemente, esta sea su «primera vez». La primera vez que se pone detrás de la pista correcta en un caso real.

—Los tienen encerrados a todos en una sala mugrienta —digo con una mueca—. Al parecer los mantienen drogados, supongo que para que no se peleen entre ellos. Luego deben elegir a los candidatos y reanimarlos de alguna manera, no estoy seguro.

—¿Reanimarlos? ¿Para qué? —pregunta Silvia.

—No lo sabemos —responde Mañana.

—De todos modos —añade la primera—, lo que viste no es suficiente como para ir a la policía, ¿verdad?

—No tenemos ninguna prueba —contesta Mañana. Luego me mira—. ¿O sí?

—¿Dónde está mi cinturón?—pregunto de golpe.

—En mi habitación —dice Silvia levantándose—. ¿Por qué?

—¿Llevabas cámara? —pregunta Mañana.

—Sí.

—¿Crees que habrá resistido la noche?

—Ahora lo veremos… Por lo que vale, debería.

—Crucemos los dedos.

Silvia me acerca el cinturón. A primera vista, todo parece en orden: la microcámara sigue ahí dentro, bien resguardada. Saco la protección de goma del interior de la hebilla, extraigo el artilugio y lo examino.

—Silvia, ¿nos prestas tu portátil?—le pregunto.

—Claro —me responde, y salta en dirección a su habitación.

—¿Tu no tendrás un cable para esto…? —digo mostrando a Mañana la clavija mini-USB que tiene la cámara para poder extraer las imágenes.

—Creo que sí, voy a ver.

Espero hasta que vuelven a mi lado. Silvia coloca el portátil encima de la mesa y aprieta el botón de encendido. Los tres, con cara de bobos, esperamos hasta que el chisme se pone en modo operativo. Entonces, le enchufo la microcámara, importo los archivos y abro el programa de reproducción de video; luego me detengo.

126

—¡Venga! —exclama Mañana.

—¿Y las palomitas? —pregunto sonriendo.

—Cacho, deja de soltar gilipolleces y dale al *play* —me responde cabreada.

—Está bien, está bien.

Le doy al botón, se abre el archivo que contiene la película de la noche, pegamos nuestras narices a la pantalla y, delante de nuestros ojos, se pone en marcha un tren de sombras.

—¿Qué mierda es esto? —pregunta Silvia. Tal como había supuesto, la imagen es prácticamente negra, con mucho grano, y no se aprecia gran cosa.

—Por desgracia la cámara no es de infrarrojos —digo—. Os lo tendréis que imaginar.

—Que rollo —suelta Silvia desilusionada.

—Por lo menos, se puede oír —dice Mañana, algo más comprensiva.

Así que les voy contando a las chicas lo que no se puede ver. Es casi como un ejercicio de imaginación: mi descenso por el corredor hasta la sala donde estaban los perros, mis intentos por encontrar a Johnny, la huida desesperada. La parte más surrealista es la de los disparos, que suenan como dos petardos lejanos. A mi entender hay dos sonidos que, grabados, nunca hacen justicia al original: el sonido del mar y el sonido de un disparo. El primero acaba pareciendo siempre aceite hirviendo; el segundo una *piula* como las que los niños hacen estallar en San Juan. Además, cuando la bala te pasa entre las piernas es muy difícil percibir ni el calor ni el chispazo de la pólvora; ni tampoco el miedo a quedarse sin un huevo. Oída en el ordenador, mi gran aventura parece una tontería que no asustaría ni a un niño.

—Trataron de matarte, eso sí se puede deducir del video, ¿no? —pregunta Silvia.

—Claro, pero como no se ve nada, eso podría haber sucedido en cualquier parte —respondo.

—Además, tampoco se puede identificar a nadie —añade Mañana—; ni a ti ni a tu perseguidor. Esto no sirve para nada.

Silencio.

Miramos en dirección a nuestros pies.

Siguen ahí.

—Por cierto, ¿pudiste identificar a Johnny? —pregunta Mañana rompiendo el instante contemplativo.

—No, lo cual debe de querer decir que esa noche participó en la pelea.

—¿Pelea? ¿Qué pelea? ¡Pero si es un chihuahua! —exclama Silvia.

—O en lo que sea que hagan con ellos —digo—. Quizá los emparejan por peso, ¡quién sabe!

—¿Y qué vais a hacer?

—Tenemos que volver a entrar —suelta Mañana.

—No es una buena idea. Mi perseguidor podría identificarme.

—¿Lo crees posible?

—En cualquier caso, fui el último en marcharme y era *el nuevo*. Si me acerco por allí, seguro que alguien me hace unas cuantas preguntas.

—Sí, tienes razón —concede Mañana.

Pausa.

—Lo que tendríais que hacer es colaros en el restaurante —suelta de pronto Silvia, como si fuera la cosa más normal del mundo.

—¿Y cómo se supone que debemos hacer eso? —pregunta Mañana, picada.

—Yendo a cenar, claro —responde de nuevo la primera.

—Piensa —digo— que esas fiestas son súper exclusivas. Solo se puede acceder por estricta invitación y para que te inviten tienes que ser *alguien*.

—Además, esos tipos se conocen entre ellos; no sería tan fácil colarse, ¡ni siquiera tenemos pinta de aristócratas!

—explota Mañana. Hace una pausa y luego añade—: A menos…

—¿En qué estás pensando? —pregunta Silvia.

—Uno de mis mejores amigos, se dedica al maquillaje.

—Interesante.

—Ha trabajado mucho, seguro que puede hacer que pasemos por alguien con pasta.

—No es tan fácil —intervengo.

—¿Por qué? —pregunta Mañana.

—Una cosa es una película, otra muy distinta la realidad. Una cosa es *hacerte pasar por alguien* delante de espectadores que no saben cómo es *ese* alguien. Otra muy distinta es hacerte pasar por fontanero delante de otro fontanero real.

—¿Ah sí? ¿Y por qué? —insiste Mañana.

—¡Porque fallan los referentes! Si los ricos se ponen a hablar de marcas de yates, ¿qué haremos?, ¿cómo les vamos a seguir el juego?

En ese momento se abre la puerta y entra Rubén. A pesar de ostentar unas ojeras del tamaño de Delhi, parece satisfecho.

—Hombre, Cacho, ¿de nuevo en el sofá? Qué vida, ¿eh? Yo en cambio me he pasado toda la noche trabajando delante de una pantalla de ordenador. Alguna putada debe tener ser el mejor informático de la ciudad, ¿no?

—Vaya, no sabía que estaba hablando con una eminencia —digo sarcástico.

—¿Este? —salta Mañana—. No sabe arreglar ni la tostadora.

—Claro, porque nunca te he limpiado el ordenador de virus, ¿verdad?

—Eso lo hace hasta mi abuela —dice Silvia.

—¿Y tú por qué te metes? —espeta Rubén.

—Haya paz. —Parezco el presidente de la escalera.

—Por cierto, bonito pijama —me dice Rubén—. No sabía que te gustara el rosa.

—Oye, tío…

—Un momento —nos corta Silvia mientras empieza a teclear en el portátil—. Se me ocurre una cosa.

—¿Qué cosa? —responde Rubén.

—Si realmente eres tan bueno, quizás puedas colarte aquí.

Silvia le da a la tecla de entrada y aparece en pantalla la página web de El Pico de Oro. Le echo un vistazo: sobre un fondo blanco, un pato con los ojos cerrados y el pico dorado me mira dulcemente.

—¿Qué mierdas es esto? —pregunta Rubén.

—Un restaurante de lujo —responde Silvia.

—¿Y para qué necesitas ir a un restaurante pijo?

—Yo no, pero estos —dice Silvia señalándonos con la mirada— quieren ir a la próxima cena privada.

—¿Y no pueden pagar como todo el mundo? —pregunta Rubén mientras coge el ordenador y empieza a teclear.

—Privada, ¿has oído, tío? Cena privada —dice Mañana—. Ahí va lo mejor de lo mejor. No creo que acepten a desconocidos y menos sin pedigrí.

—Vale, vale. —Rubén parece ahora más interesado en el ordenador que en nosotros, gajes del oficio. La cuestión es que sus dedos teclean a una velocidad vertiginosa.

—Aunque pudiésemos entrar se notaría que no conocemos a nadie —digo con voz cansina.

—No si somos de otra ciudad —dice Mañana.

—¿Madrid? —propone Silvia.

Pausa.

—Sí, quizás así podría funcionar —acepto con resignación.

—Pues ya está… el conde de Andrade y la duquesa de Pardo se van a ir de cena —concluye Mañana.

—Chicos, esto es una locura —digo poniéndome serio—. Ayer casi me matan y, ahora, ¿queréis que me disfrace de conde madrileño? ¿Es que nos hemos vuelto todos locos?

—Yo no sé exactamente en que estáis metidos, pero lo que está claro es que la próxima cena es pasado mañana —dice Rubén sin apartar la vista de la pantalla.

—¿Y tú podrías colarnos? —Mañana parece emocionada de verdad.

—Creo que sí, que os podría incluir en la lista de invitados, pero eso sería ilegal, ¿no?

—Completamente —digo—. Aunque no creo que nunca nadie haya ido a la cárcel por haber manipulado una lista de invitados de un restaurante.

Rubén hace una pausa.

—¿Y qué saco yo de todo esto? Llevo quince horas delante de un ordenador, no pretenderéis que me vuelva a meter a trabajar ahora que iba a la cama.

—Claro que no; descansa, descansa —le dice Mañana dándole un masaje en los hombros—. Y si quieres cuando te despiertes, te preparo gazpacho y pollo a la cerveza.

—¿Gazpacho? —pregunta Rubén con un temblor en la voz—. Hace mucho que no tomo gazpacho casero.

—Pues hoy te vas a poner las botas. Y pollo, piensa en el pollo a la cerveza.

—Nadie hace el pollo a la cerveza como tú.

Pausa. Rubén empieza a salivar.

—Entonces, ¿trato hecho?

—Está bien —dice este. Luego hace una pausa y añade con un punto de miedo—: ¿El gazpacho lo harás con tomates raf, verdad?

—Como tú quieras.

—De acuerdo —responde Rubén mientras su miedo se disipa como el humo de un cigarrillo—. Pero os lo hago esta tarde, ¿vale? Después de comer.

—De acuerdo —dice Mañana.

Rubén desaparece por el pasillo en dirección a su habitación. A juzgar por la expresión de su cara, es un hombre feliz. Parece ser que el cerebro no distingue entre lo que nos pasa y lo que nos imaginamos que nos pasa. Así que, ahora mismo, el cerebro de Rubén está degustando un fantástico menú.

—Voy a prepararme —dice Silvia levantándose.

—¿A prepararte para qué? —Mañana entorna los ojos.

—Este señor y yo nos vamos a comer, ¿verdad? —contesta mientras posa sus ojos en mí.

—Correcto.

Silvia da una miradita cómplice a Mañana y luego se levanta. Tiene unas piernas preciosas. En fin, qué os voy a contar, dos látigos de fuego.

Mañana interrumpe mis pensamientos poniéndome la mano encima del hombro.

—Vaya, no pierdes el tiempo, ¿eh, Cacho?

—La verdad es que…

—Nada, nada, tú no te cortes.

—Solo vamos a comer —digo a la defensiva.

—Ya lo veo, eres todo un caballero.

Nos quedamos mirando a los ojos. Mañana tiene una cara realmente peculiar. Los rasgos son bastante angulosos, pero a la vez la textura de la piel es muy femenina; incluso se podría decir que invita a la ternura. Empiezo a no querer saber nunca si es un hombre o una mujer. Hay misterios que es mejor no desvelar, placeres que se evaporan con el dictado de la fórmula. Si profundizas demasiado, puedes acabar encontrándote con que el cuerpo ha desparecido y solo quedan un conjunto de sustancias viscosas dentro de tarros de cristal.

—Será mejor que te pongas tus cosas, ¿no crees?

—Sí —digo contemplado el pijama rosa de Silvia que todavía llevo puesto—. No sabes que ganas tengo.

Cojo los zapatos y la ropa del tendedero. Todo está ligeramente húmedo y arrugado, pero servirá. Me encierro en el lavabo y procedo a vestirme. Cuando me despido de las paquidermas pantuflas; casi me cae una lágrima. Luego me miro en el espejo. Me asalta la idea de que la imagen que hay ahí es una proyección mía que, en realidad, no existe. Lo leí en el periódico y es una cosa que a veces retorna a mi cabeza, sobre todo las mañanas que me levanto con resaca. En el espejo no hay nada. Simplemente la luz rebota en él formando una imagen en nuestras retinas. Luego creemos ver dicha imagen en el espejo, pero la estamos creando nosotros mismos.

En fin, trato de peinarme lo mejor que puedo. Es complicado conseguir el efecto habitual cuando no se tiene el peine nuestro de cada día. Pero al final consigo algo bastante pasable. Todavía falta un rato hasta la hora de comer, así que podemos ir perfectamente andando a la Barceloneta. Además, creo que el paseo puede sentarme bien.

En el Bitácora consigo una mesa para dos. Me siento, de tal modo que la pared del local me queda a la derecha. No sé por qué pero eso siempre me da seguridad. No soporto las mesas que quedan flotando en medio de la nada.

Silvia, delante de mí, lleva el cabello todavía ligeramente húmedo, o quizás debe ser que se ha puesto algún tipo de producto que consigue ese efecto de forma mágica. Por lo corto que lo tiene es sorprendente que pueda ser tan sexi, aunque conmigo es fácil, desde que vi a Jean Seberg en *Al final de la escapada* cualquier chica con el pelo a lo *garçon* me tiene la partida ganada.

—Tengo hambre —dice con los ojos brillantes. Luego gira la cabeza, mientras hace una señal con el dedo índice a la camarera que está en la barra sirviendo cañas, y me mira de nuevo—. Tomamos cerveza, ¿vale?

Lleva el cuello desnudo y un ligero toque de maquillaje que ayuda a potenciar la luz natural de su piel. Por lo demás, camiseta de tirantes y tejanos ajustados. No creo que pueda negarme a nada de lo que me pida.

—Claro —digo. Aunque quizás estaría bien no emborracharse mucho, esta tarde tengo que proseguir con mis investigaciones acerca de Juan Ramón Jiménez.

—Me apetece ponerme un poco pedo —dice sonriendo.

—Solo un poquito —digo atontado.

Por la puerta abierta entra una ligera brisa que se lleva las malas ideas, dejando en el aire esa especie de electricidad que te enciende las células del cuerpo. Es un delicioso día de primavera en el que si yo fuese una persona normal, me sentiría el tipo más afortunado del mundo. Pero estoy tarado, ya sabéis.

La camarera, una argentina con rastas y *piercing* en la ceja, nos entrega las cartas. En realidad yo ya me la sé de memoria, así que hago ver que la leo, para darle tiempo a Silvia. Por el estéreo del local suena *Down to the Wateline* de los Dire Straits, quizás una de las canciones más evocativas que yo haya escuchado nunca. Siempre que la oigo me siento envuelto por las brumas del puerto.

—¿Pedimos para compartir? —propongo.

—Vale —responde Silvia sin levantar los ojos de la carta. ¿Qué te parece calamares, el pollo con salsa de soja, las bravas y una de gambas?

—Excelente.

—¿Y unos pimientos del padrón?

—De acuerdo —respondo mientras con la mirada busco a la camarera.

Esta vez llega con una libretita y un boli sin capucha.

—¿Qué os pongo? —pregunta mirando al infinito.

Le canto nuestra particular carta a los reyes y luego, al final, añado dos jarras de cerveza helada a la lista.

—Muy bien —responde la chica, y luego me guiña el ojo en un gesto que me parece demasiado teatral.

—Esperemos que no tarden mucho, tengo hambre —dice Silvia levantando el mentón.

—Podría comerme un caballo —rezo en voz baja mientras la guitarra de Mark Knopfler revolotea a nuestro alrededor.

—¿Cómo van las investigaciones?

—Progresan adecuadamente —ironizo.

—Ya.

Y luego añado:

—¿Y tú tesis?

Silvia se me queda mirando.

—¿Cómo era…? —pregunto—. La ecuación…

Mis palabras quedan suspendidas por unos segundos hasta que Silvia las completa.

—Drake —dice finalmente—. La ecuación Drake.

—Eso es. —Hago una pausa—. ¿Entonces tú qué eres? ¿Matemática, astrónoma…?

—Astrofísica.

—Buf —resoplo—, para eso sí que hay que tener coco.

—No creas, cada uno sirve para lo que sirve. Yo tampoco podría hacer lo tuyo.

—Debe ser fascinante —murmuro para mí.

—La mayor parte del trabajo son cálculos matemáticos —dice Silvia.

—Ya, seguro. Me apuesto lo que quieras a que te sabes de memoria el nombre de un montón de estrellas.

Silvia ríe.

—De algunas, sí.

—Pues eso mola.

La camarera llega y nos deja las dos jarras de cerveza. Está tan fría que el cristal ha perdido la transparencia. La tomo por el asa y pego un buen trago. El líquido está helado.

—¿Y crees de verdad que pueda haber alguien ahí afuera? —pregunto.

—Se trata de eso, de calcular las probabilidades.

—Es extraño, ¿no?

—¿El qué?

—Pensar que, quizás, no estamos solos.

—Es más probable que no lo estemos que que lo estemos.

—Ya.

—De todos modos, aunque hubiera alguien —dice Silvia—, sería muy difícil encontrarlo; casi un milagro.

Tomamos otro trago de cerveza mientras, en la calle, las gaviotas gritan desesperadamente.

—Como nosotros, ¿no? —digo.

—¿Nosotros? —pregunta.

—Sí. Dos personas separadas en dos realidades distintas que acaban sentadas en la misma mesa del mismo bar en el mismo instante. ¿Qué probabilidades había de que eso sucediera? Casi un milagro.

Silvia no dice nada, pero sonríe.

Llegan por fin los platos; no son excesivamente grandes, pero tampoco raquíticos. Nos lanzamos a comer con ganas. Creo que la conversación ha estimulado nuestro apetito.

—Mmm —digo mientras se deshace un crujiente trozo de calamar en mi boca—. Que rico está esto.

—¡Pues sí! —exclama Silvia.

A veces es complicado hablar mientras se come, sobre todo cuando se tiene hambre y la comida es buena. Así que estamos un rato devorando en silencio. Tengo que ir con especial cuidado para no acabar yo solo con los pimientos del padrón, ya que llevan la cantidad exacta de sal y eso siempre me vuelve loco. Creo que un buen cocinero podría definirse por su capacidad de echar la cantidad justa de sal.

—¡Qué bueno el pollo! —exclama Silvia.

—Sí —digo con un trozo de gamba entre los dientes.

—Mastica bien, ¿eh? —me dice riendo.

—Claro, claro —farfullo con la boca llena.

Seguimos comiendo alegremente hasta que ya no queda nada en los platos. Hemos dado buena cuenta de la comida y estamos satisfechos.

Entonces, Silvia se levanta:

—Voy al baño —dice.

—Vale.

—No te vayas, ¿eh? —suelta con una sonrisa.

—No, no.

La observo mientras se aleja. El sol entra a contraluz y recorta su figura. Me quedo solo con mis pensamientos. Siempre suelo decir que he vivido una vida lo suficientemente afortunada y que, si muriera ahora, no pasaría nada porque he experimentado muchas cosas bonitas; pero ayer intentaron matarme, así que hoy me siento aferrado a la vida como un pulpo a la roca.

La camarera argentina interrumpe mis pensamientos.

—¿Algo más? —pregunta con una sonrisa.

—Yo tomaré un carajillo de Ron Pujol.

—¿Y tu amiga?

—También.

—Perfecto —dice. Y se marcha en dirección a la barra.

No sé por qué lo he dicho. Las posibilidades de que le apetezca un carajillo de Ron Pujol son bastante bajas, pero ahora ya es demasiado tarde para lamentarse.

Cuando regresa del baño, llegan, al mismo tiempo, los dos humeantes cafés con ron.

—¿Y esto? —pregunta.

—He pensado que te gustaría…

Silvia abre el sobrecito de azúcar y lo hecha dentro del carajillo. Luego coge la cucharilla y empieza a removerlo. Lo mira desconfiada y le da un sorbo.

—*Ecs*, ¿qué es?

—Ron Pujol.

—Vaya, no lo había probado nunca.

—Es la bebida de los campeones.

—Ya —dice con poco entusiasmo—. ¿Me hará digerir bien por lo menos?

—Seguro que sí —digo mientras le hecho azúcar al mío. Silvia me mira: no parece muy convencida. Remuevo el brebaje que tengo delante y le doy un sorbo. No está mal.

—Oye, ¿y cómo llegaste a ser detective? —pregunta—. Quiero decir, ¿es algo vocacional?

—Siempre he sido una persona curiosa; me gusta llegar al fondo de las cosas. Creo que eso es lo que me ha llevado hasta aquí.

—Ya.

—Durante un tiempo pensé en hacerme policía, pero no me veía a mí mismo con pistola. Y, además, no me gusta recibir órdenes, prefiero tomar yo las decisiones.

—Así que eres un curioso, ¿eh?

—Supongo que sí. ¿Y tú?

—No, yo no soy curiosa.

—Me refiero a si siempre has tenido claro a qué te gustaría dedicarte.

—Que va, de pequeña quería ser piloto de avión.

—¡No jodas!

—Sí, fue después de ver *Top Gun*.

—¡Qué grande!

—Con una amiga jugábamos a hacer luchas en el aire —dice Silvia, emocionada, mientras reproduce con las manos los movimientos que de pequeña hacía.

Hago una pausa.

—Yo quería ser astronauta —digo.

—¿Y eso?

—En mi caso fue algo más modesto: Tintín.

—¿En serio?

—Sí, el álbum *Objetivo: la Luna*. Me volvió loco.

Silvia estalla en risas.

—¡Qué mono! —exclama.

Será mía.

Siempre que una mujer te encuentra «mono» es que ya te ha abierto el corazón.

Acuérdate.

—Me enganchó tanto —digo—, que cuando terminé la primera parte tuve que ir corriendo a la librería a comprarme la segunda.

—Yo era más de Astérix que de Tintín.

Pausa.

—Quien pudiera volver a esa época —digo melancólico.

Silvia sonríe.

—Creo que necesitamos que nos toque un poco el aire, Cacho.

—Como quieras.

Pagamos la cuenta y nos vamos. Por suerte el mar está a cinco minutos andando, así que me las arreglo para que vayamos en esa dirección, o quizás es ella la que lo hace, ¿quién sabe? Muchas veces pensamos que nos llevamos a alguien al huerto y en realidad es al revés.

Cuando llegamos nos quitamos los zapatos y andamos por la arena caliente. Un *paki* nos vende dos latas de cerveza por dos euros; no están muy frías, pero valdrá. Nos sentamos en la arena, hombro contra hombro y, poco a poco, nos vamos girando hasta que nuestras caras quedan enfrentadas.

—Probablemente, esta sea la peor playa de la historia —dice Silvia.

—Y la mejor chica del mundo —respondo al instante. A veces soy un genio, ya lo sé.

—Cacho, ¿vas a dejar de decir gilipolleces y a besarme de una vez?

—Pensaba que no querías.

—Idiota.

—Imbécil.

La beso.

—¿Qué tal?

—Se puede mejorar.

La beso de nuevo.

Y luego todavía más.

Los primeros besos con alguien siempre nos dan una información muy valiosa. Como regla general podemos decir que hay cuatro tipos de beso. El primero es el beso *prospección petrolífera*, que tiene como objetivo llegar lo más profundo posible (se conoce algún caso en el que el afán juvenil ha llegado a encontrar, en la persona sondeada, el deseado petróleo en forma de vómito); el segundo es el beso *tirabuzón*, que avanza en horizontal, intentando que la otra lengua se enrolle como una serpentina (produciendo, a veces, calambres en la susodicha); el tercero es el beso *ola de mar*, que se queda en la superficie y que mima los labios como si fueran arena tibia, finalmente, el cuarto y último beso es el llamado *mordiscoso,* que involucra los dientes y que le da un punto masoquista al asunto.

Es difícil decidir de antemano el tipo de beso más apropiado para la ocasión, así que uno suele encontrarse en mitad de la faena sin saber muy bien el porqué. En nuestro caso tendemos a una mezcla entre *ola de mar* y *mordiscoso* que, la verdad, no está nada nada mal.

Me dejo llevar, hasta que me sobreviene un completo abandono.

¡Zas! Una bofetada en toda la cara.

—¿Qué haces? —digo incrédulo.

—Te has quedado dormido, idiota.

Miro a mi alrededor. Es verdad, mi cabeza reposa en su estómago e incluso creo que le he dejado un poco de babilla encima de la camiseta, lamentable.

—Es que estaba tan a gusto… —trato de justificarme.

—¿No será que te aburres?

—No, en serio. Ayer fue muy duro y, aunque he descansado esta noche, todavía no me siento recuperado del todo.

Parece que se lo piensa.

—Es verdad, lo siento —dice.

Menos mal. La verdad es que me había quedado sobado sin remedio, a veces estas cosas pasan.

—Qué lástima que esta tarde tenga que ir a trabajar

—digo cambiando de tema.

—¿Lo del perro?

—No. Voy a ver a la mujer de Juan Ramón Jiménez. La pobre confía en mí y la verdad es que no he avanzado casi nada en su caso.

—Ese tío estaba metido en algo bastante oscuro, ¿no?

—Sí, Los Caballeros del Alba Gris no me parecieron Las Hermanas de la Caridad. Todavía no tengo muy claro lo que me sucedió allí.

—Te drogaron.

—Eso creo. En cualquier caso, si pretendo avanzar en el tema, tengo que volver a entrar como sea. Y, después de lo que pasó con Ras, no lo veo claro, la verdad.

—Quizás puedas aclarar algo con la señora.

—Ya veremos que encuentro en su casa. Tengo la impresión de que Juan Ramón temía por su vida; sino, no le hubiera dejado esa nota a su mujer en que le pedía que, en caso de no volver, se pusiera en contacto conmigo. Si esto es correcto, quizás nos dejó alguna pista más.

—Oye, ¿y si te pasa algo?

—¿Qué quieres decir? —Siempre me sorprende esta pregunta.

—Ya me entiendes. Si de golpe desapareces o te hacen daño, que sé yo.

—Es un riesgo que hay que asumir, ¿no?

—Joder, yo no sé si podría.

—No es una cosa en la que piense habitualmente, claro, sino no haría nada.

—Tú vigila y a la mínima llama a la policía.

—No sufras, no suelo tomar riesgos innecesarios. Además, a partir de ahora pienso ir siempre con Mañana.

—Vaya, ¡entonces sí que tenemos que estar preocupados! —dice Silvia, y sonríe.

—Mejor que no te oiga.

—Ya ves…

Nos quedamos callados contemplando la sucia arena y el descuidado mar. No es un silencio incómodo, solo la conclusión a un encuentro agradable. El último compás del último movimiento de un concierto que ha sido divertido.

Tranquilos, abandonamos la playa y tomamos el paseo de Joan de Borbó hasta llegar a la parada de metro de Barceloneta. Silvia decide no cogerlo y quedarse paseando por el centro. Yo debo reunirme con Mañana. Después de un ligero titubeo, nos despedimos con un sonoro beso en los labios. La gente nos mira, creo que se piensan que somos pareja. Sería bonito, pero no. Nos separamos y la observo alejarse en dirección al Maremágnum. Bajo por las escaleras del metro, introduzco la T10 y atravieso los torniquetes. A mi lado, dos chicos se los saltan por encima. Nadie les dice nada. Así están las cosas por aquí.

En el andén, un montón de turistas aguardan a que lleguen los vagones. Me uno a ellos. Todavía sigo con la imagen del mar en el cerebro y las yemas de los dedos tibias por el contacto con la arena. Poco a poco, la impresión se desvanece.

Aprovecho la espera para mandarle un mensaje de texto a Mañana; le digo que llegaré en veinte minutos. Me contesta «de acuerdo» con una llamada perdida. Al poco, entra el metro en la estación y se detiene con un profundo resoplido. Debe de estar muy cansado de tanto ir y venir. Subo y me abandono a la monotonía del viaje.

Hago el transbordo en Urquinaona de la línea amarilla a la roja, que me lleva hasta la parada de Urgell. Luego subo por la calle Casanova y tuerzo a la izquierda por Diputació hasta llegar al número 176. En la puerta de su casa, me espera Mañana mascando chicle. Cuando me ve, lo escupe al suelo.

—¿Vamos? —pregunta.

—Vamos —respondo.

Cogemos un viejo taxi amarillo y negro con los neumáticos demasiado gastados. Nos dirigimos a casa de Juan

142

Ramón Jiménez. Se trata de encontrar alguna pista en la que centrar mis esfuerzos. El conductor, un hombre de unos cincuenta, con marcas de acné en la cara y una gran panza, conduce absorto en sus pensamientos. Llevamos las ventanillas bajadas y el aire refrescante de la tarde me sirve para afinar los sentidos. Debo encontrar algo en casa de Juan Ramón, ya que de momento estoy en un callejón sin salida. Mañana también parece absorta en sus propios pensamientos y no cruzamos palabra en todo el trayecto, ni siquiera me ha preguntado por Silvia. Espero que no esté enfadada conmigo.

El taxista aparca justo delante de la puerta de la casa de Juan Ramón, en el número 74 de la calle Amigó. Pago la cuenta, bajamos del coche y nos encaramos al portal.

—¿Qué piso es? —pregunta Mañana.

—Tercero primera.

Mi ayudante alarga el dedo índice en dirección al interruptor del timbre. Lleva la uña pintada de color burdeos. Aprieta el botón durante tres o cuatro de segundos y luego lo suelta.

—Por si está un poco sorda —dice, tratando de justificar el timbrazo que acaba de meter.

Me encojo de hombros. El interfono reacciona con un crujido parecido al de un *walkie-talkie*.

—¿Diga?

Es Remedios.

—Buenas tardes, soy Cacho.

—Ah, sí, le esperaba. Adelante.

Escuchamos el típico chasquido que indica que es el momento apropiado para empujar la puerta y nos introducimos en el edifico.

El interior está mal iluminado y pasa un rato hasta que nuestras pupilas se adaptan a la escasa luz. Con toda seguridad, este edificio fue bonito hace tres o cuatro décadas, pero en estos momentos tiene ese punto decadente que ya no se arregla con una simple reforma.

Entramos en el ascensor y aprieto el botón correspondiente al número tres. El espacio es estrecho y Mañana roza su codo contra mi costado.

—¿Tienes algún plan? —me pregunta.

—No —respondo—. Simplemente me gustaría husmear un poco entre sus cosas.

—Vale.

—Estaría bien si pudiésemos sacar un poco de información sobre Los Caballeros del Alba Gris. Aunque no creo que ella sepa mucho sobre el tema, ni siquiera aceptan mujeres en este tipo de organizaciones, y no creo que su esposo le confesara las intimidades de lo que hacía allí.

—Sí —dice Mañana—, la mujer debe de estar bastante desorientada. —Luego nos quedamos callados hasta que el ascensor llega a su destino. Abrimos la puerta y salimos al exterior del habitáculo. Justo en ese momento se abre una de las puertas del rellano. Seguramente, Remedios nos estaba esperando al otro lado de la puerta, atenta al ruido del ascensor.

—Por aquí, adelante, adelante —nos dice con una sonrisa.

La seguimos al interior de la casa por un amplio pasillo hasta que llegamos al comedor. El espacio tiene también un punto decadente, como de otra época, pero a su vez un encanto irresistible. Las paredes que, supongo, algún día fueron de color blanco, ahora muestran un tono crema catalana que les confiere dulzor. A nuestra derecha, unas estanterías gigantes que llegan hasta el techo están repletas de volúmenes polvorientos. Paseo mi cansada vista por los lomos de los libros. Hay de todo: Milton, Shakespeare, Dante, Capote, Lorca… Seguramente, uno podría pasarse el resto de su vida leyendo todo lo que aquí se encuentra y todavía le faltarían años para terminarlo.

El comedor está dividido en dos áreas —la sala de estar y el comedor propiamente— por un marco gigante de forma redondeada, cosa que le da un toque modernista a la casa. Mis ojos deambulan por el espacio y no puedo por menos de fijarme en una pata de elefante que parece haber sido reconvertida en taburete.

—A mi marido le gustaba cazar de joven, ya ve, es un recuerdo —me dice Remedios sin que yo haya preguntado nada—. Toque, toque, ya verá: todavía conserva los pelos.

Paso mi mano por la pierna y, efectivamente, los pelos del elefante siguen ahí. La vida, a veces, puede ser sorprendente.

—¿Y la señora? —pregunta Remedios.

—Mi ayudante —respondo—, tengo a todos mis efectivos volcados en el caso.

—Me llamo Mañana —dice esta ofreciéndole la mano.

—Encantada, querida. —Remedios se la estrecha—. Tomen asiento, se lo ruego. ¿Les apetece una buena taza de té?

Mañana me mira con cara de súplica.

—Sí, por favor —respondo.

Remedios desaparece por la puerta que da a la cocina y tomamos asiento en el viejo sofá de terciopelo verde. Enfrente de nosotros hay un viejo cuadro, un paisaje veneciano que podría muy bien ser de algún discípulo de Canaletto, si es que tuvo discípulos, que no lo sé. Debajo hay un viejo piano, me pregunto si debe estar afinado. A la izquierda, una gloriosa Sony Trinitron de los años ochenta. En su momento era el no va más, ahora el testimonio de un pasado esplendoroso.

—Espero que no nos saque polvorones —dice Mañana.

—No seas cruel, que la mujer intenta ser amable.

—Ya, pero espero que no los saque.

—Tu estate bien atenta, que cuatro ojos ven más que dos.

—De acuerdo.

Justo en ese momento entra de nuevo Remedios con una bandeja que, la verdad sea dicha, no pinta nada mal. Tres tazas de porcelana, una tetera humeante (a juzgar por el olor, Earl Grey), una azucarera, una jarrita con leche y un plato de galletas.

—Son caseras, de vainilla y canela, espero que les gusten —dice Remedios.

Acaba de noquearnos totalmente, así que Mañana y yo sonreímos como dos idiotas y hacemos que sí con la cabeza. Vamos corriendo a servirnos el té, pero Remedios nos detiene con un gesto de la mano.

—Conviene esperar.

Nos quedamos mirando la tetera humeante, como si se tratara de alguna cosa sagrada, mientras el calorcillo penetra en nuestro interior y nos relaja los castigados bronquios. El olor a bergamota parece tener efectos balsámicos en nuestros cansados cerebros y entramos en un pequeño limbo de placer. Todavía no lo hemos ni probado.

Transcurridos un par de minutos, Remedios llena las tazas con movimientos certeros y precisos, y nos da una a cada uno.

—Gracias —decimos a coro.

—De nada —responde. Da un sorbito de su taza, sonríe complacida y luego me pregunta—: Entonces, ¿ha descubierto alguna cosa nueva?

No tiene ningún sentido seguir mintiendo, así que le digo la verdad:

—Conseguí infiltrarme en la sede de Los Caballeros del Alba Gris.

—¿Encontró a mi marido? —Los ojos de Remedios parecen los de un gatito triste.

—No, desgraciadamente me descubrieron y no pude llegar muy adentro. Parecen una gente muy organizada.

—Lo son, y muy celosos de sus secretos y de sus cosas.

—¿Usted no ha recibido ninguna notificación ni nada que se le parezca en referencia a su Juan Ramón, ¿verdad? —pregunta Mañana.

—Nada de nada, es como si se lo hubiese tragado la tierra.

—¿Podría enseñarme la nota que le dejó su marido, por favor?

—Claro, enseguida —dice Remedios levantándose y dirigiéndose a un pequeño mueble bar. Aquí la guardo, en el cajón de las facturas.

Remedios se acerca con la nota y me la extiende. Es una cuartilla doblada por la mitad y, a juzgar por el tacto, parece de muy buena calidad; poca gente lo sabe pero a partir de ciento veinte gramos una simple hoja de papel puede usarse para cortar la yugular. La desdoblo. Está escrita a mano, con pluma de las caras, y lleva impresos su nombre, profesión y una dirección.

—¿Así que su esposo es anticuario? ¿Por qué no me lo dijo?

—Oficialmente retirado. Sigue manteniendo su despacho y tratando con algún viejo cliente, sobre todo lo hace por placer; es un fanático de todo lo viejo.

—Ya veo.

—¿Entonces dónde está el despacho? —pregunta Mañana.

—En la calle Sant Climent, digo leyendo de la cuartilla.

—Exacto, en el número 20. Son unos bajos que también le servían de almacén. Él vendía, sobre todo, por catálogo.

Fijo mi vista en la nota de nuevo. La letra es muy precisa y no parece escrita con prisas; Juan Ramón quería dejar un mensaje muy concreto.

Querida Reme:

Como ya sabes estoy a punto de enfrentarme a uno de los momentos más importantes de mi vida. Desearía de todo corazón que pudieras estar conmigo, pero ya sabes que no puede ser, aun así te llevaré en el corazón.

Espero que todo vaya bien y pueda llegar a la excelencia dentro de este camino de luz y de tinieblas, en

147

caso contrario necesitaré tu ayuda y la de Dios.

Te quiero,

Juan Ramón.

P. D.: En el dorso, te dejo el número de una persona de confianza. Si mañana por la mañana no he vuelto, ponte en contacto con él.

Le doy la vuelta a la hoja y leo «M. Cacho, detective privado». Al lado, está escrito mi teléfono. ¿De dónde sacaría el número? ¿De las páginas amarillas? Examino el resto de la cuartilla, pero está en blanco. No creo que vaya a sacar nada en claro de esta nota.

—Entonces, ¿qué va a hacer, señor Cacho? —Remedios interrumpe mis pensamientos; necesita una repuesta que calme su ansiedad.

—Debo volver a entrar en la sede de Los Caballeros del Alba Gris, todavía no sé cómo, pero debo hacerlo.

—¿Y eso no será peligroso? —pregunta con voz temblorosa.

—No se preocupe, lo importante es encontrar a Juan Ramón —respondo con la esperanza de calmarla un poco.

Remedios suspira y asiente dos veces con la cabeza.

Mañana me mira.

Yo me concentro en la cenefa de la alfombra persa que decora el suelo.

Durante unos instantes tomamos el té, cada uno sumido en sus pensamientos, hasta que rompo el silencio:

—¿Sería posible echar una ojeada al despacho de la calle Climent?

—¿Y eso? —murmura Remedios—. Ahí solo hay cosas viejas.

Ya, pero es la guarida de Juan Ramón y, probablemente, el sitio donde guarda todos sus secretos. Si vamos a encontrar algo escondido, tendrá que ser allí; no en casa, donde Remedios sabe con precisión matemática qué hay en cada uno de los rincones.

—No quisiera alarmarla —digo faroleando—, pero podría ser, incluso, que su marido estuviera allí. —Remedios me dedica una penetrante mirada—. ¿No lo había pensado? ¿Y si al volver de la ceremonia se pasó por el despacho y le sucedió algo? Igual todo es más simple de lo que pensamos.

—Lo dudo —responde esta levantándose—. Aquí tengo sus llaves, la única copia.

Mañana me mira.

—De todos modos, nos gustaría ir —digo.

—Está bien. No sé en qué estado se lo van a encontrar porque hace mucho que no voy por allí. Lo más seguro es que esté lleno de polvo, mi marido no se preocupa mucho de estas cosas.

—No importa —digo tajante.

Remedios me entrega un viejo juego de llaves.

—Sant Climent, 20. No hay pérdida —sentencia.

—¿Podríamos ir ahora mismo? —pregunto.

—Sin ningún problema; como les decía, a parte de mi marido, no va nadie por allí.

—Muy bien —digo dejando la taza de té encima de la bandeja—. Si averiguamos algo, se lo haré saber.

—De acuerdo —responde.

—Muchas gracias por el té —dice Mañana.

—No se merecen.

Nos levantamos. Remedios nos acompaña hasta la puerta y nos despedimos.

El juego continúa.

Entramos en el Raval por la calle Sant Antoni Abat, luego torcemos a la derecha, a la altura del teatro, y tomamos Sant Climent. La calle es estrecha, sucia y sin luz; en definitiva, asquerosa. Además, está poblada por diferentes grupos de autóctonos que nos miran con curiosidad; está claro que no somos del barrio y eso ya lo saben ellos desde que hemos dado el primer paso. Decido acelerar la marcha; soy de la opinión que andar con seguridad te puede dar una cierta ventaja, en el caso de que alguien te quiera algún mal.

—¿Cómo coño puede ser que Juan Ramón tuviera su negocio aquí? —pregunta Mañana con una expresión que parece desencajarse.

—No tengo ni idea.

—Quizás podemos preguntar en el bar —dice señalando una especie de antro sucio como una mala cosa.

Le echo un vistazo. Se llama Montaña. Igual hasta es famoso por algo.

—No sé si es buena idea dejarse ver —digo.

—Cacho, estos nos han calado ya —suelta Mañana señalando vagamente un grupo de marroquíes que fuma hachís junto a la pared.

—Ya, pero se supone que Juan Ramón no está desaparecido, si empezamos a hacer preguntas sobre él…

—¿Colaría si nos hiciéramos pasar por clientes? —me interrumpe Mañana.

—¿De Juan Ramón?

—Sí.

Pausa.

—Quizás —digo sin demasiada convicción. Mañana me mira esperando que añada algo, pero no lo hago. Nos quedamos callados un instante hasta que, al final, dejo caer los brazos en un gesto teatral—. Está bien, pero no bajes la guardia.

Nos acercamos a la puerta del bar. En el portal de al lado, dos chicas —una muy delgada y con poca densidad capilar, y la otra hinchada y con el pelo graso— nos miran despectivamente. A su lado, duerme un niño en un cochecito. Ellas le pegan caña a un porro como si estuviera a punto de llegar el fin del mundo. Seguro que hace unos años eran guapas; ahora chorrean mugre y fracaso. Abro la puerta del bar. La manecilla está pegajosa, prefiero no pensar de qué. El interior está iluminado por fluorescentes viejos. En la barra un hombre de unos sesenta, con el pelo amarillo de mierda y un barrigón inmenso que no puede ocultar debajo de la camisa, da un sorbo de su copa de coñac. Huele a pedo y rata. Todo un sitio.

—¿Qué os pongo? —La voz de la mujer que está detrás de la barra suena, por el contrario, bastante dulce y agradable. Me giro. El aspecto no: su piel parece el culo de un mandril, lleva bata (probablemente heredada de su madre) y ningún tipo de maquillaje ni nada que denote cuidado personal.

—Dos cervezas —responde Mañana.

Nos sentamos en la barra, al lado del barrigudo. Por el cristal de la puerta del bar veo pasar un chico con gorra negra y tatuajes. Va montado en una bicicleta de trial y no parece presagiar nada bueno. La señora nos sirve las dos cervezas.

—¿Vaso? —pregunta casi como si fuera una amenaza.

—No, gracias —digo mirando a Mañana, que niega con la cabeza. A su lado, el barrigudo parece haber encontrado una distracción: mirarle las tetas. Mañana resopla cabreada y puedo comprenderla muy bien.

—¿De visita por el barrio? —pregunta este.

—Más o menos —responde Mañana—. Vamos a ver al anticuario.

—¿El anticuario?

La mirada del barrigudo se cruza con la de la mujer que nos ha servido las cervezas. Durante unos instantes nadie dice nada.

—El anticuario… —repite el barrigudo—. Hace tiempo que se retiró, ¿no? Creo que ya no está en activo.

—¿Lo conoce? —digo yo entrometiéndome en la conversación.

—Aquí nos conocemos todos, o qué se piensa, ¿que esto es la Diagonal?

—Nos lo han recomendado —dice Mañana—. Al parecer, todavía le queda algo de material y lo deja a buen precio.

Nos observa de arriba abajo.

—Yo no tengo ni idea de antigüedades —farfulla—, pero al Jiménez lo conozco de toda la vida. Crecimos juntos en esta misma calle. Su padre y el mío lucharon juntos en la guerra; eran, como se suele decir, grandes amigos. Juan Ramón y yo también, aunque él tuvo más suerte.

El barrigudo termina su copa y nos mira. Tiene los ojos tan cerrados como los de un gatillo recién nacido.

—Otra ronda, por favor —digo en voz alta apurando mi cerveza.

—Gracias —musita el barrigudo, no es fácil hacer amigos a estas alturas.

Mientras la mujer sirve las copas, Mañana y yo nos miramos sorprendidos. Lo último que esperábamos al entrar en el bar era hacer amigos.

—Juan Ramón siempre ha sido un cantamañanas, un listo, eso es —prosigue el barrigudo.

—Pepe, no te vayas de la lengua —suelta la mujer.

—Pero Úrsula, ¡ya me entiendes! Él tuvo la suerte de que su padre le pagara unos estudios. A mí me pusieron a trabajar en el mercado y punto. A vender medias toda la vida. No se crean, no es un trabajo desagradable. Además, le convierte a uno en especialista de piernas —dice Pepe mientras le echa una ojeada a las de Mañana.

—Ya vale, ¿no? —dice esta cabreada.

—Muy curiosas las de la señorita… —La mirada de Pepe es, ciertamente, más profesional que lasciva—. Incluso diría… No se preocupe, sé guardar un secreto.

Puedo notar una cierta incomodidad en Mañana; como cuando estamos delante de alguien que ha descifrado nuestro código. Aunque quizás todo sea una paranoia mía.

—¿Así que Juan Ramón logró salir del barrio por su talento? —pregunta esta.

—Es lo que les decía, por talento y porque le dieron las oportunidades necesarias. Enseguida empezó a ganar pasta y a moverse con gente de dinero. Luego conoció a la pija esa, Remedios; se casaron y él montó el negocio de las antigüedades.

—¿Y no es un poco raro que lo montara justamente aquí? —digo sin pensarlo.

—¿Al señor no le gusta el barrio? —pregunta Úrsula con una sonrisa que deja entrever unos dientes de color ámbar.

—No quería…

—Anda Úrsula, el señor tiene razón. Los clientes de esta clase de género son los tipos con dinero —dice Pepe guiñándome un ojo—. Casi parece enfermizo, ¿no? Un montón de gente con pasta dispuesta a dejarse un riñón en cosas viejas y usadas; cuanto más viejas, mejor. Yo no lo entiendo.

—Yo tampoco —añade Mañana.

—¿Entonces? —pregunto.

—Estar instalado aquí tiene sus ventajas… —dice Pepe subiendo los hombros en un gesto muy a la italiana que deja todavía más al descubierto su barriga.

—¿Qué quiere decir? —Mañana cuando se lo propone puede sonar muy inocente.

—Pepe —Úrsula decididamente es la guardiana de la cueva.

—Nada, ya me entendéis, a veces tener los proveedores cerca va bien.

Mañana y yo nos miramos.

—¿La última? —propongo en voz alta.

—¡Y no se hable más! —dice Pepe con una sonrisa de oreja a oreja y mostrando su copa vacía a Úrsula.

Mientras esta va sirviendo, me acerco al oído de Mañana.

—Gracias —le susurro.

Salimos del Montaña en un estado bastante lamentable; no ha pasado ni media hora y ya llevamos tres cervezas. Y con el estómago prácticamente vacío.

—Mañana, si resolvemos este caso, tendré que contratarte.

—He tenido una intuición, eso es todo —dice sonriendo. Y añade—: Entonces, si lo he entendido bien, el bueno de Juan Ramón se dedicaba a la venta de material robado, ¿no?

—Exacto, el tipo se lo había montado a la perfección. Lo que para alguien de fuera del barrio hubiese sido imposible para él era facilísimo.

—Claro, al ser de aquí no tenía ningún problema para moverse como pez en el agua. Si descontamos a los inmigrantes, la mitad de los que corren por la zona son sus amigos de infancia, y la otra mitad los hijos de estos. Y aquí lo que se respeta, se respeta. Además, debido a su formación y a su matrimonio con Remedios tenía todo el prestigio de cara a sus clientes. Un prestigio necesario para colocar los objetos robados en el mercado.

—Exacto —concluyo—. Nadie le compraría un cáliz del siglo catorce a un pelacañas, pero sí a alguien al que pudiera invitar a cenar a su restaurante favorito.

—Aun así, ¿tú crees que un tipo cargado de pasta tendría huevos de venir hasta aquí con su Mercedes?

—Remedios dijo que Juan Ramón lo vendía casi todo por catálogo. Si estamos hablando de piezas realmente valiosas, es bastante habitual. Y, a malas, uno siempre podía acercarse por aquí si era en su compañía. Además, supongo que debe ser generoso con sus camaradas del barrio. Al fin y al cabo, el silencio es oro, ¿no?

—Uf, entonces Juan Ramón no es la palomita inofensiva que retrató Remedios.

—En absoluto, creo que debía estar metido en cosas bastante serias. Y también creo que tiene que haber un enlace entre todo esto y la Orden de los Caballeros del Alba Gris, pero vamos a ir paso a paso.

Nos detenemos en el número 20. Delante de nosotros, una simple reja oxidada y decorada con un grafiti extraño nos mira con indiferencia. La abrimos.

El interior del negocio de antigüedades de Juan Ramón es un caos de cosas. A derecha e izquierda se alzan dos grandes estanterías que llegan hasta el techo y que están repletas de objetos y libros sin aparente orden ni concierto. Al fondo, hay una gran mesa de madera que tiene pinta de pesar una tonelada. El suelo está constituido de baldosas blancas y negras; una suerte de tablero de ajedrez en el que el bien y el mal estarían jugando, eternamente, una partida. Además, hay esparcidas por todas partes un montón de estatuas de lo que parece arte precolombino, así como otras que diría de origen africano. A juzgar por la cantidad de género no parece que el negocio esté cerrado.

No somos capaces de encontrar el interruptor, así que la única luz que ilumina la escena es la que entra de la calle a través de la reja bajada a medias. Eso hace que nuestras sombras se proyecten hacia delante mientras avanzamos para alcanzar el escritorio, que queda al fondo. Parece la famosa escena de *La naranja mecánica*, aunque en este caso solo somos dos los que avanzamos a contraluz. Al poco, Mañana le da al interruptor de la lamparilla que está encima de la mesa y el efecto fantasmagórico se desvanece. Menos mal. La luz es amarillenta y poco intensa; pronto nuestros ojos se acostumbran a ella.

—Esto no parece el despacho de un hombre jubilado —murmuro.

Damos la vuelta a la mesa, uno por cada lado, esquivando objetos de madera y pilas de revistas, hasta encontrarnos detrás de la gran butaca de cuero gastado donde debe sentarse Juan Ramón.

—¿Qué hacemos? —pregunta Mañana.

—Juan Ramón sabía, o intuía, que su vida podía estar en peligro. Si estamos aquí, es porque él previó esta situación. Tiene que haber alguna pista, alguna cosa que nos indique cual es el siguiente paso que debemos dar.

—¿Entonces? —pregunta Mañana mirando a su alrededor.

Además de estar mal iluminado, el local es lúgubre y tenebroso. Podríamos pasarnos un mes solo para hacer el inventario de todos los objetos de arte que tenemos delante de nosotros.

—Empezaremos por aquí —le digo a Mañana señalando el escritorio.

Encima de esta hay diversos libros que parecen catálogos de objetos antiguos. También un gran bloc de notas, dos plumas Montblanc, un lápiz y algunos bolis baratos. Mañana se sienta en la butaca y abre el bloc en silencio mientras yo me concentro en los libros. El primero es un catálogo de venta de objetos de arte sumerio —muy bien editado, por cierto. Empiezo a hojearlo en busca de algún dato relevante, pero no contiene ningún tipo de referencia al autor, editor ni a nada que se le parezca. Solo el año de publicación: 2004. Las obras de arte tampoco tienen el precio puesto, solo el nombre y un número de referencia. Hay de todo, desde estatuas, hasta sellos cilíndricos, pasando por joyas, jarros y vasijas. No hace falta ser ningún genio para saber que la civilización sumeria no nació ayer. Diría que es, incluso, más antigua que la egipcia. ¿Un catálogo de su arte? Parece poco probable que sea legal. Deben ser algunas de las piezas más caras del mundo. Voy pasando páginas hasta que me encuentro con una que está marcada con una cruz. Contiene la foto de un arpa color oro. El objeto está decorado con la talla de una cabeza de toro, cosa que le da un toque fantasmagórico. Dejo el catálogo, boca abajo, abierto por esa página y agarro otra publicación. Es una vieja revista de viajes, de hace un par de años. La tiro a un lado. Cojo otra revista. Resulta ser un catálogo del Museo Nacional de Irak, de los años ochenta. Tiene las páginas un poco mohosas y con manchas de humedad. Además, las ilustraciones son de poca calidad. Observo con atención: los objetos que aparecen son bastante parecidos a los que acabo de ver.

—Joder, Juan Ramón no se andaba con chiquitas —digo.

—¿Has encontrado algo? —Mañana no aparta los ojos del cuaderno que tiene delante.

—Parece ser que no solo se dedicaba a cosas robadas, digamos, a pequeña escala; según esto también estaría en contacto con el robo internacional.

—No jodas.

—Robar museos es más común de lo que parece.

—¿Ah, sí? —pregunta Mañana con la boca abierta.

—Hay piezas muy valiosas que no son muy conocidas por el público en general. Está claro que si alguien roba la *Mona Lisa* eso va a salir en las noticias; pero si se hace con unos pendientes babilonios de un museo de un país en guerra, ya no lo tengo tan claro, y hay coleccionistas que están dispuestos a pagar mucho dinero por este tipo de objetos.

—¿Y por qué crees que dejaría todo esto aquí tan a la vista? ¿Un poco extraño, no?

—Te lo dije, estamos bailando al son de su música.

—No me gusta que jueguen conmigo —refunfuña Mañana.

Continúo hurgando entre las páginas del catálogo del Museo. No vale la pena enfadarse. Si estamos en lo correcto, no creo que tarde mucho en encontrar el objeto que Juan Ramón marcó con una cruz en el catálogo ilegal, y eso podría hacernos avanzar. Algunas de las páginas están pegadas entre ellas y la tarea me lleva un poco más de tiempo del que pensaba; pero continúo hasta que llego al final de catálogo. No encuentro nada. Mierda. Igual nos estamos equivocando de pista. Vuelvo a empezar desde el principio. Miro los números de las páginas por si alguna fue arrancada. *Chicken run*. Falta la página cuarenta y cuatro. ¿Dónde diablos la escondería Juan Ramón? Miro por encima de la mesa. A un lado está la revista de viajes que descarté al principio, y algo parece sobresalir de ella. La agarro y la abro por ese punto. En la revista se puede ver el recorrido de un típico viaje organizado a Irak. El papel que sobresalía es, efectivamente, la página arrancada del catálogo. La examino. Contiene, entre otras, una borrosa foto de lo que parece ser la misma arpa color oro del catálogo. Todo encaja. Estudio la página concienzudamente y, a juzgar por lo que dice el texto, es una de las joyas de la colección. Debajo de la foto se puede leer: «Arpa Dorada o Arpa del Toro. 2600-2400 a. C. Altura: 1,20 metros. Material: madera mixta e incrustaciones de nácar, cornalina, lapislázuli y oro. Descripción: once cuerdas; ornamentada con la cabeza de un toro con barba».

Se me acelera la respiración. Vuelvo a mirar la foto. El instrumento tiene un aspecto inquietante: toda su finura se ve teñida de una especie de amenaza debido a la cabeza del animal.

—¿Tienes algo? —pregunta Mañana levantando la cabeza.

—Parece ser que Juan Ramón estaba interesado en un objeto bastante curioso.

—¿Ah, sí?

—Sí.

—¿Y de qué se trata?

—De un arpa.

—Vaya —dice Mañana volviendo los ojos al cuaderno—. ¿El Arpa Dorada?

—Exacto —le respondo mostrándole la foto de la misma—. ¿Dice algo ahí? —pregunto con nerviosismo.

Mañana se muerde el labio inferior mientras recorre con el dedo las páginas del viejo cuaderno.

—Según esta cronología llevaba desde el 2003 siguiéndole la pista, mira.

Me acerca el bloc de Juan Ramón. Las páginas están trufadas de datos y más datos escritos en una letra muy pequeña, casi indescifrable. Están clasificados por fechas y coronados por el pequeño dibujo de un arpa dorada. Representan, supongo, la cronología que hace referencia a su paradero.

—2003: Museo Nacional de Irak —dice Mañana leyendo la primera entrada—. Entonces, el Arpa pertenecía al gobierno iraquí, ¿no?

—Sí —digo mostrándole la foto que contenía el catálogo del museo—. Dudo que se vendiesen una pieza así. Alguien tuvo que robarla.

—Pero ¿cómo?

—¿Cuándo fue la invasión americana?

—En el 2003.

—Pues tuvo que ser en ese momento, ¿no crees? —pregunto excitado.

—Es verdad —asiente Mañana—. Probablemente el Museo no escapó a las bombas.

—Y el caos debió atraer a ladrones y oportunistas.

—Eso seguro.

—Ladrones y oportunistas que sabían exactamente lo que querían —añado—. Y, en medio de la confusión, el Arpa desapareció.

—¿Y Juan Ramón se ha dedicado a buscarla desde entonces?

—Eso parece… —digo mientras voy siguiendo con el dedo el sinfín de datos anotados en el cuaderno. Me es difícil comprender nada porque, aparte de la diminuta letra, la mayoría de nombres y direcciones que figuran están escritos solo con las iniciales, como si fuera el registro de la contabilidad B de una empresa. Vienen acompañados, además, de una especie códigos incomprensibles. La cronología es muy densa y, al parecer, el objeto pasó por muchas manos en un espacio de tiempo muy corto. Se detiene el 20 de Febrero del 2005; para esa fecha, hay solo una entrada. La leo en voz alta—: CDAG, 34-93.

—¿Perdona? —Mañana entorna los ojos.

—CDAG, 34-93 —repito.

—¿Y eso qué diablos significa?

—No creo que sea nada cifrado —digo—, este es el cuaderno personal de Juan Ramón, sus notas privadas; no es ningún acertijo.

—¿Entonces?

—Tiene que ser un acrónimo.

—¿Un acrónimo?

—Sí, las iniciales de algo.

—Ah… —murmura Mañana en voz baja. Luego exclama—: ¡Pero ese es el peor de los enigmas! No hay ningún tipo de lógica que lo pueda resolver.

—Tienes razón —digo—, pero en este caso jugamos con ventaja. Esa es la última entrada del diario, y creo que tengo bastante claro a manos de quien ha ido a parar el Arpa.

—¡Claro! —La cara de Mañana se ilumina. Examina de nuevo el cuaderno, se muerde el labio inferior y luego suelta—: C-D-A-G; Caballeros-del-Alba-Gris.

—*Chicken run*.

—¿Cómo dices?

—Cosas mías.

Pausa. Por suerte Mañana está demasiado excitada como para indagar más acerca de mi cutre expresión.

—¿Y el 34-93? —pregunta.

—Debe ser algún tipo de código. Posiblemente Juan Ramón tenga otra libreta donde se pueda encontrar la correspondencia de cada cifra. —Mañana me interrumpe con una risotada—. ¿Se puede saber qué te ocurre?

—Es mucho más simple que todo eso.

—¿Ah, sí?

—¿Cuál es el código más obvio de todos?

—No tengo ni idea.

—¿Por qué cifras empieza tu número de teléfono?

Pausa.

—Claro, que idiota. España, Barcelona. 34-93.

—Exacto.

—¡Entonces podemos descifrar las otras ciudades por donde pasó el Arpa! —digo excitado—. ¿Te sabes los códigos de otros países?

—No, pero me vienen en la agenda —dice Mañana rebuscando, nerviosa, en su bolso.

—Genial.

Pongo la agenda al lado del cuaderno de Juan Ramón y empiezo a comparar. Según voy deduciendo, el Arpa estuvo primero en Italia (en el Vaticano) y después cruzó el Atlántico para deambular por diversos países: México, Estados Unidos y Canadá. Luego volvió de nuevo a Europa —a Rennes-le-Château—, para acabar cayendo en manos chinas. El último destino registrado es Barcelona.

—Menudo periplo —dice Mañana.

—Ni que lo digas.

—Entonces fueron Los Caballeros los que la trajeron aquí, ¿no?

—Probablemente. Y Juan Ramón vería su oportunidad de oro para hacerse con ella.

—Pero, un momento… —dice Mañana frunciendo el ceño— ¿Entonces él ingresó en el grupo para robarla?

Pausa.

—No puede ser —digo confundido—, Juan Ramón llegó al máximo grado de la Orden; eso debe de llevar años. Y según la cronología, el Arpa llegó a manos de Los Caballeros del Alba Gris el 20 de Febrero del 2005, hace solo tres meses.

—¿Entonces? —pregunta Mañana.

Pausa.

—Quizás Juan Ramón la adquirió para ellos y luego trató de robársela —digo aventurando una hipótesis.

—¿Cómo?

—Él nunca tendría el dinero suficiente para hacerse con ella, así que primero se ganó su confianza entrando a formar parte de la Orden y luego intentó darles el palo.

—Pero... —trata de decir Mañana.

—Ya lo sé, parece una locura.

—¡Tanto tiempo dedicado a hacerse con un objeto del pasado! —exclama Mañana.

—Estamos hablando de una reliquia, algo único —digo—. Seguro que ha dejado un buen rastro de sangre en todos los sitios por los que ha pasado.

Mañana parece inquieta, como si adivinara un mal presagio en lo que estamos descubriendo.

—Entonces —dice—, si lo pillaron, no creo que les hiciera mucha gracia. Podría ser, incluso, que estuviera muerto.

—Sí, podría ser. Esa gente no se anda con chiquitas; Juan Ramón sabía muy bien el riesgo que corría, por eso le dejó la nota a Remedios.

—Tienes razón —dice Mañana después de reflexionar unos instantes—, el valor del Arpa debe ser incalculable.

—Además, no olvides que Los Caballeros del Alba Gris no son coleccionistas de arte. Es muy probable que la consideren un objeto sagrado.

Se cruza una sombra de miedo por los ojos de Mañana.

—Todo esto es una locura —dice.

—Sí —murmuro.

Mañana me mira. Parece empezar a comprender la pesadilla que es meterse en la boca del lobo. Nuestro trabajo no consiste en nada más.

—Cuando se trata de hacer locuras, solo hay una cosa que supera al dinero —digo.

—¿Ah, sí? ¿Y cuál es? —me pregunta.

—El fanatismo. Y creo que aquí se ha juntado el hambre con las ganas de comer.

Los dos nos quedamos mirando en silencio, tratando de asimilar todos estos datos que nos han caído como un jarro de agua fría. Por lo menos, ahora tenemos una buena hipótesis de por qué Juan Ramón ha desaparecido. El problema es que, si de verdad trató de robar el Arpa, puede haberse metido en problemas realmente serios.

—¿Qué hacemos? —pregunta Mañana.

—Registrar esto a fondo, quizás podamos encontrar alguna pista o algo que nos facilite el paradero de Juan Ramón.

Nos separamos para cubrir un área mayor.

A medida que nos alejamos de la lámpara que hay encima de la mesa, el entorno se vuelve más oscuro. Así que, avanzamos a tientas, hasta que los esfínteres de nuestras pupilas se relajan permitiendo que la luz penetre en el ojo.

Poco a poco, volvemos a ver de forma razonable.

Echo un vistazo a los centenares de libros que pueblan las borgianas estanterías. No conozco ninguno, cosa que me hace sentir todavía más inculto, si cabe. La mayoría parecen ser de arqueología y antropología. También hay tratados de historia y libros extraños de esoterismo y alquimia. Estos últimos me llaman la atención y cojo uno al azar. Al salir de la estantería hace un ruido peculiar, como el de un puñal saliendo de la funda. Está encuadernado en piel y parece muy antiguo; se titula *Libro de las figuras jeroglíficas* de un tal Nicolas Flamel. Lo ojeo, pero no soy capaz de comprender nada. Lo vuelvo a dejar en su sitio. En la misma estantería puedo leer otros nombres: Canseliet, Filaleteo, Llull, Bergier, María la Judía… Es como si un océano de conocimiento desconocido se alzase ante mí.

—Parece que Juan Ramón se especializó en objetos un tanto extraños —digo alzando la voz.

—Por aquí también hay libros y objetos bastante curiosos —Mañana parece temblorosa—. No sé, a mí todo esto me da un poco de mal rollo. Es como si alguien me estuviese mirando.

—Sé a qué te refieres, he tenido esa sensación antes.

—¿Crees que nos están espiando?

—No, no lo creo —respondo firmemente.

—¿Entonces?

—Estamos muy sensibles y este lugar está más cargado que un café italiano.

—¿Y qué? —pregunta Mañana temblorosa.

—En estos casos el velo que separa los vivos de los muertos se relaja, puede ser que estés percibiendo presencias no corpóreas.

—Cacho, ¿te estás quedando conmigo?

Pausa.

—¡Cacho!

Se me escapa la risa.

—Sí, lo siento —digo mientras empiezo a andar por la oscuridad—. Aquí solo estamos tú y yo, créeme.

—Pues no tiene gracia.

—¡Ah! —grito desesperado mientras caigo por el suelo.

—Cacho, ¿estás bien?

—Me parece que sí —respondo frotándome la espinilla—. Creo que no me he roto nada.

—¿Con qué has chocado?

Examino el objeto rectangular con el que he topado.

—Es una especie de caja metálica, de color negro.

—Vaya, tenemos que ir con cuidado.

—Parece muy pesada —digo tratando de moverla.

—Cacho, mejor no te líes, esto está plagado de objetos, no podemos entretenernos con cada uno de ellos.

—Un momento —digo mientras intento levantarla—. ¿Qué coño debe haber dentro?

Mañana resopla.

—Supongo que quieres abrirla, ¿no? —dice acercándose.

—Igual es algo importante.

Pausa.

—En fin —acepta—, si no hay más remedio…

—No tiene candado, solo una barra metálica que pasa

164

por dentro de estas dos argollas, ¿ves? —Le muestro.

—Sí, deja, que te ayude.

Extraemos cuidadosamente la barra de hierro que bloquea la tapa del baúl. A juzgar por la cantidad de polvo, lleva mucho tiempo cerrado. Lo abro cuidadosamente.

—¡La madre que me parió! —exclama Mañana.

—Joder.

—¡Son armas!

—De coleccionista —digo pasando los dedos por encima de un Winchester del 73—. Esto vale un dineral. Me pregunto si funcionarán.

—¿Sabes disparar?

—Me enseñaron en la mili.

—Eso debió ser hace mil años, ¿no?

—Más o menos. En cualquier caso, no tengo licencia —digo cerrando la tapa—. Tenías razón, esto es una pérdida de tiempo.

Metemos la barra metálica a través de las argollas de la caja y empezamos a andar de nuevo; esta vez, juntos. Cuando llegamos al final del pasillo nos detenemos. Sin darnos cuenta nos hemos ido acercando y, ahora, a escasos centímetros el uno del otro, nos miramos en la oscuridad.

Fuera, en la calle, un perro ladra desconsideradamente.

—Tengo un poco de miedo.

—Tranquila, solo es un sitio siniestro, nada más.

Mañana se muerde el labio inferior, mientras con el pie juguetea con algo que está en el suelo. Parece un trozo de hierro. Me lo quedo mirando.

—¿Qué es eso? —le pregunto.

—¿El qué?

Le indico con la mirada en dirección a sus pies. Ella baja la vista y luego me vuelve a mirar a mí. Nos agachamos. Se trata de una argolla. Está casi totalmente escondida, ya que al doblarse coincide con un surco en la losa hecho para tal propósito. Ponemos la argolla recta y recorremos con los dedos los cantos de una de las losas de color negro.

Debe ser la puerta de entrada a algún tipo de cripta. Mañana no se lo piensa dos veces y empieza a tirar con todas sus fuerzas, pero no logra moverla ni un milímetro.

—Déjame probar —digo haciéndome el gallito.

Pongo todo mi empeño en desplazarla, pero no pasa nada; mi reputación de hombre duro, a la mierda.

—¿Y si probamos los dos a la vez? —pregunta Mañana, decidida a levantar la losa.

Nos ponemos los dos en cuclillas y empezamos a tirar como poseídos por una fuerza infernal. Al principio, la losa no se mueve ni un milímetro, pero al cabo de un rato de esfuerzos se empieza a oír un sonido como de piedra deslizando sobre piedra y eso nos anima. Conseguimos levantarla unos centímetros, suficiente como para poder empujarla a un lado y dejar al descubierto un agujero oscuro... Caemos de culo al suelo, agotados por el esfuerzo. Tengo la camisa empapada en sudor y los pantalones se me pegan a las piernas. A Mañana se le ha corrido el maquillaje y respira entrecortadamente.

—¿Se supone que debemos entrar? —me pregunta.

—No lo sé —respondo sinceramente.

—En teoría aquí el profesional eres tú, ¿no?

—Sí, bueno, en fin...

Miro el agujero y la verdad es que no me parece que nos vaya a llevar a nada bueno.

—Está muy oscuro —digo.

—¿Llevas linterna?

Hurgo en mis bolsillos, pero no encuentro nada. Debí perderla en las cloacas.

—Mierda —murmuro cabreado.

—Espera —dice Mañana mientras busca en su bolso.

—¿Traes una?

—Al final no estará tan mal llevarme de ayudante, ¿eh? —dice sonriente mientras saca una linterna color fucsia. *Touché.* Debo de estar haciéndome viejo.

—Gracias —le digo.

Mañana enciende la linterna y la enfoca hacia el agujero. No se ve el final, pero sí que se puede apreciar el contorno de una escalera incrustada en una de las paredes. Es muy precaria, como las que hay dentro de las chimeneas industriales: un conjunto de hierros en forma de *U* colocados en posición horizontal que apenas permiten poner los pies y agarrarse con las manos. En fin, una delicia.

—Creo que en este caso no voy a anunciar eso de «las damas primero» —digo con un guiño.

—Por una vez, creo que renunciaré al honor —responde Mañana.

—Ya me lo pensaba.

No hay remedio. Me toca ir delante y no servirá de nada refunfuñar. Así que, cojo aire y lo suelto poco a poco; parece ser que va bien para relajarse. Mañana ilumina el agujero mientras me coloco en posición. Mierda, no me he calmado nada. ¿Quién me mandaría leer las obras completas de Edgar Allan Poe y H. P. Lovecraft?

Empiezo a descender, poco a poco, hacia la cripta. Trato de agarrarme fuerte a los barrotes que hacen de peldaños, pero están como sudados a causa de la humedad. Si resbalo me espera una caída sin fondo. Encima de mí, Mañana también comienza a bajar. Puedo ver su enorme culo bamboleándose a pocos centímetros de mi cabeza. Creo que aguanta la linterna con la boca, ya que el haz de luz se mueve al mismo tiempo que su cabeza. Mi única oportunidad es aprovechar los intermitentes destellos que me marcan el camino.

Descendemos en silencio lo que, calculo, deben ser unos diez metros, hasta que mis pies tocan suelo.

—Aquí se acaba la escalera —susurro en dirección a Mañana.

—Menos mal —responde resoplando—. Si lo sé no me pongo estos zapatos.

Mañana aterriza a mi lado y se me pega. Puedo notar que tiene todos los músculos del cuello en tensión. Exploramos con la linterna lo que tenemos alrededor. El sitio resulta no ser una cripta sino, más bien, una especie de túnel. La buena noticia es que el piso parece firme y que podremos avanzar sin dificultad. Mañana enfoca con la linterna, pero el haz de luz no alcanza a llegar al final. Así que no queda más remedio que ponerse a caminar.

—En marcha —susurro.

Mañana se coloca detrás de mí y me agarra de la cintura como si fuéramos en moto. Va enfocando el camino desde esta posición extraña mientras avanzamos como si fuéramos una sola cosa.

Intento calcular mentalmente por debajo de qué nos debemos estar moviendo y en qué dirección vamos, pero es muy difícil orientarse en la oscuridad y tener una noción clara de lo que hay encima de uno.

Andamos durante unos diez minutos, o quizás es menos, pero a mí se me hace eterno. Más o menos debemos haber recorrido un kilómetro.

—Joder, es como que me falta el aire —me dice Mañana al oído.

Busco en el bolsillo interior de la Harrington.

—Toma —le respondo pasándole un paquete de Mentos.

El azúcar seguro que nos calma, aunque sea momentáneamente.

Mañana abre el paquete con ansiedad y se mete uno de los caramelos en la boca. Luego me pasa uno a mí. Chupamos y masticamos en silencio, como desesperados. Enseguida recobramos un poco el ánimo.

—¿Podemos seguir? —pregunto por si acaso.

—Ningún problema —responde Mañana.

Reanudamos la marcha, esta vez un poco más rápido. Parece que nuestros cuerpos se van acostumbrando a moverse en la oscuridad, uno se hace a todo.

—¿Dónde crees que nos va a llevar este túnel? —Mañana empieza a impacientarse.

—No tengo ni idea, pero estoy seguro de que el viajecito valdrá la pena.

—¿Crees que esto debe estar conectado con la sede de Los Caballeros del Alba Gris?

—Eso es justo lo que espero.

—Entonces, ahí debería estar Juan Ramón, ¿no?

—Exacto. Eso si sigue con vida.

Mañana no dice nada más, así que seguimos caminando en silencio. A ninguno de los dos se nos escapa que si pillaron a Juan Ramón tratando de robar el Arpa, lo más probable es que se lo cargaran. Así que mejor que nos andemos con cuidado.

—Cacho, ¿oyes eso? —Mañana se ha detenido abruptamente.

—¿El qué? —respondo seco.

—Espera un momento.

Nos mantenemos inmóviles. Mañana sube un poquito la cabeza y la inclina para poder escuchar mejor. Está tratando de captar algo. Así que, yo también aguzo el oído. Una extraña melodía empieza a hacerse audible, muy a lo lejos. Son como tres notas sostenidas durante un período de tiempo largo; suena casi inocente, diabólico diría yo, como si alguien pudiera reproducir el maullido de un gato y estuviera tratando de componer una marcha fúnebre con él.

—¿Lo oyes? —me pregunta Mañana.

—Sí. Supongo que nos estamos acercando al final del camino.

De forma instintiva, aceleramos un poco el paso. Sería mejor ser precavidos, pero estamos hartos de tanto misterio y queremos saber hacia dónde nos dirigimos. La música cada vez suena más alto. No es un sonido agresivo, ni contiene ningún tipo de percusión. El ritmo es muy suave, casi hipnótico diría, pero no por eso pone menos los pelos de punta.

Me detengo. Se ha producido un cambio y el corredor

se empieza a curvar un poco hacia la derecha, como si estuviéramos sorteando algo.

—Apaga la linterna —le digo a Mañana mientras señalo con la cabeza una tenue luz que se ve a lo lejos.

—Tengo miedo.

—No te muevas de detrás de mí —le digo. Avanzaremos poco a poco y al menor indicio de peligro nos iremos corriendo.

—Un gran plan.

—Ya. —No sé qué esperaba.

Así que vamos avanzando pasito a pasito, casi parece una cosa cómica, como de dibujos animados. Ahora, la música puede percibirse de forma clara. Es la voz de una mujer, casi diría de una niña, ya que denota una gran pureza. Aun así, tiene algo raro que hace que se me ponga la piel de gallina.

El túnel por el que marchamos termina en una especie de agujero. No debe hacer más de medio metro y apesta. Joder, lo que faltaba. Mañana y yo nos miramos en silencio. Los dos sabemos que no hay más remedio que seguir avanzando, así que nos deslizamos a duras penas dentro de él. Puedo oír detrás de mí sus resoplidos. Tengo la sensación de estar metiéndome en la boca del lobo, pero realmente no hay otra opción.

Nos arrastramos durante unos diez metros. El piso es de roca bañada en barro, así que nos podemos deslizar sin mucho problema, aunque no quiero ni pensar el aspecto que debemos de tener. Además, el olor es bastante agrio y se mete por la nariz hacia los pulmones, supongo que la expresión de mi cara debe ser un poema.

Cuando el túnel termina, caigo con un ruido seco en una especie de cueva; Mañana cae encima de mí.

—Joder —dice—. Lo siento, puto barro.

—No pasa nada —respondo—. ¿Todo bien?

—Sí, sí —dice, mientras con un pañuelo trata de limpiarse un poco la cara—. ¿Mejor? —me pregunta.

Solo ha conseguido mover el barro de sitio.

—Sí, sí —respondo.

—Qué asquerosidad.

La música se oye ahora con total claridad; debemos de estar muy cerca de nuestro objetivo.

—¿Has visto? —le digo señalándole otro agujero al final de la cueva donde nos encontramos.

Mañana busca con su mirada hasta que lo encuentra. Una tintineante luz sale de él.

—Sí —espeta—, al menos este parece más grande.

—Silencio —digo, y añado susurrando—: creo que lo que hay al otro lado puede ser peligroso.

Nos acercamos con sigilo y asomamos la cabeza. Lo que vemos no nos gusta nada. Del susto, saltamos espantados hacia atrás y caemos de culo al suelo. Vaya, igual tendríamos que dedicarnos a la comedia. Nuestras miradas se cruzan y saltan chispas: no hay tiempo que perder. Nos levantamos, de nuevo, para colocarnos otra vez en posición; tratando de no ser descubiertos y de, al mismo tiempo, poder ver qué hay más allá.

Mi cabeza sale del agujero al abismo que hay al otro lado. Esto es lo que puedo vislumbrar: se trata de una especie de iglesia subterránea, o de catedral, o algo por el estilo. No puedo precisar más porque está iluminada por candelabros y su luz no llega a cubrir todo el espacio. Hay una nave central llena de gigantescos pilares de piedra y otra transversal que la cruza perpendicularmente. En el centro, un altar. Detrás de este, un tipo vestido con túnica púrpura, y con la piel más blanca que yo haya visto nunca, lee de un libro en una lengua que no puedo comprender. Su voz suena como un susurro espantoso. Delante de él, tiene un grupo de gente distribuida en bancos, como si de una iglesia convencional se tratara. La mayoría son personas de más de cincuenta años y, a juzgar por cómo van vestidas, deben ser gente de pasta. No sé por qué, me lo pensaba. Todos tienen miradas siniestras. Además, el lugar está repleto de cruces invertidas; mal fario. En un lado, la niña con la que tuve mi entrevista en la sede de Los Caballeros del Alba Gris —los ojos de la cual no podré olvidar nunca— canta la canción hipnótica que llevamos escuchando hace rato y que nos ha traído hasta aquí. Va vestida con túnica blanca y parece a una semidiosa. Emana luz de sus ojos. Además, la sala está llena de tipos vestidos de negro y rojo que parecen ser los encargados de que el evento salga como es debido. Llevan la cara tapada con capuchas. No me gustaría tener que enfrentarme a ellos.

—¿Qué coño es esto? —susurra Mañana.

—Alguna suerte de rito —digo—, este tipo de sectas le da una gran importancia a las galas y a la pompa, por eso tienen tantos grados y categorías, para poder celebrar que alguien va ascendiendo.

—Pero todo esto es muy raro, ¿no?

—Por eso son tan celosos de su intimidad, no les gusta que los extraños husmeen en sus cosas, y con razón.

El tipo de la túnica púrpura que está detrás del altar y que parece desempeñar el papel de sacerdote, o por lo menos de oficiar la extraña misa, termina de leer lo que fuera que estaba leyendo y levanta la cabeza en dirección a la niña que, a su vez, ataca la nota más aguda del acorde. Los presentes se levantan de los bancos y se puede intuir que algo va a suceder, ya que la emoción es palpable en el ambiente. Se abre una puerta en uno de los laterales de la nave central y, de pronto, la niña cesa de cantar. Por unos segundos hay silencio. Uno de los ricachos, que lleva sombrero de copa, se lo quita y empieza a apretar su borde con ansiedad. Una mujer paliducha se desmaya. Dos hombres que, a juzgar por su pelo canoso y grasiento, no deben tener menos de setenta años prorrumpen en una especie de risa contenida que recuerda el silbido de una serpiente. Entonces, comienza a vislumbrarse algo que sale por la puerta; parece el pie desnudo de una persona, de una chica. De golpe, alguien entra en la sala; es efectivamente una chica. Supongo que la deben de haber empujado por detrás. Está desnuda, a excepción de una especie de bragas que le tapan el sexo. Su cara es la más pura expresión del pánico. Va muy sucia y tiene el cuerpo lleno de moratones. Sus ojos están rojos de tanto llorar. Detrás de ella, entran dos chicas más, también semidesnudas. Una de ellas tiene la nariz rota, la otra se sostiene una de las manos, que parece doblada en un ángulo imposible.

—¿Qué mierdas es esto Cacho? ¿Es que no vas a hacer nada?

—De momento, esperar —le digo señalándole con la mirada los tipos de rojo y negro.

—Si tú no haces nada, yo sí.

Puedo detenerla medio segundo antes de que se precipite por el agujero a la iglesia subterránea.

—¿Estás loca? Esto va en serio, joder, no es una maldita broma.

Uno de los vigilantes levanta la cabeza en nuestra dirección. Nos agachamos justo a tiempo. El corazón me va a mil, y puedo oír que el de Mañana también.

—¿Has visto a esas chicas? —me dice susurrando.

—Claro que las he visto. Pero si bajamos ahora nos van a coger y, visto lo visto, no tengo tan claro que nos dejen ir así como así. Además, ¡a mí ya me conocen!

—Puta mierda —concluye Mañana.

Por lo menos parece que la he convencido de que la mejor opción es esperar a que tengamos nuestra oportunidad.

Con precaución, volvemos a asomar la cabeza por el agujero y observamos. Han dispuesto a las tres chicas encima del altar, justo pasado el transepto. Una de ellas trata de liberarse, pero están atadas de manos y pies con cuerdas de cáñamo, así que no puede. El tipo que ejerce de sacerdote se le acerca con algo en la mano; parecen pastillas normales y corrientes, a saber de qué son. La enfoca con uno de los candelabros: es rubia, tiene los ojos verdes y está muy delgada. Además, es muy joven; no creo que tenga mucho más de quince años. Mierda, quizás Mañana tenga razón y sí que deberíamos hacer algo. A veces, desearía ser policía y llevar pistola, pero se me pasa rápido. El sacerdote se acerca a la rubia y le mete tres pastillas en la boca. Asimismo, le acerca una copa con un líquido oscuro. La hace beber. La chica no para de llorar, pero no se resiste. El mismo ritual se sucede con la segunda, que también es menuda, pero a diferencia de la otra tiene el pelo castaño. Se le intuye una gran belleza, aunque es difícil decirlo porque es la de la nariz rota y, además, le faltan los dos incisivos superiores. Me transmite una gran sensación de fragilidad. Para terminar, el sacerdote se acerca a la tercera chica. La mirada de esta parece desafiarlo. No llora. A diferencia de las otras dos diría que es gitana o, por lo menos, mestiza. Se nota que le hierve la sangre. El sacerdote sonríe cruelmente: parece complacido con la rabia que emana del cuerpo de la niña. Le introduce las tres pastillas en la boca. La chica las escupe. El sacerdote se la queda mirando. Se mete la mano en el interior del hábito púrpura que usa como vestidura y saca del interior un pequeño cuchillo, como de pelar patatas. Se acerca más a la niña. Esta está aterrorizada. Puedo ver como se le erizan los pelos del cuello y como suda de puro miedo. Empieza a chillar. «Por favor, por favor», dice. Pero es en vano: su grito choca contra la fría piedra y no va más allá. El sacerdote le mete tres pastillas más por la garganta. Esta vez la niña se las traga a pelo. Parece que se va a ahogar. Tose. Llega casi al punto del vómito, pero, al final, consigue engullirlas. Pobrecita. El público parece muy interesado en lo que está pasando. Algunos han empezado a hacer palmas, marcando un ritmo lento; como si estuvieran en un estadio de fútbol y se fuera a lanzar un penalti. Una abuela ha introducido la mano en el interior de sus bragas y se está masturbando, parece que la escena la excita. Sus gemidos son asquerosos. Nadie parece encontrarlo anormal. En el altar, el sacerdote ha contemplado como la niña se tragaba las pastillas. Aun así, sigue con el cuchillo en la mano. Lo aproxima a la cara de la gitanilla mientras esta intenta farfullar algo: «he tragado, he tragado», pero con tanto ruido casi no se entiende nada. El sacerdote, impávido, le acerca el cuchillo todavía más mientras esta cierra los ojos en un intento desesperado de hacer desaparecer el mundo; y le coloca la afilada punta en el borde del ojo derecho. Utiliza un cuidado que me recuerda al del experto comedor de caracoles antes de proceder a extraer el manjar. La niña se ha quedado muda, solo llora, desconsolada, ante la inminente mutilación. La vieja del público saca la lengua de tanto placer. El sacerdote, con un gesto certero, le saca el ojo derecho, corta el nervio óptico que todavía lo unía al cuerpo de la desdichada, y se pone el ojo en la boca. Lo sujeta entre los dientes. La niña se ha desmayado del impacto. El sacerdote se gira hacia el público. Sostiene el órgano con la boca de manera que este enfoca a los sujetos que tiene delante. Parece estar vivo todavía. La abuela acelera aún más su actividad masturbadora. Los que estaban aplaudiendo aumentan el ritmo. Incluso los hombres vestidos de negro y rojo parecen inquietos. El sacerdote empieza a apretar el ojo, que comienza a aplanarse. El ritmo de los aplausos aumenta todavía más. El ojo estalla en la boca del sacerdote que, acto seguido, se lo traga. La vieja se corre con un gemido de gallina degollada.

Mañana está temblando, como en estado de choque. Me mira esperando que haga algo.

—Estamos atrapados —le digo—. Solo podemos esperar a que acabe todo esto y después ya veremos lo que hacemos. Si bajamos ahora, estamos muertos.

No me puede ni contestar.

Vuelvo la mirada al interior de la iglesia subterránea. El sacerdote parece interesado de nuevo en las tres chicas. La del pelo castaño tiene un reguero rojo que le cae por la entrepierna. Parece sangre. El sacerdote se acerca y la toca con la punta del dedo. Sonríe. Se lleva la yema a la boca y la degusta. Se le escapa un gruñido de placer. La chica llora de nuevo. El hombre le da una bofetada y le quita la tela que le tapaba el sexo; luego pone un cáliz dorado debajo de este. Parece un objeto muy antiguo. La sangre cae y lo va llenando lentamente. Lo mismo con la rubia de ojos azules. Su sangre es inusitadamente espesa y eso parece complacer a los asistentes al rito, que aplauden complacidos. Al poco, la gitanilla también empieza a sangrar. Para ella está reservado un cáliz de plata con incrustaciones de piedras preciosas, digno de museo. A juzgar por sus conexiones con el contrabando de objetos históricos no me extrañaría que algún papa hubiera hecho misa con él. La gitana sigue desmayada. Mejor para ella.

—¿Por qué sangran? —me pregunta Mañana.

—Creo que con las pastillas les han provocado la regla.

Mañana no dice nada, intenta procesar la información.

—¿Y qué va a suceder ahora? —pregunta con una voz que casi parece un escalofrío.

—Creo que van a beberse la sangre de las chicas.

—¿Cómo?

—Hay fanáticos que creen que la menstruación contiene la esencia de la vida, que es una especie de elixir de eterna juventud.

—¡Pero eso es de locos!

—Pues es más habitual de lo que crees.

—¡Un momento! —Mañana me tapa la boca con su mano.

Se ha producido un silencio sepulcral. Mierda. Espero que no nos hayan oído.

Pausa.

Con cuidado, asomo la cabeza. Están todos como en suspensión, a la espera de que pase algo. La niña que cantaba se está acercando al altar a pasitos lentos; todos la miran con gran respeto. Cuando llega se sitúa detrás de las

176

chicas y de un salto sube encima de este. Más que un salto parece que ha volado. Joder, con la cría. Una vez encima del altar, empieza de nuevo con los cánticos. Otra vez se me pone la piel de gallina. Delante de ella, la parroquia se levanta y forma tres grupos, tres hileras que avanzan hacia delante, cada una en pro de una de las niñas. El cántico, las sombras danzantes y la luz de los candelabros le dan a la escena un toque digno de Caravaggio; aunque creo que a este le hubiera repugnado algo así. Quizás a Goya le hubiera complacido. Cada grupo se hace con uno de los cálices; beben y se lo van pasando; es como si estuvieran haciendo la primera comunión. La escena es asquerosa. Además, parece que la cosa les excita, como si se estuvieran tomando cocaína o algo parecido. Cuando el último de la fila termina, deja caer el cáliz al suelo. Todos parecen satisfechos. Aun así, la vieja que antes se masturbaba contempla el sexo rezumando de la rubia de ojos azules y empieza a husmearlo. Poco a poco, saca una lengua que parece como una babosa reseca y empieza a tomar los restos de sangre que quedan en la vagina de la chica. Esta intenta resistirse, pero las cuerdas que la sujetan aguantan los envites. La chica de en medio, al ver lo que está sucediendo, también empieza a moverse de un lado para otro y a gritar con la misma intensidad, como si se fuera a acabar el mundo. Los parroquianos contemplan la escena sorprendidos por la agradable iniciativa de la vieja. Pronto, se lanzan como hienas carroñeras hacia las entrepiernas de las chicas. Se golpean unos a otros, se tiran de los pelos, se arañan. Uno de ellos parece más ávido que los demás. Se amorra al coño de la gitanilla y no lo suelta hasta que una mujer, a base de retorcerle los testículos, consigue hacerlo a un lado. «¿Somos todos hermanos, o no?», dice esta, airada. «Lo necesito para mi voz, lo necesito para mi voz», responde él tipo, desesperado, mientras le da un destello de luz en la cara. Mañana y yo nos miramos en silencio: es Narciso Jiménez, el famoso cantante de ópera. Mañana vomita. El jugo gás-

177

trico se mezcla con el barro produciendo una masa indefinible, de aspecto horroroso. Está llorando.

De pronto, la gitanilla despierta de su desmayo. Mira hacia abajo y descubre al grupo de hienas que apura la sangre de su pequeño sexo. No puedo ni concebir lo que debe pensar. Se desmaya de nuevo.

La niña diabólica deja, entonces, de cantar y emite el chillido más agudo que yo haya oído nunca. Todos se detienen y, respetuosamente, vuelven a sus asientos. Todos menos uno. Un hombre de unos setenta, repeinado hacia atrás y vestido con traje negro, termina tranquilamente de beber, se limpia la boca con el dorso de la mano y luego, sin estresarse, regresa a su sitio en los bancos. Nadie le dice nada.

—¿Has visto? —me pregunta Mañana mientras me da con el codo.

—Sí —respondo—, debe ser un mandamás.

—¿No lo has reconocido? —pregunta incrédula.

—No.

—Es Rodolfo de la Vega, joder; Rodolfo de la Vega, en persona. ¡El tercer tío más rico del mundo!

—Entonces de ahí los privilegios —digo haciendo una mueca.

Mientras, los guardianes desatan a las chicas y se las llevan a través de la puerta por la que entraron; el sacerdote adopta una postura grandilocuente y se dirige al auditorio:

—Queridos hermanos —su voz es tan suave, celestial y susurrada que parece la de un ángel—, id con Luzbel y su luz os guiará.

—Su luz es el camino —responde el siniestro coro.

—Como ya sabéis, estamos preparados para dar el paso definitivo. Estamos listos para el gran contacto: el Arpa que une los dos mundos está en nuestro poder.

Un estremecimiento de emoción. *Chicken run*. La tienen

ellos, estaba cantado. Juan Ramón lo sabía. Mañana me está mirando. Estamos sobre la pista correcta.

—Y además tenemos, también, un voluntario para el sacrificio —añade la niña con malicia—. Alguien que sabe valorar en su justa medida lo que vale. Alguien que intentó traicionarnos. Un antiguo *hermano*. Sabéis de quién se trata, ¿verdad?

Se produce un rumor entre el público.

La niña hace un gesto altivo a los hombres de rojo y negro que, al momento, abren las puertas principales de la iglesia. Por debajo del dintel, aparecen otros dos tipos arrastrando un cuerpo inerte.

—¡Es Juan Ramón! —exclama Mañana.

—O lo que queda de él —añado yo.

Los guardianes, tirando de los brazos del señor Jiménez, avanzan pesadamente, a través de la nave central, hasta llegar al fondo del ábside de la iglesia; allí, dos pesadas cadenas cuelgan del muro semicircular de piedra. Colocan un grillete en cada una de las muñecas de Juan Ramón y los aseguran con dos gruesos candados. Como las cadenas no son muy largas y Juan Ramón está inconsciente, queda semierguido, colgando de los brazos. Una postura bastante incómoda, supongo. La niña, que hasta ahora supervisaba en silencio, se dirige de nuevo a la parroquia:

—El próximo domingo se acabaron los juegos… —dice.

Un silencio pesado se cuela en el ambiente como mercurio derramado; una pausa dramática preñada de sentido que a ninguno de los parroquianos le pasa por alto. La niña cierra los ojos y levanta la barbilla.

—En el próximo encuentro habrá contacto con la otra dimensión —dice sin hacer ninguna pausa—. Eso es todo por hoy.

Continúa el silencio sepulcral. Nadie mueve un dedo. De pronto, el señor que sostenía el sombrero entre las manos empieza a sollozar como un niño pequeño. La vieja que se masturbó le ofrece un pañuelo usado que él toma sin precaución —yo no lo haría—, se suena y se lo devuelve. Rodolfo de la Vega aprieta los puños con fuerza, como si celebrara una victoria. Narciso Jiménez carraspea con suavidad. Los demás parroquianos están, también, visiblemente emocionados; muchos de ellos lloran mientras abandonan sus asientos y salen por la puerta principal de la iglesia subterránea. La niña, el sacerdote ataviado con la túnica púrpura y los hombres vestidos de negro y rojo los observan irse. Acto seguido, apagan los candelabros y desaparecen.

La estancia queda totalmente a oscuras.

—¿Y ahora qué hacemos? —pregunta Mañana.
—Pasar a la acción.
—Pero ¿y si vuelven?
—Tendremos que arriesgarnos.

Aclaradas las dudas nos introducimos por el agujero que da a la siniestra iglesia y, a duras penas, empezamos el descenso. Deben ser unos quince metros de altura, pero, por suerte, en el lado donde estamos el muro de piedras es muy irregular, así que podemos bajar de forma más o menos cómoda por los salientes. En cualquier caso, después de lo que acabamos de ver, creo que cualquier cosa me va a parecer poco, a partir de ahora.

Pongo un pie en el suelo. El eco resuena por el interior de la iglesia. Nos detenemos un segundo. Si nos pillan aquí, ahora, estamos acabados. Mañana se deposita de un silencioso salto a mi lado. *Chicken run*. Ya estamos el equipo al completo.

La atmósfera dentro de la nave central es especialmente densa. Además, todavía puede percibirse el olor a sangre y a sudor de las chicas, la cual cosa me provoca una especie de nausea. También llega el olor a miedo. Las emociones se pueden husmear, aunque eso solo sea posible cuando se han producido con mucha intensidad. En cualquier caso a los perros les es más fácil, por eso vienen a lamernos cuando estamos tristes, aunque no se lo hayamos dicho.

Mañana enciende la linterna y enfoca uno de los candelabros.

—¿Te parece? —me pregunta.

—Sí, pero solo una.

Enciende la vela. A pesar de que proyecta nuestras sombras fantasmagóricas en el muro, nos reconforta un poco. El silencio sepulcral parece confirmar que estamos solos, aunque no sabemos por cuanto tiempo. Tenemos que darnos prisa.

De puntillas, nos acercamos a Juan Ramón.

—Está inconsciente —dice Mañana.

—Juan Ramón… —digo tratando de reanimarlo dándole palmaditas en la cara.

No reacciona.

—Espera —dice mientras hurga en su bolso—. Aquí está. Apesta, pero puede funcionar.

Saca un frasco de perfume, lo destapa y empieza a pasarlo por debajo de la nariz del señor Jiménez. Al cabo de unos instantes, este empieza a toser.

—Es del chino, no falla nunca —dice Mañana.

Juan Ramón está volviendo de un lugar muy lejano y ni siquiera se atreve a mirar por temor a lo que le pueda suceder. Le levanto la cabeza. Cuando nos ve, los ojos se le salen de las cuencas y va a proferir un grito. Lo detengo justo a tiempo poniéndole la mano en la boca. Me había olvidado del aspecto tan lamentable que damos: entre el barro, el sudor y la peste a vómito de Mañana, no me extraña que Juan Ramón nos haya confundido por demonios del infierno.

—Somos amigos, estamos aquí para ayudar —digo susurrando.

Juan Ramón parece calmarse un poco.

—Usted le dejó una nota a su mujer diciendo que, si algo iba mal, nos avisara, ¿no? Él es Cacho, el detective.

A Juan Ramón se le ilumina la cara. Le quito la mano de la boca.

—Gracias —dice Juan Ramón.

—No hay de qué —respondo.

—¿Podemos dejar las formalidades para otra ocasión? —pregunta Mañana.

—Tenemos que sacarle de aquí.

—Me temo que eso va a ser imposible —dice Juan Ramón.

—¿Por qué? —pregunta Mañana.

—A menos que hayáis traído algo para reventar esto —dice señalando con la mirada los gruesos candados que afianzan los grilletes—, de aquí no me mueve nadie.

—Mierda.

—Pero debo felicitarle, Cacho, ha hecho usted muy bien su trabajo.

—Gracias.

—De nada.

—¿Por qué no se intercambian las tarjetas los caballeros? —espeta Mañana. Decido obviar la ironía.

—Entonces, ellos tienen el Arpa, ¿verdad? —pregunto.

—Sí, encerrada en una cámara acorazada.

—Vaya.

—Piense, señor Cacho, que es uno de los objetos más valiosos de la humanidad. Hay mucha gente interesada en ella.

—Ya, como por ejemplo usted —dice Mañana.

—Oh, sí. Aunque mi interés es, como decirlo… puramente estético.

—¿Y qué interés tienen Los Caballeros del Alba Gris? —pregunto ansioso.

—En fin, como usted ya habrá visto, estos señores son unos fanáticos…

—De eso no hay duda —interrumpe Mañana.

—Fanáticos que no se mueven por los mismos objetivos que el común de los mortales.

—¿Y qué objetivos son esos? —pregunto.

El señor Jiménez parece buscar las palabras en lo más profundo de su cerebro:

—Practican una especie de culto a unos dioses que, según ellos, habitan en otra dimensión.

Uno no está preparado para este tipo de respuestas.

—¿Otra dimensión?

—Sí —responde Juan Ramón—. Otra dimensión «no física».

—Vaya.

—Son una especie de demonios; reptiles que andan sobre dos patas y que se alimentan del miedo y la sangre humana.

—Encantadores, vaya —dice Mañana.

—Se dice que quien sea capaz de convocar a uno de estos seres y de traerlo a la dimensión física, aunque solo sea por un instante, podrá participar de su poder y tenerlo como aliado.

—Interesante —digo, aunque mi comentario lo sea poco.

—Los Caballeros del Alba Gris —prosigue Juan Ramón— me encargaron la difícil tarea de conseguirles el Arpa.

Mañana y yo nos miramos, atónitos.

—¿Usted la trajo para ellos? —pregunto.

—Sí —dice Juan Ramón con una sonrisa—. No fue fácil, créame, pero uno tiene sus contactos.

—No lo entiendo, si usted la trajo, ¿para qué quería robársela? —pregunta Mañana—. Le pagarían una buena comisión, ¿no?

—¿Por qué quería robársela? —Las pupilas de Juan Ramón se dilatan como una mancha de petróleo en el mar—. Era el sueño de mi vida. Un sueño inalcanzable, claro. ¿Quién tiene el dinero necesario para comprar la *Mona Lisa*? Y aun así, le gustaría poder admirarla cada día mientras desayuna, ¿verdad? A mí me gustaría, claro.

—¿Pero entonces usted la robó?

—No exactamente —dice Juan Ramón bajando la mirada—. Cuando Los Caballeros se pusieron en contacto conmigo, el Arpa estaba todavía en Irak, pero ellos ya tenían información confidencial del inminente ataque americano.

—Joder —se le escapa a Mañana.

—Estaba seguro de que el objeto entraría en el mercado negro rápidamente, era solo cuestión de estar atento y hacer la mejor oferta. Aun así, la cosa se complicó; como les decía este tipo de artículo despierta el interés de mucha gente.

—Ya.

—Le fui siguiendo la pista durante dos largos años hasta que, al final, pude hacerme con ella.

—¿Y por qué se convirtió en Caballero del Alba Gris? —pregunta Mañana.

—Era la mejor manera de ganarme su confianza o, al menos, eso creía. Supongo que a ellos también les interesaba tenerme controlado.

—Hasta que lo consiguió.

—Sí —dice Juan Ramón con una sonrisa—. El Arpa Dorada desembarcó el 20 de Febrero del 2005 en Barcelona, después de un largo viaje desde China, pasando por el océano Índico, el mar Rojo, el canal de Suez y el mar Mediterráneo. —Un violento ataque de tos interrumpe sus palabras.

—Cacho, esto pinta mal —dice Mañana, tratando de asistirlo.

—Estoy bien —musita el señor Jiménez.

—Lo que sigo sin entender —digo desesperado— es por qué Los Caballeros se han tomado tantas molestias para conseguir un simple instrumento antiguo.

Juan Ramón hace una pausa, como para coger fuerzas. Su mirada se vuelve un poco turbia y, por unos instantes, parece recuperar la energía.

—Las Arpas de Ur…

—Un momento, ¿hay más de una? —interrumpe Mañana.

—Hay cuatro —responde Juan Ramón con una sonrisa.

—¿Pero de dónde diablos sale tanta Arpa? —pregunto.

Pausa. Juan Ramón coge aire. Luego habla:

—En 1929, Woolley…

—¿Woolley? —le corta Mañana.

—Sí, un famoso arqueólogo inglés de la época —responde Jiménez con la voz quebrada—. Un visionario…

—¿Y qué sucedió con el tal Woolley?

—Que condujo unas importantes excavaciones en las Tumbas Reales de la ciudad sumeria de Ur.

—¿Ur? —esta vez soy yo el que interrumpe.

—Sí, en el actual Irak.

—Vaya. —Parece que todo empieza a cuadrar.

—Allí, entre otras cosas, encontró cuatro Arpas —prosigue Juan Ramón—. Dos de ellas, el Arpa de la Reina y el Arpa Dorada, formaban parte del ajuar funerario que se encontró en la tumba de la reina Puabi. El conjunto de las cuatro Arpas forma el grupo de instrumentos de cuerda más viejos que la humanidad haya jamás creado. Tienen casi cuatro mil quinientos años de antigüedad.

—¿Y todavía se aguantan en pie? —pregunta Mañana.

—Completamente —responde Juan Ramón—. Las dos menos importantes, las que no formaban parte del ajuar funerario de Puabi, se encuentran en el Museo de Arqueología de Pensilvania. Por lo que respecta a las otras dos; el Arpa de la Reina se depositó en el Museo Británico y, supongo, que allí seguirá hasta que se pudra.

—¿Y el Arpa Dorada? —pregunta Mañana impaciente.

—El Arpa Dorada, estuvo en el museo de Irak hasta…

—2003 —interrumpo—. Perdón.

—No pasa nada —dice Juan Ramón.

—¡Por favor! —Mañana está empezando a perder la

paciencia.

—Como ya saben —retoma el señor Jiménez—, después del saqueo, el Arpa pasó a formar parte de las piezas que entraron en el mercado negro y estuvieron deambulando en él con diversa suerte.

—¿Y no intentaron recuperarlas?

—El Gobierno iraquí divulgó la noticia de que ciertos objetos habían sido destruidos durante la invasión, pero no hizo mucho más; otros problemas tenía. Entre esos supuestos objetos destruidos, estaba el Arpa del Toro; así que, se lloró la perdida, pero nunca se inició ninguna búsqueda oficial.

—¿Arpa del Toro? —pregunta Mañana.

—También se la conoce por ese nombre —responde Juan Ramón.

Mañana frunce el ceño.

—Está decorada con la cabeza de un toro con barba, ¿recuerdas? —le digo.

—¿Y por qué?

—Simboliza la era de Tauro —aclara Juan Ramón.

—¿La era de Tauro?

—Sí, los antiguos daban mucha importancia a el signo zodiacal que regía cada era.

—Tonterías —suelta Mañana.

—Al grano —digo impaciente—. No tenemos todo el día.

—Sí, perdonen —Juan Ramón parece desorientado—. Como les decía, esta pieza tiene la particularidad de atraer a inversores y coleccionistas varios, pero además también parece ser un imán para sectas y gente dedicada a la magia.

—¿Y eso? —pregunta Mañana.

—Los iniciados —responde Juan Ramón— creen que el Arpa tiene cualidades, digamos, sobrenaturales. No hay que olvidar que cuando fue encontrada, pegado a ella estaba el esqueleto de una sirvienta enterrada en vida junto con otras jóvenes. Su función era atender el paso al mundo de

186

los muertos de la Reina. Parece ser que la joven estuvo tocando el Arpa hasta el momento de su muerte ya que, según Woolley, cuando encontraron el cadáver los huesos de sus manos estaban en posición de tañer. Obviamente el Arpa ya no tenía cuerdas, pero los dedos seguían ahí, tocando un acorde invisible…

—Sigo sin entender nada —dice Mañana.

Ruido de pasos. Alguien se está acercando y diría que viene acompañado.

—Tenemos que irnos.

—¿Ahora que llega la mejor parte? —implora Mañana.

—Los iniciados dicen que el sonido del Arpa Dorada tiene el poder de abrir una puerta que lleva a otra dimensión, al inframundo, al lugar donde habitan los reptiles. Por eso Los Caballeros del Alba Gris quieren usarla. Al parecer, Woolley era un iniciado también. Tomó fotos de la posición de los dedos de la sirvienta, que mantuvo solo para él y sus allegados. A partir de esa posición, expertos musicólogos pudieron definir un acorde, un conjunto de notas con poderes especiales; el acorde de la muerte, podría decirse.

Los pasos cada vez suenan más cerca y una tenue luz empieza a verse, titilando, a través del agujero de la cerradura de la puerta de la entrada principal.

—Rápido —digo—. No tenemos mucho tiempo.

—A partir del acorde base —prosigue Juan Ramón—, Woolley pudo acceder a toda la escala musical que vibra en la forma correcta para abrir la puerta interdimensional. Quién toque el Arpa utilizando esa escala, tendrá el poder de convocar a los demonios reptiles.

La luz es ya totalmente visible a través del agujero de la llave. Empiezo a arrastrar a Mañana hacia la roca.

—¿Y cuándo pretenden hacer eso? —pregunta esta.

—La niña ha dicho el domingo —digo empujándola hacia el muro donde está el agujero por el que bajamos.

—Entonces el domingo será —sentencia, detrás nuestro, Juan Ramón. Nos giramos por un instante y lo vemos colgando de las cadenas; es solo un viejo malherido que necesita ayuda.

Presos de un estado frenético, empezamos a trepar. Lo peor de todo sería que nos pillaran aquí dentro. Pero parece que, al fin y al cabo, nos saldremos con la nuestra: hemos llegado ya a la mitad del muro de rocas y pronto estaremos a salvo en el agujero.

—Un momento —me interrumpe Mañana señalándome con un dedo la luz de la vela que encendimos.

—Mierda.

Vuelvo a bajar corriendo. Alguien introduce una llave en la cerradura de la puerta de entrada a la iglesia y, de golpe, deja de verse la luz exterior que se filtraba por el agujero. Nunca he tenido tanto miedo. Miro a Juan Ramón.

—No se preocupe por mí, aguantaré —me dice.

Me acerco a la vela y la apago de un soplo. Nos quedamos a oscuras.

—Volveremos —le digo.

Salgo corriendo hacia el muro de rocas. Al llegar a este me doy un golpe en la rodilla. Mierda, solo me faltaba esto. Además, no puedo gritar; si nos oyen, estamos perdidos. Subo como puedo por la pared hasta llegar al agujero. La puerta se abre justo cuando consigo deslizarme dentro de este. Mañana me espera con cara de haber sufrido un ataque de nervios. Juan Ramón hace como que habla consigo mismo, supongo que para justificar el sonido de las voces. Miro de reojo y veo como entran en la iglesia los hombres vestidos de negro y rojo; llevan linternas y lo escudriñan todo, pero no encuentran nada. De fondo, se oye la conversación de loco de Juan Ramón. Se reúnen todos delante del altar. Esta vez no llevan la capucha, así que puedo verles, fugazmente, las caras. El que parece el jefe, un tipo de piel morena y con los ojos verdes, no tiene cejas. Se sitúa delante de la vela y la enfoca con la linterna. Toca la cera, todavía líquida, con los dedos. Me parece que no le gusta, aunque no veo bien la expresión de su cara. Además, Mañana ya me empuja hacia la salida y no me hago de rogar.

Lo último que veo son los hombres de rojo y negro acercándose a Juan Ramón.

Lo último que oigo son sus gritos.

Huimos como búfalos en estampida hasta que conseguimos llegar al local que Juan Ramón tiene en la calle Sant Climent. Cuando salimos al exterior, todavía nos tiemblan las piernas. Además, estamos cubiertos por una fina capa de barro, cosa que nos da un aspecto bastante terrorífico. Andamos como si fuéramos zombis, medio haciendo eses y sin un objetivo preciso o que, al menos, se pueda concretar. Giramos a la derecha por la calle Sant Antoni Abat y vamos avanzando hasta llegar a la plaza del Pedró. Allí tomamos la calle Hospital en dirección a las Ramblas; poco a poco, parece que vamos recuperando la conciencia, aunque todavía no somos capaces de articular ningún sonido. Al pasar a la altura de la Rambla del Raval, nos cruzamos con un grupo de ingleses borrachos. Llevan todos la misma camiseta; una fotografía de un culo con ojos y orejas pintados. El ojete hace de boca. Supongo que ellos deben pensar que es muy gracioso, un gran acto de creatividad. Creo que debe ser una despedida de soltero, y los ojos y orejas añadidos al culo deben ser de uno de ellos; el que se va a casar. No me molesto en comprobar quién es. Nos miran al pasar, supongo que nuestra apariencia también les sorprende. Luego contarán en sus casas que en Barcelona está de moda ir por la calle hecho una mierda. De todos modos, van tan borrachos como solo pueden emborracharse los ingleses, o sea que es probable que mañana ya no recuerden nada.

A la altura de la calle Robador, quizás imprudentemente, decido torcer a la derecha para tratar de encontrar menos gente que se cruce en nuestro camino. Tenemos suerte; mi plan funciona y nadie nos molesta hasta llegar a la calle

Sant Pau, por donde giramos a la izquierda.

—Si no me equivoco, el metro debe de estar más o menos a esta altura —consigo decir.

—¿Qué parada? —murmura Mañana.

—Liceu.

—¿Crees que nos dejarán entrar con estas pintas? —me pregunta recelosa.

—Creo que tenemos más posibilidades de que nos dejen entrar en el metro que en un taxi.

—Tienes razón —me dice—. Hoy no creo que funcione ni mi famosa caidita de ojos.

Reemprendemos la marcha, con la mirada baja, tratando de pasar desapercibidos. No se oye ni un alma. «Si seguimos así, llegaremos al metro en un momento», me digo. Pero, cuando pasamos por el lateral del Liceu, se produce un gran estrépito: un coche pega un frenazo por detrás de nosotros y está a punto de atropellarnos. Del susto nos venimos al suelo.

—¡Mierda! —exclama Mañana.

—Agáchate, podría ser la policía.

Empezamos a arrastrarnos, cual ratas de alcantarilla, hacia unos contenedores de basura.

—Creo que no nos han visto —digo escondiéndome detrás de una gran bolsa negra.

—Estás lleno de buenas ideas, Cacho —dice Mañana, que acaba de pisar una piel de plátano putrefacta.

—Ya, bueno, te dije que no sería un trabajo fácil.

Esperamos detrás de los contenedores de basura mientras espiamos la escena sigilosamente. El coche resulta no ser de la policía. Es un Mercedes clase E. No lleva los cristales tintados, así que, aunque no hay mucha luz, podemos vislumbrar lo que pasa dentro. En el interior, un hombre parece que se está desnudando a toda prisa. Muy extraño. Mañana me da un codazo en los riñones.

—¡Mira! —Me susurra.

—¿Qué pasa?

—¿No lo ves?

—¿El qué?

—Dentro del coche.

—Ya lo veo, hay un tío desnudándose.

—¿No le reconoces? ¡Es Narciso Jiménez!

Joder, Mañana tiene razón. Narciso Jiménez en persona. Narciso Jiménez, el barítono más conocido de este país, el filántropo cantarín; Narciso Jiménez, el listo empadronado en Andorra para pagar menos impuestos; Ciso para los amigos; Ciso el fanático que, hace apenas media hora, bebía como un poseso de la entrepierna de una gitana mutilada y que, ahora, se saca la ropa llena de sangre y sudor para poder entrar en el teatro de la ópera. Sus fans deben de estar ya en el *foyer* tomando copas de cava y no conviene que la función empiece tarde.

—Hijo de puta —murmura Mañana.

Narciso se baja los pantalones dejando a relucir unos calzoncillos de legionario color verde oliva. No lo criticaré por eso, todos tenemos unos calzones horrendos que por alguna razón misteriosa no desaparecen nunca del cajón; pero, si fuera *paparazzi*, hoy podría haberme forrado. Qué lástima.

—¿Y ahora? —pregunta Mañana.

—¿Le pedimos un autógrafo?

—Imbécil.

Supongo que tan contundente conclusión pone punto final a la nuestra charla. Eso me pasa por hacerme el gracioso.

Cuando levanto de nuevo la mirada, Narciso ha abandonado ya el coche y penetra a toda pastilla en el Liceu por la entrada de artistas. Esperamos a que el Mercedes arranque para salir de entre los contenedores de la basura. Justo cuando nos estamos alzando, un latero procedente de las Ramblas choca contra nosotros; nos mira con cara de pánico; lanza las cervezas al aire y saca una navaja automática color azul turquesa del bolsillo.

Esta se abre cortando el aire. *Sss*.

—¿Quieres robarme, amigo? ¿Eh? ¿Tú quieres robarme? —me grita como un poseso.

Lo miro. Su cara es más de miedo que de amenaza.

—No, no, amigo —digo acercándome a él.

—¡Fuera, fuera! —Me amenaza con la navaja.

—Oye tío, ¿qué haces? —le pregunta Mañana.

El latero parece impresionado por nosotros, duda unos instantes y, al final, retrocede un paso. Mañana alarga una mano para tratar de darle confianza, pero el gesto provoca el efecto contrario. El latero lanza la navaja por el suelo y arranca a correr como un loco. Mientras se aleja, le oímos gritar:

—¡Alá! ¡Alá me proteja de los demonios de la basura!

O al menos es lo que me parece oír. Mañana y yo nos miramos. No hay nada que decir. Ella recoge la navaja del suelo, la mira y la pliega. Por el gesto diría que no es la primera vez que lo hace. Mientras se la introduce en el bolsillo, el mango color azul turquesa brilla en la noche.

—Vamos —digo cansinamente.

Mañana aprueba mi proposición con un gesto de cabeza. A veces, sobran las palabras. Así pues, seguimos andando por la calle Sant Pau hasta llegar a las Ramblas. A nuestra derecha, queda la entrada del Gran Teatre del Liceu con todos sus carteles y sus luces. Hay ya poca gente en el *hall* y los que llegan tarde entran con prisas: queda mal perderse la obertura de la ópera. Me detengo por un instante y levanto la mirada. Un cartel destaca por encima de los otros mostrando la obra que se representa esta noche: *Doktor Faust*, de Ferruccio Busoni.

—Fausto, el hombre que vendió su alma al diablo —dice Mañana y se queda con la boca abierta.

—Nunca leí el libro.

—Yo tampoco.

Por suerte no nos dedicamos a la crítica literaria.

Debajo del cartel, hay una fotografía de Narciso Jiménez, vestido de negro y con una rosa roja en el ojal de la chaqueta. Parece un cantante argentino de tangos. Sonríe mientras su mirada se pierde en un horizonte que no se puede ver.

De pronto, noto que alguien me toca el hombro con suavidad. Toc-toc. Me giro. Es un tipo extraño. Lleva una gorra de lana que le tapa una calvicie que, de todos modos, asoma por los lados.

—No quedan entradas —me dice.

—Ya.

—Aunque si están interesados, para mañana, les podría conseguir algo.

—¿Hacemos pinta de ser asiduos a la ópera? —espeta Mañana. Y con un gesto le muestra nuestras pintas.

—¿Quién sabe? —responde el hombre—. Quizás hayan tenido una mala tarde. —Y escupe al suelo.

En realidad tiene razón.

—¿A cuánto está la reventa?

El hombre me hace un gesto con las manos para indicarme que baje la voz. A su vez, con la mirada me manda un reproche. Luego habla:

—Quinientos —dice.

—¿Quinientos qué? —pregunto.

—Quinientos euros, claro —me responde.

—¿Quinientos euros por dos entradas? —espeta Mañana.

—Quinientos euros cada una, en platea.

—Oiga, esto vale más que un partido de fútbol —farfullo.

—No se crea, no se crea… —dice el hombre tan tranquilo. Y luego añade—: Por cierto, si los señores están interesados en el próximo derbi, puedo conseguirles buenas localidades.

—No será necesario —puntualizo.

—De todos modos no se olviden de que estamos hablando de Narciso Jiménez. Una voz como la suya solo se da cada cien años.

—Ya.

—Además, parece que está en el mejor momento de su carrera.

—¿Ah, sí?

—Al menos eso es lo que dicen los entendidos. El timbre de su voz no tiene precedentes. Y lo mejor es que parece lograrlo todo sin esfuerzo aparente.

—No me diga.

—Sí señor, como si fuera de otro planeta. Cualquiera diría que ha hecho un pacto con el diablo —suelta el hombre y, acto seguido, estalla a reír.

Mañana y yo nos miramos en silencio; el tipo se encoge de hombros y se aleja silbando. Supongo que ha visto claro que a nosotros no nos va a vender nada. Sus últimas palabras han quedado flotando por el espacio. A veces, decimos tonterías o hablamos para hacernos los graciosos y, en realidad, la estamos clavando del todo. En fin, para qué contaros.

Mi compañera y yo nos hemos quedado solos, así que miramos a nuestro alrededor. Delante tenemos la escalera que baja hasta el metro. Con paso débil, nos dirigimos hacia ella.

—Tenemos que hablar —digo flojito.

—¿Te vienes a casa?

—Sí, por favor.

—Ningún problema, yo también necesito digerir contigo todo lo que nos ha pasado esta noche.

Mientras bajamos por las escaleras una Barcelona fantasmal —mezcla de prostitutas, liceístas, turistas borrachos y ladrones de carteras— desaparece a poco a poco de nuestra vista.

Cuando entramos por la puerta del piso que Mañana

194

comparte con Silvia y Rubén, parecemos la extraña pareja. Aun así, parece ser que los compañeros de piso ya empiezan a acostumbrarse a este tipo de situaciones. Rubén desplaza vagamente la mirada del televisor hasta nosotros y nos saluda con un movimiento corto de la cabeza, luego se concentra de nuevo en la caja tonta. Silvia, que está en la mesa del comedor con un montón de documentos esparcidos, se limita a decir:

—Al baño, los dos.

Así pues, cruzamos el salón y nos dirigimos de cabeza a la ducha. Como estamos en su casa y las damas primero y todo ese rollo, me toca esperar en el pasillo. Me siento como si estuviera en un albergue de esos en los que el lavabo esta fuera de la habitación y, además, es compartido. En fin, podría ser peor. Me apoyo contra la pared y, poco a poco, dejo deslizar mi cuerpo hasta que toca el suelo. Me quedo dormido. No sé cuánto tiempo. Me despierta la voz de Mañana.

Me dice:

—Todo tuyo.

Me giro y la veo. Va envuelta en una toalla y se aleja por el pasillo hacia su habitación. Ha dejado la puerta del baño abierta. Husmeo como un perro: de dentro sale un calorcito muy agradable y el espejo todavía está empañado. Entro sin pensármelo dos veces.

—Vamos a pedir *pizzas*, ¿vale? —La voz de Mañana me llega desde el fondo del pasillo.

—¿Y eso? —respondo, sorprendido, alzando la voz.

—Hoy es jueves.

—¿Y qué?

—Los jueves toca *pizza*.

—*Chicken run* —digo para mí. La conversación me ha hecho entrar un hambre fabulosa, así que voy a comer cualquier cosa que me echen.

Me saco la ropa, abro el grifo de la ducha y dejo que el agua corra hasta coger la temperatura perfecta. Me meto debajo y cierro los ojos. Es la tercera vez que estoy aquí y este sitio empieza a serme familiar. Me enjabono todo el cuerpo tratando de eliminar cualquier resto de barro. Después me lavo el pelo con un champú que, claramente, es de chica; pero es que no veo ninguno de hombre a la vista. Supongo que Rubén les choriza el champú a las féminas o, quizás, es de ese tipo de tío que se lava el pelo con jabón para el cuerpo. Quién sabe.

Cuando considero que ya estoy limpio, cierro el grifo, salgo de la ducha y me seco. Al lado de la puerta me esperan el pijama de oso amoroso y las pantuflas de elefante, que detalle. No me he enterado ni cuándo ni quién me lo ha dejado. Ni me importa. Me visto, hago una pila con mi ropa, salgo del lavabo y me dirijo hasta el salón. Los tres inquilinos del piso ya están sentados alrededor de la mesa. Encima hay dos *pizzas* en sendas cajas de cartón. No hay platos, o sea que deduzco que los jueves además de comer *pizza*, se come con las manos. No pasa nada, la tradición es la tradición y hay que respetarla.

—A la lavadora —dice Mañana señalando con la cabeza la ropa sucia que llevo entre las manos.

Obedezco como un corderito. Al meterla en el tambor, me encuentro con la de Mañana: esta noche, sus prendas y las mías, bailaran una danza acuática. Antes de cerrar la puertecita, rescato mi teléfono móvil y me lo guardo en el bolsillo del pijama. Luego echo jabón y suavizante, enciendo el programa largo y regreso al comedor.

—Anda, siéntate —me dice Silvia.

Me siento entre ella y Mañana, Rubén me queda delante.

—¿Una cerveza? —me pregunta en tono burlesco, como si fuera mi criado.

—Gracias —le respondo, mientras con la mano cojo la lata que me ofrece. Está muy fría, como a mí me gusta.

—Vosotros nunca dejáis escapar la oportunidad de revolcaros por la mierda, ¿eh, Cacho? —dice Silvia.

—¿Qué les has contado? —digo mirando a Mañana con cara de cabreo.

—¿Yo? Nada… Bueno, todo… ¿Era un secreto?

—Cuanta menos gente sepa nada, mejor, Mañana. Ya has visto lo que son capaces de hacer.

—¿Entonces es verdad lo que nos ha contado? —pregunta Rubén.

—Cacho, ¿es cierto lo de las tres niñas? —añade Silvia.

Pausa.

—Sí.

—Joder, que miedo.

—Esta vez creo que hemos tocado hueso.

—¿No pensáis avisar a la policía? —pregunta Rubén.

—No.

—¿Por qué? —añade Mañana; está claro que piensa que deberíamos ir.

—Mi instinto me dice que no lo haga —respondo. Luego trato de desviar el tema—: Rubén, ¿me pasas un trozo de la cuatro quesos?

—Sí, cómo no.

—¿Tu instinto? —espeta Mañana.

Sí, bueno, la verdad es que creo que esa gente controla mucho, no son tres aficionados que se han reunido para matar una gallina —digo mientras trato de engullir la masa caliente recubierta de tomate y queso.

—Eso está claro —replica Mañana. Y añade—: Coge una servilleta, joder.

—Sí, sí, perdón —farfullo tratando de no parecer un cerdo—, pero es probable que esta gente tenga contactos a todos los niveles. Para empezar, seguramente todo su tinglado debe ser legal. Nunca podremos conseguir una orden de registro, y menos si vamos contando historias fantásticas de misas rituales.

—¿Y no podéis ir a la policía y, al menos, contar vuestras sospechas? —pregunta Silvia.

—Sí, pero es muy probable que no puedan hacer nada.

Sabemos que los miembros que integran la Orden de Los Caballeros del Alba Gris son gente muy poderosa. Gente que viene de familias muy ricas y con mucha influencia. Tipos muy inteligentes que conocen el entramado del poder, que lo han visto y mamado toda su vida. Estoy seguro de que entre ellos hay jueces, y no me extrañaría nada que políticos y banqueros; en fin, lo mejorcito de cada casa.

—Árboles más grandes han caído —argumenta Mañana.

Vacío, de un largo trago, la lata de cerveza.

—Está bien: esta es mi teoría sobre lo que hay que hacer —digo solemnemente—. Debemos encontrar una prueba. Algo que sea irrefutable. Algo que haga mover el culo a todo el mundo. Algo que, en manos de la prensa, pueda crear una reacción en cadena.

—Es decir, un vídeo —concluye Mañana.

—Exacto.

—¿Y cómo vas a conseguirlo? —pregunta Silvia. Y añade—: ¿Otra cerveza?

—Sí, gracias.

—De nada.

—Hay que ver como bebe el tío —comenta Rubén.

—Nos habíamos quedado en el «cómo» —nos recuerda Mañana.

—Tenemos que volver a entrar.

—¿Estás loco?

—Ya oíste a la niña, el próximo domingo se celebra la nueva misa.

—¿Qué niña? —pregunta Rubén.

—Es una especie de sacerdotisa —responde Mañana.

—¿Sacerdotisa? —ahora es Silvia la que pregunta.

—Sí, parece ser que es la que manda —digo impaciente—. Tiene algún tipo de magnetismo que atrae a los otros.

—Vaya, que bonito —dice Rubén socarronamente. Creo que no se lo toma muy en serio.

—Yo la tuve cara a cara, cuando entré en la sede de Los

Caballeros y te aseguro que la niña acojona.

—Pues si se porta mal, le dais un par de azotes, ¿no?

—Rubén, por favor. —Ahora es Mañana la que se exaspera.

—La cuestión es que hay que volver ahí dentro —digo para concluir.

—Sí, ya, pero no querrás que volvamos los dos solos, ¿verdad?

—No se me ocurre nada mejor; además, tenemos que salvar a Juan Ramón.

—¿Te vas a jugar la vida por cien al día?

—Más los gastos.

—Cacho, por favor. —Mañana empieza a perder la paciencia.

—¿Cobras cien al día? —pregunta Rubén.

—Sí —respondo sin mirarle.

—Y si hay un día en el que no haces nada, ¿también?

—También.

—¿Te vas a terminar eso? —me dice Silvia señalando un trozo de *pizza* hawaiana.

—No. No me gusta la *pizza* con piña.

—Qué tontería —dice cogiendo el trozo.

Mañana parece ofendida. Se ha quedado callada mirando la caja vacía que tiene delante. Intento hacerle entender.

—Si queremos salvarle la vida a Juan Ramón y a las tres niñas, tenemos que volver a entrar.

Después de pensárselo un rato, responde.

—Tienes razón. ¿Quién creería que un puñado de ricos y poderosos se reúne en una iglesia subterránea para celebrar una extraña misa?

—Y en Barcelona —añade Rubén—. En Barcelona no pasan estas cosas.

—Yo no estaría tan seguro —digo con voz tétrica.

—¿Cómo?

—¿No has oído hablar de la Vampiresa del Raval?

—No —dice Rubén con cara de huevo.

—Pues existió y se dedicaba a proveer niños para la *jet set* catalana del siglo pasado.

—¿Niños?

—Sí.

—¿Qué quieres decir? —pregunta Silvia incrédula.

—Su nombre real era Enriqueta Martí y, al parecer, era una especie de demonio. Sabía todo tipo de conjuros e invocaciones y utilizaba la sangre fresca y pura de los niños para curar a la gente que podía pagar lo que pedía.

—Vaya, esta noche no vamos a dormir —suelta Rubén.

—En serio —digo—, es un caso bien documentado. Cuando, al fin, la policía logró entrar en su casa, encontraron certificados de defunción firmados que estaban en blanco.

—¿Cómo puede ser «en blanco»?

—Está claro, quién quiera que se los diese, le estaba dando un inmenso poder. Ella solo tenía que poner el nombre de su víctima y hacerla desaparecer. A nivel legal, todo estaba en regla.

Nos quedamos en silencio un buen rato. Silvia sigue mordisqueando su trozo de *pizza* hawaiana, hasta que, cansada, decide no terminársela. Rubén parece concentrado en su lata de cerveza. Mañana se muerde las uñas hasta que, al final, rompe el silencio:

—Faltan tres días para el domingo.

—Exacto —respondo.

—Tenemos tiempo de sobra para prepararnos.

—Y para asegurarnos de que la cámara funcione bien —añado.

—Entonces, creo que lo mejor será dar el día por terminado. Además, mañana tenemos la cena en El Pico de Oro.

—Correcto —dice Rubén sacando un sobre del bolsillo—. Estas son vuestras invitaciones. Han llegado hoy por mensajería.

—¿Lo conseguiste? —Mañana está exultante.

—Pues claro —responde este en plan sobrado—. La duda ofende.

—¡Cojonudo! El experto en maquillaje vendrá mañana, después de comer.

—¿El experto en maquillaje? —pregunto.

—Tenemos que pasar por aristócratas, ¿recuerdas? No es tan fácil.

—Ya, pero…

—Además —añade Mañana—, no podemos arriesgarnos a que alguien nos reconozca, piensa que trabajamos allí, todo el personal nos vio.

—Claro, claro.

—También traerá algo de vestuario.

—Genial —musito, mientras abro el sobre que Rubén ha dejado encima de la mesa y contemplo las invitaciones. Son preciosas. El papel tiene un tacto exquisito y las letras están impresas en oro—. Joder, Rubén, te lo has currado.

—Todo tiene un precio, claro.

—¿Qué quieres decir? —pregunta Mañana.

—Espero no tener que limpiar, ni el baño ni la cocina, en los próximos doce meses.

—¡Pero eso es un año!

—Correcto —corrobora Rubén con una sonrisa impertinente en los labios.

—¡Que morro! —salta Silvia.

—¿Pero no habíamos quedado en un gazpacho y un pollo a la cerveza?

—Sí, que por cierto, nunca llegaron. Así que este es el nuevo precio.

—¡Y una mierda! —exclama Mañana.

—Si preferís devolvérmelas, ningún problema; las cojo y aquí no ha pasado nada.

—No, no —digo guardándome las invitaciones.

—¿Un año? —pregunta Mañana.

—Un añito pasa volando —responde Rubén.

—Eso es cierto —digo mirando a Mañana.

—Estoy demasiado cansada para negociar.

—Todo sea por el bien de la causa —dice Silvia con tono de derrota.

—Eso, eso —añade Rubén.

—¡Está bien, de acuerdo! —concede Mañana. Y se levanta con un gesto ampuloso—. Me voy a mi habitación.

Rubén tampoco tarda mucho en esconderse en su madriguera; es lo que tiene ser informático, no se puede estar más de media hora separado del ordenador.

Silvia y yo acabamos en el sofá tomando un té. Ha puesto un cedé de Tenor Saw y mueve con dulzura la cabeza al ritmo de la guitarra. Su música tiene la virtud de ponerme en paz conmigo mismo, no importa lo que sea que me preocupe. Hoy, me llega muy muy suave, como si la escuchara desde debajo del mar.

—Que calma —murmuro.

—Ya —dice Silvia.

Ella no lo sabe, pero a la luz de la lámpara china que cuelga del techo, su piel ha tomado prestado el color del bizcocho. Me dan ganas de pegarle un *mordiscoso*. Le echo una mirada de deseo y ella me la devuelve, dispuesta a dejarse conquistar. Me acerco hasta que tengo su boca a un centímetro de la mía. Sus labios carnosos se entreabren. Nos besamos en silencio. Es algo que fluctúa entre *mordiscoso* y *tirabuzón*.

Una buena manera de terminar el día.

Pasado un rato, nos separamos.

Doy un sorbo a mi té.

Silvia se enciende un Lucky Strike y, después de dejar el mechero en la mesa, me pregunta:

—¿No tienes miedo a palmar?

—¿Ahora?

—Ya sabes a qué me refiero, idiota.

Pausa.

—A veces —respondo—. Aunque, si muero, es cosa mía. Lo que no me gustaría es que le pasara nada a Mañana.

—¿Y no puedes prescindir de ella?

—Ahora ya es demasiado tarde, hicimos un trato. Además, ¿crees que aceptaría?

Silvia da una larga calada de su cigarro y deja escapar el humo por la comisura derecha de la boca.

—Desde luego, no. Tienes razón. —Echa la ceniza en el cenicero y me mira a los ojos—. Mañana me contó lo de la ejecución en la Ciutadella.

Pausa.

—No me lo saco de la cabeza. Ese tipo, Ras, es de veras peligroso.

—Ya —dice Silvia metiéndole otra chupada al cigarro—. ¿Cómo os conocisteis?

—Por pura casualidad, después de que el señor Bernstein me encargara encontrar a Johnny.

—¿El chihuahua?

—Sí. Lo perdió en el parque, así que fui a ver si averiguaba algo.

—Y entonces te encontraste con Ras.

—En realidad, primero me topé con Balón.

—¿Balón?

—Su chucho. Un precioso bulldog francés. Como ya sabes, lamentablemente, pasó a mejor vida.

—Debía tenerle mucho cariño —dice Silvia con sorna.

—Quizás era uno de los perros robados —digo pensativo—. Quizás el señor Ras me engañó desde el primer minuto.

—Pues sí, es muy posible —dice Silvia mientras apaga el cigarrillo en un cenicero de cristal con un caballo blanco grabado en el fondo.

—La cuestión es por qué me dio su tarjeta.

—Tarjeta que luego te serviría para entrar en la sede de Los Caballeros del Alba Gris, ¿no?

—Exacto —digo molesto—. Pero es que, además, él también sabía que estaba investigando acerca de Johnny.

—¿Qué te hace pensar eso?

—Me advirtió, me dijo que lo dejara estar. Y te aseguro que yo no le había dicho nada.

—¿Quién más sabía de tus investigaciones?

—Nadie, solo el señor Bernstein y yo.

Silvia se queda pensativa. Luego dice:

—Pues sí, es muy extraño.

—Es un tipo peligroso, con mucho poder.

—Y, a juzgar por lo que dices, no le tiene miedo a nada.

En eso estamos empatados: yo tampoco le tengo miedo a nada. Excepto a tener hemorroides, claro; y a no poder lavarme los dientes por la noche, y a quedarme ciego. Pero eso no cuenta.

—En cualquier caso, Ras te debe respetar un poco —dice Silvia.

—¿Por qué?

—Él pensaba que tú eras digno de ser un miembro de Los Caballeros, ¿no?

—Sí, aunque por lo visto no pasé la prueba.

—No se puede ser bueno en todo —dice Silvia poniéndome los dedos encima del brazo.

—Hay otras áreas de la experiencia humana en las que destaco un poco más —digo situando una mano por detrás de su cuello.

—¿Ah sí? ¿Cómo por ejemplo, cuál?

Pausa.

—Pasar de las palabras a los hechos.

—Pues ya tardas.

A riesgo de que Rubén salga de su habitación en busca de un vaso de leche con galletas, nos besamos de nuevo. Esta vez es un *tirabuzón* neto: las lenguas, como intrépidas exploradoras, se pierden en nuestras grutas bucales. Es como un viaje al centro de la tierra. Al terminar nos separamos, pero tengo la impresión de que dos hilos de luz nos mantienen unidos de los ojos.

—¿Qué te parece un cambio de escenario? —propongo.

—¿Y dónde te gustaría ir?

—A tu cama —digo sin pensarlo. Hoy no estoy muy poético.

—Pues vamos —dice Silvia cogiéndome de la mano y arrastrándome hasta la puerta de su habitación.

Avanzamos hacia la cama mientras nos vamos arrancando la ropa como podemos. Por suerte, entra un poco de luz de la calle, así que no es necesario encender la lamparilla de la mesita de noche. Al borde de la piltra, lanzo por los aires las elefánticas pantuflas. Por un instante, contemplo a los dos improvisados aviadores cruzando el espacio a cámara lenta como Dumbos entripados. Silvia me devuelve la realidad a besos. Le arranco las bragas y, ya desnudos, nos escondemos debajo de las sábanas. Tratamos de devorarnos mientras nos frotamos el uno contra el otro. Tengo una erección descomunal, inevitable e indisimulable. Cuando ya no podemos aguantar más ella se gira y del segundo cajón de la mesita de noche saca un condón. Me lo tira al lado de la cabeza. Procedo a enfundar la cosa bajo su atenta mirada. Este momento, casi cómico, siempre me hace sentir como un niño que se ata los cordones de los zapatos mientras su madre, controladora, le observa. Cuando termino, ella salta encima de mí y empieza a refregárseme de nuevo. En un momento dado, me la coge con la mano y se la mete hasta el fondo. Primero se mueve lentamente, con los brazos apoyados en mi pecho. Al cabo de un rato, acelera y se va para atrás. Su cuerpo dibuja un arco perfecto. Empezamos a estar empapados de sudor. Los gemidos también comienzan a ser considerables. Solo espero que Rubén esté con los auriculares puestos escuchando algún grupo de *rock* duro, y que Mañana esté profundamente dormida.

Entonces, agarro a Silvia por el culo y nos damos la

vuelta. Ahora la tengo debajo de mí y, mientras seguimos con el toma y daca, nos besamos y mordemos. A saco.

Finalmente, nos corremos.

Y ella se fuma otro Lucky.

Yo no, porque no fumo.

Y no hablamos.

Y nos quedamos dormidos.

Cuando recupero la consciencia, un rayo de luz penetra, insistentemente, a través de la persiana mal bajada. Abro los ojos. No es la luz lo que me ha despertado, sino el teléfono móvil que anoche olvidé desconectar. Salto de la cama en busca del pantalón del pijama, seguro que debe de estar ahí. Al entrar en contacto con los fríos azulejos del suelo, mis pies se encogen. El pantalón está hecho un ovillo a los pies de la cama, parece ser que nos ha hecho de perro guardián. Saco el teléfono del bolsillo y, sin mirar el remitente, descuelgo.

—¿Diga? —Creo que mi voz no puede sonar más a ultratumba.

—¿Cacho?

—Yo mismo, ¿con quién tengo el gusto?

—Soy Leonid.

—Claro, claro, señor Bernstein; no le había reconocido, discúlpeme usted.

—Cacho, no me gusta cómo está llevando este tema.

—Señor Bernstein, le aseguro que estoy al cien por cien con lo suyo, solo que el caso se ha complicado.

—Cada día que pasa hay más probabilidades de que Johnny esté muerto.

—Señor Bernstein, no debe usted preocuparse. Estoy sobre la pista buena. Esta noche sabré algo.

—¿La pista buena? ¿Qué pista es esa?

Medito unos segundos y decido contarle lo que sé:

—Parece ser que existe, en Barcelona, una red que se dedica a secuestrar perros con pedigrí.

—Bendito sea Dios, y, ¿con qué propósito?

—Este punto todavía está por determinar señor Bernstein, pero, como le decía, esta noche voy a ir hasta el meollo de la cuestión.

Durante unos segundos, oigo la entrecortada respiración de Leonid al otro lado de la línea.

—¿Le tienen preso? —pregunta finalmente—. ¿Tienen a mi pequeñín?

—Eso creo.

Otra pausa.

—Espero que se emplee a fondo, Cacho.

—Cuente con ello.

Cuelgo el teléfono. Joder, vaya manera de empezar el día. En fin, vamos a ir paso a paso. De momento, lo principal, sería desayunar algo.

—Mierda —dice Silvia. La he despertado—. ¿Has visto la hora que es? —añade, como si yo tuviera la culpa del calentamiento global.

—No tengo ni idea —respondo de forma neutra—. ¿Qué hora es?

—Las tres menos cuarto.

—Vaya, entonces es normal el hambre que tengo.

—Lo que no me parece tan normal es levantarse a estas horas —dice.

—Ya.

—Por cierto, se puede saber qué haces en pelotas y con el teléfono en la mano; ¿llamando a tu madre para decirle que te han raptado, pero que estás bien?

—Muy graciosa.

—Eso dicen todos.

—Me ha llamado el señor Bernstein.

—¿El señor Bernstein?

—Sí.

—¿Qué quería, contratarte como afinador de pianos?

—¿Siempre te levantas tan simpática?

—Es para que te enamores de mí.

—No me enamoro desde el 2000.

—Voy a ponerme a llorar.

208

—Vaya.

—¿Y, qué quería el señor Bernstein?

—Obviamente, noticias sobre Johnny.

—¿El perrito perdido?

—Correcto.

—Deberían darte un premio.

—En fin, después de esta sarta de absurdidades creo que lo único sensato sería comer algo.

—Al menos, en eso, estamos de acuerdo.

Como es demasiado tarde para desayunar, nos preparamos dos grandes bocadillos de jamón serrano a modo de almuerzo —conviene coger fuerzas para esta tarde— y nos sentamos en el sofá. Mientras vemos las noticias, atacamos la comida.

—Hombre, podríais haberme preparado algo, ¿no? —Es Mañana. Al parecer, acaba de levantarse y, a juzgar por la expresión ceñuda que se dibuja en su cara, tampoco de muy buen humor.

—Queda pan —dice Silvia en una especie de susurro.

—Y jamón —digo yo con voz nasal.

—Fantástico. Ahora he adoptado a Epi y Blas —refunfuña Mañana y desaparece en dirección a la cocina.

—¿Epi y Blas? —pregunta Silvia.

—Me pido Epi —respondo yo.

—Pues sí, me quedaré con Blas —concluye ella.

Al rato vuelve Mañana con su bocadillo —no muy bien hecho, la verdad sea dicha—, y un vaso de agua.

—¿Puedo? —pregunta con cara de malas pulgas y, sin esperar la respuesta, se sienta entre nosotros.

El sofá se hunde debido al peso de los tres, pero ninguno se inmuta. Mañana pega un mordisco a su bocadillo, parece que tiene hambre. Mientras miramos, pasmados, las noticias, nadie dice nada. A veces es un descanso no hablar.

De pronto se oye un pedo y os juro que yo no he sido. Las chicas ríen. Sinceramente, paso de preguntar por la autora de tamaña grosería. Estas continúan riendo, supongo que les parece muy gracioso. Es como si fuera una tarde de domingo con resaca. No hay nada peor que una tarde de domingo con resaca y una chica que se ha hecho la princesa la noche anterior: el día siguiente se va a convertir en una troglodita de todas todas; y sin la gracia de Shreck, no os creáis.

Al cabo de un rato, Mañana pregunta:

—Hoy es viernes, ¿no?

—Sí —respondo mirando el móvil—. Viernes 13.

—Vaya.

—¿Eres supersticiosa? —pregunto.

—No, pero trae mala suerte —responde sin darse cuenta de la contradicción.

—Mierda —suelta, de golpe, Silvia.

—¿Qué pasa? —le pregunto girándome hacia ella.

—Tengo que estar a las cuatro en la facultad.

—Pues tendrás que darte prisa.

—Y tú no te olvides que en un rato llega el maquillador —me dice Mañana.

Ostras, es verdad. Esta noche debemos regresar a El Pico de Oro, pero esta vez por la puerta grande. Que Dios nos pille confesados.

—¿A qué hora viene tu amigo?

—A eso de las cinco.

Por suerte, todavía nos queda un ratito para recuperarnos. Conviene mentalizarse bien. Esta noche no la podemos cagar. Solo podremos entrar al restaurante una vez y si nos descubren, *Kaputt*, se acabó el juego.

—Es un gran especialista, creo que tiene un Goya —dice Mañana.

—¿Un Goya? ¿Qué nivel, no? —responde Silvia mientras se levanta—. En fin, yo voy a prepararme la bolsa, que en nada me piro —añade mientras desaparece por el pasillo en dirección a su habitación.

Nos quedamos solos.

—Tenemos que planificar esto bien, ¿eh, Mañana?

—Sí, sí; estoy ansiosa por empezar.

—Dijimos que yo voy a ser el conde de Andrade, ¿verdad?

—Sí —responde esta moviendo arriba y abajo la cabeza—. Y yo la duquesa de Pardo.

—Perfecto. Vecinos del barrio de Salamanca.

—¿Y eso dónde coño está? —me pregunta frunciendo el ceño.

—En Madrid, claro.

—¿Y por qué el barrio de Salamanca?

—Pues porque ahí es donde viven los ricos. Tenemos que pasar por aristócratas, ¿no?

—Ese es el plan.

—Pues ya está.

—¿Y tú has estado allí? —me pregunta con desconfianza.

—Resulta que sí. Unas navidades —respondo.

—¿Y eso?

—Me contrató un ricachón. Un caso un tanto absurdo de chantaje.

—¿Algo peligroso?

—Depende de cómo se mire; al final resultó que la chantajista era la hija del millonario, una muchacha encantadora que primero trató de meterse en mi cama y luego de matarme.

—Cacho, tú siempre rodeado de lo mejorcito, ¿eh?

—Ya ves, lo pasé en grande. Pero esa es otra historia —digo para zanjar el asunto.

—Vale, vale.

—Lo más importante es que quede claro que somos una rica familia madrileña, y que estamos aquí por placer. Nos encanta Barcelona.

—Chicos, yo me voy. —Es Silvia que se dirige hacia la

puerta—. ¡Que vaya muy bien! Y, por favor, volved enteritos, ¿de acuerdo?

—Se intentará —respondo.

—Si llego tarde, no te preocupes —añade Mañana—. La noche puede ser larga.

—De acuerdo —dice Silvia—. Y se va pegando un portazo.

Por unos segundos el ruido de la puerta reverbera por el comedor y nos quedamos mudos.

—Deberíamos practicar un poco el porte aristocrático —digo poco convencido.

—¡Es verdad!

—No sé ni por dónde empezar.

—Yo te ayudo —dice Mañana con la emoción de un juego—. Venga levanta. Lo más importante es mantener la espalda recta. Prueba.

Trato de ponerme lo más tieso que sé.

—¿Así?

—Más o menos.

—Y tienes que mover las manos con más finura, que eres muy basto —dice Mañana pellizcándome el brazo.

—Vale, vale; ¡ya lo intento!

Nos pasamos un rato practicando diferentes posturas y maneras de andar y estar quietos. Descubrimos que es muy importante mantener el mentón alzado para poder mirar hacia abajo, como si se estuviera por encima de todo. Otra de las claves es la lentitud de movimientos, como si no nos afectaran las preocupaciones materiales. Practicamos, también, cómo tenemos que comportarnos entre nosotros y cómo saludar a la gente: con la mano blanda ella, con la mano robusta yo; ajustándonos a los arquetipos masculino y femenino. Concluimos que, en caso de tener que dar dos besos a un extraño, nunca tocar la mejilla y poner ligera cara de disgusto.

Al cabo de una media hora, aburridos del tema, nos volvemos a sentar en el sofá.

—¿Crees que colará? —pregunta Mañana.

—No tengo ni idea, pero... —Me interrumpe el timbre de la puerta. Mañana se levanta de un bote y va hasta el interfono.

—¿Diga? —Pausa. Sonríe—. ¿Andoni? Sube, sube, cariño; te estábamos esperando —dice, y luego se gira hacia mí—: ¡Es Andoni!

El disco duro de mi cerebro trata de recordar cuándo fue la última vez que oí ese nombre, pero no lo consigo.

—¿Andoni? ¿Quién diablos es Andoni? —pregunto.

—¡El maquillador! Intenta ser amable con él, que nos está haciendo un favor, ¿eh? Piensa que es una persona de prestigio y que esto lo hace solo por amistad.

—¿Maquillador? —Recuerdo de golpe—. ¿Pero Andoni no era el repartidor que nos coló en El Pico de Oro?

—Que puntilloso —dice Mañana visiblemente contrariada—, eso lo hace para salir del paso; en realidad es un artista como la copa de un pino.

—¿Pero no has dicho que tenía un Goya?

—Creo que sí.

—¿Creo? ¡Un tío con un Goya no hace de repartidor!

—Estuvo nominado y si no se lo dieron, ¡pues deberían haberlo hecho!

—Dios.

Me derrumbo en el sofá a esperar la entrada del gran Andoni. Este resulta ser un chico monísimo de pelo rubio, ondulado, y ojos azules. Es más bien bajito y ostenta una musculación de gimnasio que ha tenido el buen gusto de servir «al punto». Va vestido con el uniforme de los que están macizos y quieren que lo sepas: camiseta imperio, ajustada, y tejanos. Arrastra, además, una gran maleta roja y un bolso cruzado de color negro.

Cuando se encuentra con Mañana estallan en chillidos de alegría, un pelín demasiado histéricos para mi gusto, pero sinceros.

—¡Chica, que bien te veo! —exclama Andoni.

—Tú más, maricón —responde Mañana—. Estás guapísimo, debes follar como un loco.

—No creas, últimamente no tengo suerte.

—Ya será menos.

Por un momento me he vuelto el hombre invisible. Carraspeo desde el sofá, para que adviertan mi presencia.

—Ay, sí, perdona, ¡que no os he presentado! —dice Mañana emocionada—. Cacho, Andoni. Andoni, Cacho.

—Encantado —digo levantándome.

—Lo mismo digo. Mañana me ha hablado muy bien de ti.

—¿En serio?

—Claro. Gracias a ti, por fin trabaja en un caso real.

—No tiene importancia. Además es muy buena.

—Gracias, Cacho, no sé qué decir —añade tímidamente Mañana.

—Creo que lo mejor será que nos pongamos manos a la obra, ¿no os parece?

—¡Perfecto! —dice Andoni—. Sentaos en el sofá, empezaremos por el vestuario. ¡Os enseñaré la ropa que he traído!

Mañana y yo nos ponemos cómodos. Andoni abre la maleta y empieza a sacar un montón de ropa extravagante. Chaquetas de colores chillones, medias de topos, faldas cortas, blusas semitransparentes, corbatas agitanadas, zapatos hechos polvo y un sinfín de cosas sin sentido.

—¿Qué coño es esto? —digo perdiendo el sentido de la compostura.

—Cacho —dice Mañana, tratando de frenarme.

—Ropa bonita —dice Andoni—. ¿No queríais cosas bonitas?

—¡Se trata de vestirnos de conde y duquesa! —estallo.

—Lo que te dije por teléfono, Andoni.

—Ay, ¿y qué sé yo cómo van esos? Os he traído cosas

divinas.

—Mierda.

—Vamos a ser positivos —dice Mañana—. A ver si entre todo esto podemos combinar algo.

—Seguro que sí —dice Andoni—. Combinar es mi especialidad. Veamos…

Andoni empieza a coger ropa y a moverla de un lado para otro. No se puede negar que no le meta ganas. Descartamos un conjunto de chaqueta amarilla y pantalones verde fluorescente, aunque, según el estilista, dicha combinación realza mi figura. Mañana se prueba una de las minifaldas con una camisa naranja y una especie de chaqueta de terciopelo azul. Horrendo.

—Divino —dice Andoni.

—¿Divino? —pregunto yo.

—¿No lo ves? Terciopelo azul. *Blue Velvet*, como la película. Más estilo no se puede, marica.

—¿Me has llamado marica?

—Es cariñoso.

—De acuerdo, pero descartamos el terciopelo.

—En fin, el cliente manda.

Nos metemos de nuevo al tajo. Como Andoni está un poco desorientado, por decirlo finamente, buscamos en internet alguna referencia.

—¿Esto? —dice pasmado, mirando la pantalla del portátil—. Que aburrido.

—No se trata de si es aburrido o no —digo perdiendo la paciencia—. Se trata de si resulta creíble. ¿Pero tú no te dedicas al estilismo? ¿No te habían nominado a un Goya? —pregunto excitado.

Andoni estalla a reír. Esas carcajadas no presagian nada bueno.

—¿Un Goya? —suelta con cara de alucinado—. ¿Quién te ha dicho eso?

—¡Ella!

—Ay, como me quieres, Mañana —le dice. Luego se gira hacia mí—: Lo mío es una afición y un pequeño negocio, claro. Me dedico sobre todo a fiestas, pero para vosotros, gratis —dice guiñándome un ojo.

—¡Mañana! —digo medio gritando—. ¿Eres consciente de que esta noche nos jugamos la vida?

—Tranquilo, Cacho.

—¿Tranquilo? ¡Me dijiste que tenía experiencia! ¡Que había trabajado en el mundo del cine!

Andoni estalla en risas de nuevo.

—¿El mundo del cine? —dice petándose—. Toda mi relación con el cine es un corto que hicimos esta y yo con la cámara domestica de mi hermano el verano pasado. Pero no recuerdo que lleváramos ropa. Maquillaje, sí.

—Ni eso —confiesa Mañana.

—Vaya, estamos perdidos —digo derrotado.

—Ni hablar —contradice Andoni—. A ver esas fotos del ordenador. Si hay que hacer algo aburrido, pues se hace.

Nos pasamos un buen rato tratado de combinar algo decente. Al final, nos decidimos por chaqueta marrón con coderas, polo Ralph Laurent de cuarta mano, pantalones de pana y mocasines para mí; y falda corta (la que le da menos aspecto de zorra), blusa azul y zapatos de tacón para Mañana. Me gustaría que pudierais vernos. No digo que vuestra imaginación no sea buena —ha sostenido el relato hasta aquí— pero seguro que si estuvieseis en esta habitación, os reíais a gusto.

—Perfecto —dice Andoni—. Ha llegado el turno del maquillaje.

—Que Dios nos pille confesados —murmuro.

Mañana mira sus pies demasiado grandes y se muerde el labio inferior.

—Vamos, Cacho —dice—. Al final, no ha quedado tan mal.

—Si tú lo dices… Como mínimo, extravagantes, no se

podrá decir que no somos.

—Eso os puede jugar a favor, ¿verdad, Mañana? —pregunta Andoni.

—Sí, podría muy bien ser.

—Venga, no hay tiempo que perder —añade Andoni abriendo el bolso grande de color negro—. Aquí tengo todo lo que necesitamos para una buena caracterización.

—Sí, no hay tiempo que perder —digo resignado.

Andoni esparce todo el contenido del bolso encima de la mesa de delante del sofá y empieza a observarnos. Si no fuera porque ya lo he calado, diría que su mirada parece profesional.

—Veamos, tú eres…

—La duquesa de Pardo —dice Mañana.

—¿Pardo? Mmm, eso puede ser un principio…

Andoni se pone manos a la obra. Le coloca una pasta de color marrón y luego la pinta. Prefiero no mirar hasta que haya terminado. No por nada, pero mis nervios ya no son lo que eran. Cuando Andoni anuncia que ha completado su obra, examino a Mañana con cuidado.

—¿Qué te parece? —me pregunta ilusionado. Me cuesta encontrar las palabras.

—¿Un poco «novia cadáver», no? —musito.

—¿A que sí? —contesta entendiendo la crítica como un elogio—. Venga, ahora vamos a por ti.

—Vale —digo mirando de reojo a Mañana en busca de su protección.

—Veamos —dice Andoni—. ¿Tú eras…?

—El conde de Andrade —digo intentado sonar aristocrático.

—Mmm, creo que un conde necesita un buen bigote.

—¿Un bigote? Pero si tenemos que estar allí en un rato, ¿cómo esperas que me crezca un bigote? ¿O es que también vendes crecepelo?

—Relájate, grandullón. Me refiero a esto —dice Andoni mostrándome un postizo.

—Ah, lo siento —farfullo—. He perdido los nervios.

—Bigote, ¡qué buena idea! —exclama Mañana.

—¿Y no se me caerá? Tiene que ser a prueba de bombas. Piensa que si nos descubren, puede ser muy peligroso.

—Tú tranquilo —me dice Andoni poniéndome una mano en el hombro—. Tengo el mejor pegamento del mercado.

—Está bien —contesto.

—Primero te pongo un poquito de nada de base, ¿de acuerdo?

—¿Base? ¿Qué es eso?

—Solo para darte un poco de tono.

—¿Es estrictamente necesario?

—Parecerá que no lleves nada, no te preocupes, es solo para quitarte el cansancio de la cara.

—Confía en él —dice Mañana.

—¡Está bien, está bien! Haz lo que tengas que hacer.

—Entonces, primero un poquito de hidratante —dice Andoni mientras me unta con una crema refrescante que, la verdad sea dicha, me sienta de maravilla—. Hay que cuidarse un poco más el cutis, ¿eh, Cacho? Y no me vengas con que eso son cosas de mujeres. Como dice una amiga: «La piel no tiene sexo».

Con tanta cremita y tanta historia, me quedo dormido. Al cabo de un rato me despiertan esas dos locas adorables. Agarro un espejo de Andoni y me miro. No parezco yo. Mi piel tiene un tono más oscuro del habitual, como bronceado, y, además, un gran mostacho —a lo Nietzsche— decora el centro de mi cara. En conjunto, tengo un punto teatral y extravagante que, creo, pegará con el porte aristocrático que hemos ensayado. Es todo tan increíble, que igual acaba resultando creíble: nadie se atrevería a hacer aposta una imitación tan mal hecha.

—*Chicken run* —digo con una sonrisa.

—¿Y eso? —pregunta Andoni.

—Eso quiere decir 'allá vamos' —contesta Mañana.

—Entonces, ¡que tengáis suerte!

Antes de salir en dirección a El Pico de Oro, y por lo que pueda pasar, decido llamar a Remedios; seguro que la mujer está esperando noticias de su marido. No sé muy bien qué le voy a contar, pero no puedo demorar más este momento. Marco el número y espero. Al séptimo tono descuelga el teléfono.

—¿Remedios? Soy Cacho.

—Diga. —Su voz parece temblorosa.

—Tengo buenas noticias.

—Ay, por favor.

—Juan Ramón está vivo.

—¿De verdad? ¿Y cómo se encuentra? ¿Dónde está?

—Ayer por la noche la señorita Mañana y un servidor conseguimos entrar, de nuevo, en la sede de Los Caballeros del Alba Gris. No quisiera alarmarla, pero la cosa pinta mal.

—Ay, Dios —dice en una especie de grito ahogado—. Continúe, por favor.

—El señor Jiménez se ha metido en un buen lío. Parece ser que trató de robar un objeto de gran valor.

—¿Mi marido? Imposible.

—Señora, lo crea o no, esto es lo que sucedió.

—No comprendo, ¿qué objeto? —Remedios parece muy desorientada.

—Se trata de un arpa, un instrumento muy antiguo, de una cultura ya extinguida. Los Caballeros del Alba Gris la consideran algo sagrado y no les ha sentado nada bien que su marido tratase de agenciársela.

—¿Y para qué la quería mi marido?

—Siento tener que decírselo, señora, pero su esposo se dedica al contrabando de material robado.

Silencio incómodo. Casi puedo oír los engranajes del cerebro de Remedios calibrando si lo que digo puede ser cierto, o si, por el contrario, me he vuelto loco. Creo que decide aplazar el debate para más adelante.

—¿Y dónde está ahora mi marido? —pregunta cambiando el rumbo de la conversación.

—Lo tienen retenido. Escuche, esto es un poco complicado de explicar —digo buscando las palabras—. Quieren utilizarlo para una especie de rito.

—¿Utilizarlo? ¿En qué sentido?

—No está claro —digo eludiendo—. Como parte de la ceremonia.

—Pero esos rituales son inofensivos, ¿no? Una celebración del conocimiento, ¿verdad? O eso decía mi marido.

—En general, sí, pero, en este caso, nos encontramos delante de un hatajo de locos. Créame cuando le digo que esa gente no se detiene ante nada y que sus prácticas no son cosa de domingueros.

—¿Cree que la vida de mi marido corre peligro?

—Lamentablemente, sí.

—Entonces, ¿no deberíamos llamar a la policía?

Ahora soy yo el que se queda callado. Debo mesurar bien mis palabras. Tengo claro que ir a la policía sería un grave error. Pero entiendo que, en la cabeza de Remedios, y en el mundo en el que cree que vive, la policía es la solución a nuestros problemas.

—¿Cacho? ¿Sigue ahí? —me pregunta impaciente.

—Sí, sí.

—¿Entonces? ¿Voy a poner una denuncia?

—No servirá de nada —digo expeditivo—. Aunque, obviamente, si eso es lo que desea hacer, yo no voy a impedírselo.

—Si la vida de mi marido está en peligro…

—Remedios, escuche —digo interrumpiéndola—. Entramos en la sede de Los Caballeros del Alba Gris de forma ilegal. Si ahora vamos a comisaría y les contamos que tienen preso a Juan Ramón, ¿qué sucederá? En el mejor de los casos, la policía nos hará caso y se pasará por allí para tratar de averiguar algo. Aunque tengo el presentimiento de que, si esto sucediera, Los Caballeros les dejarían pasar sin ningún tipo de problema. No son idiotas, seguro que saben mantener las apariencias.

—¿Y si la policía encontrase a Juan Ramón?

—¿Usted piensa que lo tienen a la vista?

—No creo, señor Cacho.

—Correcto. Además, si hiciéramos eso, pasarían a estar al corriente de mis investigaciones y eso podría estropear nuestra única oportunidad.

—¿Nuestra única oportunidad?

—Como le decía, van a utilizar a Juan Ramón en el próximo ritual.

—¿Y eso cuándo será?

—Pasado mañana, o sea, domingo.

—Ay, Dios… ¿Y qué quieren hacerle?

—No creo que sus intenciones sean precisamente buenas, señora Remedios. Juan Ramón quería pegarles el palo y eso no les ha hecho ninguna gracia.

—Vaya.

—Aunque si lo que tengo en mente sale bien, quizás podamos salvar a su marido.

—¿Qué pretende hacer?

—Me presentaré el domingo y trataré de arruinarles la fiesta —digo intentando sonar convincente.

—¿Tiene un plan?

—Todavía no, pero estoy en ello. —Mierda, debería cuidar más los detalles.

—Yo no sé si podré aguantar tanta angustia —dice Remedios llorosa.

—No se preocupe, haré todo lo que esté en mis manos.

—No sé cómo agradecérselo, de verdad se lo digo.

—La mantendré informada.

Cuelgo el teléfono. Me gustaría tener tiempo para trazar un buen plan, pero no puede ser. Ahora toca olvidarse de Juan Ramón Jiménez, Los Caballeros del Alba Gris y el Arpa Dorada.

Esta va a ser una noche de perros, supongo.

Delante de mí, Mañana me ha dejado preparado el cinturón que lleva oculta, en la hebilla, la cámara con la que pretendo grabar todo lo que pase hoy en El Pico de Oro.

Me acerco al espejo que hay en el pequeño recibidor del viejo piso de la calle Diputació donde vive Mañana. Llevo la indumentaria que ha ideado, para mí, Andoni: chaqueta marrón con coderas, polo Ralph Laurent de cuarta mano, pantalones de pana y mocasines. Además, un portentoso bigote decora el centro de mi cara. No está mal. No parezco yo y eso es bueno. Aunque no tengo tan claro que vaya a colar como conde.

En el espejo, por detrás de mi imagen reflejada, aparece la figura de Mañana: luce falda corta, blusa azul y zapatos de tacón. Sus pies siguen siendo demasiado grandes.

—¿Cómo lo ves? —me pregunta.

—Como mínimo va a ser un buen intento —respondo tratando de infundir un poco de seguridad.

—Así me gusta, Cacho. Te veo optimista.

—Nunca he dicho que el mundo sea una mierda, creo.

Mañana estalla a reír. Luego dice:

—No es necesario decirlo para pensarlo.

—Correcto.

—¿Cómo vamos a ir hasta allí?

De pronto, recuerdo que hace tres días que no duermo en casa. Tres días que no me cambio de ropa y tres días que mi querida moto sigue en el taller. Tengo suerte de que las chicas me han acogido en su casa y de poder haber usado su lavadora, su baño, su cocina, su sofá y su paciencia. Se podría considerar que soy un okupa.

—La moto está todavía en el taller; no he tenido tiempo de ir a recogerla —digo abatido.

—De todos modos, tampoco creo que llegar en moto sea la mejor de las ideas —contesta Mañana—. No me imagino al conde de Andrade y a la duquesa de Pardo llegando en *scooter* a un restaurante como El Pico de Oro.

—Sí, tienes razón. Supongo que lo mejor será coger un taxi.

Mañana mira en dirección al suelo.

—Cacho, no voy a negar que estoy un poco nerviosa.

—Tú concéntrate en no perder el personaje y déjate llevar.

—¿Y cuál es nuestra relación? O sea, la de nuestros personajes.

—Habrá que intentar hablar lo menos posible. Pero en el caso de que tengamos que hacerlo, creo que lo mejor será presentarnos como amigos.

—¿Amigos?

—Sí, de todos modos van a pensar que somos amantes, pero me parece crucial que quede claro que no somos familia, ni nada por el estilo. Cada uno tiene su propio apellido y nuestras familias no están cruzadas.

—¿Para simplificar?

—Sí, y para no entrar en contradicciones. Si estuviésemos relacionados, tendríamos que inventarnos la biografía entera de nuestras vidas.

—¿Y si me preguntan algo personal? ¿Se supone que tengo familia?

—Creo que lo mejor será que te presentes como solterona.

—Vaya, eso no va a costarme mucho —dice Mañana con sorna—. ¿Y tú?

—Creo que voy a optar por decir que soy viudo. Me casé muy joven, víctima de un gran amor. Ella murió al caer de un caballo y, desde entonces, no he vuelto a estar con nadie más.

—Conmovedor.

—Sí, lo sé, tengo talento para el melodrama.

—A malas, siempre podemos adoptar un aire de distancia.

—Exacto.

—Al fin y al cabo, es de mala educación hacer preguntas personales, ¿no?

—Sí, de muy mal gusto —digo con una sonrisa—. Y sobre todo, no bebas mucho. No podemos perder el control de la situación en ningún momento, ¿de acuerdo?

—¡Entendido!

El taxi se detiene delante de las macizas puertas de hierro y madera del restaurante. Las letras doradas del cartel se reflejan, invertidas, en los cristales del coche —oıO ɘb ooiꟼ lƎ— creando un extraño efecto. Debajo del cartel, los gorilas de la otra vez —uno, calvo; el otro, con coleta— custodian la entrada.

Al bajar del coche, ofrezco mi brazo a Mañana; pienso que así potenciaremos nuestra identidad aristocrática, pero, mientras avanzamos con calculada dignidad, se cruzan por delante nuestro tres niñas que casi nos hacen caer de bruces. Al parecer, han decidido celebrar el viernes 13 disfrazándose de brujas.

—¡Será posible! —espeto molesto.

—Mierda —murmura Mañana.

Las niñas sueltan una carcajada, parece que se lo están pasando en grande.

—¿Qué has hecho, hermana? —sisea la primera.

—¡Matar puercos! —gritan al unísono las otras dos.

—¡Fuera, fuera! —exclama el gorila calvo tratando de patearlas.

Demasiado torpe para ellas.

Se alejan saltando y, cuando están a una distancia prudencial, le sacan la lengua. La tienen de color verde, a saber qué porquería habrán estado comiendo.

—Maldito día —se queja el gorila con coleta.

—No creo en supersticiones —digo airado mientras trato de recomponer mi figura.

—No sé dónde vamos a ir a parar —dice el portero calvo. Después nos dedica una mirada de arriba abajo. Se mira con su compañero y, acto seguido, nos vuelven a repasar enteros. Parecen sorprendidos por nuestros atuendos y no puedo culparlos.

—¿Los señores tienen reserva? —pregunta el calvo.

—Sí —respondo sin mirarlo.

Los gorilas parecen pensárselo.

—Adelante —dice, al fin, el de coleta, mientras nos abre la puerta con un brazo descomunal.

Penetramos al interior de un pequeño vestíbulo iluminado por lámparas de lágrimas.

Las paredes están llenas de espejos con marcos dorados y el suelo, recubierto por una alfombra que, me juego el sueldo, no debe ser de Ikea. Todo respira un desmesurado aire de ostentación.

Al fondo, un hombre vestido con chaqué negro nos espera detrás de un pequeño atril. Nos acercamos a él con paso lento. Mañana me aprieta el brazo con fuerza, creo que ella también está nerviosa.

—¿Los señores son…? —pregunta el hombre.

—Conde de Andrade y duquesa de Pardo —respondo con mi tono de voz más seductor.

El hombre de negro ni se inmuta, abre un inmenso libro de tapas negras que se apoya en el atril y carraspea. Se trata de la lista de invitados. Mañana y yo exhalamos al unísono. El hombre entorna un poco los ojos y empieza a recorrer con la mirada los nombres que tiene anotados. Llega al final de la página: parece que no estamos. Levanta los ojos y nos mira de arriba abajo. Pasa página y vuelve la vista al libro. Se orienta con un dedo. A ver si, al final, resultará que Rubén es un farolero. Ya me veo otra vez de patitas en la calle y los gorilas de la entrada no parecen muy amables con los impostores. Una gota de sudor empieza a caerme por la nariz —arrastrando, a su paso, parte del maquillaje que Andoni me puso con tanto amor— hasta llegar a la punta; ahí se detiene por un instante y, después, emprende un vuelo suicida en pos del suelo. Bajo la mirada y la contemplo diluirse, lentamente, en la espesa alfombra.

—Ah, sí, aquí les tenemos: conde de Andrade y duquesa de Pardo. Una reserva de última hora —dice el viejo con una sonrisa de satisfacción—. Hagan el favor de seguirme.

Mañana y yo respiramos aliviados: lo hemos conseguido.

No nos hacemos de rogar y, a través de otra puerta de madera maciza, marchamos hacia el interior del restaurante en dirección al comedor. Este es la cosa más recargada que yo haya visto nunca. El techo está forrado de una madera que parece antiquísima y que, además, está decorada con elaborados relieves. Las paredes, formadas por una combinación de paneles de madera y de seda, están atestadas de cuadros antiguos, de esos que hacen que se te ponga la piel de gallina y se te encoja el corazón: paisajes de otra época, casi míticos; diosas del pasado, ciudades que desaparecieron con el paso del tiempo, retratos de gente muerta que parecen mirarte al alma y demás lindezas.

El hombre vestido de negro dobla por una columna hacia la derecha y nos conduce a una mesa pegada a la pared; separa una silla, que parece de anticuario y, con gesto profesional, indica con la mirada a Mañana que puede proceder a sentarse. Luego hace lo mismo conmigo. Para terminar, enciende dos velas que reposan en un candelabro de plata y se va. Las llamas danzan reflejadas en los ojos de Mañana, dándole un aire de ninfa encantada. Y es entonces cuando me percato de que toda la sala está iluminada, de forma exclusiva, por luz de vela. Cada mesa tiene su propio candelabro y, del techo, cuelgan unas antiquísimas lámparas repletas, también, de velas; además, las paredes presentan candelabros de pared situados de forma estratégica para contribuir a una iluminación homogénea. Tengo que decir que el efecto es espectacular e incluso diría natural. Nada que ver con las bombillas de bajo consumo que acuchillan nuestras retinas en la actualidad.

—¡No me dijiste nada! —digo emocionado.

—¿Nada de qué?

—De que el comedor era tan bonito.

—Ostras, la verdad es que como estuve todo el tiempo sirviendo sin parar, no tuve tiempo para disfrutar de las vistas.

De golpe, me asalta una duda.

—Oye, ¿no te van a reconocer?

—No lo creo. La mayoría de camareros son distintos de los de la otra vez.

—¿Y el tipo que nos ha conducido hasta la mesa?

—Ese, el que menos.

—¿Seguro?

—No nos miró en toda la noche, ni se molestó en decirnos su nombre. Creo que se piensa que es de una casta superior.

—Vaya.

—De todos modos, aunque a alguien le sonara mi cara, dudo que tuviera la valentía de preguntar. No te olvides que ahora estamos arriba de todo de la pirámide. Una impertinencia así por su parte podría costarles el trabajo.

Tiene razón. Otra cosa sería que me viera alguien de la cocina. Estoy seguro de que Miguel, el friegaplatos con el que trabajé codo con codo, o Julián, el encargado con problemas de incontinencia, deben acordarse de mí. Pero estos no es probable que se fijen en nosotros. De todos modos, habrá que estar alerta. Esta podría ser una noche complicada.

—Por cierto, ¿has visto la carta? —pregunta Mañana, mientras con los ojos señala encima de mi plato.

—¿Qué le pasa? —respondo mientras cojo la hoja que descansa delante de mí.

—Échale un vistazo.

Lo hago. A primera vista no me parece que tenga nada

raro.

—Una colección de platos excelsos, era de esperar, ¿no?

—No me refiero a los platos —dice impaciente.

—¿Entonces qué?

—Los precios no están escritos.

—¿Cómo? —digo comprobando en mi propia carta—. Te equivocas. Sí que están.

—¿Y eso? —Su incredulidad es inmensa.

Pausa. La miro. Ah.

—Creo que es una costumbre en este tipo de locales —digo recordando algún programa de la tele donde lo habré oído—. La carta de la chica nunca lleva los precios.

—¿En serio? —dice Mañana con una gran sonrisa.

—En serio.

—Creo que esto me está empezando a gustar.

—Relájate y disfruta —digo bajito para que no nos oigan—. Y, por cierto, no pidas la «langosta con oro, gambas y oreja».

—¿Y eso?

—Vale más que mi moto.

—¿El oro se puede comer?

—Parece ser que sí —digo entre dientes—. Lo mejor será que pidas la sopa.

—Vaya, que decepción.

—Te recuerdo que estamos aquí por trabajo.

—Vale, vale.

Mañana me hace un gesto con los ojos: de puntitas se acerca un camarero. Va equipado con una libreta de piel y un bolígrafo dorado. Me regalaron uno igual por mi primera comunión.

—¿Los señores ya saben qué van a tomar?

—Sí —respondo con aire grave—. Para mí, sopa de pescado y lubina con explosión de aromas.

—Muy bien —dice el camarero mientras termina de anotar —. ¿Y la señorita?

—Para mí una ración de ostras y la langosta con oro,

gambas y oreja.

Casi me da un ataque de ansiedad al oírla. Por suerte, me propina una patada en la espinilla que me devuelve a la realidad.

—La señora tiene un gusto exquisito, si se me permite decirlo. —Mañana aprueba el piropo con un gesto de la cabeza—. Para beber, ¿qué tomaran los señores?

Todos me miran.

—¿Vino?

—¿Alguno en especial?

—¿Blanco?

—¿Los señores desean consultarlo con el sumiller?

—Sí, perfecto —responde Mañana.

—Muy bien, enseguida vendrá —dice el camarero, y se larga.

—¿Qué coño es un sumiller?

—Es el experto en vinos, Cacho, que parece que vengas del pueblo.

—Seguro que intenta colarnos el más caro de la carta.

—No te preocupes, sé un poco de vinos, yo me encargo.

—¿Y era necesario pedir la langosta? Habíamos quedado que…

—No seas agarrado, estoy tratando de dar un poco de verosimilitud a nuestros personajes. El vestuario ya es raro, la forma de hablar también y si, encima, pedimos la sopa del día y chistorra con patatas, ¿no crees que van a sospechar?

—De acuerdo, pero sigo pensando que no era necesario pedir el plato más caro de la carta.

—Además, la otra noche me harté de servir la dichosa langosta. Nunca pensé que tendría ocasión de probarla. Así que me he dicho: ¡qué demonios!

—Muy bonito —digo mordiéndome el labio inferior. Y justo cuando me dispongo a añadir otra de mis quejas, llega el sumiller.

—Buenas noches.

Mañana y yo levantamos la vista y nos encontramos con un tipo regordete, repeinado hacia atrás y con una sonrisa de oreja a oreja. Lleva una pequeña taza de plata colgando del cuello; supongo que para probar los vinos. El conjunto me hace pensar en un san bernardo refinado.

—¿Qué tipo de vino desean tomar los señores?

—Ya que estamos de paso por esta maravillosa ciudad —dice Mañana potenciando su acento castizo—, estábamos pensando en un… ¿Cómo se dice? Ah, sí, un Penedès.

—«Bravo», pienso para mis adentros, al menos así no nos van a clavar con uno de esos vinos franceses tan caros.

—Si los señores quieren probar un vino blanco catalán, entonces les propongo un Milmanda o un Nun.

—Anoche, en casa de unos amigos bebimos el Milmanda —dice Mañana—, pero este que nos recomienda usted, no lo conozco.

—Entonces el Nun, sin duda. No pueden irse de aquí sin haberlo probado —dice el sumiller satisfecho—. Es un vino muy exclusivo que proviene de una pequeña finca de solo 0,9 hectáreas: La viña de los Taus. El propietario ha recuperado unos antiguos viñedos familiares de más de sesenta y cinco años de antigüedad, un verdadero tesoro.

—Vaya —se me escapa.

—Hará un maridaje perfecto con su lubina salvaje, caballero.

—Que sea el Nun, entonces —dice Mañana.

—Perfecto —concluye el sumiller—. Y se va frotándose las manos.

—Supongo que el vino este tampoco debe ser baratito, ¿no? —digo yo en voz baja.

—Creo que en tienda está sobre los cuarenta euros, o sea que aquí…

—Es igual —digo—. Prefiero no deprimirme y disfrutar.

—¡Esa es la idea! —exclama Mañana animada.

La comida transcurre de forma tranquila y apacible. La verdad es que el nivel de los platos es espectacular. La sopa de pescado tiene la textura justa que permite que la boca se relaje; ni demasiado líquida, ni demasiado espesa. Y, a juzgar por la cara de felicidad de Mañana, las ostras las deben haber traído directamente del mar a la mesa. Los segundos platos hacen honor a los primeros. La lubina salvaje tiene la carne contundente del pez que ha nadado en libertad y hay que reconocer que la «explosión de aromas» que la acompaña —y que consiste en una serie de raviolis cada uno relleno de un gusto y un aroma distinto— está riquísima. Mañana parece disfrutar de su langosta también. De hecho, no hablamos mucho durante la comida. A veces, cuando lo que se degusta es muy bueno, se requiere de la más completa atención.

Después de que nos retiren los segundos, decido empezar a trabajar un poco.

—Creo que voy a darme una vueltecita, a ver si descubro algo —digo.

—Ándate con ojo —replica Mañana—. De momento, hemos conseguido pasar desapercibidos, pero quién sabe.

—Descuida.

Me levanto con la intención de ir al baño. Durante el recorrido quiero hacerme una idea del personal que cena esta noche. Así que ando como si tuviera un uñero y me dedico a observar a mi alrededor. Armani, Gucci, Louis Vuitton, Valentino, Prada; solo por nombrar las marcas que me suenan. Un hatajo de sesentones podridos de dinero. Es difícil sacar ninguna conclusión de todo esto, aparte de que compran la ropa en Passeig de Gràcia.

El lavabo es una sala espaciosa, iluminada también por luz de vela. Todo en él rezuma grandeza. El mármol de la pica es tan antiguo que bien podría proceder del taller de Miguel Ángel. Los venerables grifos parecen de oro, aunque con tan poca luz no podría asegurarlo; no serían los primeros. De todos modos, por muy glamuroso que sea el baño uno siempre acaba haciendo la misma actividad que, dicho sea de paso, no es que tenga mucho encanto. Así que, cuando termino de mear, me lavo las manos en la pila, cojo una toalla de un montoncito y me las seco. Listo.

A la salida, dejo que mi mirada vagabundee mientras vuelvo cubriendo el trayecto opuesto al que he usado para venir. Los comensales son muy parecidos y, de hecho, podrían ser el reflejo de los del otro lado, como si en realidad la sala fuera la mitad de pequeña pero su contenido estuviera duplicado por un espejo. Justo cuando empiezo a divisar la mesa donde Mañana mira la carta de postres, se me aparece una cara conocida. Un hombre cuyo rostro no olvidaré nunca: H. P. Ras.

Dudo unos segundos. Si me reconoce estoy perdido. Por otro lado, si quiero llegar al meollo de la cuestión voy a tener que arriesgar. Así que aflojo el paso un poco. Ras levanta la cabeza. Por unos segundos puedo ver como la duda se instaura en sus ojos. Su base de datos mental está comparando mis rasgos faciales con sus archivos.

De golpe, sacude la cabeza y suelta:

—Usted debe ser el conde de Andrade, ¿correcto? —dice levantándose y ofreciéndome una mano. Parece que no me ha reconocido.

—Sí —digo tratando de que no se me note el acojone—. ¿Con quién tengo el placer?

—Ras, H. P. Ras —responde sumiso.

—Encantado, señor Ras —hago una breve pausa y luego añado—: No recuerdo tener el placer de haberlo saludado antes.

—Tiene usted razón, no hemos sido presentados. Pero, justamente, esa es la cosa —responde con una sonrisa de oreja a oreja—. En este humilde restaurante todos nos conocemos las caras y no debe sorprenderle que la noticia de que un *Grande de España* tenga a bien acompañarnos haya corrido como la pólvora.

¿Grande de España? Rubén se ha pasado tres pueblos. Yo que pensaba que estábamos siendo discretitos y, ahora, resulta que somos el puto centro de atención.

—Acabamos de llegar de la capital. Precisamente, estamos aquí porque esperamos mucho de esta velada —digo en tono enigmático.

—Ah —responde Ras con una sonrisa—. Señor conde, ¡le aseguro que esta noche lo vamos a pasar en grande! —exclama haciendo chocar las manos.

—Perfecto.

—Por cierto, ¿me permite que le presente a mi esposa? —pregunta señalando a la mujer que tiene delante.

—Será un placer —digo girándome hacia ella.

Lo que me encuentro da un poco de miedo. Es una mujer tan delgada que se le marcan todos los huesos de la cabeza y de las extremidades. Asimismo, las clavículas y las costillas parece que están a punto de perforarle la piel. Viste de riguroso negro y va maquillada con tonos oscuros. El despeinado a lo Helena Bonham Carter tampoco añade mucha alegría al conjunto. Me ofrece una mano para que se la estreche. Lo hago. El tacto es flojo, como nieve bajo el sol.

—María González Reyerta —me dice como si estuviéramos en la escuela. O quizás intenta impresionarme con un linaje que, sinceramente, no conozco.

—Encantado, señora González —digo tratando de sonar educado.

—Mi esposa vivió quince años en Madrid —dice Ras—. Es una gran amante de su ciudad.

—Sí, lo pasé fenomenal durante ese tiempo —susurra María. Tiene voz de contralto.

—Oh, ya veo —digo titubeando.

—En Madrid sí entienden ustedes de clase —añade con una sonrisa—. ¿De qué barrio…?

—Salamanca.

—¡Precioso! Fui a muchas fiestas allí. Yo vivía en la

233

Moraleja. Es extraño que no coincidiéramos nunca, ¿verdad?

Silencio de pánico.

—Casi siempre estoy fuera —titubeo—. Sudamérica. Ya se sabe, los negocios.

—Claro, claro —dice María con su grave voz—. No quería ser indiscreta.

—En cualquier caso, el destino ha hecho que coincidamos esta noche —digo con la esperanza de que no me haga más preguntas.

—¡Qué bien!

—Quizás el señor conde deseará regresar con su adorable acompañante —interrumpe, por fortuna, Ras—. No debemos retenerle más tiempo, querida.

—De acuerdo. Ya nos veremos más tarde —dice María González pasándose la puntita de la lengua por los labios resecos. Luego me mira y añade—: Esta noche no la olvidaremos en mucho tiempo, ¿a que sí? —Hay un punto de jovialidad en su voz que me inquieta.

—Eso espero… Ahora, si me permiten —digo poniéndome tieso—, hay una señorita a la que no debo hacer esperar más.

—Claro, claro —responde Ras—. La duquesa debe estar impaciente. —Y añade—: Luego habrá tiempo de sobra.

Hago un gesto con la cabeza, entre aprobativo y satisfecho, y prosigo con mis andares hasta llegar a mi mesa. Una vez allí, me desplomo en la silla.

—¿Se puede saber con quién coño estabas hablando, Cacho? —me suelta Mañana antes de que pueda abrir la boca.

—H. P. Ras —respondo con un hilo de voz.

—¡No jodas! —se le escapa, un poquito más alto de lo que sería deseable.

—Sí. Baja la voz.

—¿Y qué hace aquí?

—No tengo ni idea —digo—, pero tiene la virtud en-

234

trometerse en todos mis casos.

—¿Te ha reconocido?

—No —Suspiro aliviado.

—Ya te lo dije, Andoni es un profesional. Si no tiene un Goya es porque los de la Academia son unos inútiles.

—Quizás si hiciera una película, eso ayudaría —digo con sorna.

—Muy gracioso.

—La cuestión es que creo que estamos bastante cerca de desentrañar este misterio.

—¿Te ha hablado de los perros? —pregunta Mañana mordiéndose el labio.

—No, pero me ha dado a entender que después de la comida empieza el espectáculo.

—Perfecto, esperemos que la cámara oculta funcione bien esta vez.

—Lo hará —digo convencido de mí mismo. Y añado—: Lo he pasado fatal.

—¿Por qué?

—Su esposa vivió quince años en Madrid.

—¡No!

—Pero tranquila, creo que ha colado. No la he dejado que me preguntara mucho.

—Menos mal —concluye Mañana con un suspiro.

Me acomodo mejor en la silla. No debemos perder la calma.

—Por cierto —digo—, la lista de la otra vez, ¿cuándo la repartieron?

—¿Qué lista?

—Donde leímos el nombre de Johnny. —Mañana no parece comprender—. La que me enseñaste en el lavabo —añado.

—¿En el lavabo?

—¿Te has acabado el vino tú sola? —pregunto levantando la botella. La miro a contraluz: está vacía.

—Sí, ¿qué pasa? —dice Mañana desafiante—. Me has

dejado sola mucho rato.

—Vaya excusa.

—Un vino de la hostia —murmura con la lengua blanda.

—Mañana, concéntrate, ¡por favor!

—Sí, la lista, la lista; ya sé de qué me hablas —farfulla, dando a entender que soy un plasta.

—¿Cuándo la repartieron?

—Después del postre —dice, por fin.

—Entonces habrá que tomar postre —digo resignado.

—Y café —añade ella.

—Y café, claro.

Los postres nos llevan a un orgasmo a distancia. No lo digo como metáfora. Lo digo en sentido literal. En un buen restaurante, se puede saber si el último plato está a la altura de los que le han precedido porque, cuando llega, los comensales se miran y empiezan a comer sin esperar siquiera a que el camarero se marche. Acto seguido, se produce una expansión de sus conciencias, en parte por las propiedades químicas de cada elemento utilizado (azúcar, cacao, canela, menta, jengibre o lo que sea), pero, sobre todo, por la alquimia que el cocinero ha obtenido al mezclarlos.

¿Cuál es el secreto de la alquimia? La transmutación. Todo se reduce a eso. Un buen postre es más que la suma de sus elementos.

Mañana y un servidor, uno a cada lado de la mesa, comemos despacio —crema quemada con rosas, yo; bizcocho de chocolate, naranja y pera, ella— con los ojos entornados. En apariencia, cada uno en su mundo, aislados; en realidad, nuestras almas danzando juntas por encima de la mesa.

Las últimas cucharadas terminan con los últimos suspiros y los postres se acaban.

Con los cafés, llega la sorpresa que tanto habíamos ansiando: la lista con los nombres de perros de esta noche.

—Cacho —dice Mañana señalándomela con la mirada.

—La he visto —respondo mientras la cojo con la mano.

Echo un vistazo rápido. Es muy similar a la de hace un par de días. Consiste en una treintena de nombres de perro y unas casillas en las que marcar nuestras preferencias.

—¿Sigue Johnny en la lista? —pregunta Mañana—. ¡No lo veo!

Repaso los nombres de los perros a toda marcha.

Pausa.

—*Chicken run* —respondo—. Johnny sigue en el juego.

—¿Dónde?

—El penúltimo.

—Lo marco —me dice emocionada.

—¿Estás segura? Eso quiere decir que le va a tocar pelear esta noche.

—La cuestión es que podamos hacernos con él —dice Mañana con una seguridad que me sorprende—. Además, no tenemos ni idea de qué tipo de peleas son. A mí hay algo que todavía no me cuadra.

—Y a mí tampoco —respondo pensativo—. Que sea Johnny, entonces.

Cuando la camarera, una caucásica de ojos azules y piel color arena, viene a por los platos vacíos del postre, recoge la lista con la punta de los dedos.

—Perdonen —dice con voz temblorosa.

—¿Sí? —digo con aire de impaciencia.

—La señora ha elegido un perrito delicioso, pero el señor no ha marcado ninguna casilla.

Tiene razón.

—¿Alguna recomendación en especial?

—Si le gustan peludas, yo iría a por Julieta, una akita joven y bien cuidada.

—Espléndido, espléndido —digo con una sonrisa mientras marco la casilla de la perra.

—Buena elección, señor. Que disfruten de la fiesta… —dice la caucásica mientras se gira para irse.

—Perdone —digo interrumpiéndola—. ¿La cuenta? —Espero no haber sonado muy brusco.

—Después de la fiesta —dice la chica, mientras me guiña un ojo. Luego se va, así que Mañana y yo nos quedamos solos en la mesa.

—Sea lo que sea, creo que tu perra tiene más posibilidades que Johnny —dice Mañana. Le noto esa especie de emoción que transmite la voz de alguien que ha hecho una apuesta y se dispone a ver la carrera. Mmm, ¿quizás se trate de eso?

—¿Y si son carreras de perros? —digo en voz alta.

—¿Cómo?

—Nada, no me hagas caso. Creo que empiezo a estar ansioso…

Todavía no he podido terminar la frase que un séquito de hombres entra en el comedor. Van vestidos de color verde oscuro y llevan en las manos lo que parecen vendas. Se sitúan detrás de cada uno de nosotros y proceden a taparnos los ojos. Con las manos compruebo que la cámara oculta que llevo en la hebilla del cinturón sigue ahí y la conecto. El hombre que me ha puesto la venda me hace levantar, me sitúa la mano encima de su hombro y, poco a poco, empieza a caminar. Le sigo. No sé a dónde me lleva ni si voy en la misma dirección que Mañana, pero, supongo que la fiesta queda, oficialmente, inaugurada.

Avanzamos a través del comedor del restaurante hasta que entramos, deduzco por los pasos que se ordenan delante y detrás de mí, en un corredor. A tientas, andamos por este en completo silencio alrededor de unos cinco minutos. La única ayuda que tenemos es el guía que sostiene nuestra mano en su hombro. Espero que Mañana siga en el grupo, que no esté muy lejos de mí. Con la venda puesta, no hay manera de comprobarlo. Me siento extrañamente solo.

De pronto, nos detenemos. Creo que hemos llegado a una sala o algo parecido, ya que noto que el resto de clientes empieza a situarse a mi alrededor, ocupando un espacio más grande. Entonces, el guía que me llevaba se aparta y la mano me cae, flácida, hacia el costado. Por lo que se puede escuchar, los demás guías están haciendo lo mismo con los otros comensales. Después, puede oírse un rumor de pasos que se alejan. Nos acaban de dejar solos con las vendas puestas. El corazón empieza a acelerárseme, anticipando lo que pueda suceder. Pero no tengo tiempo de concentrarme en mi miedo, ya que una voz de ultratumba rompe el silencio:

—Bienvenidos a la segunda jornada perruna del mes. Como ya saben, deberán despojarse de todo elemento de su vestuario, excepto la venda. A continuación, deberán ponerse a cuatro patas y buscar la entrada al *cynodrome*. Muchas gracias. Que disfruten de la velada.

El grupo reacciona, a tan sorprendente declaración, con gritos eufóricos y aplausos apasionados. Acto seguido, a mi alrededor, empiezo a percibir el sonido alto y claro que hacen al desnudarse. Calculo las opciones. Mierda, no hay opciones. La única posibilidad es hacer lo mismo que está haciendo todo el mundo. No me lo pienso dos veces y me lanzo a la acción como quién se tira de cabeza al agua. Me quito la chaqueta marrón con coderas, el polo Ralph Laurent de cuarta mano, los pantalones de pana y los mocasines. En estos momentos estoy en paños menores; ahora toca acabar de desnudarse por completo. En realidad, todos llevan los ojos vendados, o sea que supongo que no debería preocuparme, ya que nadie me va a ver. Me quito los calcetines, primero el derecho y luego el izquierdo. Al doblarme para efectuar la maniobra mi culo choca contra el costado de alguien; soy incapaz de discernir si es hombre o mujer. Va a ser una noche complicada. Me palpo los calzoncillos. Son unos viejos Punto Blanco que me regaló mi tía por mi cumpleaños. Menos mal que no los pueden ver, supongo que un Grande de España debe llevar otra marca de ropa interior. Me los quito y me despido de ellos casi como si fueran una parte querida de mi cuerpo. Me pregunto si Mañana debe estar desnuda también, y qué debe estar pensando. Lo que está claro es que los ricachones empiezan a estar ya en pelotas, porque empiezo a oír los chasquidos de sus articulaciones al ponerse a cuatro patas. La artrosis no perdona a nadie por mucho Jaguar que se tenga. Decido ponerme a lo perro también, no vaya a ser que sea el único que sigue en pie y eso me delate. Es una posición extraña. Los olores se intensifican y, de algún modo, la sexualidad se hace mucho más presente. Incluso diría que el ambiente va cargado, ya, de feromonas. A su vez, algunos de los presentes empiezan a aumentar el ritmo de la respiración, cosa que les da un aire perruno; como si jadearan. También empiezo a oír algunos tímidos ladridos e incluso algún que otro aullido. Por un momento dudo: ¿han entrado perros en la sala? No. Son los ricachones que están haciendo de perro. Los mismos respetables que antes comían langosta y mostraban unas maneras exquisitas, ahora se deleitan desnudos haciendo el can, y no en sentido metafórico.

De golpe, noto una cosa húmeda en mi parte trasera. ¡La madre de Dios! ¡Alguien me está husmeando el culo! Me giro airadamente y pego un ladrido de reprimenda. Quien quiera que fuese se aleja con un aullido de decepción. Esto de llevar los genitales al aire es un problema, ahora entiendo por qué nos ponemos pantalones, maldita sea.

La manada empieza, ahora, a moverse. Supongo que estamos buscando la entrada al *cynodrome* que ha mencionado la misteriosa voz. ¿Qué diablos será? Me veo empujado hacia delante por los otros ¿debería de decir perros? Supongo que sí. Me veo empujado, pues, por los otros perros y, poco a poco, vamos entrando por un agujero que no debe tener más de un metro de altura a otra sala que parece extrañamente y, porque no decirlo, agradablemente acolchada. Es un alivio, porque esto de ir a cuatro patas me estaba matando las rodillas. El espacio desprende un olor a desinfectante que, al menos, garantizará un mínimo estándar de limpieza. Eso me tranquiliza un poco. No me gusta andar desnudo y a cuatro patas por cualquier suelo. Si fuera perro, ya lo veo, sería perro de raza.

Cuando parece que todos estamos dentro, se cierra, de un portazo seco, la puerta por la que hemos entrado y los *perros* empiezan a aullar, emocionados, como si estuviera a punto de suceder algo extraordinario. Aúllo también, con todas mis fuerzas, para pasar desapercibido.

Entonces, vuelve a sonar la misma voz atronadora de antes:

—A continuación, estimados chuchos, pueden deshacerse de sus vendas. ¡Ah, y no olviden tomarse el huesito mágico!

¿Huesito mágico? ¿Qué diablos será eso? Trato de pensar a mil por hora, pero el murmullo de vendas cayendo por el suelo, me indica que no tengo más remedio que seguir la corriente. Así que me quito la venda. El panorama que descubro es terrorífico. Estoy seguro de que si Dante lo viera, añadiría un círculo más a su infierno. Una treintena de hombres y mujeres —en una habitación que, efectivamente, está acolchada a lo manicomio del siglo diecinueve— está a cuatro patas, pretendiendo ser perro; algunos babeando, otros rascándose unas, espero, imaginarias pulgas, otros persiguiéndose la cola, oliéndose el sexo o enseñando los dientes con aire defensivo. Lo más terrorífico de todo es tener que soportar la visión de unos cuerpos en tan clara decadencia. Digamos que, a partir de los cincuenta, la carne tiende a ceder inequívocamente a la fuerza de la gravedad y la posición a cuatro patas tampoco ayuda. Intento no ampliar demasiado el radio de visión, para tratar de acostumbrarme, a poco a poco, a tamaño despropósito. A mi derecha, un hombre con bigote y cara de bulldog babea

241

con más fuerza que las cataratas del Niágara mientras, apático, empieza a roer un hueso de galleta que tiene cogido entre las patas delanteras. A mi izquierda la cosa empeora. Reconozco, por su extrema delgadez, a María González Reyerta, la esposa de H. P. Ras, que observa atenta mis testículos como si se trataran de un calidoscopio fascinante. Cuando estoy por temerme lo peor, baja el culo a ras de suelo y se pone a mear. A nadie le sorprende, nadie dice nada. Tengo que apartarme para que el reguero no me toque. Después, la señora González procede también a comerse su galletita con forma de hueso. Cuando acaba, me mira y ladra, indicándome que me tome la mía. Bajo la mirada y, efectivamente, entre mis patas puedo ver el dulce. Supongo que no tengo más remedio que engullirlo, así que, ahí vamos. Con un movimiento certero del hocico lo cojo y empiezo a masticar. Al menos el gusto es aceptable, dulce al principio, salado al final. No creo que me vaya a pasar nada por comer una galleta de perro. De hecho, a mi alrededor, todo el mundo lo está haciendo y el crujido me está poniendo de los nervios. Mientras trago con lo que queda de ella, empieza, de nuevo, la voz atronadora:

—¡Y seguidamente, las parejas de baile!

Se producen aullidos de nuevo. Por lo que parece, los perros y las perras estamos muy excitados. No sé por qué, pero el concepto «parejas de baile» creo que no me va a gustar. Además, algo va mal. Empiezo a notar la boca pastosa, la mente poco clara y el cuerpo anestesiado. Creo que el huesito de galleta no era tan inofensivo como parecía. Esto puede ser un gran contratiempo, no contaba con ver mis capacidades intelectuales mermadas.

Una atronadora música inunda, ahora, el espacio. Me gustaría taparme los oídos, pero los perros no pueden, así que me aguanto. Me viene a la mente Miguel, el friegaplatos con el que trabajé en la cocina. Debe estar haciendo sus labores al otro lado de la pared, escuchando esta misma música y preguntándose qué pasa aquí dentro. Supongo que nunca podrá imaginarse que formé parte de *los otros*.

La voz interrumpe, de nuevo, mis lisérgicos pensamientos.

—¡Bribón! —dice jocosamente.

Se produce un silencio sepulcral. Al otro lado de la sala, una portezuela, convenientemente camuflada, se abre. Miramos, expectantes, el agujero de entrada por el que, de momento, solo se cuela una ligera brisa. Los perros empiezan a jalear hasta que, finalmente, entra en escena un yorkshire con aires aristocráticos. Nos giramos todos hacia el perro, que avanza hasta el centro de la sala y se detiene. Nos mira con ojos incrédulos: supongo que no entiende por qué un nutrido grupo de humanos, desnudo y a cuatro patas, le observa. Aunque no tiene mucho tiempo para pensar, porque el hombre con cara de bulldog ya se está acercando a él. El perro lo mira con desprecio e intenta ladrarle, pero también está drogado y lo único que consigue es un patético ruidito que no va más allá de su garganta. El hombre bulldog empuja con el hocico al yorkshire hacia un lado, cosa que provoca la histeria en el resto de la manada, que ladra con gran excitación.

Mientras, vuelve a sonar la voz:

—¡Tiritón! —reclama.

Es el turno, esta vez, de un pit bull que, la verdad, si no fuera por los ojos vidriosos, que indican un alto estado de embriaguez, daría mucho miedo. El perrazo avanza con aire decidido, bamboleando los testículos de un lado a otro, hasta que María González le sale al paso; entonces, se detiene y enseña una magnífica dentadura: yo no me acercaba a él a menos de diez metros. Por el contrario, María hace alarde de un gran atrevimiento, ya que no tiene problemas en contonearse a su alrededor y seducirlo para que se acerque, también, hacia un lado de la sala. Esto empieza a ser intolerable, una especie de delirio imposible.

Pero la voz no se detiene:

—¡Patitas! —prorrumpe.

Silencio.

Algo no debe andar bien porque no entra ningún animal. La manada empieza a ladrar, agresiva, como si, después de haber atravesado el desierto, exigiera un cuenco con agua. De pronto, un hocico asoma por la puerta: alguien está empujando al perro desde atrás. Al parecer el pobre está asustado y no quiere entrar. Al final, de un empujón, el animal es introducido en esta particular sala de torturas. Es un perro enorme —casi parece un caballo—, diría que se trata un gran danés aunque podría estar equivocado. El perro se hace a un lado de la sala y defeca: debe estar muy asustado. Entonces, una mujer, más cerca de los sesenta que de los cincuenta, se acerca trotando hacia Patitas. A pesar de tener el cuerpo muy arrugado, ostenta dos tetazas de silicona que se mueven de un lado para otro. Además, también tiene los labios operados y va teñida de rubio. Igual, vestida, da el pego; pero la combinación de la piel mancillada por el paso de los años sumada a los trabajos de mantenimiento, es un poco ofensiva a la vista. La tipa se acerca al perro y, con gran acierto, empieza a olisquear la mierda que este acaba de hacer. El gran danés se muestra satisfecho con tal acción y, ya más relajado, empieza a frotar su costado con el de la ricachona. La manada, satisfecha con el nuevo apareamiento, vuelve de nuevo la mirada hacia la portezuela por donde van entrando los perros. Es como una broma que no termina nunca.

—¡Johnny! —suena de nuevo la voz.

¡Claro! ¡Johnny! Por un momento había olvidado que soy un detective privado en horario de trabajo. También me había olvidado de Mañana, ¿dónde debe estar? Giro la cabeza a izquierda y derecha con la esperanza de verla, pero, debido a la rapidez del movimiento, solo consigo acentuar mi sensación de mareo. Entonces, noto un contacto detrás de mí: algunos perros se están moviendo para dejar paso. Me giro de nuevo y la veo avanzar, llena de dudas. *Chicken run*. Mañana ha estado todo este tiempo en la sala y, ahora, trata de recuperar a Johnny. El solo hecho de saber que no estoy abandonado a mi suerte, me reconforta.

Un perrillo entra, entonces, en la habitación. Es un delicioso chihuahua, igualito que el de la foto que me enseñó el señor Bernstein.

No hay duda: es Johnny.

Mañana continúa avanzando despacio, como si estuviera en el corredor de la muerte, y eso impacienta a la manada. Cuando llega a mi altura la miro de reojo, tratando de no despertar sospechas. Ella, con voz pastosa, me susurra de pasada «Cacho, esto es el infierno», y sigue avanzando. Mierda, yo la he metido aquí, si le pasa algo será responsabilidad mía.

Además, Mañana no pasa desapercibida. A medida que se va acercando a Johnny, los otros perros empiezan a excitarse. Puedo ver a H. P. Ras dar saltos hacia arriba mientras le sale espuma por la boca. Otro señor, con los ojos salidos de las cuencas, saca una lengua roja de, al menos, dos palmos. Dos perras más —adornadas con feas permanentes— se muerden la zona del cuello; otro perro con perilla ostenta una asquerosa erección. ¿Qué coño pasa? ¿Por qué se está excitando tanto la manada?

Madre mía.

Claro.

El misterio de Mañana.

Un misterio guardado celosamente, pero que ahora queda al descubierto. Mañana es, efectivamente, transexual. Es decir, que a parte de sus generosas tetas, ostenta entre las piernas un sable digno del Corsario Negro. Supongo que la extravagancia y la novedad es lo que está excitando tanto a tan selecto grupo de sexagenarios. La pobre Mañana llega como puede hasta Johnny y, con el hocico, lo aparta a un lado. Espero que, después de esto, no me odie de por vida.

La voz continua reclamando animales sin parar: «Patilla, Kira». Veo a los acompañantes que desfilan en busca de sus parejas de baile. «Sheriff, Maradona». Cierro los ojos e intento alejarme de esta locura. «Chispa, Guardián». No lo consigo: los nombres —antes cariñosos, ahora perversos y malvados— se me clavan en la cabeza. «Niño, Matador». Es como un baile obsceno y morboso. «Patitas, Wolfie». El ambiente de la sala se carga más y más. «Frufrú, Nika, Vani». El hedor animal me penetra por las fosas nasales hasta el cerebro. «Bola, Besito». El maquillaje se descompone a lo largo de mi cara. «Yaqus, Duc». Debo mantener la cabeza despierta, sino esto puede acabar muy mal. «Orejón, Colita, Shiva». Intento abstraerme, traer al presente algún recuerdo bonito —el día de mi primera comunión, por ejemplo, o esa vez que gané al póquer con dinero del Monopoly—, pero no lo consigo. Debo de tener un aspecto espantoso.

La voz me despierta de mi ensoñación:

—¡Julieta! —dice sonoramente.

Levanto una oreja.

—¡Julieta! —repite la voz.

Mierda, creo que es mi turno.

Giro la cabeza en dirección a la portezuela; por allí entra una akita negra y blanca, de verdad mona. Me alegro de que no sea una perra babosa.

Puedo notar, ahora, como los demás chuchos, que ya han encontrado su pareja canina, me miran desde sus rincones. Estoy solo en el centro de la sala. Soy el último. No me había dado cuenta. Avanzo, pues, de forma tímida hacia Julieta. Intento ir recto, pero, a causa del huesito alucinógeno, no lo consigo y voy haciendo eses hacia mi pareja. Al llegar a su altura veo que me observa, curiosa. No tengo muchos problemas para hacer que me siga a un rincón poco poblado de la sala. Mientras, la música continúa sonando y la voz truena de nuevo:

—¡Fantástico! —exclama entusiasta—. ¡Perros, perras! ¡Que empiece la fiesta! ¡No olviden que marcando los botones del panel pueden acceder a la bebida y la comida!

De uno de los laterales de la sala, se desplaza una de las placas acolchadas que sirven, supongo, para que no nos hagamos daño. De detrás aparece, efectivamente, un panel con botones gigantes. Cada botón tiene dibujada una cosa: cerveza, agua, vodka, *whisky*, salchichas, galletas, comida para perro y un sinfín de cosas más. A un lado, una portezuela, como de montaplatos; debe ser el sitio por el que se entregan los pedidos. Ahora ya no me queda ninguna duda. Al otro lado, Miguel, el pinche, debe estar a punto para lo que se pida.

Empieza la fiesta. Por todos lados las parejas comienzan un cortejo bestialmente repugnante. María González agarra el miembro del bueno de Tiritón y empieza a manipularlo arriba y abajo. El pobre animal, entre sorprendido y drogado, obtiene una presta erección. Se hace un corrillo alrededor de la pareja mientras María, todo el tiempo a cuatro patas, le ofrece su trasero. Los hombres perro que la rodean miran la escena y se relamen, lascivos, como si estuvieran delante de un buen hueso de jamón. Al poco, Tiritón se decide a montar a la perra humana. Así que trepa encima de esta —que se dobla ligeramente a causa del peso— y le introduce el nardo hasta el fondo. De los labios de María se escapa un profundo «ah» que parece salido de una gruta marina. El perro empieza a trabajarse a su amante con una cierta insistencia. Alrededor, los otros perros se están poniendo muy cachondos y, la mayoría, presentan erecciones legislativas. H. P. Ras decide tirar por lo sano y monta a la rubia de tetas operadas, sin consulta ni consenso. A ella no parece importarle, más bien lo contrario; a juzgar por sus gemidos de placer, le está encantando. A su lado, un señor calvo, al que se le marca el hueso frontal de manera desproporcionada, trata de lamerle el sexo a un pastor alemán, que no cede ante tan generosa propuesta y va haciendo círculos como si se persiguiera la cola. Tiritón aumenta el ritmo de sus envites, de tal modo que la cabeza de la señora González empieza, ahora, a chocar de forma periódica contra la pared. Por suerte para ella, esta está debidamente acolchada; aun así un hilillo de sangre le cae por la frente.

Me giro, pero la cosa no mejora mucho. Por toda la sala, perros y perras están siendo violentados, en lo que podría definir como el panorama más obsceno y degradante que yo haya observado nunca. En el otro extremo del recinto veo a Mañana que, junto a Johnny, me observa. Quizás me lo imagino, pero creo que está sollozando. No sé cuánto tiempo aguantaremos hasta que se den cuenta de que no estamos participando de la fiesta. Además, tenemos que huir de aquí como sea, y con Johnny. Y si puede ser con todos los perros. Lástima que la cámara se haya quedado en la entrada con los pantalones: esto no se lo va a creer nadie.

Un tremendo aullido y Tiritón, el bestial pit bull que se folla a María, eyacula en su interior. Esta gime con los ojos que se le salen de las órbitas y un palmo de lengua fuera. Tiritón saca, entonces, la espada del pastelito. Del agujero, cae todo el material genético que ha tenido a bien meterle; que brutalidad. No tardan en acercarse algunas perras humanas a lamerlo con ganas. Parece ser que no se puede desperdiciar ni una gota. En pocos segundos, se acercan los pocos participantes que todavía no habían consumido y que observaban desde la barrera —masturbándose—, y atacan a las perras lamedoras de líquido seminal, como si fuera el fin del mundo. El panorama es ahora desolador. Debo entornar los ojos para que tanto vicio no me pudra inmediatamente los huesos. No sé si es la droga alucinógena que contenía la galleta en forma de hueso que nos han suministrado al principio, pero me desmayo en una especie de ilapso redentor.

Una sensación húmeda en la sien me hace abrir los

ojos. No ha sido un sueño. Sigo aquí. No sé cuánto rato ha pasado desde que me desmayé, pero, ahora, al menos, parece que todo está un poco más calmado. A mi derecha, Mañana me mira con cara preocupada. A su lado Julieta no se mueve ni un milímetro. A mi izquierda, Johnny sigue lamiéndome la sien. Que bonico.

En la sala, ahora, los perros están separados de los hombres. Estos últimos comen y beben como cerdos, apoyados en la pared.

—Cacho, ¿cómo salimos de esta? —me pregunta Mañana.

—No tengo ni idea, pero creo que, antes que nada, necesito hidratarme un poco; me encuentro fatal.

—Yo también —concuerda mi ayudante—. Debe ser el efecto de la droga.

Así que nos acercamos al panel donde están dibujados los artículos que se pueden obtener. Casi parece como un juego de esos para niños pequeños. Aprieto el botón con la imagen de una botella de agua. Mañana aprieta otro con la imagen de unos frutos secos. Inmediatamente, se enciende una luz roja encima de la portezuela por donde se supone que debemos recoger los alimentos. Esperamos, pacientemente, hasta que la luz cambia a color verde. Mañana abre la puerta y encontramos una botella de agua mineral de un litro. A juzgar por las gotitas que caen por la superficie de cristal, debe estar congelada; o sea que, genial. Al lado, un cuenco repleto de frutos secos. Agarro la botella, quito el tapón de rosca y me la llevo a la boca. El líquido refrescante me hidrata y me calma un poco el dolor de cabeza. Luego se la paso a Mañana, que también le hace los honores. Para terminar, atacamos los frutos secos; su energía seguro que nos vendrá bien. Mientras nos los comemos, no cruzamos palabra alguna; apoyados en la pared acolchada, deglutimos en silencio y, a pesar de la música, que sigue reventando tímpanos y cerebros, disfrutamos del pequeño momento de calma. De hecho, deseamos que no termine nunca. Pero no tenemos esa suerte. Desde el centro de la sala, un hombre perro gordísimo nos está mirando. Creo que se ha fijado en Mañana. El hombre empieza a ladrar mientras se acerca. Mierda, las cosas ya son complicadas de por sí, a saber en qué situación nos va a meter el cerdo este; y más teniendo en cuenta la condición sexual de Mañana, por decirlo finamente.

—Cacho, me niego a mantener relaciones con nada ni nadie esta noche, ¿supongo que está claro, no? —me dice mientras pone la cara más seria que yo haya visto nunca.

—Mañana, solo puedo decir una cosa.

—¿Y es?

—Estamos jodidos.

El hombre perro llega hasta nuestra posición. De cerca, es incluso más asqueroso. Está empapado en sudor y todo su perímetro es un amasijo de carne arrugada y grasienta. Por no mencionar su culo, una especie de grano rojizo y gigantesco que le daría asco incluso a un mandril. Además, creo que en algún momento de la noche debe de haber defecado, porque hay claros bollones de mierda alrededor de su agujero. Para más inri, los pelos del culo le forman pequeñas rastas marrones.

Mañana se pone a cuatro patas en actitud desafiante. Quizás sea capaz de salir airosa de la situación. En cualquier caso, la lanza del perro en cuestión no apunta al cielo, con lo cual difícilmente va a poder ensartar el culazo de mi estimada ayudante; culo muy bonito, por cierto. El perro gordo empieza a rondar a Mañana, rozándose contra ella y tratando de darle lametazos en las tetas. A su vez, Mañana trata de apartarlo dándole golpes con el hocico. Es como una especie de danza extraña. Algunos perros se acercan y empieza un corrillo nuevo alrededor suyo. Mierda, esto no va a ayudar en nada. Enseguida, la temperatura relativa empieza a subir, los perros vuelven a sacar las lenguas y las perras a lubricar. Esta vez puedo mantener un poco más la calma. Al menos, tengo el cerebro hidratado. Creo que solo tengo una salida: debo intervenir.

Intervengo.

Gran idea, o sea que ahora esto se ha convertido en una especie trío. En el colegio no me prepararon para nada parecido. Trato de interponerme entre el hombre perro y Mañana, pero este me propina un mordisco en los testículos. ¡Será hijo de la gran puta! Me deja paralizado durante unos instantes. Y entonces lo veo claro. El tipo no quiere beneficiarse a Mañana, quiere lo contrario, que ella lo ensarte a él. Por eso trata de refregarle las nalgas por la cara, y por eso, también, se contonea como una abuela coqueta a la salida de misa. Mañana no podrá eludir el encuentro mucho más. El círculo perruno que tenemos alrededor nuestro se está cerrando y no se van a ir sin una recompensa a tanta espera.

De pronto, Mañana mete un rodillazo a las pelotas del hombre perro —que cae de espaldas con los ojos encharcados de lágrimas—, se gira hacia mí con cara decidida; se acerca y, cuando me tiene a su alcance, empieza a lamerme el hocico. El otro integrante del trío, viéndose apartado de la fiesta trata de saltar encima de Mañana, pero fracasa estrepitosamente y solo consigue que se le parta la dentadura postiza. En medio de la confusión, Mañana me susurra unas palabras al oído:

—Cacho, tú me has metido en esto y tú me sacarás.

—¿Y cómo diablos voy a…? —trato de responder, pero ya es demasiado tarde. Mañana se está situando detrás de mí y creo que adivino sus intenciones. Antes que liarse con el viejo sapo, prefiere sodomizarme. Cuando le dije al señor Bernstein que eran cien al día más los extras, no me estaba refiriendo a esto. Trato de objetar, pero ya es demasiado tarde. Mañana está encima de mí; puedo notar sus tetas en mi espalda y el inminente tacto rectal que está a punto de producirse. Cierro los ojos, a la espera del fatal momento. Es como estar subiendo la rampa de una jodida montaña rusa. Clac-clac-clac. Me viene a la cabeza la letra de ese viejo tema. *Sweet Transvestite*. Espero que, al menos, sea así, con dulzura.

Llega la bajada. Allá vamos.

El principio es brutal, desgarrador; luego mejora algo, poco. Supongo que si pudiera relajarme todo sería distinto, pero me es imposible. Estar rodeado por un coro de tarados, tampoco ayuda. Solo trato de resistir, como puedo, tan bizarro momento. Me alegro muchísimo de que la cámara oculta se haya quedado en la antesala.

Aguanto hasta que Mañana termina con un espasmo.

Nunca una iniciación ha sido tan extrema.

Espero que, al menos, esto haya sido suficiente para que nos dejen en paz el resto de la noche.

No es así:

—Un momento —nos interrumpe una voz familiar.

Mierda.

—Esto es un fraude. Conozco a este hombre.

Levanto la mirada y me encuentro con H. P. Ras. Trato de hacer lo que puedo:

—Pero que dice usted —farfullo—. Estamos disfrutando de una gran velada. ¡Guau!

—¿Y esto? —dice Ras acercándose y recogiendo el bigote postizo que, claramente, cayó por efecto de los envites de Mañana. Me toco la cara; está desnuda y con el maquillaje corrido—. Te voy a matar —añade Ras tratando de sonar amenazador, pero sin darse cuenta de que su cacahuete y sus canicas se mueven de un lado a otro, coreografiando su ira.

—Oh, tengo un problema con el vello facial, ¿sabe? —digo tratando de mantener el personaje—. Debo utilizar un postizo…

—Y una mierda, Cacho. Reconozco que me has engañado, pedazo de cabrón. Muy bueno el maquillaje, pero la fiesta terminó.

—¡El maquillaje! Te lo dije… —salta Mañana, mientras agarra a Johnny con las dos manos para que no se escape.

—Oh, que decepción, ahora que era mi turno —suspira María González mientras me guiña un ojo—. De todos modos, los pantalones de pana siempre me parecieron sospechosos.

—Poco aptos para un conde, supongo.

—En una cena de etiqueta, sí.

—Te lo dije —reprocho a Mañana.

—Silencio —atruena Ras, tirando el bigote a un lado—. Espero que os hayáis divertido, porque lo que viene a continuación no va a ser tan agradable.

—Quizás podamos hablarlo —digo tratando de sonar lo más convincente posible.

—Y una mierda de perro —dice Ras, y estalla en risas. Probablemente, todavía está medio drogado.

—Ejem… —Un hombre se le acerca y le da con el hocico.

—¿Qué pasa?

—Tienen al perro del sacrificio —dice el hombre señalando a Johnny con la mirada.

—Vaya por Dios —suspira Ras.

—¿Sacrificio? —murmuro atónito mientras Mañana y yo nos miramos con la boca abierta.

—Silencio —dice Ras arrancando a Johnny de las manos de Mañana. Luego añade—: La fiesta ha terminado.

Trato de decir algo que pueda salvarnos, pero enseguida nos cae encima una jauría de hombres perro enfurecidos. Nos golpean por todas partes. Tratamos de proteger los puntos débiles, pero al final no tenemos más remedio que dejarnos llevar por una danza macabra que nos conduce a la inconsciencia.

***

Despierto desnudo en una celda de apenas dos metros cuadrados, apaleado y magullado, con el honor por los suelos y habiendo fracasado en mi misión. Al menos, no he tenido que pagar la cuenta de la cena. El espacio está vacío; ni siquiera hay una vieja silla en la que sentarse; además, las paredes de fría piedra gris le dan un aire que no es, precisamente, acogedor.

A mi derecha, Mañana sigue inconsciente y no mueve ni un músculo. A través de un ventanuco, se cuela un rayo de luna que le da justo en los pies: siguen siendo demasiado grandes. A mi izquierda, descansa la ropa que nos quitamos antes de entrar en la sala de los horrores, que detalle que nos la hayan traído.

De fondo, a lo lejos, continúa sonando la música atronadora, o sea que la orgía debe ir por el segundo asalto. La ignoro y empiezo a vestirme: creo que esta noche he cumplido ya con el cupo de nudismo por los próximos cien años.

Estoy tan entumecido, que no puedo evitar pisar la mano de Mañana.

—¡Ah! —exclama dando un bote.

—Lo siento.

—No pasa nada —añade mientras se da friegas en la mano. Creo que no se ha dado cuenta de que sigue sin ropa.

—Estás en bolas —le digo.

—Lo que estoy es hecha una mierda.

—Ya somos dos.

—¿Y esto? —pregunta mirando alrededor.

—El Ritz.

—No es necesario ser sarcástico.

—¿Ah, no? —digo rabiosamente—. Pues que me perdone la *duquesa desnuda*.

—Vamos a calmarnos, ¿eh? —dice Mañana saliéndose de sus casillas.

Lo peor que se le puede decir a alguien que está nervioso es que se calme.

—¡Joder! —estallo.

—Cacho, ¿qué coño te pasa?

—¿Que qué me pasa? —respondo gritando—. Lo que me pasa es que creo que soy el peor detective del mundo, ¡y el más desgraciado! Esta noche me han drogado, desnudado, me he visto forzado a participar en una orgía inmunda, he perdido a Johnny y me han dado por atrás, ¡y no de forma metafórica! ¿Y todavía me preguntas qué es lo que me pasa?

—Lo siento —responde Mañana, y se pone a llorar. Eso me descoloca. Seguramente ella lo ha pasado bastante peor que yo, o como mínimo como yo…

—Siento haberte traído a este sitio espantoso —digo—. Si lo hubiese sabido…

—No pasa nada —murmura—, quería aventuras y las estoy teniendo.

—Te aseguro que esto sobrepasa cualquier cosa que yo haya visto jamás.

—Por lo menos estamos vivos —dice escondiendo la cara entre las rodillas—. Me das la ropa, ¿por favor?

—Claro —digo pasándole la falda corta, la blusa azul, los zapatos de tacón y un tanga semitransparente de color amarillo. No sé cómo puede caber su cosa ahí dentro.

—Gracias.

—Me giro —digo mientras empiezo a darme la vuelta.

—No seas idiota, Cacho.

Tiene razón, como siempre.

Observo cómo se viste, despacio, como si se preparara para una cita. Quizás es la última noche que veo a una chica vestirse, quizás hoy acabe todo; quizás debería prepararme para el encuentro con el último, macabro, chupito que me hará potar el resto de vida que me queda.

Cuando termina, Mañana vuelve a sentarse a mi lado. El maquillaje ha dibujado el recorrido de sus lágrimas de color negro.

—¿Qué va a pasar ahora? —me pregunta, mientras apoya la cabeza contra la pared.

—No creo que nos entreguen a la policía —respondo

meditativo.

—¿Entonces?

—Lo más probable es que traten de hacernos entender que lo que hemos hecho no está bien.

—Ya —dice Mañana con un ligero temblor en la voz—. ¿Y eso cómo se hace?

—Supongo que lo sabremos pronto —mascullo esperando que contraataque, pero se queda muda.

Mejor así, prefiero no tener que especular con lo que puedan hacer con nosotros. Ya está sufriendo bastante. En cuestión de unos días, ha entrado en contacto con una capa más profunda de la realidad; una capa más oscura que, normalmente, pasa desapercibida para el transeúnte; el tejido de dinero, poder y corrupción que dibuja la matriz en la cual nos movemos. En realidad, pienso que pueden hacernos cualquier cosa. Hemos ido a lo más profundo de su perversión y no creo que nos dejen ir de rositas.

—Deberíamos tratar de escapar —dice Mañana, de golpe, levantándose y empujando la puerta metálica que nos mantiene cautivos—. ¡Mierda, está cerrada!

—¿Te sorprende? —pregunto levantando una ceja.

—Quizás por la ventana —responde esta, tratando de trepar hacia el alféizar del ventanuco por el que se filtra la nocturna luz—. ¡Joder, está demasiado alto!

—Deja que te ayude —digo acercándome—. Pon el pie aquí, entre mis manos.

Mañana se impulsa, con el punto de apoyo que le ofrezco, en dirección a la ventana y consigue alcanzar el alféizar con las puntas de los dedos; pero cuando retiro mis manos, queda colgando, incapaz de trepar más arriba.

—Empuja, Cacho, ¡joder!

Me acerco y trato de poner sus pies en mis hombros. Cuando lo consigo, ella puede agarrarse un poco mejor y asomar la cabeza, pero justo en ese momento me flaquean las piernas y nos pegamos un leñazo de padre y muy señor mío.

—¡Lo que faltaba! ¿Es que hoy todo tiene que salir mal? —exclama Mañana desesperada.

—¿Te has roto algo?

—Creo que no —dice frotándose el tobillo derecho.

Pausa.

—Oye, ¿qué has visto? —pregunto.

—Nada, solo una reja de hierro macizo y unos pies que pasaban.

—¿Unos pies? —pregunto desconcertado.

—Sí, supongo que estamos por debajo del nivel del suelo. La ventana debe dar a la calle, justo a la altura del pavimento. ¡Qué mierda!

—Lo que pensaba —musito—, estamos encerrados y a su merced.

—Genial.

—Ni que lo digas.

Nos quedamos los dos mirando un punto fijo. A lo lejos se puede escuchar una gota que, inexorable, cae de forma constante.

—¡Los móviles! —exclama de pronto Mañana, y empieza a buscar dentro de su bolso.

Meto la mano en el bolsillo de mi pantalón. *Chicken run.* Ahí está mi teléfono, y de una pieza. Esto puede sacarnos de aquí.

—No hay cobertura —dice Mañana.

Compruebo mi pantalla. Nada.

—Mierda —digo de todo corazón—. Parece que esta es la noche perfecta.

Nos miramos, resoplamos y guardamos los respectivos teléfonos. Nos apoyamos en la pared de piedra y nos dejamos deslizar hasta el suelo con la esperanza de poder encontrar un poco de comodidad que nos permita pensar, pero nada positivo viene a mi mente.

Parece que Mañana sí que tiene algo que decir.

—Siento lo que ha pasado, Cacho —murmura.

—Todavía no he tenido tiempo para asimilarlo —digo

escueto.

Mañana me mira, y añade:

—¿Te duele eso?

—¿Eso? —La miro.

—Sí, ya sabes.

—Lo tengo un poco escocido —admito bajando la cabeza.

—Cuando lleguemos a casa te pongo una pomada —responde naturalmente, pero se detiene ante mi mirada censuradora—. O te la pones tú.

—Me sentiré más cómodo, gracias.

—Supongo que te debo parecer un monstruo, ¿no? —me pregunta mientras gira la cara en dirección a la pared.

—No.

—Entonces, ¿qué te pasa? —Continúa sin mirarme.

—Nada.

—Cacho.

—Está bien —confieso al fin—. Creo que esta noche te has aprovechado de la situación.

Pausa.

—¿Tú eres imbécil? —pregunta, no retóricamente, Mañana—. Que sea transexual no quiere decir que sea viciosa. ¿Te crees que me gusta ir metiéndola por ahí? Te aseguro que mi ideal de cita no es una orgía de perros.

—Aun así.

—¿Qué querías? ¿Qué me liara con el chucho ese asqueroso que me cortejaba?

—No era un perro, era un hombre.

—¿Un hombre? Más bien un viejo baboso y sucio. ¿Deseabas que me enrollara con eso? —me pregunta, desencajada.

—Hubiese sido mejor —respondo sin piedad.

—Idiota.

—Déjame en paz.

Pausa. Por el rabillo del ojo veo como Mañana se

muerde el labio inferior.

—¿Tú que hubieras hecho?

Pausa. Levanto la cabeza.

—¿Qué quieres decir?

—Si hubieses tenido que elegir entre la babosa o yo.

Otra pausa larguísima. La pregunta es justa, así que tengo que responder lo que es justo:

—Tienes razón, te hubiera elegido a ti.

—¿Incluso sabiendo lo que soy?

—Creo que… sí —admito.

—¿Entonces?

—Mañana, mi problema no es contigo —farfullo—; me gustas. El problema es eso que tienes entre las piernas.

—¿Eso? Lo puedes llamar por su nombre.

—Ya sabes, lo mismo que tengo yo…

—Polla, Cacho, se llama polla.

—Joder, entiéndeme. Al fin y al cabo, soy un tío bastante convencional. Ya lo ves; detective privado, soltero, arruinado… Incluso, diría, un poco casposo; y estamos hablando de jarabe de sodomía que has tenido a bien administrarme sin consulta previa.

Mañana se me queda mirando bobaliconamente, luego estalla en risas.

—¿Qué pasa ahora? —digo sorprendido.

—Nada, que la situación me parece divertida.

—¿Ah, sí? Y qué la hace tan divertida, si se puede saber.

—De tan extravagante, ¿no crees?

Me rasco el cuello.

—En fin, si tú lo dices.

Por unos instantes no decimos nada, permanecemos callados, evitando mirarnos a los ojos.

—No sospechabas nada, ¿verdad? —susurra, finalmente, Mañana.

—¿De lo tuyo?

—Sí.

—Se me había pasado por la cabeza —admito—. En cualquier caso, no esperaba descubrirlo de este modo.

Mañana chasca la lengua produciendo un sonido que interpreto como de decepción.

—He intentado hacerlo con todo el cariño del mundo —dice.

—Dadas las circunstancias, gracias.

—No hay de qué.

—Pero podrías haberme avisado —le reprocho.

—¿Ah, sí? ¿Cuándo? —me pregunta abriendo mucho los ojos.

—Cuando viniste a dejar el currículum.

—Claro: «Hola, soy Mañana, transexual, ¿me das trabajo como ayudante?»

Su argumento es impecable, así que no tengo más remedio que bajar del burro.

—Está bien, tienes razón… —balbuceo tratando de encontrar las palabras adecuadas—. Supongo que no debe ser fácil…

—¿El qué? —pregunta Mañana, impaciente.

—Ser transexual.

Pausa.

—Lo hace todo un poquito más complicado, desde el amor al sexo, pasando por el trabajo y cualquier faceta que involucre relación.

—Ya.

—La gente asume cosas, solo por el hecho de ser lo que soy.

—Y cómo… —Medito la forma de mi pregunta—. ¿Cómo se toma una decisión de este tipo?

Mañana parece pensar su respuesta.

—No es fácil. Tampoco extremadamente difícil. En realidad, la decisión ha estado tomada desde siempre; sencillamente te has sentido mujer toda tu vida. Es un paso más dentro de la escala. —Se detiene un momento, sonríe y añade—: Después de la operación, el día que me quitaron las vendas, no me lo podía creer. Me maquillé sola en casa, solo por ver el efecto en conjunto. Y luego, estuve las siguientes semanas mirándome las tetas cada cinco minutos, como si tuviera miedo de que fueran a escaparse.

—Un buen trabajo, entonces.

—Cojonudo, un trabajo cojonudo. La mejor decisión de mi vida. A veces encontrar el camino implica tomar decisiones difíciles y pasar de lo que la gente diga.

—El maldito qué dirán.

—¡Uf!—exclama Mañana—. La verdad es que la gente se permite opinar de todo. Creo que hay mucha confusión alrededor de la cirugía estética.

—¿Qué quieres decir?

—A mí, mucha gente me decía que fuera al psicólogo.

—Ya.

—De hecho fui, de pequeña. Me llevaron mis padres.

—¿Y cómo fue?

—El hombre era un marica reprimido. Se ponía cachondo con mis historias y sudaba como un helado en el desierto.

—Vaya, un cerdo.

No creas, me caía bien. Podía ver en él en lo que me podría convertir si no seguía mi propio camino.

—¿Y cómo acabó la cosa?

—Al final les aconsejó a mis padres que simplemente no hicieran nada, que mi naturaleza se manifestaría de todos modos y que debían aceptarme.

—Vaya.

—Sí, mi padre casi le rompe la nariz.

—¿Qué dices?

—Pero mi madre lo pudo detener a tiempo.

Pausa.

—¿Y a la operación? —pregunto—. ¿Cómo reaccionaron tus padres?

Silencio.

—Mañana —insisto.

Pausa.

—Ya estaban muertos —dice esta finalmente—, o sea que se ahorraron la vergüenza.

—Ostras, lo siento —suelto como puedo; no me esperaba esta respuesta.

—No te preocupes, ya hace bastante de eso.

—¿Pero cómo fue?

—Un accidente de coche, mi padre se durmió al volante. Llegaron muertos al hospital.

—¿Cuándo?

—En el 2000.

—Joder, ¡no hace tanto!

—Cinco años. Para mí, una eternidad. Acababa de hacer los dieciséis.

—Entonces tú tienes… —digo interrumpiendo.

—Veintiuno.

—¡Vaya! —exclamo—. Pensaba que eras mayor.

Mañana me mira sorprendida.

—Esto qué es, ¿el anticumplido?

—No, entiéndeme, me refiero a que eres muy madura.

—¿Madura?

Mierda. Cada vez la cago más. Trato de arreglarlo.

—No físicamente, de forma de ser.

—Ah, vale. —Parece que se calma un poco.

—Pero entonces, ¿dónde has vivido todo este tiempo?

—En casa de mis padres.

—¿Sola?

—Sí, no tengo hermanos.

—Joder.

—No hay por qué compadecerse. Heredé la casa y una cantidad suficiente de dinero como para poder sobrevivir y estudiar.

—Investigación.

—Exacto.

—¿Y te dejaron vivir sola con dieciséis años?

—Vivía a caballo entre mi casa y la de mis tíos, que

eran mis tutores legales —dice Mañana suspirando—. Pero enseguida entendieron que era perfectamente capaz de valerme por mí misma.

—Pero ¿y la casa?

—La vendí a los dieciocho, para pagar la operación y el tratamiento. Lo que me sobró lo guardo para montar mi propia agencia.

—Vaya —murmuro. Luego miro a Mañana de pies a cabeza. Hasta hace un momento pensaba que había tenido una vida sencilla y agradable. Es curioso cómo tendemos a llenar el vacío biográfico de las personas con tópicos y tonterías. La verdad siempre es más complicada—. ¿Así que quieres montar tu propia agencia? —le pregunto.

—Cuando tenga la experiencia suficiente, claro.

—O sea que, cuándo te haya enseñado todo lo que sé, me vas a dar el palo; muy bonito —suelto haciéndome el ofendido.

—Exacto —responde Mañana riendo.

No puedo menos que unirme a sus carcajadas y fundirme con ella en un fraternal abrazo; nos quedamos así un rato, hasta que conseguimos sacar un poco del miedo que hemos pasado esta noche. Después, nos vamos calmando y poco a poco nos apoyamos, de nuevo, contra la pared.

—Joder, habrá sido duro —suspiro mientras me seco unas pocas lágrimas traidoras.

—Ha sido una vida diferente, pero todas las vidas lo son, ¿no?

—Supongo que sí.

—Pero has tenido que tomar tu sola un montón de decisiones, decisiones importantes.

—Quizás por eso te parezco «madura» —dice Mañana mientras me pellizca la oreja.

—¡Ah! Lo siento, joder, lo siento —digo tratando de apartar su firme mano.

De golpe, la luz de luna que entraba por la ventana se desvanece como si fuera un peliculero fundido a negro:

debe haber nubes en el cielo. Nos quedamos en silencio mientras la penumbra envuelve nuestros pensamientos más secretos. Me alegro de haber aceptado a Mañana como mi ayudante. Cada persona es un circuito, todo se reduce a conexiones, realidades, experiencias. No hay nada bueno ni nada malo.

—Cacho, ¿y tú no tienes novia? —me suelta como si fuera la cosa más importante del mundo.

—Joder, que pregunta más directa.

—No te asustes, no eres mi tipo.

—Estoy fuera de la carrera, en la cuneta, fumando un cigarro y tomando un respiro.

—¿Esperando a la siguiente?

—No estoy seguro de que vaya a haber una siguiente.

—Te vas a comer estas palabras algún día, ¿lo sabes? —me dice, mientras se toca el pelo.

—Puede, pero ahora estoy muy tranquilo solo.

—Te debían dejar hecho polvo.

—Quizás puse demasiada ilusión en algo que no lo merecía.

—O quizás te dejaron y no supiste aceptarlo.

—Puede ser.

—¿Cómo se llamaba?

—¿Y eso qué importancia tiene? —Trato de que entienda que empiezo a cansarme del tema.

—Es solo para ponerle una cara.

—Pero si te digo un nombre, ¿cómo vas a saber qué cara tiene?

—Eso es así, Cacho. Cada nombre tiene una tipología facial, como detective deberías saberlo.

Pausa.

—María.

—Mmm, vale —concluye Mañana. Me gustaría saber qué cara se ha imaginado, seguro que no se parece en nada a la realidad. Antes de que me haga otra pregunta decido contraatacar.

—¿Y tú? —pregunto.

—¿Yo qué?

—¿Has tenido novios?

—Claro —dice Mañana, y añade—: He tenido bastantes ligues y créeme si te digo que no eran maricas. Está bien, uno sí. En cualquier caso, te aseguro que con todos ellos tuve relaciones totalmente convencionales, ya sabes: ir al cine, al parque, a un museo o a cenar a casa de sus padres.

—Ya, pero yo te he preguntado por novios, no por ligues.

—¿Qué diferencia hay?

—Mañana…

—Está bien —dice admitiendo la enmienda—. Enamorarme, solo me he enamorado una vez.

Trago saliva y pregunto:

—¿Cómo fue?

—Es un poco absurdo. En realidad no lo llegué a ver nunca.

—¿Y eso?

—Mejor que comience por el principio —dice arrugando la frente—. La culpa fue de ese maldito portátil que me compré. Fueron los reyes del 2000, me acuerdo porque había toda la paranoia esa de que el mundo iba a colapsarse, aunque nada de eso pasó.

—Sí, que locura.

—Ese fin de año, decidí quedarme en casa, no me apetecía salir, me sentía deprimida, o deprimido, bueno, lo que fuera. Estaba con el duelo por lo de mis padres y no quería ver a nadie. Entonces, tuve la genial idea de conectar el ordenador a internet y descubrí el apasionante mundo de los chats.

—¡No!

—Ahora puede parecer una cosa ridícula, pero hace unos años era casi como estar en una película de ciencia ficción. Me encantaba hablar con extraños y ser quién quería ser.

—Yo también he chateado alguna vez —digo—, quién sabe, a lo mejor hemos hablado y todo.

—No lo creo, te acordarías de mi alias.

—¿Cuál era?

—Mañana —dice Mañana con una sonrisa.

—Claro —digo golpeándome la frente—. Y, supongo que, al final, conociste a alguien.

—Exacto. Miau.

—¿Cómo dices?

—Miau. Se llamaba Miau.

—Y te enamoraste.

—Sí.

—¿Y él?

—También, claro. Solo que se pensaba que yo era una chica.

—¿Nunca os visteis?

—No. Fueron dos años de chat y de teléfono. Me daba demasiado miedo contarle la verdad. Era demasiado perfecto como para arriesgarme a perderlo.

Mañana se queda callada, puedo ver a través de su mirada que sus pensamientos se han instalado en el pasado.

—¿Y al final lo descubrió? —le pregunto.

Me mira.

—Se lo dije yo —responde.

—¿Por qué?

—Por miedo.

—¿Miedo? Pero no decías…

—Otro tipo de miedo.

—No te sigo.

Pausa.

—Se lo dije la noche antes de la operación. Por si acaso algo iba mal.

—Entiendo.

Nos quedamos callados por unos instantes.

—¿Y pensabas contarle, también, lo de la operación?

—pregunto tímidamente.

—Sí, pero no me dejó. Cuando le expliqué el engaño, me colgó el teléfono. Traté de comunicar de nuevo con él, pero fue imposible. Abandonó el chat y, supongo, tiró el móvil al río.

—¿Y nunca trataste de localizarle?

—No.

—Pero quizás pasó algo que…

—Lo único que sucedió es que le engañé y no debía haberlo hecho —dice Mañana resolutiva—. Además, todo eso ya pasó. Después de la operación la vida empezó de nuevo para mí, así que decidí olvidarme de Jaime.

—¿Jaime? ¿Sabías su nombre real?

—Sí, firmaba sus *emails* con el nombre completo: Jaime Maniles Cruz.

Tanta información me deja un poco atontado.

—Ahora, ya conoces mi historia al completo —dice Mañana.

—Sí, aunque todavía estoy flipando.

—Ya te acostumbrarás —afirma esta mientras se recoloca, con naturalidad, las tetas. No puedo evitar mirárselas.

—¿Te gustan?

No están nada mal, la verdad.

Pausa.

—Oye —balbuceo—, como no creo que tenga la oportunidad de preguntar esto a nadie más…

—Dime —salmodia Mañana alargando mucho la *e*.

Cojo aire y hablo:

—Entonces —ejem—, ¿te consideras mujer?

—Claro —dice sin pestañear. Ser mujer es un estado mental. Y añade—: ¿Y tú? ¿Te consideras hombre?

—¿Qué clase de pregunta es esa? Claro que me considero hombre.

—¿Y lo que ha pasado esta noche? —me dice mordiéndose el labio inferior, esta vez con más fuerza.

—No cuenta.

—¿Por qué?

—No ha sido voluntario.

—¿Y lo de la otra noche? —añade Mañana, desafiante.

—¿Qué otra noche? —pregunto perdido.

—La mamada en el lavabo. ¿Me vas a decir que no la disfrutaste?

—… —Dudo. Luego hablo—: ¡Me gustó, claro que me gustó! ¡Soy un hombre, por el amor de Dios!

—¿Entonces? —dice ella con una sonrisa.

—No sabía que eres un tío —respondo a disgusto.

—Si fuera un tío no te habrías empalmado —dice Mañana—. Tú no eres gay, eso está claro.

—¿Dónde quieres ir a parar? —pregunto desesperándome.

—Las cosas no son tan sencillas. Y, ciertamente, meter o no meter cosas en agujeros no es lo que define el sexo de los que están metiendo o dejando de meter.

—Pero… —balbuceo, totalmente perdido.

—Lo que trato de decirte, pedazo de idiota, es que si lo miras bien, simplemente has tenido un encuentro sexual —por segunda vez, por cierto—, con una chica que te gusta, ¿porque te gusto un poco, no?

—Mañana, creo que eres genial, pero no estoy seguro de…

—No ha sido una experiencia ideal —me corta—, estoy de acuerdo. Pero tampoco nos vamos a poner a llorar.

—Ese no es mi estilo.

Pausa.

—¿Seis peniques? —dice Mañana poniéndome una mano en el hombro.

La miro.

—No te flipes.

El cansancio nos derrumba, las cabezas se deslizan por el muro de piedra hasta juntarse y nos dormimos un rato inconcreto. Cuando recupero la conciencia, la música de la orgía ya no llega a mis orejas. Supongo que, al fin, el espectáculo ha terminado. Corroboran mi teoría los pasos que oigo a lo lejos; deben ser del poco personal que queda en el restaurante. Los pobres, por fin, podrán volver a sus casas, ignorando las barbaridades que se han perpetrado aquí.

Mañana, a mi lado, también va despertándose poco a poco. La veo hacer muecas, mientras estira con desdén los pies.

—Creo que se han olvidado de nosotros —digo.

—¿Todavía seguimos aquí? —pregunta mientras abre los ojos.

—Sí.

—¡Qué mierda! —grita desesperada.

—Esta va a ser una de las noches más largas de nuestra vida, creo.

—¡Quiero irme a casa, joder! —explota, de nuevo, Mañana.

—Silencio —digo levantando una mano. Me ha parecido oír algo. En efecto, presumiblemente, unos pasos se están acercando a nuestra posición. Por el sonido, se diría que alguien está bajando una escaleras.

—¿Lo oyes? —pregunto.

—Sí —responde Mañana temblorosa.

—¿Crees que vienen a por nosotros?

—Sí —digo levantándome—. Ponte detrás de mí. Ya hablaré yo.

—Si es que se trata de hablar —dice ella.

Nos quedamos inmóviles, mientras los pasos se acercan más y más.

—Creo que está al otro lado de la puerta —le susurro a Mañana, que asiente con la cabeza—. Pero ¿por qué no entra?

Todo lo que podemos oír es a alguien que está trajinando cosas de un lado para otro.

—Quizás no sabe que estamos aquí dentro —susurra Mañana.

—Podría ser una táctica psicológica para meternos miedo —digo tratando de que no me tiemble la voz.

—No creo —dice Mañana saliendo de detrás de mí y acercándose a la robusta puerta metálica—. ¿Hola? —suelta, de golpe, con voz alta y clara.

—¡Chis! ¿Se puede saber qué haces? —Trato de acallarla, pero es demasiado tarde.

—¿Quién anda ahí? —pregunta una voz que me resulta familiar.

—Estamos encerrados —responde Mañana.

—¡La madre de Dios! —exclama la voz, ahora mismo les abro.

Nos hacemos atrás, por si acaso. La persona al otro lado introduce una llave en la cerradura, da dos vueltas y empuja la puerta. Esta se abre penosamente a causa del roce con el suelo, la humedad no perdona. Queda al descubierto la expresión atónita de un rostro con una sola ceja.

—¿Cacho?

—¿Julián?

—¿Os conocéis?

—De la cocina, fue mi jefe… —digo tratando de pensar rápido.

—¿Se puede saber qué hacéis aquí? ¡Son las cinco de la madrugada! —pregunta Julián con cara de incredulidad.

—Hoy he trabajado de aparcacoches —improviso—, y aquí la señora es una clienta que…

Julián pega un repaso a Mañana. Se detiene en su rostro y duda por unos instantes, pero su memoria no da para tanto, o quizás sea el cambio de contexto.

—Cacho, me decepcionas —dice Julián mientras me retuerce una oreja—. Te tenía en alta estima, pero ahora… Sabes de sobra que no está permitido el contacto con las clientas más allá de la relación estrictamente profesional, eso es.

—El chico no tiene la culpa —interrumpe Mañana—. No había nada en la carta de postres que me gustara, así

270

que elegí algo más dulce.

—La señora me disculpará, pero… —trata de decir Julián.

—Si el señor es tan amable de hacernos salir por la cocina se va a ganar una buena propina —interrumpe Mañana sacando un billete de cincuenta euros—. Si no, siempre puedo hablar con mi cuñado, el propietario del local.

—No será necesario, no será necesario —se apresura a decir Julián mientras coge el rojizo billete y nos hace una señal con el dedo para que vayamos detrás suyo.

Salimos del cuartucho y vamos a parar a un atestado almacén de comida y productos de limpieza. En el suelo descansa un saco, a medio llenar, que nuestro salvador mira con desprecio.

—Luego te termino —le musita. Por lo visto, Julián es de ese tipo de persona que habla con los objetos, ya me lo parecía—. Por aquí. —Nos indica con la mano.

Subimos por unas viejas escaleras de caracol, atravesamos un pequeño corredor mal ventilado y desembocamos en una pequeña puerta de madera. Julián saca otra llave del bolsillo, la introduce en la cerradura y da media vuelta. La puerta se abre con un sonido seco y nos introducimos a través del antepecho. Al otro lado, nos espera la cocina que tan bien conozco.

—Ya sabes dónde está la salida, Cacho. Y si necesitas ir al baño, adelante —me dice Julián guiñándome un ojo y entornando la ceja.

—No será necesario —digo agarrando de la mano a Mañana y arrastrándola hacia la salida.

—¿Qué coño es esto del baño? —me susurra al oído.

—Una historia muy larga, te la cuento en otro momento —respondo atajando—. ¡Hasta la próxima, Julián! —digo tratando de sonar simpático.

—No te preocupes, picha brava —me responde este. Y añade para sí mismo—: Hasta las cinco de la mañana en el

271

cuartucho, madre mía, que aguante.

—Caballero, confío en su discreción —le dice Mañana antes de salir a la calle.

—Seré una tumba.

Lo último que veo es a Julián desapareciendo detrás de la puerta, que se cierra con un sonoro bum. Nos alejamos de El Pico de Oro lo más rápido que podemos; espero no poner nunca más los pies en este asqueroso lugar.

Mañana y yo decidimos ir cada uno a su casa. Necesitamos estar solos y asimilar lo que nos ha pasado en la oscuridad de la propia habitación. Personalmente, solo sueño en llegar a mi apartamento y prepararme una bebida caliente.

Nos vemos obligados a andar hasta vía Augusta para encontrar dos taxis. Antes de separarnos, Mañana se despide con un gesto de la cabeza. Mientras se funde con la noche, la saludo con la mano.

El taxi me deja en el número 178 de la calle Sicília, justo delante de mi puerta. Pago y bajo sin esperar la vuelta.

Antes de meterme en la cama, me doy una ducha reparadora, que me saca el olor a sudor, perro y miseria que llevo adherida a la piel. Es curiosa la capacidad que tiene el agua caliente para reinventar la realidad.

Después, me hago un humeante té blanco y me dirijo a mi sofá color verde oliva para tomármelo a sorbitos. Mis pasos hacen crujir el suelo de madera oscura dándome la impresión de estar en un barco, en alta mar, lejos de todo. Antes de tumbarme, pongo en el estéreo —un viejo Luxman a válvulas que heredé de mi padre— un CD de David Bowie de hace un par de años.

Finalmente, me dejo caer en la blandura sorda de los cojines. Por los altavoces suena *Sunday*. Su atmósfera extraterrestre se lleva mi consciencia por un rato a otro nivel diferente.

Para cuando he vuelto, la última canción, *Heathen*, está

terminando. Apuro lo que queda del té y me voy directo a la cama. En pocos segundos me invade un sueño profundo y negro que me hace desaparecer de mí mismo.

Me despierta un rayo de sol que entra por la puerta mal cerrada del balconcito de mi habitación. Abro los ojos. Me doy la vuelta y bostezo. Miro el reloj de la mesita de noche; son las doce de la mañana. Habré dormido unas cinco horas, más que suficiente.

Me levanto y salgo al balcón para darme un bañito de luz. Afuera la ciudad está a punto de ebullición. Miro hacia abajo; los coches y la gente parecen ignorar mi presencia de observador pasivo. Me froto las sienes, tratando de ordenar un poco mis pensamientos y empezar a poner en marcha la maquinaria mental.

En pocos segundos decido que: uno, lo primero que tengo que hacer es desayunar; dos, ir al taller a por la moto; tres, llamar a Remedios para organizar el rescate de Juan Ramón, y cuatro, ver si puedo hacer algo por Mañana. Aunque ya sé que será meterme donde no me han llamado.

Para el desayuno, como no puede ser de otro modo, acabo en la cafetería de Federico: no puedo imaginar un lugar mejor para un refrigerio intenso. A pesar de los ásperos fluorescentes que, creo, Federico no tiene ninguna intención de cambiar, es un sitio en el que se está francamente bien.

Arrastro mis pies por el gastadísimo mármol hasta la barra y me siento en un taburete. De espaldas, Federico prepara, como siempre, unos cafés. Cuando termina, se gira hacia mí.

—¿Qué será, Cacho? —me pregunta.

—¿Qué tenéis esta mañana? —digo olisqueando.

—*Mandonguilles* —responde Amalia, la madre de Federico, desde la cocina—. Buenísimas.

—¿No será un poco demasiado? —digo dudando.

—¿Tienes hambre? —pregunta Amalia.

—Sí —respondo sin dudarlo.

—Entonces…

—Cacho, las albóndigas de mi madre son las mejores de Barcelona, ya lo sabes —dice Federico entornando su bigote a lo Emilio Zapata.

—Está bien —murmuro luego de pensarlo un segundo—. Una ración de albóndigas.

—¿Y un vasito de vino?

—Correcto —concluyo con satisfacción.

Al cabo de unos minutos llega mi humeante ración de *mandonguilles* junto con dos rebanadas de pan. Pincho la primera y me la llevo a la boca. Mastico con calma la gustosa carne lubricada en salsa —que me sabe a gloria—, mientras con el tenedor pesco un trocito de patata y algunos guisantes y me los meto en la boca para mezclarlos con la albóndiga. Madre mía. Puedo jurar, sin error a equivocarme, que estos guisantes son de payés.

—Mmm —se me escapa por la boca junto con el calor de la comida.

—¿Todo bien, Cacho? —pregunta Federico sin mirar.

—Perfecto, Federico; todo perfecto —respondo mientras pego un traguito al refrescante vino.

—¿Vendrás a ver el futbol esta noche?

—¿Quién juega?

Federico resopla.

—Cacho, ¿en qué mundo vives? Hoy el Barça puede proclamarse campeón de liga.

—He estado un poco desconectado últimamente.

—Vaya.

—¿Y cómo pinta la cosa?

—Tenemos que igualar el resultado que antes logre el Madrid.

—¿Con quién jugamos?

—Contra el Levante.

—¿Y el Madrid?

—Con el Sevilla.

Me meto otra albóndiga en la boca.

—Será una gran noche —digo mientras mastico—. Lástima que no podré verlo.

—¿Y eso?

—Trabajo.

—Qué lástima.

—A ver si ganan.

—Hay mucha euforia. Hace más de cinco años que no pescamos nada.

Pego un sorbo de vino.

—Que no se confíen.

—«No hay que pensar en ser campeón antes de jugar».

—¿Cómo?

—Lo ha dicho Rijkaard.

Después de tan contundente afirmación, no se nos ocurre nada más que decir. Federico vuelve a sus quehaceres y yo me termino las *mandonguilles* en silencio y con veneración. Al final, pido un café bien cargado para rematar tamaña experiencia.

Salgo de la cafetería Federico —después de haber dejado una cuantiosa propina— con una sonrisa en la cara y dispuesto a ir al taller a recuperar mi preciosa Dylan color negro mate, la *scooter* que suele acompañarme en mis aventuras.

Por suerte, en el taller no hay mucha gente y puedo liquidar el asunto en cuestión de minutos. El mecánico me sugiere que cambie de moto, que esta cada vez va a darme más problemas, pero le digo que ni hablar. Ya veis, soy una persona fiel; al menos a los objetos.

Justo cuando estoy a punto de darle al botón de arranque, suena el teléfono. Me quito el casco y descuelgo.

—¿Diga?

—¿Cacho? Soy Leonid.

Mierda, no me lo esperaba. Cojo aire y trato de sonar casual.

—Buenos días, señor Bernstein.

—¿Alguna noticia respecto a Johnny?

De golpe, todo lo que sucedió anoche me sube al cerebro como si se tratara de un reflujo de bilis. Trago saliva.

—Leonid, lo que le voy a contar es asqueroso, pero es la verdad.

—Adelante.

Trato de encontrar las palabras adecuadas.

—Como sospechaba, Johnny fue raptado por una organización, digamos, criminal.

—¿Y a qué se dedican si se puede saber?

—A montar orgías con perros.

Leonid hace una larga pausa, como si no entendiera la información que acabo de darle.

—¿Cómo dice? —pregunta al fin.

—Orgías, sexo.

De nuevo, el silencio. Supongo que el señor Bernstein está calibrando mis palabras.

—Cacho, ¿está usted borracho? —suelta de sopetón.

—No, aunque no sería mala idea —digo inalterable—. Ya le he dicho que le costaría creerlo.

—¿Y qué tipo de persona quiere violar un perro?

—En este caso se trata de personas sumamente ricas y poderosas.

—Vaya —exhala Bernstein, decepcionado.

—Ayer, mi ayudante y yo mismo pudimos colarnos en una de esas fiestas.

—¿Y vieron la orgía?

—Sí.

—¡Madre mía! —exclama Leonid—. ¿Y a Johnny? —pregunta con ansiedad.

—También —digo en tono neutro—. Por el momento no debe preocuparse; sigue con vida.

—Ay, mi pequeñín —dice Leonid mientras trata de reprimir un sollozo furtivo.

—Señor Bernstein, sea fuerte.

—Lo intento, lo intento —responde este sorbiéndose los mocos.

Cuando se ha recompuesto un poco, prosigo.

—Esa es la buena noticia —digo—, la mala es que no pudimos escapar con él.

—¡Ah! —suspira Leonid, decepcionado.

—Aun así, no todo está perdido.

—¿Ah, no?

—Lo importante es que Johnny sigue con vida —digo tratando de sonar convincente—. Créame si le digo que ya tengo en marcha un plan para rescatarlo.

—Menos mal —dice Leonid. Y luego añade—: ¿Peligroso?

—Bastante —respondo con sinceridad.

—¡Señor Cacho! —exclama Bernstein asustado.

—Pronto tendrá noticias mías —digo, y cuelgo el teléfono.

Supongo que soy un desastre. Por el momento no he sido capaz de recuperar ni a Johnny ni a Juan Ramón Jiménez y, dicho sea de paso, la cosa no pinta demasiado bien. Quizás me esté haciendo viejo. En cualquier caso, en estos momentos, solo tengo un nombre en mi cabeza: Jaime Maniles Cruz. Debo encontrarle, aunque Mañana no me lo haya pedido. Por lo menos quiero hacer eso por ella, aun a riesgo de que la cosa salga mal. Así que me pongo de nuevo el casco, arranco la moto y salgo como un cohete rumbo a mi despacho.

Cuando llego, se me cae el alma a los pies. Todo sigue patas arriba, tal y como lo encontré la última vez que estuve aquí: los papeles de los casos antiguos esparcidos por el suelo, los libros y documentos caídos de las estanterías, la botella de Jameson hecha pedazos, los *Relatos cósmicos* manchados de *whisky*, la vieja Olivetti del revés y la lámpara del escritorio partida por la mitad.

Maldito Ras.

Me dedico una media hora larga a volver a poner las cosas en su sitio mientras Billy el Niño me mira, con la cabeza ligeramente torcida hacia la izquierda, desde el póster que hay en la pared.

Cuando termino, pongo la cafetera encima de la vieja placa eléctrica que tengo en la repisa dispuesto a tomar el segundo café del día. Mientras se hace, enciendo el ordenador y pongo al día mi correo electrónico; casi todo es propaganda, así que voy rápido. Después, introduzco el nombre —Jaime Maniles Cruz— en mi base de datos y obtengo dos direcciones. Con un poco de suerte, una de esas dos personas debe ser el amor platónico de Mañana. En estos momentos la cafetera me avisa con su característico ronroneo de que el café está listo. Me sirvo una taza. La primera dirección no me queda muy lejos; se trata del número 1 de la calle Veguer, cerca de la plaza del Rei. La segunda es una dirección de Badalona. Consulto el mapa y veo que no es excesivamente difícil llegar. Aun así, decido ir primero a la calle Veguer, ya que con la moto me queda a cinco minutos del despacho.

Tengo que aparcar en la calle Tapineria, a unos cincuenta metros de mi objetivo, ya que esa zona es peatonal y no se puede circular en moto. Subo andando por la Baixada de la Llibreteria y, cuando llego a la altura del Museo de Historia, tuerzo a la derecha. Justo al lado de un pequeño negocio de arte está el número 1.

En la calle, un inmenso perrazo parece vigilarlo todo desde una alfombra roja, encima de la cual toma el sol. Me mira con dos ojos que parecen acuarios. Lo contemplo impávido hasta que, de pronto, se levanta y me huele la mano. Del interior del negocio se oye la voz de una mujer. «Sasha», grita. El perro se gira al oír la voz de la dueña, me vuelve a mirar y luego se estira de nuevo en la alfombra.

Llamo a los timbres. Dos señoras contestan a la vez:

«¿Diga?». «Cartero», respondo en tono neutro. Alguien abre la puerta. *Chicken run.* Entro. A mano derecha me quedan los buzones. Busco el primero tercera. Hay dos nombres: Jaime Maniles Cruz y Sonia Jiménez Martínez. ¿Se habrá casado Jaime? No lo creo, aun así, tendré que asegurarme. Meto la mano por la ranura del buzón y alcanzo a sacar un par de cartas. Una es la factura del teléfono. La otra, la revista del Círculo de Lectores. Mis abuelos estaban suscritos también, buena cosa. Guardo la factura en el buzón y subo al primer piso con la revista.

Llamo al timbre. Al cabo de un rato se abre la puerta y aparece una señora regordeta en bata, de unos sesenta años. Tiene el pelo aplastado, como si se acabara de levantar del sofá. Además, se le ven las raíces. Por entre sus piernas, un perrillo trata de salir desesperadamente.

—¿El señor Jaime Maniles? —pregunto con voz cansina.

—No está en estos momentos.

—¿Es su marido? —digo sin cortarme.

—Sí —responde, tímida, la señora—. ¿Quién pregunta por él?

—Peppino di Capri —digo improvisando.

—¿Italiano?

—No, napolitano.

—Ah… ¿En qué puedo ayudarle, señor di Capri?

—Soy del Círculo de Lectores —respondo—. Le traigo la revista.

—Ay, ¡qué bien! —exclama feliz la mujer—. Porque algunas veces la dejan en el buzón y se pierde.

—Ya.

—Se pierde o alguien la coge, ya me entiende —añade con voz más baja.

—Sí, hay mucho listo.

—Ya se la daré a Jaime cuando vuelva del parque.

—Muchas gracias —digo entregándole la revista.

—De nada, señor di Capri.

Salgo a la calle. Está claro que me toca ir a Badalona. Mientras me monto en la Dylan, suenan en mi cabeza los primeros versos de una vieja canción «Lo sai non è vero che non ti voglio più. Lo so non mi credi, non hai fiducia in me...». El pasado que retorna inoportunamente. Pero no le doy la oportunidad; arranco y emprendo la marcha.

Bajo por Via Laietana, tuerzo a la izquierda y me encaro a la entrada de la ronda litoral. Mientras doy gas por el carril de aceleración, me llega el oloroso viento salado del mar, que me acompañará un buen rato en el trayecto.

Como no sé dónde cae exactamente la calle a la que me dirijo, salgo por Badalona centro. Trato de orientarme según lo que recuerdo del mapa, pero después de dar unas cuantas vueltas, decido que será mejor preguntar. Un señor con gafas de sol y bigote me atiende:

—¿La calle Torrebadal? Gira al final de esta calle a la izquierda y luego todo recto, es la tercera a mano derecha.

Le doy las gracias y parto lentamente. Tengo esa extraña sensación de nerviosismo que sobreviene antes de enfrentarse a algo importante. Intento alinear mi cerebro, tratando de pensar que todo va a salir bien. En realidad, podría ser que Jaime Maniles Cruz ya no viva en esa dirección; o, si vive en esa dirección, puede ser que no esté en casa; y, si está en casa, puede ser que tenga mujer e hijos. En realidad, mis probabilidades de éxito son bastante escasas.

Aparco la moto en la acera de enfrente. Compruebo que la dirección es la correcta. Cruzo la calle y presiono el botón del timbre. Me percato de que no he pensado mi estrategia: ¿cómo voy a convencer a Jaime de que me deje pasar?

—¿Diga? —una voz masculina interrumpe mis pensamientos.

—¿Jaime Maniles? —pregunto, tratando de sonar amable.

—Soy yo.

¡Chicken run! ¿Y ahora qué? Mierda, no sé qué decir.

—¿Hola? —pregunta Jaime.

—Sí, sí —balbuceo nerviosamente—. Desearía hablar contigo unos minutos, si te parece bien.

Pausa.

—¿Nos conocemos? —me pregunta.

—No.

—¿Quieres venderme algo?

—No.

—¿Entonces?

—Hay una persona en común.

Pausa.

—¿Qué persona?

—Mañana.

Silencio. Tengo la sensación de que pasan trescientos sesenta y cinco días. Hasta que de pronto la puerta se abre con un chasquido.

—Pasa —dice escuetamente Jaime.

Obvio el ascensor y subo por las escaleras en un intento de reencontrarme con mi cuerpo. Principal, primero, segundo, tercero. Cuando pongo pie en el rellano se abre una puerta. Detrás de esta, aparece Jaime. Es alto, de pelo negro —lacio— y ojos negrísimos y grandes, como dos sartenes. Tiene rasgos asiáticos y esa expresión neutra típica de los orientales.

—¿Quién eres? —me pregunta mirándome a los ojos.

—Cacho, amigo de Mañana —respondo escueto.

—¿Qué quieres?

—¿Puedo pasar un momento?

Jaime se lo piensa.

—Está bien, entra —dice dando su brazo a torcer.

Penetro en el interior del piso. Por la decoración caótica y el desorden, puedo deducir que se trata de un espacio compartido, es decir, un piso de estudiantes. Al menos no está casado y con hijos.

—Siento el desorden —dice apartando unos sostenes de encima de un cojín estilo árabe—. Siéntate.

—Gracias.

Me apalanco en el sofá, que se hunde con un ruido sordo. Jaime se aposenta delante de mí, en una butaca que parece recogida de la basura y, probablemente, lo fue.

—Tú dirás —suelta.

Cojo aire.

—Como no nos conocemos de nada —digo—, voy a ir al grano.

—Eso sería cojonudo.

—Aunque sea un tema personal, voy a tratarlo de la forma más fría posible, casi como si se tratara de una transacción comercial. Creo que así nos sentiremos más cómodos, ¿estás de acuerdo?

—Me parece bien —dice Jaime recostándose en la butaca.

—En el año 2000 conociste a Mañana, ¿correcto?

—Sí.

—Y vuestras almas se enamoraron.

—¿Qué coño dices? —pregunta cabreado.

—Sí, perdón, demasiado poético. —Mierda, debo afinar mejor. Hago un segundo intento—: Podríamos decir pues que, a un cierto nivel básico, congeniasteis.

—Más o menos —acepta.

—Iniciasteis entonces una relación virtual que se alargó casi dos años.

—También hablábamos por teléfono —puntualiza Jaime.

Pausa.

—¿Y no descubriste el pastel? —arriesgo a preguntar.

—No.

—¿Y eso?

—Es personal.

—¿Se trataba de llamadas, digamos, recreativas?—pregunto tímidamente.

—Supongo que podría decirse así.

—¿Debo deducir entonces que, quizás, ella susurraba?

—Él.

—Ella.

—Él.

—Está bien; él —concedo.

—Susurraba. Grandes actuaciones. Imposible haberlo descubierto. —Jaime baja la cabeza.

Hago una pausa hasta que me parece que se ha recuperado.

—La situación —prosigo— se alargó hasta que se produjo un hecho determinante.

—Todo eso ya lo sé —espeta Jaime perdiendo la paciencia.

—Solo intento recapitular los hechos y ponerlos en su contexto.

—Sí, la situación se alargó hasta que me llamó para decirme que era un tío —estalla Maniles—. ¿Sabes? Me engañó. Durante dos años me engañó.

—Según mis datos, lo que acabas de decir es correcto —digo dándome rabia a mí mismo por el tono.

—¿Entonces?

—Estoy aquí para poder aportar un poco de luz a la situación.

—¿Y eso por qué? —pregunta Maniles desesperado.

—Para que puedas comprender.

—No hay nada que comprender.

—Te equivocas. Mañana te llamó esa noche porque al día siguiente la operaban y temía que, si algo iba mal, no podría despedirse de ti —suelto de golpe.

Jaime se queda callado, mirando un punto fijo, mientras empiezan a caerle sendos chorretones de sudor por las sienes.

—¿Operar? ¿Mañana estaba enferma?

—No.

—¿Entonces?

—Se puso tetas.

Jaime se desmaya.

No tengo más remedio que ir a por un vaso de agua. Eso me pasa por ser demasiado bruto. Deambulo por el piso hasta que encuentro la cocina, que resulta ser otro nido de mierda. Tardo un rato en encontrar un vaso que siga siendo translúcido. Cuando lo tengo, me apoyo en el mármol y abro el grifo. Mientras cae un chorrito de agua, un lindo carlino se me acerca desde el lavadero y me lame el zapato; es como si me quisiera de toda la vida. Le lanzo un cuscurro de pan que hay en la encimera y lo pilla al vuelo. Buen chico. No sé qué pasa últimamente; en mi vida había visto tanto perro.

Cuando el vaso está lleno regreso al comedor y le echo el agua a la cara.

Maniles, poco a poco, recupera la conciencia.

—Joder —dice balbuceando.

—Respira.

—¿Se puso tetas? —pregunta resignado.

—Eso y el respectivo tratamiento de hormonas, claro.

—¿Entonces…?

—Sí —digo con una cálida sonrisa—. Ahora Mañana es una mujer y muy guapa, por cierto.

—¿Pero tiene polla? —suelta Jaime súbitamente, para luego arrepentirse—. Perdón, perdón, ya no sé ni lo que…

—No hay de que excusarse: la pregunta es lícita —digo tratando de tranquilizarlo—. Sí, la tiene.

Jaime entra de nuevo en su cabeza. Casi puedo escuchar sus pensamientos como si fueran pájaros mecánicos.

—Creo que Mañana no quería hacerte daño —digo—. Dadas las circunstancias, no supo hacerlo mejor.

Jaime empieza a llorar. Le daría un abrazo, pero debido al tema de nuestra conversación se podría malinterpretar el gesto y no está el horno para bollos.

—Tengo remordimientos —dice Jaime levantando la cabeza—. Fui demasiado radical.

—Yo en tu lugar hubiese hecho lo mismo.

—Pero ahora ha pasado mucho tiempo y, además, yo no sé si…

—No corras—digo alzando una mano—. No hay ninguna prisa, ni ninguna necesidad de hacer nada. Ella no sabe que he venido.

—¿No te envía ella?

—No. Puedes hacer lo que quieras, sin consecuencias. Si decides llamarla, aquí está su teléfono —digo sacando un papel de mi cartera y dejándolo encima de la mesa—. Si no, simplemente olvídate de mi visita y sigue con tu vida.

—Está bien —dice Jaime sonándose los mocos con un pañuelo de papel—. Lo pensaré.

Luego me ofrece una temblorosa mano. Se la estrecho.

—Mucha suerte —digo.

Maniles asiente con la cabeza, incapaz de responder nada.

Me levanto del sofá y, después de esquivar unos apestosos calcetines y un arrugado tanga, encaro la salida.

—Gracias —musita Jaime, finalmente, desde la butaca.

—De nada —respondo para mí mientras cierro la puerta con un clac.

Al llegar a la calle me siento más ligero. Al final, la cosa no ha ido tan mal. Y Maniles no parece un mal tipo. Quién sabe, quizás él y Mañana todavía tendrán otra oportunidad. Pero eso ya no depende de mí.

Miro la hora en el teléfono: son casi las tres. *Chicken run*. Tengo toda la tarde para preparar lo que se avecina mañana. Debo recabar el máximo de información que pueda acerca del rito que Los Caballeros del Alba Gris perpetuarán en menos de cuarenta y ocho horas. Y creo que sé dónde puedo encontrarla.

Voy a subir a la moto, cuando suena el teléfono. Es Remedios. Su llamada me viene que ni pintada.

—Remedios —digo nada más descolgar.

—¿Cacho?

—Soy yo.

—Llamaba para saber si hay alguna novedad…

—Tal como le dije, mañana domingo es el día definitivo. Haremos una nueva incursión en la sede de Los Caballeros del Alba Gris y trataremos de salvar a su esposo.

—¡Virgen santa! —exclama Remedios.

—No se asuste, está todo bajo control.

—Eso espero —dice la señora casi como si fuera un rezo.

Hago una pequeña pausa y luego añado:

—Remedios, debo pedirle autorización para entrar de nuevo en el local de antigüedades de su marido.

—Sí, sí —dice con presteza—; sin ningún problema.

—Perfecto.

—¿Tienen ustedes las llaves, verdad? —pregunta tímidamente.

—Así es.

—Pueden entrar tantas veces como sea necesario —añade decidida. Es un encanto de señora.

—Muchas gracias —digo con una sonrisa.

—Si hay algo más que…

—Con eso bastará.

—De acuerdo.

—Contactaré con usted el lunes por la mañana.

—Estaré esperando su llamada.

Cuelgo.

Me pongo el casco.

Enciendo la moto y salgo a toda máquina de la calle Torrebadal en dirección a un lugar que pocos conocen.

La primera vez que oí hablar de él y de Santiago Pérez, pensaba que era una broma; pero no lo es. El sitio existe, aunque solo lo han pisado unos pocos iniciados, adeptos a la causa. Se podría decir que es La Meca del saber alternativo, un centro de peregrinaje internacional de la teoría conspirativa que —quién lo iba a decir— se encuentra ubicado en el barrio de la Llacuna.

Las dimensiones del lugar no son nada despreciables y es muy probable que, si has paseado por el barrio, lo hayas rodeado. Estaríamos hablando, aproximadamente, de unos tres mil metros cuadrados. Por lo que pude investigar, se trata de una antigua fábrica textil fundada por don Mariano Pérez, inmigrante murciano que, a finales del siglo XIX —cuando el barrio era conocido como el *Manchester catalán*, debido a la gran cantidad de industrias que acumulaba— inició el negocio.

El próspero comercio fue pasando de padres a hijos con mejor o menor fortuna hasta que, al fin, Amancio Pérez —bisnieto de don Mariano— lo cerró en los años sesenta del siglo pasado para montar, aprovechando el vetusto edificio que había sido la fábrica, una empresa de transportes. Lamentablemente, la prematura muerte de Amancio provocó el colapso del negocio y la venta de todos los bienes excepto del edificio; que pasó entonces a manos de su único hijo y heredero, Santiago Pérez, que contaba en esa época con solo dieciséis años. Santiago, incipiente fanático de la contracultura, los cómics, las drogas psicodélicas y el ocultismo, decidió no vender nunca el espacio que fundó su tatarabuelo y que había sido la espina dorsal de su familia; al contrario, apostó por convertirlo en una especie de lugar sagrado, una suerte de Biblioteca de Alejandría de sus pasiones, de lo raro; un mausoleo de textos extravagantes y bizarros a disposición de los miembros selectos de su club: El Atelier de lo Desconocido. Aunque el Ayuntamiento, con su estúpido proyecto urbanístico Vint-i-dos arroba, trata de convertir el barrio en un refugio de modernos y diseñadores, él se ha empeñado en resistir en su búnker clandestino de autenticidad.

No es nada fácil ser miembro de El Atelier de lo Desconocido y mucho menos conocer a Santiago, pero tuve la suerte de que nuestras vidas se cruzaran hace un par de años, cuando me encargó el seguimiento de unos extraños tipos que, según él, le robaron una idea para un juego de rol que estaba desarrollando. Al final resultó que el bueno de Santiago tenía razón y acabamos ganando un pleito. Me invitó a una Coca-Cola para celebrarlo y, desde ese día, soy miembro de honor de El Atelier.

Lo que creo es que, si en algún sitio puedo encontrar información sobre la misa que Los Caballeros del Alba Gris perpetrarán mañana, detalles sobre rituales para revivir a los muertos, genealogías de extraños dioses lagarto y demás cuestiones surrealistas; este es el sitio adecuado.

Aparco la moto delante de un edificio ruinoso y abandonado de la calle Bolívia. Es de color negro, sin ventanas. Solo una pequeña puerta metálica da la idea de una entrada.

Si la memoria no me falla, es aquí.

Como no veo ningún timbre, aporreo la puerta. Suena a hueco. Espero un tiempo prudencial, pero no contesta nadie. Inspecciono el edificio hasta donde abarca mi visión, pero no veo ninguna ventana ni nada que dé a entender que dentro hay algún tipo de actividad. Solo la envejecida y uniforme pared exterior. ¿Podría ser que Santiago abandonase su proyecto?

Vuelvo a aporrear la puerta.

Silencio.

Quizás no haya sido una buena idea venir aquí. Me doy la vuelta para marcharme cuando, con un tremendo zumbido, sale de la pared una especie de brazo articulado. Me giro de nuevo. El brazo tiene un ojo mecánico al final que me está mirando. Todavía no me he recuperado de mi asombro cuando oigo débilmente una voz al otro lado del muro que trata de ser grandilocuente:

—¿Cuál es el sable más poderoso en el universo de *La guerra de las galaxias*?

—¿Perdón? —digo sobresaltado.

—Aquel que quiera entrar, deberá acertar —añade la

voz.

—¿Podría repetirme la pregunta? —digo asustado.

—Sí —responde, de nuevo, la voz con sonoridad—: ¿Cuál es el sable más poderoso en *La guerra de las galaxias*?

Me tomo unos segundos para pensar, pero la verdad es que no me viene nada a la cabeza, así que trato de entablar conversación con la voz.

—Creo que la semana que viene se estrena la nueva entrega de la saga, ¿no? ¿Cómo se llama?

—*La venganza de los Sith* —responde, cabreada, la voz. Y añade—: ¿Se puede vivir sin saber una cosa así?

—Esto… Es que tengo tan buen recuerdo de las tres primeras, que me he negado a ver las nuevas…

—Todos esperamos que *La venganza de los Sith* dé un poco de sentido al desbarajuste que ha sido *La amenaza fantasma* y *El ataque de los clones*; pero eso no es excusa, de ningún modo, para no haberlas visto.

—Tiene razón —digo como un corderillo.

—Además, no nos corresponde a nosotros juzgar; el tiempo dirá —sentencia la voz en plan oráculo de Delfos. Y luego añade—: Aun así, la pregunta sigue en pie.

—El sable más poderoso… —murmuro para mí, pensativo. Luego digo en voz alta—: Por lo que yo recuerdo, los buenos lo llevaban verde y los malos rojo, pero saber cuál es mejor, pues ahora mismo, no caigo.

—Entonces queda prohibida la entrada —sentencia la voz. Mierda, con lo bien que había empezado el día.

Trato de protestar, pero antes de que pueda abrir la boca alguien me empuja por la espalda. Me giro. Una adolescente apestosa, de ojos negros, pelo largo y grasiento y porte chulesco me mira. Va vestida con sudadera verde y pantalones de chándal.

—«Verde y rojo» —dice riendo—. Qué patético. En *La guerra de la galaxias* aparecen sables láser de la hostia de colores. Sables rojos, verdes, verdes esmeralda, azules, amarillos, naranjas, violetas, plateados y negros.

—¿Negros? —pregunto sorprendido.

—Sí, por lo menos eso dicen los rumores —susurra la chica en plan marisabidilla, y añade—: Además, creo que es precisamente el sable negro el que más te interesaría conocer.

—Nunca había oído hablar de él.

—Aparecerá en *La fuerza desencadenada*, el nuevo videojuego que George Lucas planea sacar al mercado.

—¡Pero eso no vale! —exclamo indignado—. No es ninguna película.

—Pues claro que vale, idiota —suelta la cría—. Forma parte del *Universo expandido*.

—¿El *Universo expandido*? —pregunto atónito.

—Sí —responde como si fuera la cosa más normal del mundo—. Se trata del material complementario, ya sabes, cómics, libros, videojuegos…

—Qué interesante —digo irónicamente, aunque no lo capta.

—Mucho. Parece ser que el argumento del videojuego cubrirá los eventos entre *La venganza de los Sith* y el Episodio IV de la saga: *Una nueva esperanza*; que es el primero que se rodó, cronológicamente hablando, claro.

—Ya veo.

—Se ha filtrado que el sable negro fue utilizado por Vizsla, en su duelo con Obi-Wan Kenobi en la luna de Mandalore. El sable negro, conocido también como sable oscuro, es único entre todos los sables, de una vibración tan alta que se vuelve blanco en los bordes.

—Vaya.

De golpe, el ojo mecánico empieza a moverse nerviosamente.

—¿Todavía quieres entrar? —pregunta la voz, impaciente.

—Sí, claro —respondo—. Mi respuesta es: el sable negro.

—La respuesta es correcta —sentencia la voz—. Pero

no vale, te ha ayudado Rata.

—¿Quién?

—Rata.

—Yo —dice la chica, tirándome de la Harrington.

—¿Te llamas Rata?

—Obviamente es un apodo.

—*Chicken run*. Mi vida es un primor.

—¿*Chicken run*? ¿Eres Cacho? —pregunta la voz de detrás del muro.

—¿Cacho? —pregunta Rata.

—Sí, Cacho —digo impaciente.

—Coño, ¡no te había reconocido! —dice la voz de dentro—. Tengo que volver a ajustar este maldito ojo mecánico… Soy Santiago. ¡Pasa!

El ojo se repliega ruidosamente hasta entrar en la pared y volver a hacerse invisible.

—«Cacho» me parece un nombre de mierda —suelta Rata mientras la puerta metálica se abre y deja a la vista a un tipo regordete, bizco y entrañable que no puede ser otro que Santiago. Sus brazos abiertos enmarcan el logotipo de Batman de su camiseta, en una especie de abrazo estático de superhéroe.

—Adelante, amigos. ¡No se tiene cada día a un miembro de honor, aquí, en El Atelier de lo Desconocido!

—¿Eres miembro de honor? —murmura Rata—, qué fuerte.

Nos introducimos en el agujero de conejo y, una vez dentro, Santiago cierra la puerta exterior. Mis pupilas tardan un buen rato en acostumbrarse a la débil luz que hay dentro, así que mientras andamos —como por arte de magia— empiezan a aparecer, delante de mí, decenas y decenas de estanterías con libros, cómics y todo tipo de material impreso. Además, por todas partes hay armaduras, espadas, pistolas, cascos y un sinfín de vestimentas de diversas épocas y universos. Casi parece un museo. Me acerco fascinado a una moto Jet, tamaño real, que parece tan auténtica como la vida misma.

—Cualquiera diría que acaba de salir del bosque de Endor, ¿eh? —dice Santiago.

—Sí —musito fascinado.

—Es un prototipo —añade con los ojos brillantes—. La he construido yo mismo. Si quieres, esta noche nos damos una vuelta por el barrio.

—Pero ¿esto vuela? —pregunto sorprendido.

—Claro —responde Santiago—. ¿Si no, qué mierda sería? ¿Un juguete? Todo lo que ves a tu alrededor es real.

—¿Pero qué pasa aquí? —pregunta Rata visiblemente enojada—. Llevo meses tratando de que me dejes montar en la moto Jet y tú, ni puto caso. Y llega este…

—*Este* —la interrumpe Santiago— es el detective privado M. Cacho, un respeto.

—¿Eres detective privado? —pregunta Rata ya más interesada—. ¿Cómo Philip Marlowe?

—Más bien como el Inspector Clouseau.

—Tendrías que haberlo dicho nada más llegar —me dice Santiago poniéndome una mano en el hombro—. No te habría hecho pasar por el acertijo.

—Pensaba que te dedicabas a dar vueltas por el mundo buscando tus piezas —digo girándome hacia él—. Creí que hablaba con el Guardián de la Puerta.

—Paso largos períodos de tiempo fuera, pero ahora estoy en Barcelona. Esta tarde tengo una cita con un ruso que asegura haber estado en Marte y tener pruebas de ello. Algo grande.

—Vaya, ¿en Marte? Pero entonces…

—No serás de esos que se cree toda la sarta de mentiras que suelta la NASA, ¿verdad? —estalla Santiago y después suelta un eructo—. Perdona, tengo gases. Nos tienen engañados. Pura propaganda fascista americana. Se creen que somos como niños, que nos asustaríamos de saber que hay vida afuera.

—¿En Marte?

—Claro —dice Rata, y Santiago asiente—. Y en la Luna también, hay mucha información al respecto.

—No lo sabía.

—Porque no se divulga. Para los gobiernos ya estamos bien en nuestras casas viendo la tele —espeta Santiago con rabia. Luego hace una pausa y añade—: Por cierto, ¿qué te trae por aquí? ¿Algún caso?

—Sí —digo rápidamente—. Me he visto envuelto en un tema un poco extraño y necesito cierta información que quizás me podáis proporcionar.

—¿De qué se trata? —pregunta Santiago.

—De una secta.

—Interesante. —Hace una pausa—. ¿Qué secta?

—Los Caballeros del Alba Gris, ¿los conoces?

—¿Los Caballeros del Alba Gris? —interrumpe Rata. Ella y Santiago se miran—. Claro que los conocemos. ¿Qué quieres saber?

—Todo.

Antes de hablar, Rata coge aire.

—Fueron fundados por María de Naglowska.

—¿Quién?

—María de Naglowska, una aristócrata rusa. Un personaje bastante controvertido.

—¿Por?

—Se definía a ella misma como «mujer satánica» y, al parecer, aprendió técnicas de magia sexual de Rasputín en persona —dice Rata entornando los ojos.

—¿Mujer satánica? ¿Qué era, una especie de bruja?

—No —responde Rata de forma tajante—. La Naglowska, a pesar de ofender a media sociedad de su época, no pretendía hacer daño a nadie; solo le gustaba provocar.

—Empleaba el concepto de forma simbólica —añade Santiago—. Consideraba que estamos hechos de dos partes, una satánica, que representa la razón y otra contrapuesta, que denominaba vida y que representa nuestra parte divina.

Pausa.

—¿Y ella fundó Los Caballeros del Alba Gris? —pregunto.

—Sí.

—¿Con qué propósito?

Santiago resopla.

—¿Con qué propósito? —dice pesadamente—. Pues porque le gustaría hacerlo, supongo. La Naglowska tiene un largo historial de ocultismo; de hecho, ya en 1932 había creado La Hermandad de la Flecha Dorada.

—¿La Hermandad de la Flecha Dorada? —digo atónito—. ¿Por qué estos nombres?

—La pompa es importante.

—¿Y a qué se dedicaban?

—Se creó con el objetivo de reconciliar las fuerzas oscuras y luminosas de la naturaleza.

—¿Y eso cómo se hace?

—A través de la unión de lo masculino y lo femenino.

—¿Follando?

—Así es, Cacho —dice Santiago. Y añade—: Cosa fina, vaya.

—Ya veo —murmuro—. ¿Y Los Caballeros…?

—Eso sucedió un poco más tarde —dice Rata—, cuando la Naglowska y Dalí se conocieron en París.

—¿Dalí? —pregunto con cara de alucinado.

—Sí —responde Santiago—, la Naglowska se dedicaba a dar seminarios sobre sexo a los que asistía gente importante de la época: Breton, Man Ray, Evola, Dalí y un largo etcétera.

—¿Pero Dalí no era asexuado?

—Él sí; Gala todo lo contrario. Además, Dalí acababa de birlársela a su amigo Paul Éluard y, supongo, tenía ganas de complacerla. Así que fueron asiduos de los cursos de la Naglowska.

—Vaya —murmuro.

—Se cuenta que había unos cuarenta participantes por

sesión, pero que luego un pequeño grupo continuaba a solas con ella para realizar ritos más íntimos —prosigue Santiago bajando la voz—. Se trataba de iniciaciones que ella misma calificaba de *satánicas*.

—Joder.

—Lo que está claro es que, en seguida, Gala congenió con la Naglowska —no hay que olvidar, además, que las dos eran rusas— y la convenció para venir aquí y ayudarla a fundar la Orden de Los Caballeros del Alba Gris.

—¿Pero Gala...? —balbuceo tratando de comprender.

—Gala quería seguir el camino que la Naglowska había empezado —me corta Santiago—. Estaba obsesionada con el ocultismo y el sexo; no olvides que hasta el último momento de su vida mantuvo relaciones físicas con jovencitos porque estaba convencida de que el esperma la rejuvenecía.

—O sea que María de Naglowska fundó la Orden de Los Caballeros del Alba Gris y la dejó en manos de Gala.

—Exacto —asiente Santiago. Y añade—: Por lo que sabemos, en sus inicios, el grupo era perfectamente inofensivo y se dedicaba a perpetrar ritos sexuales más o menos inofensivos, siempre siguiendo las tesis de la Naglowska; hasta que una rama más siniestra empezó a coger fuerza.

—Sí —lo corta Rata. Y añade—: Cuando murió Gala, los radicales se hicieron con el poder del grupo y a partir de ahí es muy difícil saber nada de sus actividades.

—Ya veo... —murmuro.

Mi cerebro empieza a maquinar cientos de preguntas, pero antes de que pueda abrir la boca Santiago se me avanza:

—Pero chico, ¡qué lástima que me tenga que ir! —dice—. Aunque creo que tú y Rata os entenderéis bien. ¿Has comido?

—No.

—Ahí tienes unas máquinas con patatas y chocolatinas, ¡invita la casa!

297

—¿Yo también puedo? —pregunta Rata.

—Está bien —accede Santiago—. Pero no te acabes los Pantera Rosa.

—Vale.

—Si le ayudas bien, quizás te dé una vuelta en la moto Jet esta noche.

—¡Bien! —exclama Rata con los ojos desencajados.

—Te dejo en buenas manos —me dice Santiago.

—¿Nos volveremos a ver?

—¡Quién sabe! —exclama mientras abre la puerta. Antes de desaparecer, añade—: ¡Que os divirtáis!

Me quedo a solas con Rata. Mientras despachamos una bolsa de patatas al jamón, otra de cacahuetes, un bote de maíz tostado, cuatro pastelitos y dos latas de Coca-Cola; la pongo al día de todo lo que conozco y he visto acerca de Los Caballeros del Alba Gris, así como del hallazgo del Arpa de Oro. Rata me escucha con atención hasta que dejo de hablar.

—¿Qué necesitas saber? —pregunta entonces mientras, con un dedo, se saca cera de la oreja.

Me tomo un tiempo para poner en orden mis pensamientos y, después, lo suelto:

—Juan Ramón dijo que existe otra dimensión no física donde habitan unos seres extraños, una especie de reptiles que andan sobre dos patas y que se alimentan de sangre humana. ¿A qué diablos se estaba refiriendo?

Rata mira al techo.

—La realidad no es tan simple como creemos —dice.

—Ilumíname.

—No es que haya «otra dimensión», hay muchas.

—Vaya.

—Nosotros vivimos en la tercera dimensión, los *reptoides* en la cuarta inferior.

—¿*Reptoides*?

—Sí, así es como son conocidos generalmente. Se trata

de reptiles que se mueven sobre dos patas. Al pertenecer a una dimensión superior a la nuestra, no los podemos ver. Pero están ahí, alimentándose de nosotros e influyéndonos de forma negativa.

—¿Y de dónde salen esos bichos? —pregunto mientras observo mis manos sudorosas.

—Casi todos de la constelación de Draco.

—¿La constelación de Draco? O sea que... ¿son extraterrestres?

—Sí.

—¡Los extraterrestres no existen! —exclamo.

—¿Ah, no? ¿Y cómo estás tan seguro?

—¡Porque lo estoy!

—¿Has oído hablar de la ecuación Drake?

Mierda.

—¿Pero se puede saber qué diablos os pasa a todos? —suelto desesperado.

Rata no responde. Creo que si quiero sacarle más información, deberé seguirle el juego.

—¿Y por qué quieren jodernos? —pregunto.

—No es tan extraño, para ellos es normal —dice esta sin inmutarse— Igual que para nosotros es normal, también, capar un perro. Es una simple cuestión evolutiva.

—¿Capar un perro?

—Sí, piénsalo por un segundo. Es un ser vivo. Lo hacemos por nuestra propia conveniencia, ¿no? ¿Qué te parecería si una especie tan avanzada como nosotros lo estamos de los perros, nos capara a capricho suyo?

—No es lo mismo.

—Es exactamente lo mismo, piénsalo. Además los extraterrestres nos crearon. Es normal que se vean con el derecho de...

—¿Qué dices? —la interrumpo—. ¿Los extraterrestres nos crearon? ¿Te has fumado algo?

—Ven —dice cogiéndome de la mano—. Hay muchas cosas que no sabes.

Andamos unos diez minutos por el laberinto de libros y objetos. Hasta tal punto es enrevesada la cosa, que me desoriento por completo. Finalmente, Rata se detiene delante de un anaquel y coge un tomo.

—*Life Itself*, de Francis Crick —dice casi susurrando.

—¿Francis Crick? ¿Quién es?

—Un bioquímico inglés, premio Nobel en 1962. Es el descubridor de la estructura del ADN.

—¿Un científico? —pregunto.

—Uno de los buenos —responde Rata—. En este libro expresa su idea de que la humanidad fue creada por una supercivilización galáctica.

—Eso no se puede demostrar.

—Si quieres aprender, calla y escucha.

—Vale, vale.

No sé por qué, pero creo que lo que me va a decir Rata no me va a gustar nada.

—¿Quién es la madre de la humanidad? —me pregunta.

—No lo sé. ¿Una mona?

—Exacto: Eva. Bautizada como la primera mujer de la Biblia.

—Qué bonito.

—¿Sabes cuándo apareció?

—No —digo resignado.

—Según la técnica del reloj molecular hace doscientos mil años, en África Oriental —dice Rata convirtiéndose, por un momento, en profesora sustituta de historia. Y añade—: Es el primer gran salto evolutivo sin explicación. De repente, Eva simplemente es distinta, más evolucionada: prácticamente igual a nosotros. Pero ¿qué es lo que sucedió? ¿Por qué ese salto evolutivo? ¡Durante más de un millón y medio de años el *Homo habilis* apenas había variado sus capacidades!

—Ni idea.

Rata me coge de nuevo de la mano y avanzamos unos metros más. Se queda mirando otra fila de libros y extrae un nuevo tomo.

—Los extraterrestres cruzaron sus genes con los nuestros y crearon una raza híbrida: eso pasó. Por eso somos especiales. Está todo documentado.

Suelto una sonora carcajada mientras acerco mis ojos a la tapa del libro y leo: *El 12.º planeta* de Zecharia Sitchin.

—Chorradas —suelto arrogante.

—¿Has leído el libro?

—No, pero no me hace falta…

—¿Estás familiarizado con los escritos sumerios? —me corta Rata.

—No.

—¿Entonces en qué te basas para decir que son chorradas? —pregunta y, sin esperar mi respuesta, suelta—: Para tu información, te diré que la civilización sumeria es la más antigua del mundo.

—¿Cómo de antigua?

—Seis mil años. Vivieron en lo que la Biblia llama la tierra de Shinar, o lo que es lo mismo, Mesopotamia.

—Vaya

—¿No tienes curiosidad por saber qué dejaron escrito?

—¿Pero ya se escribía en esa época?

—No tienes ni idea, ¿eh? Tonto —dice Rata, y me saca la lengua—. Los sumerios inventaron el lenguaje, las matemáticas y la astronomía, entre otras cosas.

—Uh, estoy impresionado. Y yo sin saberlo —digo sarcástico—. ¿Y qué mierda dicen los textos sumerios?

—Nos hablan de la creación del hombre tal como te la he contado.

—¿Lo de Eva y los extraterrestres?

—Sí.

«Eva y los extraterrestres». Parece el nombre de un grupo de música pop. Me río con la ocurrencia, pero eso no impide que Rata siga con su discurso:

—Los sumerios también hablaron de un segundo cruce genético que sucedió hace unos cien mil años, cuando «los dioses» tomaron a «las hijas de los hombres».

—¿Cómo?

—Eso sale incluso en la Biblia —dice Rata esperando una reacción por mi parte, pero no se produce—. Espera un momento, ¿has leído la Biblia?

—No —admito con vergüenza.

Rata empieza a trepar como un mono por otra inmensa estantería repleta de libros. Sube unos diez metros a una velocidad pasmosa y luego baja con un vetusto ejemplar.

—Génesis 6, 1-4 —dice en plan serio—. «Cuando los hombres comenzaron a multiplicarse sobre la Tierra y les nacieron hijas, los de raza divina hallaron que eran agradables y tomaron por mujeres a las que quisieron».

—Mitología —desprecio.

—No está tan claro.

—De todos modos, ¿qué tiene que ver todo esto con Los Caballeros del Alba Gris? —pregunto, ya exasperado.

Por primera vez desde que empezó con su discurso, Rata se para. Parece que está buscando las palabras adecuadas.

—Según Sitchin —prosigue—, los dioses que se cruzaron con nosotros eran de naturaleza reptil.

—¿Los famosos *reptoides*?

—Sí. —Hace una pausa—. Y todavía hay más. Hubo un tercer cruce con el objetivo de crear una élite destinada a gobernar a los sumerios. Una élite que, a la larga, debía dominar el mundo. ¿Comprendes?

Silencio.

—¿Puabi formaba parte de esa elite?

—Sí.

De nuevo, me quedo sin palabras. Rata, ajena a mi estupor, prosigue:

—El Arpa Dorada no estaba en su tumba por casualidad. Es un objeto sagrado diseñado para comunicarse con el más allá.

—Eso no es posible.

—Todo es posible.

—¿Y de dónde diablos has sacado toda esta historia? ¿De internet?

—Está escrito en infinidad de textos arcaicos.

—¿Qué textos?

Rata empieza a saltar de un sitio para otro y a depositarme en las manos un sinfín de volúmenes extraños.

—El *Libro de Enoc*, el *Popol Vuh*, la *Epopeya de Gilgamesh*, los escritos de Qumran, ¿sigo?

—No hace falta —digo desde detrás de la montaña de libros—. Está bien, acepto («temporalmente», pienso para mis adentros) que somos una mierda de especie a los ojos del universo y que esos *reptoides* de los que hablas se creen con derecho a hacer lo que quieran con nosotros.

—Cojonudo —dice Rata.

—¿Y qué persiguen Los Caballeros del Alba Gris convocando a esos seres?

—Qué sé yo —responde Rata lacónicamente—. Seguramente poder.

—¿Para qué?

—Para manipular y subyugar a los demás mortales; poder infinito.

Dejo los libros en el suelo y me siento encima de ellos, pensativo. Al rato, levanto los ojos y sonrío. Delante de mí, colgado de la pared, hay el traje que la princesa Leia llevó en *El retorno del Jedi* cuando estuvo cautiva en manos de Jabba el Hutt. Básicamente, consiste en un biquini de latón con una pedazo de seda escarlata que le sale de la braga y le cae entre las piernas. Hace un bonito contraste con todo lo que me acaba de contar Rata.

—No quiero asustarte —dice esta sentándose a mi lado—, pero para convocar a esos demonios hace falta sangre.

—Últimamente, todo está un poco loco —digo sin

apartar los ojos del biquini.

—¿Sabes? —dice Rata mirando en la misma dirección. Es el auténtico.

—¿Qué quieres decir? —pregunto temeroso de la respuesta.

—Santiago lo compró en una subasta en Los Ángeles.

—¡No jodas!

—¿Quieres verlo de cerca? —pregunta Rata juntando su cara a la mía.

—Sí.

—No te muevas —dice muy seria—. Creo que es de mi talla.

Rata se aleja dejando un rastro de romero que no había percibido antes; extraño, el romero siempre es el preámbulo de algo salvaje y suele llamar mi atención. Se acerca a la vitrina que encierra el preciado tesoro, la abre, saca el biquini cuidadosamente y me lo trae como si fuera un ramo de flores. Lo cojo y me lo acerco a la nariz.

—Hostia, huele a sudor, ¡al sudor de la princesa Leia! —digo emocionado.

—¿Te gustaría...? ¿Te gustaría que me lo pusiera? —pregunta Rata mientras su mano se deposita en mi rodilla.

—Eso estaría bastante bien —digo tratando de no sonar como un pardillo.

—Espera, no te muevas.

Rata desaparece detrás de una estantería. Si no fuera porque el sitio es un poco lúgubre, casi tendría la impresión de estar en un local de *striptease*. Aun así, no estoy muy seguro de lo que va a pasar. Rata no es mi tipo. Eso sin tener en cuenta que, seguramente, no se ha lavado desde hace una semana; como mínimo. No quiero ni pensarlo. Pero, entonces ¿por qué ese olor a romero?

Aparece, por sorpresa, un muslo desnudo de detrás de la gran estantería. Me quedo pasmado. ¿Quién hubiese adivinado que debajo del mugriento chándal se escondería una extremidad de geometría perfecta? Al menos a mí me lo parece y creo que, seguramente, Pitágoras estaría de acuerdo conmigo. Detrás de la pierna, sale Rata con el bikini dorado —realmente es su talla—, mostrando un delicioso cuerpecito más blanco que la nata. Se da la vuelta. La visión de su trasero me provoca un aumento del riego sanguíneo y mi zepelín decide emprender el vuelo sin esperar al último pasajero. Rata avanza, ahora, lentamente, en mi dirección. Al andar contonea las caderas de un lado a otro; es como si estuviera bailando. Me pongo de pie en un acto reflejo. Ella, de un salto, trepa encima de mí, enrosca sus piernas en mis caderas para sostenerse y ataca con un indecente *prospección petrolífera*. Eso sí es besar. Su lengua es suave como una nube. Su saliva sabe a melocotón en almíbar. Al poco, rodamos por el suelo. Me desnuda, casi arrancándome la ropa, mientras con una mano se aparta la braga a un lado y me pide que la penetre. No me lo pienso dos veces. Es como entrar en un mar de lava líquida. Casi quema. Lo hacemos a lo loco. Mordiéndonos por todas partes, tirándonos del pelo y dándonos bofetadas. Es como si fuéramos hijos de la selva y de las estrellas. Como si estuviéramos en el centro de un huracán y el mundo entero girarse a nuestro alrededor.

Nos corremos juntos, cara a cara, con las lenguas dentro de las bocas del otro, con las uñas clavadas en las espaldas del contrario.

Luego nos quedamos jadeando un rato, incapaces de movernos, recuperándonos del esfuerzo.

Chicos, me acabo de follar a la princesa Leia.

Mientras Rata devuelve el mancillado vestido de princesa a su vitrina, me visto. Es cuando me subo los pantalones y me abrocho el cinturón, que me encuentro con la cámara que llevo oculta en la hebilla. Me había olvidado por completo de ella. Contiene las imágenes que gravé anoche en El Pico de Oro. Podría ser que hubiese captado algo interesante, al fin y al cabo. Cuando llegue al despacho, tengo que echar un vistazo a la grabación.

—No creo que nadie note nada —dice Rata subiéndose los pantalones del chándal.

—Espero que Santiago no tenga cámaras de seguridad —musito.

—No las tiene, ¿no te acuerdas que está en contra de la filosofía *gran hermano*?

Es cierto, Santiago es un romántico, un defensor del anonimato, la libertad y lo analógico. Si algún día sale algo tan absurdo como un libro electrónico, seguro que se muda al Amazonas.

—Lástima —digo sonriendo—, me hubiese gustado tener el video de recuerdo.

—Guarro.

—Era broma.

—Ya lo sé.

Nos miramos y reímos.

—Oye, ¿y tú qué venías a hacer aquí? —le pregunto.

—¿A El Atelier?

—Sí.

Rata hace una pausa, durante la cual aprovecha para comerse una uña.

—No sé si debería decírtelo—musita.

—¿Ah, no? —pregunto extrañado—. ¿Y por qué?

—Podría ser peligroso.

—Vaya, qué misterio.

Rata me mira, me coge de la mano y me dice:

—Ven, acompáñame.

Me dejo llevar y, durante unos minutos, andamos sin sentido, ahora a la derecha, ahora a la izquierda, subiendo y bajando escaleras, trazando un recorrido imposible de recordar. Al final, llegamos a una especie de cubículo. Nos detenemos delante de él. Es opaco y no presenta ningún tipo de arista ni nada que sobresalga. Alargo la mano y lo toco. Está frío, aunque el tacto no me resulta metálico. Miro a Rata, que me indica con la mano un pequeño agujero a ras de suelo que hace las veces de puerta. Me hace pensar en una gatera.

—¿Vamos? —pregunta.

—Sí.

Rata se pone a cuatro patas y entra, sigilosamente, en el cubículo; yo avanzo detrás de ella.

Penetramos en una densa oscuridad; no puedo ver absolutamente nada, ni siquiera intuir el contorno de mis manos. Rata está delante de mí. Lo sé solo porque puedo oír su acelerada respiración; parece la de un conejo asustado.

—¿Qué diablos es esto? —susurro.

—Un momento —dice. Luego oigo un clic y la luz de una linterna empieza a danzar por la estancia. Observo atentamente. Por lo que puedo ver, son cuatro paredes forradas de estanterías repletas de libros. De hecho, solo se ven libros. Libros en las paredes verticales, pero también en el piso y en el techo. Es como si alguien hubiese cortado una estantería para ponerla de tapa, y otra para que hiciese de suelo; literalmente nos movemos por encima de cientos de volúmenes.

Miro de nuevo hacia arriba: cientos de pesados lomos desafían la ley de la gravedad. Me cubro instantáneamente la cabeza con las manos.

—¿Es que no van a caer esos libros? —pregunto con la ansiedad del que está preso de una expectativa.

—No, no creo —responde Rata.

—¿Se puede saber dónde estamos?

Pausa.

—Yo lo llamo «el pozo» —dice con voz neutra.

—¿El pozo? ¿Por qué?

—Es un agujero.

—¿Y Santiago qué opina de todo esto?

—Santiago no sabe que existe —prosigue Rata.

—¿Y eso cómo puede ser? —pregunto desconcertado.

—El Atelier está empezando a cobrar vida. Santiago lo ha estado alimentando durante toda su existencia de libros raros y mágicos, conjuros olvidados y manuscritos prohibidos; por no hablar de los objetos... Y desde hace un tiempo...

—¿Objetos? ¿Qué objetos? —la interrumpo—. ¿Las armaduras y vestimentas que había en la entrada?

—Esos son los inofensivos —susurra Rata.

—Ah...

—En la cripta mantiene, bajo llave, todo lo peligroso.

Estoy empezando a tener un ataque de pánico.

—¿Por qué me has traído aquí? —pregunto.

—Tú me lo has pedido —responde Rata.

¿Lo hice? Soy incapaz de recordarlo.

—Rata, ¿dónde estamos? —pregunto de nuevo.

—Ya te lo dije, en el pozo.

—Quiero salir.

—No será tan fácil —dice Rata enfocando con la linterna el agujero por el que entramos: ya no hay nada, solo libros.

—¿Qué diablos significa esto?

—Ven —dice mientras me arrastra hasta el centro de la habitación—. Ahí está.

Rata enfoca, ahora, un agujero en el suelo.

Si la habitación está oscura, el agujero debe ser el lugar más negro de la galaxia.

Un escalofrío me recorre la espalda.

Se me hielan las manos.

—¿No creerás que voy a entrar ahí? ¿Verdad? —pregunto.

—¿Prefieres quedarte?

—No.

—¿Entonces?

—Tengo miedo.

Rata ríe.

—No hay que tener miedo —dice—. Venga.

Pausa.

—Si entro, ¿estaré seguro?

—Si sigues las reglas, sí.

—¿Qué reglas?

—Ya sabes: «no mires atrás ni te detengas para nada en el valle. Huye hacia las montañas, si no quieres morir».

Me quedo petrificado.

Rata se encoje de hombros y luego añade:

—Anímate. Es divertido, ya verás.

—Yo…

No puedo terminar la frase. La pequeña deja la linterna en el suelo de libros y se lanza de cabeza por el agujero.

Sé que intenta salvarme. Pero me he quedado solo.

Me invade una extraña sensación. Como si mi cuerpo hubiera menguado. Cojo la linterna del suelo y me enfoco la mano. Veo una palma que no reconozco. ¿Hay alguien más ahí? Enfoco a mi alrededor pero no encuentro nada. Apunto de nuevo a mi mano. Un escalofrío me recorre la espina dorsal. No puede ser. ¿Qué diablos sucede? Tengo delante la lechosa mano de un niño o de un enano; y es la mía a la vez. Empiezo a temblar de los pies a la cabeza y la linterna se me cae al suelo. Se apaga. Me enrosco como un gusano asustado y me quedo en silencio durante un tiempo que no puedo determinar, hasta que empiezo a oír una respiración muy tenue. Algo se aproxima. Me pongo de rodillas y aguzo el oído. Sí, hay algo ahí. Algo que, cada vez, está más cerca. En un gesto absurdo, me tapo los ojos, pero eso no evita que, entre las rendijas de los dedos, vea como dos puntitos de luz se hacen cada vez más grandes. No son puntitos de luz, son ojos. Dos ojos de un verde intensísimo, casi fluorescente. Pertenecen a algo que está vivo; casi puedo sentir su aliento caliente en la cara. No hago nada. Estoy paralizado por el miedo. No soy capaz de mover ni el músculo más pequeño de mi cuerpo. De todos modos, lo que sea que tengo delante no se espera a que lo haga. Se retrae hacia atrás para coger impulso: pretende dar un salto para llegar hasta mí. El diafragma se me revela con un espasmo y vomito los pastelitos que comí hace unas horas; maldita bollería industrial. Un intenso hedor envuelve, ahora, todo el ambiente. No hay opción, debo seguir adelante; son las reglas. No debo tener miedo. La cosa salta. Mientras vuela, apoyo las manos en el suelo, con tan mala suerte que resbalo con el vómito rosa. Sorprendentemente, me deslizo hacia delante por debajo de la presencia, en dirección al agujero. La cosa aterriza y da media vuelta, decidida a venir a por mí. Pero no me detengo: doy un salto y entro de cabeza en el pozo. Este me succiona como un cachorro la teta de su madre. Me dejo llevar. Detrás de mí, la entrada al agujero se cierra con un sonido agudo y silbante y desaparezco en una negrura espesa como el betún.

La sensación de caída no es exactamente de vacío, se trata, más bien, como si avanzara a través de un mar de aceite. Lo respiro y entra dentro de mis pulmones, pero aun así, no me ahogo. Me siento como un pez prehistórico descendiendo por una cañería de petróleo.

No sé cuánto tiempo me hundo por este limbo líquido; solo puedo decir que, al final, aterrizo con un plop en la sala donde están las máquinas de comida.

Respiro profundamente: sigo vivo.

Miro a mi alrededor. Rata, sentada en una butaca, toma una Fanta de naranja. Parece estar esperándome.

—¿Qué tal?—me pregunta.

—¿Qué diablos ha sido eso?—le pregunto yo a ella.

Rata se encoge de hombros.

—Divertido, ¿no? —dice, y se echa a reír.

—Me largo —respondo cabreado.

Y salgo dando un portazo.

Me voy al despacho y me preparo un Jameson, triple.

Enciendo el ordenador, me siento en mi silla y conecto la microcámara para descargar las imágenes que capté en El Pico de Oro. Al cabo de un rato, un sonido de campanas me indica que la descarga está completada. Me remuevo en mi asiento, buscando el ángulo más cómodo y doy un sorbo de mi copa. El líquido ámbar entra por mi boca, se desliza por la faringe hasta el esófago y de este al estómago; dejando un rastro de fuego. No está nada mal. Le doy al botón de reproducción. Las imágenes empiezan a danzar en la pantalla del ordenador. Veo un montón de gente rica y bien vestida que se desnuda, se pone a cuatro patas y empieza a actuar como si fueran perros. Grandes actuaciones, de Oscar. Algunos se olisquean y se tocan, otros se rascan unas imaginarias pulgas. Es una lástima que no pudiera entrar la cámara al *cynodrome*, pero el material que tengo no está nada mal. Seguro que no les gustaría saber que está en mi poder. Me aseguraré, como mínimo, de que lo que sucedió esa noche no vuelva a pasar nunca más.

Apago el ordenador y sonrío.

Me encaro a mi vieja Olivetti de color rojo. El montón de hojas que conforman mis *Relatos cósmicos* tiene hambre y, hoy, necesito exorcizar algún que otro demonio a través de la fantasía. Doy otro sorbo al *whisky*, esta vez más generoso. A poco a poco, me voy relajando y las ideas empiezan a fluir por mi desgastado cerebro, deslizándose como animados esquiadores en un día de sol.

Me dedico a aporrear el teclado intensivamente durante un par de horas, como si fuera un corredor de fondo.

Soy feliz y no hay prisa.

Después, ya más tarde, dormiré en mi cama como un recién nacido.

Cafetería Federico. A mi derecha tengo un café americano; a mi izquierda, un cruasán. Hoy he decidido desayunar dulce. De vez en cuando, se me hace imprescindible.

En el centro de la mesa, el periódico del día reza un titular eufórico: «Campeones. El Barça se corona nuevo rey de la liga». Me lo acerco. En la foto de portada, Ronaldinho parece drogado de felicidad. A su lado Eto'o grita con los brazos en alto. «Sam la tocó otra vez», reza el pie de foto. Sonrío y le doy un bocado al cruasán. Tiene ese puntito de mantequilla tan francés que me sabe a gloria.

He citado a Mañana en territorio neutral para preparar nuestra intervención en la ceremonia que Los Caballeros del Alba Gris realizarán esta noche. Cuanto más pienso en ello, más acojonado estoy. Pego un sorbo al café con la esperanza de que me aclare las ideas, pero después del pequeño momento de placer, todo vuelve a estar igual que antes. Solo que Mañana ya entra por la puerta.

—Tienes buena cara, Cacho —dice mientras se acerca a la mesa—. ¿Has dormido bien?

—La verdad es que sí —respondo haciéndole sitio—. Estaba agotado y caí rendido a la cama.

—¿No oíste a la gente celebrando la liga?

—Ni me enteré.

—Pues a mí me han dado la noche.

—¿Le pongo algo a la señorita? —vocifera Federico desde la barra.

—Un café solo —responde Mañana girando la cabeza en dirección a la voz.

—Enseguida —concluye Federico.

Mañana se gira de nuevo hacia mí, parece un poco ansiosa.

—Está bien, entonces, ¿cuál es el plan?

—Primero, recapitulemos —digo con un suspiro.

—De acuerdo.

Cojo aire.

—Esta noche Los Caballeros del Alba Gris pretenden contactar, con la ayuda del Arpa Dorada, con los dioses del inframundo.

—Pero… —protesta Mañana.

—Entes asemejados a lagartos pero que caminan sobre dos patas —prosigo indolente—. Con eso obtendrán una alianza con una raza superior que les garantizará un poder sobrehumano.

—Cacho, ¿se puede saber qué te has echado en el café?

Quizás tendría que haberme llevado a Mañana a El Atelier de lo Desconocido.

—Al menos, eso es lo que *ellos* piensan que va a pasar, y es mejor tenerlo presente —digo—. Lo que no tengo tan claro es cómo va a ser la ceremonia en sí.

—Un momento —me interrumpe Mañana. Y baja el tono de voz—. Creo que alguien nos está espiando.

—¿Pero qué dices?

—Baja la voz —susurra.

—¿Dónde?

—Detrás de ti, pero no te gires.

—¿Entonces cómo voy a saber si estás en lo cierto?

—¿No confías en mí?

—Sí, pero aquí el experto soy yo, ¿no? —digo tratando de imprimir seguridad a mis palabras—. Fingiré que voy al lavabo y así lo compruebo.

—Qué tópico.

—¿Y qué quieres que haga?

—No lo sé, ¿no eras el experto?

—¡Entonces, al lavabo! —exclamo.

—Se va a notar.

—No. Lo haré con cuidado.

—Creo que ya sabe que estamos hablando de él.

—¿Es un hombre?

—Sí: barba, gafas oscuras y gorra roñosa de color negro.

—Está bien, voy a ver —digo levantándome.

Intento parecer natural, aunque en estos casos es mejor no tratar de asemejarse a nada y, simplemente, hacer las cosas sin pensar. Paso lo más cerca que puedo del sujeto en cuestión. La descripción de Mañana se ajusta a la realidad. El tío, además, se está tomando una Coca-Cola y una napolitana de chocolate. Al pasar por su lado noto un olor que me resulta familiar, aunque no consigo resolver a qué me recuerda; así que sigo mi camino hasta llegar al lavabo. Espero unos minutos mientras observo sus movimientos. Es cierto que está mirando disimuladamente como Federico le sirve el café a Mañana, pero no sé si eso puede ser considerado como *espiar*. El tipo me parece un poco demasiado poca cosa, no tiene pinta ni de matón, ni de espía, ni de nada. Quizás solo sea un don nadie solitario, desayunando aburridamente en un bar. Salgo del lavabo y vuelvo a pasar por su lado. Al cabo de unos metros me detengo. Ya recuerdo ese olor: romero. Me giro, me acerco al tío y le tiro de la barba.

—¡Cacho! —grita Mañana desde la mesa.

—Ah —grita el tío—. ¡Eso ha dolido!

—Ya puedes dejar de fingir, Rata —digo mientras sostengo la barba postiza con una mano.

—¿Lo conoces? —pregunta Mañana desorientada.

—Sí, es una chica.

—Me llamo Rata —dice esta saludando.

—Cacho, ¿se puede saber qué demonios...? —interrumpe Federico con el teléfono en la mano.

—No pasa nada —digo tratando de poner un poco de orden a la situación.

—¿Llamo a la policía? —pregunta.

—No será necesario. Esta señorita y yo nos conocemos de hace mucho —digo cogiéndola del brazo y llevándola hasta nuestra mesa—. No será ningún problema.

—De acuerdo —acepta Federico mientras cuelga el teléfono.

—Déjame coger al menos la Coca y la napolitana —protesta Rata—. ¿Te puedes creer que no tienen pastelitos? Vaya mierda de bar.

—Silencio —digo autoritario—. Coge lo que quieras y calla.

Rata se trae su comida y nos sentamos los tres a la mesa. Mañana la inspecciona sin salir de su asombro mientras esta se quita las gafas de sol y sonríe; parece feliz.

—¡Qué emocionante formar parte de vuestro equipo! —exclama.

—Cacho, ¿me vas a contar de qué va todo esto? —pregunta Mañana.

—Es una larga historia —digo con un suspiro.

—Soy su amante secreta, uh —dice Rata, y pega un bocado a la napolitana.

—¿Cacho? —pregunta Mañana, alzando una ceja.

—No sé qué mierdas se inventa este renacuajo —digo cabreado. Y añado para Rata—: ¿Quieres hacer el favor de comportarte?

—Está bien, está bien. Sé mantener un secreto.

—Así está mejor. —Hago una pausa—. Veamos, Mañana, esta es Rata; especialista en, digamos, temas esotéricos. Rata, esta es Mañana, mi ayudante.

—Y transexual, ¿no? —dice Rata descaradamente—. Es obvio. Qué fuerte me parece, la verdad.

—¡Rata! —digo rojo como un tomate.

—Ya me callo, ya me callo.

Mañana y Rata se dan la mano en silencio.

—Eso está mejor —digo tratando de sonar conciliador—. Para bien o para mal, antes de que nos levantemos de esta mesa, tenemos que dar con un plan. Y vuestra actitud no está ayudando para nada.

—¿Vamos a hablar delante de ella? —espeta Mañana.

—Oye... —protesta Rata.

—Podría sernos de utilidad —digo.

—Lo dudo.

—¿Cuál es el objetivo? —pregunta Rata.

—El objetivo principal es salvar a Juan Ramón Jiménez —responde Mañana con un resoplido.

—¿El poeta? Creía que estaba muerto —dice Rata y suspira—. No somos nada.

—¡Qué poeta ni qué leches! Mañana se refiere a mi cliente —digo cabreado—. Ya te hablé de él.

—Sí, pero nunca mencionaste su apellido.

—En cualquier caso, la idea es salvarlo.

—Pero quería robar el Arpa, ¿no? ¿Vas a salvar a un ladrón?

—Sí —digo enérgicamente—. Nos contrata su mujer. Y yo trabajo para quién me paga.

—Interesante código ético... —murmura Rata.

—¿Cómo dices? —pregunto atónito. La cría sabe cómo tocarme la moral, eso está claro.

—¿Y cómo se llama la mujer de Juan Ramón? ¿Rosalía de Castro? —añade esta con una mueca irónica.

—¿Rosalía de qué?

—Nada, nada, cosas mías.

—Ya basta —espeta Mañana—. Al grano. No tenemos todo el día.

—Está bien —admito.

Mañana duda unos instantes y luego prosigue:

—Si lo he entendido bien, esta noche Los Caballeros del Alba Gris van a abrir un portal que permitirá a una *especie de demonios* penetrar en nuestra realidad, ¿no?

—Sí —responde Rata poniéndose seria de golpe—, pero lograrlo no es tan fácil.

—¿Por qué? —pregunto.

—El Arpa solo funcionará si son capaces de hacerla sonar de una forma concreta.

—Juan Ramón dijo que Woolley, cuando profanó la

317

tumba de la reina Puabi, tomó fotos de la posición de los dedos de la sirvienta que la tocaba —digo poniendo mis dedos en posición de tañer un arpa imaginaria.

—Es de suponer que Los Caballeros tienen esas fotos —añade Mañana excitada.

—Y que pretenden tocar el mismo acorde que sonó hace casi cinco mil años —añado dando un golpe en la mesa.

—Exacto, un acorde prohibido y olvidado, un acorde cuya vibración altera las reglas del espacio-tiempo; el acorde de la muerte —dice Rata con voz siniestra.

—¿Y para qué quieren a Juan Ramón? —pregunta Mañana—. Que yo sepa no es músico.

—Parece ser —responde de nuevo Rata—, que una vez la puerta está abierta, hace falta sangre para atraer a los *reptoides*. Mucha sangre; sangre de hombre, sangre de mujer virgen, sangre animal, sangre...

—¿Animal? —interrumpo.

—Sí.

Mañana y yo nos miramos.

—Johnny —decimos a la vez.

Las líneas paralelas empiezan a converger.

—¿Quién coño es Johnny? —pregunta Rata.

—¡Un perro! —respondemos, de nuevo, al unísono.

—Cacho, ¿te dedicas a buscar perros perdidos?

—Eso, ahora, no viene al caso.

—Lo que no entiendo —dice Mañana— es por qué necesitan hacerle daño a un indefenso animalito.

—Los perros son muy importantes —aclara Rata.

—Qué tontería.

—No creas. Algunos se consideran animales sagrados.

—Los chihuahua, ¿por ejemplo? —pregunto.

—Sí —responde esta sorprendida—. ¿Cómo lo sabes?

—Johnny lo es.

—Pues que sepáis que los chihuahua son descendientes de los techichi; una antigua raza sagrada adorada por la realeza tolteca. Se dice que su sangre tiene poderes especiales.

—Por eso Ras se reserva a Johnny para la ceremonia —murmuro.

—Entonces, ¿crees que Ras va a estar allí? —me pregunta Mañana.

—Algo me dice que sí.

—¿H. P. Ras? —pregunta Rata abriendo mucho los ojos—. ¿El famoso ocultista?

—¿Famoso? ¿Le conoces?

—Sí, un tipo muy peligroso —dice Rata apretando los dientes—. Se dedica a proporcionar, a una elite muy rica, todo tipo de cosas ilegales.

—¿Cómo de ilegales? —pregunta Mañana.

—Mucho, y no quiero ensuciarme la boca hablando de ello. Solo diré que se lo conoce como el Vampiro del Raval.

—Joder, qué mal rollo —suelta Mañana.

—Está bien —digo yo—. Centrémonos en nuestros objetivos: llevarnos a Juan Ramón, hacernos con Johnny y, si es posible, salvar a las otras víctimas.

—Joder —resopla Mañana—. ¿Algo más?

Me encojo de hombros.

—Así que te dedicas a encontrar perritos perdidos —dice Rata con sorna—. Y yo que creía que eras un detective serio.

—Es una larga historia —digo arisco.

—En fin —añade Rata sonriendo—, qué vida tan emocionante.

—Ya ves.

Decido terminarme, a sorbitos, el café. Las chicas esperan, pacientes, hasta que ya no pueden más:

—Cacho, ¿cuál es el plan? —pregunta Mañana.

—El plan es sencillo —respondo dejando la taza—. Entraremos en la iglesia, como la última vez, a través de la tienda de antigüedades de Juan Ramón. Una vez tengamos localizadas todas las víctimas, interrumpiremos la ceremonia y nos las llevaremos. Su testimonio será necesario para

319

que la policía nos crea y se decida a desmantelar el tinglado.

—Es un plan bastante bueno —dice Rata sarcástica—. Un detective de perros, una ayudante con cachiporra incluida (eso sí nos puede venir bien) y una menor luchando contra el clan ocultista más poderoso de…

—Un momento, ¿eres menor? —digo atónito.

—¿Ella también va a venir? —pregunta Mañana desencajada.

—Tengo diecisiete.

—Joder.

—¡Cacho!

—Sí —digo autoritario—. Ella se incorpora también. Basta de discusiones. Nos vendrán bien sus conocimientos sobre el tema, ¿no crees?

—¿Y si pasa algo?

—Sé lo que me hago. Se quedará en el agujero que da a la iglesia, así si sucede cualquier cosa, podrá huir y avisar a la policía.

—Está bien —dice Mañana, aunque no suena muy convencida—. Pero todavía no nos has dicho cómo se supone que vamos a vencer a esa gente. ¿O es que ya no te acuerdas de lo que son capaces de hacer?

—Vamos a necesitar armas, muchas.

—Y también tapones para las orejas —dice Rata.

—¿Tapones para las orejas?

—Sí, por la música. No podemos correr el riesgo de quedar expuestos a su embrujo.

—Está bien.

—¿Y de dónde vamos a sacar el arsenal? —pregunta Mañana.

—Lo tomaremos prestado de la tienda de antigüedades —digo bajando el tono de voz.

—¿La caja de armas antiguas?

—Exacto.

—Pero yo nunca he tenido una pistola en la mano

—dice Mañana desesperada.

—Yo tampoco —añade Rata.

—Al menos estáis de acuerdo en algo —resoplo—. No os preocupéis, yo os enseñaré.

La idea de una aventura con armas de fuego hace que las dos señoritas se queden sumidas en un silencio tenso; un poco de paz que, después de tanto barullo, me viene bien.

Pago y salimos del bar de Federico en procesión. La calle Trafalgar nos envuelve con su amplitud majestuosa.

—¿Adónde vamos? —pregunta Mañana.

—A Correos —digo sacando un paquete del bolsillo de la Harrington.

—¿Sabéis el chiste de la mancha blanca que hay en frente de Correos? —pregunta Rata, y estalla en risas.

—Calla —respondemos Mañana y yo al unísono.

—Puf, qué idiotas.

—Rata, lo mejor será que vayas a por esos tapones.

—¿Ahora?

—Sí, cuanto antes mejor.

—De acuerdo, de acuerdo. Tienen que ser nuevos, ¿verdad? Es que, si no, tengo unos de los campamentos de hace un par de años que…

—Sí, ¡nuevos! —explota Mañana.

—Vale, vale, solo intentaba ahorrar…

—Toma —le digo dándole un billete de cincuenta—. Compra los mejores que haya en la farmacia, y el resto para que comas bien, que esta noche necesitaremos fuerzas.

—¡Cojonudo! —dice cogiendo el billete al vuelo —. No veas la de Phoskitos que podré…

—Rata —digo cortando—. Nos vemos esta noche a las once en Sant Antoni, delante del bar Ramón, ¿lo conoces?

—Claro —dice esta—. ¡Allí estaré! —Y se aleja dando saltos de alegría.

Nos quedamos Mañana y yo solos, en medio de la calle.

Una moto con el tubo de escape trucado nos deja momentáneamente sordos; maldita contaminación acústica. Mañana no quita los ojos del sobre que tengo entre las manos.

—¿Qué hay? —pregunta.

—La grabación de lo que pasó en El Pico de Oro.

—Nos hicieron quitar la ropa antes de entrar en el *cynodrome*, Cacho. ¿O es que ya no te acuerdas? No se verá nada comprometedor.

—Te equivocas, ayer por la noche revisé el archivo. Quedó registrado el momento en que nos hicieron desnudar y es bestial. Un montón de gente importante, reunida en la misma habitación, que a la orden de una voz empieza a quitarse la ropa, a andar a cuatro patas y a ladrar como perros.

—¿Gente importante?

—Sí, bastante. Esta mañana he hecho un poco de búsqueda de las caras que me sonaban.

—¿Y?

—Hay un poco de todo. Un par de diputados, empresarios varios, un diplomático… En fin, esto es un bombazo.

—Joder —dice Mañana mordiéndose el labio inferior—. Oye, no se nos verá a nosotros, ¿verdad?

—Tranquila, he editado las imágenes.

—Menos mal —dice resoplando. Luego pregunta—: ¿Dónde vas a enviarlo?

—A TV3, claro.

—¿Estás seguro?

—Sí.

—¿No nos va a causar problemas?

—El sobre no tiene remitente y, de todos modos, estoy dispuesto a correr el riesgo. Me importa una mierda lo que haga cada uno para obtener placer. Pero el maltrato que reciben esos animales no es justo. Esto debe terminar.

Después de pensarlo un poco, Mañana responde:

—Estoy de acuerdo. Qué pena que nunca nadie sabrá el buen trabajo que hizo Andoni, con la ilusión que le haría... ¿Crees que se le podría mencionar...?

—¿Andoni? —digo airado—. ¡Pensaba que ibas a elogiar mi pericia como detective!

—Cacho, está claro que sin su caracterización nunca lo hubiéramos logrado.

—En fin, no pienso discutir una absurdidad de este tamaño.

Mañana está a punto de protestar, pero el sonido de su teléfono nos interrumpe. «Mierda», dice mientras busca dentro del bolso. «Joder, parece que se esconde», gruñe. Al fin, logra encontrar el móvil, lo saca y, sin mirar la pantalla, descuelga.

—¿Sí? —dice.

Pausa.

—¿Diga?

Pausa.

—Seas quien seas tienes cinco segundos para contestar —suelta cabreada.

Pausa.

—Pues empieza la cuenta atrás: cinco, cuatro, tres, dos, uno...

Sea quien sea el que ha llamado, ha dicho algo, porque Mañana no ha colgado. Pero ahora es ella la que no habla. Daría lo que fuera por saber quién es.

—¿Jaime? —susurra, y empieza a sollozar desconsoladamente.

Chicken run. Jaime Maniles Cruz. El muchacho se ha decidido. Y a mí deberían darme el título a celestina de este año. Calisto y Melibea van a tener una segunda oportunidad. Espero que no la caguen, o que, por lo menos, no la caguen mucho.

—Hijo de puta —dice Mañana. No parece un gran principio. Pausa—. Yo también lo siento —añade ahora. Lo cual suena un poco mejor.

Empiezo a alejarme, lentamente, sin hacer ruido. Está claro que mi presencia ya no es necesaria. Espero que tengan suerte, el amor es un bien escaso. En fin, Correos no va a estar abierto todo el día y debo enviar este sobre, sea como sea, antes de que anochezca. Quién sabe qué sucederá después de que caiga el sol.

Me viene a la memoria el chiste que antes ha contado Rata. *Correos*. Es malo, pero me hace sonreír.

Y eso está bien.

***

Yo, que toda la vida he trabajado solo, me encuentro esperando en la puerta del bar Ramón a que lleguen Mañana y Rata. Madre mía, dos ayudantes. Si esto dura mucho, acabaré por tener un regimiento detrás de mí.

Me entretengo echando una ojeada al interior del bar: es un bullicio de gente que parece estar disfrutando de la comida y la música. Si no fuera detective, ahora entraría y pediría una jarra de cerveza y unas tapas. Tendrá que ser otro día.

La primera en llegar es Rata. Va vestida de camuflaje de pies a cabeza; además, calza unas espectaculares botas militares y se ha pintado la cara con rayas negras.

Me acerco a ella y me la quedo mirando, maravillado.

—¿Se puede saber qué coño…?

—Te mola, ¿eh? Lo he comprado en una tienda de ropa militar que hay aquí cerca.

—¿No había nada más discretito?

—¿Qué quieres decir? Voy de camuflaje.

—Nada, no importa —digo resignado.

A lo lejos Mañana se acerca. Va vestida con deportivas, tejanos y una sudadera negra. Lleva el pelo recogido y muy poco maquillaje. Parece otra persona. Cuando llega, repasa a Rata de arriba abajo.

—¿De qué va esta?

—Camuflaje, obviamente —responde Rata—. Me gusta ir preparada.

—¿Cacho? —suelta Mañana, y se me queda mirando. Creo que espera que le aclare el asunto. Solo me da por aclararme la garganta.

—¿Qué os parece si nos sentamos un momento, antes de pasar a la acción? —digo finalmente, tratando de apaciguar.

—¿Aquí? —pregunta Mañana.

—No, llamaríamos demasiado la atención —respondo resolutivo—. Mejor ir a un sitio más apartado.

Me los llevo hacia la calle Sant Climent, donde Juan Ramón tiene su garito de antigüedades. No sé si es muy buena idea, pero creo que en el bar donde estuvimos la última vez nos confundiremos con la variada fauna local. Y quizás pueda sacar un poco de información extra.

Andamos, pues, a toda prisa, sorteando una multitud de gente que nos observa con indiferencia, hasta que llegamos a la puerta.

—«Bar Montaña» —lee Rata.

—Sí —digo.

—Parece acogedor —murmura.

Sobre gustos hay demasiado escrito.

Penetramos en el interior del local a través de una jungla de humo y de tipos que nos miran. Supongo que deben estar flipando. Espero que no se crean que Rata forma parte de algún cuerpo militar, sino igual nos echan a hostias. Detrás de la barra, Úrsula, enfundada en su vieja y sucia bata, nos mira recelosa, con la misma cara de mandril de la otra vez.

—¿Vais de fiesta? —nos pregunta con su amable voz.

—Más o menos —respondo con una sonrisa—. Dos cervezas y una Coca-Cola, por favor.

—Serán tres cervezas —me corrige Rata.

Valoro la posibilidad de ponerme a discutir con ella, pero, no sé por qué, me da que tengo las de perder.

—Tres cervezas, entonces.

Úrsula mira a Rata de arriba abajo, lentamente, como si la escaneara. Se decide por servir las cervezas.

—¡Hombre! ¡Si están aquí mis amigos! —suena una rasgada voz.

Nos giramos. Se trata de Pepe, el tipo de la otra vez: mismo pelo amarillo de mierda, mismo barrigón inmenso (que sigue sin poder ocultar debajo de la camisa), mismo careto de Falstaff de tercera y misma copa de coñac. De hecho, parece que no se ha movido ni un milímetro de la barra, como si estuviera fundido a ella.

—¡Hombre, Pepe! ¡Qué ilusión! —exclama Mañana.

—¿Qué os trae por aquí? —pregunta.

—Un poquito de fiesta —respondo yo.

—Ya, por eso venís de camuflaje, ¿no?

—¡Chsss! —exclama Rata mientras se lleva un dedo a los labios—. Venimos de incógnito.

—¿Y esta quién es? —pregunta Pepe, y estalla a reír.

—Rata.

—¿Me estás insultando, cría? —suelta, de pronto, cabreadísimo.

—No, no —trato de decir.

—Eh, Úrsula, la niña me ha llamado rata, ¿se puede tolerar? —dice Pepe en voz alta.

El bar se queda callado. Todo el mundo nos mira.

—¿Se puede tolerar? —repite Pepe.

Silencio.

Mierda, esto no pinta nada bien. Y lo último que me apetece es recibir un par de hostias.

—No, tonel con patas, no te he insultado. Me llamo Rata. Soy yo la Rata, ¿queda claro? —dice mi ayudante en un tono más que impertinente.

Pepe se atraganta con su coñac.

—Me cago en todo.

—Puf, que patoso.

—Vamos a calmarnos todos, ¿eh? —digo.

Pausa.

—¿Rata, dices? —Pepe arquea la ceja. Se produce otro silencio tenso—. ¡Me gusta! —exclama finalmente el barrigudo, y después estalla en risas.

Mañana y yo nos unimos a la fiesta. Al poco, todo el bar está riendo y comentado la jugada. Menos mal.

—Joder con la cría —suspira Pepe. Y luego pregunta—. Por cierto, ¿encontrasteis lo qué buscabais en el anticuario de Jiménez?

—No —responde Mañana—. Aunque tiene material muy interesante.

—Eso dicen.

Pausa.

—Juan Ramón hace bastante que no viene por aquí —comenta Pepe—. No le habrá pasado nada, ¿verdad?

—¿Cómo vamos a saber eso nosotros? —digo haciéndome el inocente.

—A ver si me explico, ¿sus señorías se han pensado que soy imbécil? —suelta Pepe mientras arruga la frente.

—Oye —dice Úrsula desde detrás de la barra—, ya hablas demasiado.

—Úrsula, tú siempre en el momento oportuno. Creo que el caballero quería invitar a una ronda.

Pausa. Úrsula me mira.

—Sí, sí, claro, como no —digo con timidez.

—¿Lo ves? —suelta Pepe. Y luego grita—: ¡Ronda gratis!

El bar, como si hasta ahora hubiera sido un dinosaurio dormido, cobra vida. Cada cual levanta su vaso y chilla a Úrsula lo que quiere que le sirva. Incluso hay dos o tres enterados que entran de la calle con vasos de plástico. Esto me va a salir por un ojo de la cara.

—Como decía —continúa Pepe en voz baja—, está claro que no sois clientes de Juan Ramón. Solo hay que ver las pintas. Creo que tampoco sois policías, sino seguro que ya me habría llevado alguna hostia. Entonces, la cuestión, mis queridos amigos, es, ¿quién coño sois?

Pausa.

—Soy M. Cacho, detective privado. Esta es Mañana, mi ayudante —digo señalándola—. Y a Rata ya la conoces, es nuestra asesora.

—¿Asesora? —pregunta Pepe, incrédulo.

—Sí. ¿Satisfecho?

—¿Por cuenta de quién trabajáis?

—Nos contrata Remedios.

—Lo imaginaba, lo imaginaba... —murmura Pepe para sí. Luego pregunta—: Entonces, debo deducir que Juan Ramón tiene problemas, ¿no?

—Sí —respondo a regañadientes.

—¿Algo grave?

—Podría ser.

—Si puedo ayudar en algo...

—Pepe —digo mirándole a los ojos—, ya que hemos echado las cartas sobre la mesa, voy a ser claro.

—Adelante.

—Pasan cosas extrañas en el barrio, ¿verdad?

Pausa.

—Sí —musita—, el ambiente está enrarecido. Ha habido algunas desapariciones y todos estamos un poco asustados.

—¿Y la policía qué dice? —pregunta Mañana.

—Poca cosa, hay un par de casos abiertos. Pero, como no ha aparecido ningún cadáver, ni nada que se le parezca, no han movido demasiado el culo, la verdad.

—Entonces estamos solos —digo en voz baja.

—¿Corre peligro la vida de Juan Ramón? —pregunta Pepe, miedoso.

—Vamos a tratar de salvarle, aunque no va a ser fácil —digo intentando sonar seguro.

—¿Vosotros? ¿Vosotros vais a salvarle?

—Sí —responde Rata.

—¿De qué?

—Es mejor que no lo sepas —digo entornando los ojos.

—Pues qué mierda.

Pepe se queda contemplando su copa de coñac, como hipnotizado.

—Solo una cosa —digo rompiendo el silencio.

—¿Qué? —pregunta sin mirarme.

—¿Puedo pedirte un favor?

—Si puedo ayudar, lo haré, al fin y al cabo, Juan Ramón es mi amigo.

—Se trata de algo muy sencillo. ¿A qué hora cierra el bar?

—A las seis de la mañana.

—¡Pero si es domingo!—exclama Mañana.

—¿Y?—pregunta Pepe.

—Joder—refunfuña mi ayudante—, para que luego digan que la fiesta en Barcelona es una mierda.

—Hay que saber ir a los sitios adecuados —concluye Pepe; levanta su copa y le da un largo y sonoro sorbo.

No nos queda mucho tiempo, así que decido ir al grano:

—Pepe, si antes de las seis no hemos pasado por el bar, llama a la policía. ¿Puedes hacer esto por nosotros?

Silencio.

—¿Y qué les digo?—pregunta.

—Que busquen en la tienda de Juan Ramón.

—De acuerdo, eso es fácil —dice Pepe pausadamente. Luego sonríe y añade—: Creo que será la primera vez que llamo a la policía.

Pago y salimos del bar mecidos por las miradas de agradecimiento de la parroquia; es lo que tiene una ronda gratis, te ganas el amor de la gente.

Ya en la calle, andamos unos metros hasta llegar al local de antigüedades de Juan Ramón, que presenta el mismo aspecto lúgubre y desarreglado de la última vez. Subo con cuidado la persiana metálica hasta la mitad y enciendo mi linterna para mostrarles el camino a mis ayudantes. Una a una, penetran en la oscuridad muda. Me introduzco detrás de ellas y cierro la persiana desde el interior. Mañana y Rata encienden sus linternas. Ya estamos dentro. La aventura comienza.

Enfocamos las grandes estanterías que llegan hasta el techo, repletas de libros, objetos y todo tipo de cosas extrañas. Al fondo, sigue la gigantesca mesa de madera. Con sigilo, avanzamos por el suelo de baldosas blancas y negras hasta que llegamos a ella. Enciendo la lámpara que tiene encima.

—Mucho mejor —dice Mañana apagando la linterna.

—Joder —exclama Rata mirando a su alrededor—. Este sitio es la hostia, tengo que decirle a Santiago que se pase por aquí. —Inmediatamente se tapa la boca.

—¿Santiago?—pregunta Mañana.

—Sí —respondo.

—¿Quién es Santiago?

—Nadie —farfulla Rata.

—El creador de El Atelier de lo Desconocido —digo.

—Pero, Cacho —protesta Rata—. ¡No se puede decir!

—Mañana es de confianza.

Pausa.

—¿El Atelier de lo Desconocido?

—Sí. Santiago ha consagrado su vida a recopilar textos y objetos marginados o que no tienen explicación. Todo lo que no sale en los libros convencionales o que la ciencia ha dejado a un lado porque no lo puede explicar, está ahí. Acudí a El Atelier en busca de información sobre Los Caballeros del Alba Gris y me encontré con esta —digo señalando a Rata—. Es toda una experta en el tema.

—Ya veo —concluye Mañana.

—Lo mejor será que nos pongamos en marcha.

—¿Dónde está la entrada? —pregunta Rata.

—Allí —señala Mañana en dirección al agujero por dónde entramos la última vez. La losa sigue abierta y, del interior, sale una ligera corriente de aire frío.

—¿Vamos?

—Un momento. Primero tenemos que armarnos —digo acercándome a la caja metálica con la que nos topamos la otra vez.

—Joder, es verdad —resopla Mañana—. Ojalá me hubieran enseñado algo remotamente parecido a esto en clase.

—Pensaba que eras una experta —dice Rata.

—En realidad, este es mi primer caso —admite Mañana.

—Cacho, ¿estás seguro de que esto va a salir bien? —me pregunta la mocosa.

—Si haces lo que te digo y mantienes la boca cerrada, sí.

—Vale, vale.

Nos acercamos a la caja de hierro. Me pongo de cuclillas y extraigo la barra horizontal que bloquea las argollas que unen la tapa a la pared lateral de la caja. Después, deslizo la tapa hacia arriba con cuidado. A causa de la fricción se produce un extraño sonido, como si un animal se quejara. Pronto, el interior queda al descubierto. Nos asomamos y allí las vemos, relucientes, frías, bonitas y calladas. Hay montones de ellas. Me pregunto si funcionarán.

Extraigo un rifle y lo examino detenidamente.

—Joder, ¡esto es un Winchester 73 auténtico! —exclamo—. ¡Y este también! —añado sacando un segundo rifle.

Mis compañeras me miran.

—Parecen muy antiguos, ¿no? —pregunta Mañana.

—Sí —digo mientras examino las piezas—. Al parecer, Juan Ramón también comerciaba con armas de coleccionista—. Están muy bien conservados.

—¿Dispararán todavía?

—Me apuesto el cuello a que sí.

—¿De qué año son? —pregunta Rata.

—De 1873, claro. Por eso se llaman así.

—Joder —exclama Rata tocando uno con la punta de los dedos—. La de personas que debe haber matado esto.

Dentro de la caja de hierro hay también una gran cantidad de munición. Así que empiezo a deslizar balas por el lateral del fusil. Entran suaves como la seda. Se diría que salió ayer de la fábrica.

—¿Cuántas caben? —pregunta Rata.

—Si recuerdo bien, trece.

—No creo que estos vejestorios vayan a funcionar —dice Mañana.

—Con estos vejestorios se conquistó el Oeste —digo tirando de la característica palanca que va unida al guardamonte. Crac. Todos podemos oír como el cartucho entra en la recámara del cañón con un sonido neto.

—Toma —le digo a Mañana lanzándole el otro Winchester—. Ya has visto cómo se hace.

Mañana obedece en silencio y procede a insertar las balas. Cuando ya no le entra ninguna más levanta la cabeza y me pregunta:

—¿Y ahora qué? No tengo ni idea de cómo funciona esto.

—Es muy fácil. Apuntas y disparas.

—¿Y si fallo?

—Tiras de la palanca. Mira, aquí —digo señalándole la pieza de hierro—. Entonces se desalojará el casquillo usado y entrará un cartucho nuevo.

—¿Y eso qué quiere decir?

—Que puedes volver a disparar.

Mañana se queda mirando el rifle. No parece muy convencida.

—¿Qué es esto? —interrumpe Rata cogiendo una caja de madera.

—Trae —ordeno.

Rata me entrega la caja a regañadientes. La sostengo en mis manos. Por lo pequeña que es, pesa mucho.

—¿Es que no la vas a abrir? —me pregunta impaciente.

—Un momento —digo apartando el polvo que enmascara la tapa—. Creo que hay algo escrito.

Enfoco con la linterna la superficie de la caja pero me cuesta horrores entender nada; es muy vieja y las letras están carcomidas.

—¿Qué dice? —esta vez es Mañana la que pregunta.

De golpe comprendo, y me quedo petrificado.

—Cacho, ¿qué diablos dice? —salta Rata.

Pausa.

—Billy el Niño —murmuro; y me quedo con la boca abierta.

—¿Billy el Niño? —pregunta Mañana sin entender.

—¡Billy el Niño! —grita Rata abriendo la caja y dejando a la vista un antiguo revólver.

—Pero, ¿qué diablos es esto? —exclama Mañana.

Meto la mano dentro de la caja, saco el arma y la examino detenidamente; incluso un no experto la reconocería.

—Es un revólver —digo—. Concretamente un Colt 45, también conocido como Peacemaker. La legendaria arma que llevó Billy el Niño.

—¿Crees que podría ser la auténtica? —pregunta Rata, ansiosa.

—Lo dudo, la leyenda cuenta que después de fugarse de la prisión de Lincoln, Billy enterró su revólver cerca de Capitán, en Nuevo México —respondo, y añado con voz misteriosa—: Nunca nadie lo encontró.

—¡Quizás Juan Ramón logró hacerse con él! —exclama Rata.

—Lo dudo.

—Oye, ¿y tú cómo sabes tanto sobre Billy el Niño? —pregunta Mañana, que está flipando.

Pausa.

—De pequeño, mi madre estaba obsesionada con el

Che Guevara.

—¿Cómo

—El Che Guevara.

—¿El Che? —Mañana no sale de su asombro.

—Sí, hasta el punto de que me hizo odiarlo.

—¿Y eso qué tiene que ver con Billy el Niño? —pregunta Rata.

—Tuve que encontrar otro mito. Alguien que no fuera un salvador, ni ninguna mierda de esas. Alguien con estilo. Alguien que representara la *auténtica libertad*.

—¿Y te hiciste fan de Billy el Niño? —suelta Mañana incrédula.

—Sí.

—Vaya —murmura Rata.

—Es que era muy duro oír el *Hasta siempre, comandante* a todas horas —digo girándome hacia ella—; incluso se tatuó su cara en el pecho.

—¿Tu madre se tatuó al Che Guevara en el pecho? Qué trauma.

—Nunca me gustó ese bigotito.

—Dímelo a mí , que lo veía cada vez que la abrazaba.

—¿Hemos acabado ya con la psicoterapia? —espeta Mañana—. Por si se os ha olvidado, hemos venido a trabajar.

—¿Puedo ser Billy la Niña? —pregunta Rata mientras me mira con los ojos pasados por el agua de la emoción.

—Claro —respondo. Y cojo el arma—. Tiene seis disparos —digo abriendo el tambor.

—Cacho, no sé si es una buena idea… —Mañana trata de frenarme.

—Se carga así, ¿ves? —digo introduciendo los cartuchos en las recámaras—. Y, después, cierras el tambor.

—Vale, ¿y luego?

—Es muy fácil. Primero amartillas. Mira, así —digo mientras tiro del percutor. Cric—. ¿Oyes este ruido? Es como música.

—Suena como en las películas —dice Rata emocionada.

—Tendrían que patentarlo, como el sonido de las Harley Davidson.

—Bravo, Cacho, estarás orgulloso —censura Mañana—. Sus padres estarían encantados de conocerte.

Decido obviar el comentario.

—Luego apuntas —prosigo.

—¿Cómo se hace?

—Mira —digo mostrándole el arma—, el revólver tiene dos mirillas, la más cercana a ti…

—¿Esta muesca?

—Sí.

—Y la otra es este pequeño punto de mira —digo señalando el extremo del cañón.

—Vale —concuerda Rata.

—Debes alinear las dos mirillas con el blanco.

—¡Y luego disparo! —exclama.

—No tan rápido. Debes apretar el gatillo poco a poco y de forma constante, sino perderás la puntería. El disparo debe llegar casi de forma inesperada.

Ajá —murmura Rata tratando de entender.

—Lo mejor es hacerlo con la respiración. Coge aire y, a mitad de la exhalación, dispara. ¿Entiendes?

—Sí —responde Rata cogiendo el revólver y poniéndoselo en el cinturón—. Esto va a ser una pasada.

—¡Cacho! —protesta Mañana.

—No pretendo que dispare a nadie —digo pausadamente—, pero en caso de que se vea en apuros, prefiero que pueda defenderse. ¿O es que ya no te acuerdas de lo que hicieron esos degenerados con las chicas la última vez que estuvimos allí?

Pausa.

—Está bien —admite, al fin, Mañana. Y añade—: ¿Hemos terminado?

—Un momento —digo—, cogeré esta pequeña de aquí—. Me hago con una de esas diminutas Remington de dos cañones que los pistoleros se solían ocultar en la manga. Es dorada y tiene las cachas de nácar—. Por si acaso.

—Joder Cacho, parece que vayamos a la guerra —dice Mañana—. Que sepas que estoy en contra de las armas.

—Yo también. No he tocado una desde la mili; te lo dije.

—¿Entonces?

—Me fascinan estéticamente, solo eso.

—Qué tontería —suelta Mañana—. No pienso disparar a nadie.

—Ojalá no tengamos que hacerlo —digo pesaroso. Y añado—: Vamos.

Nos levantamos para dirigirnos hacia la entrada secreta, pero Mañana nos frena.

—Espera un momento —dice nerviosa—. No sabemos ni siquiera si van a funcionar, ¿verdad?

—Es posible que estén estropeadas, claro —digo pensativo—. Podríamos hacer una prueba, pero lo más probable es que el ruido alertara a los vecinos.

—Mierda, entonces cogeré otra —dice Mañana agenciándose la primera pistola que encuentra—. Así, al menos, tengo el doble de posibilidades de que una funcione —murmura para ella. Luego, añade en voz alta—: ¿Esta va bien?

—Es una Luger.

—¿Servirá?

—Sí —digo introduciéndole un cargador—. Aunque mejor que no te cuente el historial de este bicho.

—Eso lo sé hasta yo —dice Rata—. Era la pistola de los nazis.

—Me la trae floja —espeta Mañana—. Si es alemana, seguro que no falla. Vamos.

—Un momento —digo cogiendo algo más de munición y repartiéndola entre todos—. Mejor que sobre que no que falte.

—Esto no me gusta —susurra Mañana cerrando la caja

negra—. Yo estoy por la paz.

—Curioso —digo con una sonrisa.

—¿El qué?

—Que hayas escogido la Luger.

—¿Por?

—Su nombre auténtico es Parabellum.

—¿Y qué?

—Viene del dicho latín.

—¿Qué dicho latín?

—*Si vis pacem, para bellum.*

—¿Y eso qué coño significa? —suelta Mañana exasperada.

—'Si quieres la paz, prepárate para la guerra'.

No añade nada más.

Andamos en silencio hasta la entrada al pozo. Encendemos de nuevo las linternas y enfocamos al interior. No se ve nada.

—Yo iré el primero —digo—; tú, Rata, la segunda, y tú, Mañana, cerrarás el grupo. ¿De acuerdo?

Mis compañeras asienten. Enfoco, de nuevo, la linterna hacia el hoyo. Siguen estando los mismos peldaños metálicos en forma de *U* horizontal.

—Id con cuidado, hay mucha humedad y los barrotes están resbaladizos —advierto.

Poco a poco, descendemos por el pozo hasta que volvemos a estar en tierra firme. Mientras localizo el corredor por el que debemos continuar, las linternas luchan contra una oscuridad que trata de envolvernos.

—Por aquí —digo haciendo un gesto con la mano.

Andamos durante un cuarto de hora por el túnel. El espacio está más silencioso que un campo de fútbol vacío. Solo se oyen, suavemente, nuestras pisadas y el roce ocasional de las Winchester contra la ropa. Poco a poco, empieza a hacerse audible la extraña melodía que nos recibió la última vez que estuvimos aquí: tres notas que nos ponen la piel de gallina.

—¿Qué es eso? —pregunta Rata.

—Una marcha de bienvenida —respondo—. Será mejor que apaguemos las linternas.

Delante nuestro se cierra una oscuridad espesa como la miel. Continuamos avanzando a tientas por el túnel, hasta que llegamos al primer agujero. No tiene más de medio metro de ancho. Nos vamos metiendo, uno a uno, dentro de él, como si fuéramos gusanos. El barro nos ayuda a deslizarnos en silencio.

—Joder —susurra Rata—, esto es como estar dentro de la vagina de mi madre.

—Silencio —digo dándole una coz.

—¡Ay! —exclama, y luego dice—: Solo espero que el parto no sea doloroso.

—¡Rata!

—Vale, vale. ¡Ya me callo!

Nos seguimos arrastrando en silencio durante unos diez metros, hasta que caemos de bruces en la cueva donde estuvimos la última vez.

—Hola, mundo cruel —murmura Rata frotándose la cabeza.

La música se oye, ahora, con total claridad. Señalo el agujero final que desemboca en la iglesia subterránea. Nos acercamos y observamos en silencio, envueltos en las sombras. El cuadro que se aparece delante de nosotros es desolador.

Esta vez, la iglesia ha sido iluminada con antorchas, como si una extraña coreografía de espíritus danzantes tratara de ocupar la negrura del espacio. Calculo que debe haber, como mínimo, veinte metros hasta el techo de la iglesia. Abajo, los asistentes ocupan en silencio la nave mayor, encarados al ábside central, donde se encuentra el viejo altar de piedra. Como la otra vez, están dispuestos en dos filas de bancos con un pasillo en medio.

Encima del altar, una chica de pelo rizado y ojos color musgo, reposa en un diminuto taburete. Su cuerpo está cubierto por una túnica de seda a juego con sus pupilas y, su cabeza, coronada por una tiara dorada en forma de serpiente. Parece sacada de un mosaico romano. Delante de ella descansa, imponente, el Arpa Dorada. Es un precioso instrumento de madera en forma de *U*, revestido de oro, plata y lapislázuli antiguos. Estos, se combinan formado preciosas cenefas, en un diseño que, para nada, parece creado por una cultura primitiva. Por la parte superior, la *U* está cerrada por un travesaño, también de madera, al que se sujetan las cuerdas. Estas bajan perpendiculares hasta la base, decorada, asimismo, con rombos y triángulos de nácar y cornalina. Dudo que, en la actualidad, alguien pudiera crear algo parecido. Lo que me impresiona más del conjunto es la imponente cabeza de toro barbado que reposa en uno de los extremos. Sus plácidos ojos azules contrastan con dos enormes cuernos puntiagudos que apuntan hacia arriba y que no presagian nada bueno. A la chica de pelo rizado no parece importarle. Se limita a apoyar sus delicados dedos encima de las tensas cuerdas. No mueve ni un músculo. Espera pacientemente, preparada para tocar, mientras su mirada se pierde al fondo del transepto.

Al lado del altar, la niña con la que me crucé en la sede de Los Caballeros del Alba Gris, canta la canción hipnótica que llevamos escuchando todo este tiempo. En esta ocasión, se ha vestido con una túnica color oro, decorada con símbolos extraños. Su expresión es dulce, pero emana luz verdosa de sus ojos.

Al fondo, Juan Ramón sigue encadenado al muro, pero esta vez, no está solo. Las tres niñas vírgenes permanecen junto a él: la rubia delgada, la de pelo castaño y la gitana tuerta. Su expresión es de pánico puro, sin aditivos. En el extremo derecho del grupo, atado con una cadenita de hierro también descansa Johnny, ajeno al peligro que se cierne sobre él. A falta de un hueso, está entretenido lamiendo el pie de la rubia delgada; realmente es un animal adorable, entiendo que el señor Bernstein le cogiera tanto cariño.

—¿Has visto? —susurra Rata—. Parece que lo tienen todo a punto.

—Tratemos de mantener los nervios a raya —digo poniéndole una mano encima del hombro para calmarla.

—¡Y eso de ahí es el Arpa Dorada! ¿Verdad? —explota, excitada, señalando encima del altar.

—Sí —dice Mañana retirándole el dedo en un gesto de prudencia.

—Pensar que ese objeto estuvo sonando, hace más de cuatro mil años, en el interior de la tumba de la diosa Puabi, me pone las rastas de punta.

—Es increíble —digo.

—¿La *diosa* Puabi? —pregunta, extrañada, Mañana.

—Así es como se la conoce también —responde Rata.

—¿Pero no era *reina*?

—Hay una cierta controversia al respecto —dice Rata—. Algunos especialistas le dieron el título de reina porque junto a su cuerpo se encontró un cilindro con una inscripción en cuneiforme que la calificaba de «nin»; Woolley lo tradujo como «reina»; pero Sitchin sostenía que ese era el término sumerio para «diosa».

—¿Y eso qué cambia? —pregunta Mañana.

Rata se gira hacia mí, traga saliva y luego me pregunta:

—¿Te acuerdas de lo que te conté?

—Sí —musito.

—¿Hola? —dice Mañana—. ¿Alguien me va a poner al corriente?

Cojo aire.

—Al parecer —murmuro—, Puabi no era humana del todo.

—¿Ah, no? ¿Entonces qué diablos era?

—Mitad humana, mitad divina —musito.

—¿Cómo?

—Hija de un dios reptil y de una mujer —dice Rata—. Por eso fue llamada «nin».

Pausa.

—Estáis todos locos, ¿eh? —farfulla Mañana.

—En cualquier caso, eso no nos ayuda mucho —digo mientras con la mano me seco el sudor de la frente—. Si realmente la reina Puabi estaba emparentada con extraterrestres, eso hace aumentar las posibilidades de que esa maldita Arpa tenga poderes auténticos.

—Es verdad —concuerda Rata—. Todo esto no presagia nada bueno. No hay que olvidar que en su tumba pasó algo realmente gordo. Murieron más de medio centenar de personas.

—¿Un asesinato masivo de la época? —pregunta Mañana.

—No lo creas. Por lo que se dedujo de los cadáveres, nadie trató de huir, ni de luchar; al contrario, todos murieron plácidamente. ¡Os recuerdo que la Dama del Arpa pasó al otro mundo tocando! Esas personas no fueron asesinadas; murieron voluntariamente, formando parte de la ceremonia.

—Todo esto es muy raro.

Pum.

Un ruido sordo, seco y grave interrumpe nuestra cháchara.

Después de este, el sombrío sacerdote de la otra vez irrumpe en escena. Lleva la misma túnica púrpura y su piel sigue siendo tan blanca como el tuétano. Su sombra se alarga por el suelo como si fuera una araña gigante que lo persiguiese. Detrás de él, avanza su séquito de encapuchados; el rojo y negro de sus uniformes me recuerda una serpiente venenosa. Son unos diez y parecen preparados para lo que haga falta. Esto no va a ser fácil.

El público, antes en silencio, está ahora visiblemente nervioso. Algunos entornan, inquietos, los ojos; otros suben y bajan rítmicamente la pierna, con la esperanza de que la tensión acabe por desaparecer con el movimiento; la mayoría contempla, simplemente, con la boca abierta.

—¡Locos! —exclama, de golpe, el sacerdote—. ¿Creéis que sois dignos de la estirpe del dragón? ¿Creéis que él se apiadará de vosotros?

—Esto empieza —susurra Mañana, y traga saliva.

—Esta noche moriremos todos —añade el sacerdote con una voz que me congela la sangre—. Para renacer, primero hay que morir. ¡Así que desapegaos de vuestro amor terrenal y de vuestra mentalidad de hormigas! ¡Vosotros, locos!

Los asistentes empiezan a chillar como si estuvieran en un campo de fútbol, algunos también silban y aplauden sonoramente. Mientras, la niña para de cantar y avanza unos pasos. Adelanta sus muñecas y las ofrece al sacerdote. Este, sin dudarlo ni un instante, las agarra y, con sus afiladas uñas, le rasga las venas. Se puede oír el sonido de la piel abriéndose y dejando pasar el aire —sss— mientras un chorro de sangre brota de las muñecas de la niña y cae en dirección al suelo formando un charco delante del altar. Los asistentes contemplan la escena envueltos en un silencio sepulcral. Algunos de los guardias encapuchados giran la cabeza hacia otro lado para no ver.

—¿Qué diablos pasa? —pregunto irritado.

—Creo que están intentando crear un nido —dice Rata.

—¿Un nido?

—Sobre el que montar la puerta dimensional.

—¿Puerta dimensional? ¿Qué mierdas es eso? —pregunta Mañana.

Nadie le responde. Nuestra atención se ha ido al espectáculo que tiene lugar delante de nosotros, en el centro del transepto.

Allí, la sangre forma ya un gran charco humeante que apesta a matadero y que provoca la sonrisa del sacerdote. La niña, cada vez más pálida, cae sobre sus rodillas; aunque eso no le impide seguir alimentando con su sangre el pequeño lago rojo que tiene delante de ella. Juan Ramón y las vírgenes contemplan el panorama con ojos como naranjas. La gitanilla se mea encima. Johnny, intuyendo el peligro, trata de aullar como si fuera un lobo, pero más bien parece una ratita asustada. A Juan Ramón le tiemblan las rodillas, aunque su mirada parece calma. Puedo percibir cómo mira de reojo hasta la abertura desde la que somos testigos de lo que está pasando, seguramente sabe que estamos aquí y que vamos a intentar detener esta locura. La única que permanece inmutable es la Dama del Arpa, que sigue mirando hacia la negrura que tiene delante, sin moverse, casi como si fuera un maniquí. Mientras, la sangre de la chiquilla empieza a adquirir un volumen considerable. Se diría imposible que todo ese fluido haya salido de un cuerpo tan pequeño y, por otro lado, ¿cómo es posible que no se desmaye? Al contrario, parece que recupera fuerzas, se incorpora y empieza a soplar. Más que un soplido es como un siseo o gemido muy desagradable y que provoca una especie de burbujas en la superficie del charco rojo, que se va tornando más y más oscuro a cada minuto que pasa. Ahora, la parroquia, expectante, empieza a cobrar vida. Ellos también se unen al soplido. Sss. De pronto, esto se ha convertido en un coro infernal que nos pone la piel de gallina. Rata se tapa los oídos, mientras que Mañana aprieta las mandíbulas como si estuviera en el medio de un torbellino.

La sangre, que parece ahora hervir, está empezando a girar; como si en el centro hubiese un agujero que la succionara. Efectivamente, un hoyo negro surge de la nada y empieza a crecer, arremolinando líquido rojo a su alrededor, hasta alcanzar los tres metros de diámetro.

—Madre mía —se me escapa sin querer.

—Cacho, dime que esto es una broma —murmura Mañana.

No lo es. La sangre continúa acelerando alrededor de la apertura hasta alcanzar una velocidad de órdago. Al poco, empieza a elevarse del suelo, formando una columna líquida que se sostiene por la inercia del giro. La niña extiende sus brazos hacia ella.

—¡Madre mía! —exclama Rata.

Justo en ese momento, la sangre despega definitivamente del piso y empieza a introducirse de nuevo en el cuerpo de la pequeña sacerdotisa a través de sus venas abiertas.

Tengo la impresión de estar viendo una película al revés.

—¡Joder! —exclama Mañana, mientras la sangre continúa entrando por el cuerpo de la niña.

Sin darse cuenta, Rata me agarra de la mano. Yo cojo la de Mañana. Los tres contemplamos, en silencio, el extraño espectáculo hasta que desaparece la última gota.

Finalmente, la niña cae al suelo.

Delante del altar ha quedado el agujero negro, humeante y sin fondo. Un repulsivo hedor lo impregna todo. A un lado, el sacerdote permanece inmóvil, con una sonrisa de carnero en la cara que no me gusta nada. Al otro lado, la niña, que ya se levanta. Lleva los ojos inyectados en sangre.

—Adoradores de Chö-löm —dice el sacerdote—. El momento se acerca.

La parroquia prorrumpe de nuevo en gritos de éxtasis.

—El instante se acerca y pide néctar.

Las llamas de las antorchas tiemblan.

—¿Néctar? —pregunta Mañana apoyando el rifle en una roca para disparar.

—Consciencia, vida, energía —contesta Rata.

—Si va a haber derramamiento de sangre, será por las dos partes —nos informa Mañana agarrando con fuerza su rifle.

—Un momento —interrumpo—, veamos qué intención tienen.

El sacerdote hace un gesto a uno de los guardianes. Este, a su vez, mira a dos de sus compañeros que, de inmediato, se abalanzan como perros de presa hacia la virgen rubia y la arrastran hasta el borde del agujero.

—Esto no pinta nada bien —dice Rata.

Los guardianes retuercen el cuello de la pobre víctima, hasta que la yugular queda a la vista. El sacerdote saca entonces su cuchillo de debajo de la túnica y sonríe. La parroquia parece excitarse delante de la perspectiva de un sacrificio humano. Si no hacemos nada, seremos testigos del asesinato de una inocente.

—¡A la mierda! —exclama Mañana mientras tira de la palanca de su Winchester para que entre una bala en la recamara.

—Un momento —digo temblando.

—¡Muere, cabrón! —grita Mañana mientras aprieta el gatillo.

¡Bang!

El tiempo se detiene —mientras una bala surca el espacio como una nave espacial en busca de nuevos mundos— hasta que el proyectil se inserta netamente en la frente de unos de los guardianes. Este cae dentro del agujero negro. Por un segundo se hace un silencio sepulcral.

—Joder, por no saber disparar, no está nada mal —le susurro a Mañana.

—He fallado. Apuntaba al sacerdote hijo de puta ese.

—Tranquila, no se lo diré a nadie.

De pronto, todos se giran en nuestra dirección. Tratamos de meternos un poco más adentro de nuestro agujero, pero ya es demasiado tarde. Nos han visto.

Enseguida los guardianes montan un escuadrón, sacan modernos fusiles de asalto de debajo de sus vestidos y apuntan hacia nosotros. Mañana y yo apoyamos nuestras Winchester 73 en sendas rocas.

—Tú te ocupas de los de la derecha y yo de los de la izquierda, ¿de acuerdo?

—Que Dios nos pille confesados —murmura Mañana como respuesta.

—Si Dios existe —digo—, seguro que está de nuestra

parte. Esto que tenemos aquí delante es de lo más podrido que he visto nunca.

—Totalmente de acuerdo.

—¿Y yo que hago? —pregunta Rata.

—Nada, ¿me has oído? Quédate detrás de nosotros.

—Vaya mierda.

—Si esto sale mal, vete corriendo a la calle y pide ayuda, ¿queda claro?

—Vale —dice Rata alargando mucho la *e* final.

Por el momento, el escuadrón armado se contiene. Supongo que espera la orden del sacerdote. Este, cobardemente, se ha escondido detrás de uno de los pilares que sustentan la nave central. Ahora mismo, la iglesia presenta un aspecto totalmente distinto. Toda la parroquia se ha escondido debajo de los bancos y parece un hatajo de cucarachas asustadas. Asimismo, la Dama del Arpa se resguarda detrás del altar, abrazada al instrumento. La única que ha permanecido inmóvil es la niña, que ha quedado protegida detrás del escuadrón. Este se ha colocado en formación de disparo clásica de dos filas; una de pie, la otra con una rodilla en el suelo. Un total de diez rifles apuntando en nuestra dirección.

—Cacho —murmura Mañana—. He matado a un hombre.

—Un asesino —digo tratando de consolarla.

—Creo que...

—Es su vida o la nuestra.

—Creo que me ha gustado —concluye en tono neutro.

No me da tiempo a asimilar lo que Mañana acaba de decirme que la niña diabólica levanta uno de sus pequeños bracitos. Puedo oír como los músculos de los guardianes se tensan mientras sus ojos nos buscan como objetivo.

—Carguen —dice la niña con una calma espantosa.

El ruido de los diez rifles haciendo entrar sus balas en el recámara suena como una percusión macabra. Trago saliva, consciente de que nuestras posibilidades de sobrevivir no son muy elevadas.

—Apunten.

El pequeño bosque de fusiles se mueve, vagamente, en nuestra dirección. Una gota de sudor se me desliza por la nariz, juguetona, hasta llegar al suelo.

—Fuego.

Los proyectiles salen disparados y, casi antes de que el eco de la palabra *fuego* haya terminado, empiezan a producirse pequeñas explosiones en la pared donde estamos escondidos. Las esquirlas de piedra impactan contra nuestras caras y puedo oír como Mañana deja escapar un grito de dolor. Una densa nube de humo negro cubre ahora al escuadrón, que permanece inmóvil.

—¿Preparada? —le susurro a Mañana mientras un intenso olor a pólvora quemada se introduce por nuestros orificios de la nariz.

—Nunca lo he estado más.

El humo empieza a disiparse. Creo que piensan que nos han dado. Así que, ahora, tenemos una pequeña ventaja.

—A la de tres, ¿de acuerdo? —digo tratando de infundirle confianza—. Coge aire antes de disparar, te ayudará a apuntar y a estar más centrada.

Mañana asiente con la cabeza. Apunto a uno de los extremos del pelotón y cojo una bocanada de oxígeno.

—Uno, dos, ¡tres!

Disparamos prácticamente al unísono. Casi puedo ver las caras de pánico de los pobres infelices al fondo de la iglesia. El hombre al que apuntaba, al extremo derecho del pelotón, cae netamente al suelo sin un solo sonido. El hombre al que apuntaba Mañana, al extremo opuesto cae al suelo soltando alaridos de dolor. Solo está herido.

—Mierda —suelta Mañana.

Es mucho peor herir a alguien de muerte, que matarlo. La muerte, si es limpia, pasa casi desapercibida; si es sucia, despliega toda una sinfonía de sonidos que te pueden cambiar el carácter para siempre. Disparo de nuevo y lo remato. La niña mira en nuestra dirección, sus ojos parecen brasas.

—Fuego a discreción —dice.

Los guardias disparan una segunda ráfaga. Esta vez las balas estallan más cerca de nuestras cabezas, pero todavía no lo suficientemente cerca. Deduzco que no deben vernos bien: estamos a unos cuarenta metros de su posición y la luz de las antorchas no alcanza hasta tan lejos. Probablemente, el agujero en la pared es casi invisible desde abajo. Por eso no lo habían descubierto hasta ahora. Además, nuestra posición elevada nos da una clara ventaja. Puede que tengamos nuestra oportunidad.

—¿A discreción? —pregunta Mañana.

—Sin piedad —respondo tirando de la palanca del rifle.

Disparamos los dos a la vez, pero en esta ocasión ninguno de los guardianes cae.

Su respuesta es un escuadrón de mortíferas balas. Una de ellas se introduce por el orificio donde estamos y se estrella contra la roca del fondo, justo al lado de Rata, que tiembla muerta de miedo. Ha ido de poco. Con la cabeza, le hago señas para que se agache todavía más. Esta obedece temblorosa.

Mientras, Mañana dispara de nuevo y otro de los guardianes se desploma emitiendo un espeluznante aullido. Buena puntería. Pego cuatro tiros, casi a ciegas, y caen dos guardianes más. Empieza a gustarme el cauce que está tomando esto, aunque no deberíamos confiarnos: los guardianes que quedan en pie siguen disparando balas sin parar. Lo hacen con la certeza del desesperado. Pronto hay tal cantidad de humo que se hace difícil ver nada. Aun así, las balas continúan estallando a nuestro alrededor. Tres de ellas consiguen penetrar de nuevo por el orificio que nos protege: pasan por encima de nosotros y se incrustan en la roca que tenemos detrás.

Por suerte, parece que todos estamos bien.

—Ha ido de poco —dice Mañana mientras se produce un extraño chasquido que no presagia nada bueno.

—¿Qué está pasando? —pregunto mientras algo empieza a caerme encima de la cabeza.

—Arena —responde Rata mostrándome la palma de la mano. La observo llenarse de un fino polvillo que, poco a poco, se está volviendo más grueso: la arena se transforma en piedrecitas.

—Un momento… —trato de advertir, pero es imposible.

Solo tengo el tiempo justo de arrastrar a Rata hacia delante para evitar que le caiga encima una roca del tamaño de una pelota de baloncesto y le parta el cráneo.

—Joder —exclama esta.

—¿Estás bien?

No le da tiempo a responder: algo se mueve detrás de nosotros.

—¡Cuidado! —grita Mañana mientras se le dilatan las pupilas.

Rata y yo saltamos todavía más hacia delante. Justo en el momento en el que aterrizamos, se derrumba el techo y la pared de roca donde estaba el orificio por el cual llegamos hasta aquí.

La entrada al túnel por el que debíamos escapar ha quedado sellada: estamos atrapados.

—Alto —se impone la vocecita de la niña.

Miro de nuevo hacia abajo: la nube de humo que tapaba el escuadrón se ha disipado. En el suelo yacen los cuerpos de los guardianes muertos, seis en total. La niña, que ahora parece tomar el mando, se acerca a uno de los que todavía se mantienen en pie y le susurra algo al oído. Puedo ver como este asiente, se aleja hacia el fondo del transepto y desaparece.

Luego se dirige a los otros tres:

—Tú, allí, y vosotros dos, allí y allí —dice indicando

con el dedo sendos escondites desde los que disparar.

—Mierda —dice Mañana—, parece que se reorganizan.

—Chicos —murmura Rata temblorosa—, la salida está tapiada. Estamos perdidos. Solo se puede salir hacia delante.

—Aquí no se ha perdido nada todavía —digo tratando de infundir ánimos a mis compañeras. No mientras estemos vivos.

Del extremo opuesto del transepto se abre una puerta y entra, de nuevo, el guardián. En esta ocasión, viene acompañado de otro hombre. Un tipo de aspecto feroz y complexión robusta que no va vestido con el uniforme rojo y negro de rigor; contrariamente, lleva un simple mono azul de mecánico. Las tres niñas, que siguen encadenadas al fondo de la iglesia, parecen agitarse al verlo. Johnny suelta un ladrido. Seguramente, el hombre de azul es la persona encargada de vigilar a los prisioneros y alguien temible.

Los tipos cargan una especie de cilindro de color negro. No puedo ver de qué se trata exactamente, pero la cosa pinta mal.

—Mierda —exclama Mañana.

—¿Qué? —pregunto con miedo.

—Es un cañón.

—¿Estás segura?

—No puede ser otra cosa.

Mañana tiene razón. Se trata de un cañón corto. Puedo ver, a duras penas, como nuestros amigos lo colocan en el suelo, encima de una especie de trípode, y apuntan hacia nosotros.

—¡Agachaos! —digo en un intento desesperado de salvar las vidas de Rata y Mañana.

—¡No! —grita Juan Ramón desde el fondo de la iglesia, advirtiendo el peligro que se cierne sobre nosotros.

Tratamos de fundirnos con el suelo, aunque es imposible desaparecer. Mañana me coge de la mano izquierda y yo me agarro del antebrazo de Rata. Nunca pensé que moriría así, por lo menos estoy bien acompañado. Solo espero que nuestros cadáveres sean reconocibles y que alguien nos saque de esta pocilga de degenerados.

—Apuntad bien —dice la vocecita repelente de la niña.

Cerramos los ojos y contenemos la respiración. Abajo puedo oír los resoplidos excitados de la parroquia, todavía escondida debajo de los bancos, que hoy está disfrutando de un espectáculo completo.

Al fin, se oye un chasquido. Pero no suena para nada a cañonazo. Y, de pronto, un rayo de luz cae del cielo y se introduce por la brecha donde estamos agazapados, inundándolo todo.

—Solo era un cañón de luz, Cacho —salta Mañana—. Casi me muero del susto.

—Joder, seguimos vivos —exclamo aliviado. A mi lado, Rata solloza de alegría.

—Y ahora, ¿qué? —pregunta Mañana.

—Básicamente, estamos jodidos —respondo.

—¿Por qué? —esta vez es Rata.

Señalo con la cabeza el haz de luz que fusila nuestras retinas.

—Con esta luz directa a los ojos, nos va a ser más difícil apuntar; justo lo contrario de lo que les va a pasar a ellos…

No puedo ni terminar la frase. ¡Bang! Una bala estalla a medio metro de mi cabeza contra la fría piedra. Vuelvo a agacharme. Mañana dispara dos veces, presa del pánico, pero no logra darle a nadie: los guardianes se esconden ahora detrás de los pilares y ya no es tan fácil. Contraatacan con una nueva ráfaga, que nos invade como lluvia de plomo. Una de las balas me pasa rozando el dedo meñique. No puedo evitar pegar un alarido de dolor, mientras observo un pequeño hilo de sangre que sale de mi mano.

—¿Estás bien, Cacho? —pregunta Mañana.

—No es nada, concéntrate en disparar.

—Cacho, quiero disparar —espeta Rata.

—Ni hablar. Detrás nuestro y sin moverte.

—Pero... —protesta Rata.

—No vas a disparar si no es estrictamente necesario.

Rata obedece a regañadientes mientras apunto con todas mis ganas al tipo del mono azul que sostiene el cañón de luz. Su haz impacta directamente en mis ojos, provocándome una dolorosa punzada. Aun así, mantengo la mirada, suelto el poco aire que queda en mis pulmones y aprieto el gatillo. La bala sale silbando, ajena a todo, siguiendo la trayectoria marcada por mi ojo. Le doy en medio del pecho. El tipo cae hacia atrás como si fuera un saco de patatas, desviando la trayectoria del foco.

Volvemos a quedar en la oscuridad.

—¡Ahora! —le grito a Mañana.

Aprovechamos el pequeño momento de ventaja para erguirnos. Sin la luz que nos cegaba es más fácil apuntar, así que disparamos a discreción hasta que se terminan las bala de nuestros rifles. Cuando la humareda se ha levantado, otro cuerpo yace en el suelo: quedan tres guardianes.

—¿Cuánta munición tenemos? —pregunta Mañana excitada.

Saco todos los proyectiles que encuentro en mis bolsillos y los cuento.

—Doce balas —respondo resignado.

Le paso seis y me quedo las otras seis. Las introducimos por el lateral de nuestros Winchester, que las engullen agradecidos.

—¡Se van a enterar! —exclama Mañana.

—Trata de apuntar bien, nos queda poca munición.

—Estoy haciendo lo que puedo, no había disparado nunca antes.

—Lo estás haciendo muy bien, pero hay que mantener la cabeza fría —digo tratando de calmarla.

El enemigo abre fuego de nuevo. Nos abalanzamos hacia el suelo tan rápido como podemos, pero una bala alcanza a Mañana, que suelta un alarido.

—¿Dónde te ha dado?

—En la oreja —dice esta, palpándose con una mano el costado derecho del cráneo—. Joder, Cacho, estoy sangrando. ¡Hijos de puta! —grita Mañana mientras empieza a disparar a discreción.

—Mañana, ¡no! —Trato de detenerla, pero es imposible. En pocos segundos su rifle se queda sin balas.

—Mierda —resopla Mañana, y luego se desploma a un lado—. Dime, al menos, que le he dado a alguien.

Cuando el humo lo permite echo un vistazo, pero no se observa ningún cadáver nuevo.

—Lo siento, pero no.

¡Bang! ¡Bang!

Los guardianes empiezan a disparar de nuevo, esta vez a un ritmo constante. ¡Bang! Saltan chispas de la roca. ¡Bang! Creo que están decididos a acabar con nosotros de una vez por todas.

—Cacho, ¿y ahora qué? —pregunta Mañana con desesperación.

Con el pulgar y el índice hago la forma de una pistola y se la muestro a Mañana. Esta abre desmesuradamente los ojos.

—¡La Parabellum! —dice sacándola del bolso y dándole un beso.

—Recuerda —le digo—: Tienes ocho balas.

—De acuerdo.

Al ruido ensordecedor de los disparos de los guardianes se suma, ahora, el de los nuestros. Cada vez es más complicado apuntar bien en medio del humo y las esquirlas de piedra que salen disparadas al romperse la roca. Me duele todo, tengo la boca seca de la tensión y la camisa completamente empapada; aun así no me detengo: uno de los guardianes se arrastra por el suelo en dirección al cañón de luz y no puedo permitirlo. Los otros dos le protegen intensificando los disparos; está claro que quieren volver a iluminarnos. Si lo consiguen, estamos perdidos.

—Mierda —exclama Mañana, que también se ha percatado de sus intenciones.

—Disparad al cañón, idiotas —dice Rata con voz de ultratumba.

—Joder, es verdad —refunfuña Mañana—. Somos tontos.

—Está bien, está bien —digo agobiado—. ¡Nunca he dicho que supiera lo que estoy haciendo!

—¡Si me dejarais a mí! —exclama Rata.

—Dejadme pensar —digo desesperado.

Me detengo por unos instantes. Rata tiene razón: nuestra única oportunidad pasa por destruir el foco de luz, pero, a menos que quiera convertirme en una regadera de sangre, solo puedo exponerme al fuego enemigo durante unos segundos.

—Cúbreme —le digo a Mañana.

Esta me mira sorprendida.

—No sé si sabré hacerlo.

—Se trata de que les dispares a ellos mientras yo tiro a la luz.

Pausa.

—Vale. —No suena muy convencida.

—¡Allá vamos! —digo para infundirme valor, y me yergo sin más.

Apunto. Ahora la mitad superior de mi cuerpo se ofrece como un blanco perfecto. ¡Bang! Una bala choca contra el cañón de mi rifle, que la desvía hacia la roca. La culata se me clava en el brazo, provocándome una dolorosa punzada. He tenido suerte, podría estar ya muerto. Apunto de nuevo. El cansado índice, apostado en el gatillo, me quema de dolor. Otra bala pasa silbando por encima de mi cabeza. Suelto aire y disparo. Me tiro al suelo. Mientras mi cuerpo aterriza oigo el sonido de cristales rotos. *Chicken run*. Le he dado a la maldita bombilla.

Mañana, aprovechando el momento de confusión, se levanta súbitamente y dispara al guardián que reptaba por el suelo en dirección al cañón de luz y que, ahora, trata desesperadamente de llegar de nuevo al pilar del que salió.

La bala cruza el aire y se inserta en su cabeza.

—Está muerto —dice con voz neutra.

—Quedan dos guardianes —digo—. Estamos empatados.

—¿Balas? —me pregunta Mañana.

—Una. ¿Y tú?

—Ninguna.

—Mierda.

Nunca he sido un genio de las matemáticas, pero esto no cuadra. No podemos huir porque la salida que tenemos detrás está tapiada por el deslizamiento de rocas y, si tenemos que salir por la iglesia, no debería de haber gente armada. De todos modos, ellos no saben que solo nos queda una bala.

—¡Un momento! —grito lo más fuerte que puedo—. Propongo negociar.

Espero una respuesta, pero nadie dice nada. Al poco, se oye la voz de la niña:

—Debéis estar muy desesperados si queréis negociar —dice con una voz más fría que la nieve—. ¿No os quedan balas?

Mierda, es más lista de lo que pensaba.

—Tenemos un montón de munición —trato de sonar calmo—. Si preferís que os vayamos matando de uno en uno, no hay ningún problema. No nos espera nadie esta noche.

—En realidad, deberíamos daros las gracias —dice la niña, y casi puedo visualizar su sonrisa—. Necesitábamos sangre con adrenalina —añade señalando los cadáveres— y, ¡vaya si la hemos conseguido!

—¿Cómo? —exclama Mañana.

La niña se acerca hasta Juan Ramón, con una tranquilidad paralizante, y le da un rodillazo en las costillas. Juan Ramón se desploma como un fardo. La niña saca un chuchillo de debajo de su túnica dorada y se lo pone al cuello.

355

—Tenéis diez segundos para salir de ese agujero.

—Mierda —dice Mañana.

—Vosotros —añade la niña en dirección a los guardianes que quedan en pie—: La boca quiere sangre.

Los dos hombres, lentamente, casi con tristeza, arrastran los cuerpos sin vida de sus compañeros hacia el agujero negro que hay delante del altar. No cuestionan nada. Ejecutan las órdenes sin pestañear. Le deben tener mucho miedo a la niña.

Mañana y yo comenzamos a descender por las rocas. Son unos quince metros de altura. Aunque yo ya realicé el descenso la otra vez, ahora es mucho más complicado. Los dos estamos heridos y exhaustos. Y, además, en la otra ocasión, no nos dirigíamos a una muerte segura.

Cuando llegamos abajo los guardianes nos quitan las armas y nos atan de manos y pies. Nos desplomamos en el lateral del transepto, al lado de uno de los grandes pilares que sostienen el edificio subterráneo.

—Bien, eso está mejor —dice el sacerdote saliendo de entre las sombras en las que, hasta el momento, se había mantenido oculto. Su túnica púrpura refleja, ahora, la luz de las antorchas; dando la impresión de que un pequeño ejército de lagartijas danzarinas le recorre el cuerpo.

La Dama del Arpa también reaparece colocándose, de nuevo, encima del altar. Su forma de desplazarse no parece de este mundo; es como si flotara.

La niña se acerca de nuevo al transepto y, complacida, levanta los brazos.

La parroquia, viendo que el peligro ya ha pasado, vuelve a sentarse en sus bancos. Poco a poco, van recuperando el color y el miedo va desapareciendo de sus rostros. La vieja verde comienza a esbozar una sonrisa macabra, Rodolfo de la Vega se arregla el pelo y Narciso Jiménez, el satánico cantante de ópera, tararea una melodía que desconozco. Dos espectadores más —uno sin dientes, el otro con perilla y sombrero— sueltan un par de carcajadas gallináceas. Después de estos, se abre la veda y todos estallan en espeluznantes risas. Me parece estar viviendo una pesadilla.

Mientras, la niña ha comenzado a dar vueltas alrededor del agujero, del cual sale una especie de humo negruzco.

—Dioses del inframundo, nosotros somos vuestros siervos —reza el sacerdote—. Estamos preparados para entregar nuestras almas, nuestra carne y nuestra sangre.

—Sí —susurran los parroquianos a una.

—Oh, dioses, estamos dispuestos a satisfacer vuestra sed de sangre virgen —añade el sacerdote, mientras con un gesto señala a las chicas encadenadas al fondo del ábside.

—Joder —murmura Mañana—, esto es horroroso.

Los guardianes traen a la primera muchacha, la rubia delgada. Las piernas le tiemblan y parece, si cabe, más frágil todavía. Su pecho desnudo sube y baja al ritmo de sus delicados sollozos. Sus manos tiemblan como si tuviera párkinson. Cuando la tienen al borde del agujero, los guardianes le arrancan las sucias bragas. Ella se tapa con las manos, en un gesto que me parte el corazón.

—Cacho… —dice Mañana.

—No mires.

El sacerdote se acerca a la niña. Esta vez lleva un cuchillo ligeramente curvo, muy afilado, que parece diseñado para llevar a cabo alguna tarea específica. Se lo inserta por la barriga y la abre en canal, del ombligo al esternón. Con mano experta le corta los intestinos, que caen humeantes al interior del agujero. La niña, inexplicablemente, no se desmaya. Pero grita. Unos berridos espantosos que se me clavan como espadas. La parroquia parece alimentarse con ellos. Cuando no puede más, cae de rodillas con un ruido seco. Entonces el sacerdote da la vuelta a su alrededor, le clava el cuchillo en la espalda a la altura de la nuca, y le rasga la piel hasta las nalgas. Mañana sigue con los ojos cerrados, yo vomito. El sacerdote vuelve a la altura de la nuca y completa su obra haciendo un corte de hombro a hombro. El dibujo final se asemeja a una cruz. Luego introduce las manos en la herida, agarra la piel de cada uno de los lado y tira con fuerza hacia delante. La piel se rasga como si fuera papel, dejando a la vista la musculatura interna. El sonido que produce es espantoso. Sss. El sacerdote se sitúa, ahora, delante de la niña y continúa tirando: la está despellejando viva. La piel se despega desde la espalda hasta llegar a la parte anterior del tórax, arrasando con los pechos y cayendo como un delantal al suelo. La pobre chica intenta contenerla con las manos y ponérsela de nuevo, como si se tratara de un vestido. Pero no puede. No sé cómo aguanta. Un parroquiano con mostacho de morsa lo encuentra muy divertido. Da con el codo a su acompañante —una mujer delgada y casi calva—, mientras se troncha de la risa. La niña, al fin, se desmaya. El sacerdote la empuja hacia el agujero. Casi siento alivio al ver que desaparece en la fonda negrura.

—¿Qué está pasando? —pregunta Mañana.

—Sangre a la sangre —exclama el sacerdote moviendo su túnica púrpura.

—¡Más! ¡Más! —grita la muchedumbre excitada.

—Nada —respondo, derrotado, a mi compañera.

El sacerdote hace un gesto a los dos guardianes y estos traen a las otras dos niñas. La de pelo castaño trata de resistirse, así que tienen que moverla a rastras. La gitana tuerta mantiene una especie de dignidad en su porte que me emociona. Lo más complicado de este mundo es hacer la cosas difíciles con estilo.

—Cacho —susurra Mañana—. ¿Puedo abrir los ojos?

—Me gustaría poder decirte que sí.

—¿Ha muerto, la chica?

—La han echado por el agujero.

—¿Y ahora qué?

—Van a por las otras.

—Mierda —murmura Mañana mientras abre, tímidamente, un ojo.

Las dos niñas ya están delante del agujero. Tiemblan como el cerdo que sabe que lo van a degollar vivo, el día de la matanza. La parroquia empieza a silbar y dar palmas, como cuando en un partido de fútbol se trata de desconcentrar al jugador que lanza el penalti. El sacerdote, sin piedad, procede de nuevo con el destripamiento. La niña de pelo castaño es la primera en recibir el castigo. Sigue teniendo la nariz rota. Además, los incisivos que perdió en la anterior ocasión le confieren un aspecto que me parece especialmente frágil. Si pudiera me cambiaría por ella, pero no es posible. Pronto entra en estado de *shock* y tiembla como si le estuvieran dando corrientes eléctricas. A cada estertor se le van saliendo los intestinos, que se introducen por el agujero como si tuvieran vida propia. Es espantoso.

—Dios —murmuro, pero nadie me oye.

La gitanilla trata ahora de rebelarse, así que el sacerdote hace a un lado la niña de pelo castaño y va a por ella. Cierro momentáneamente los ojos, incapaz de soportar tanto horror. Trato de pensar en algo bonito para evadirme, pero es imposible. Los gritos de dolor me devuelven a la realidad. Abro los ojos y veo a la gitanilla que, embrujada por la visión de sus propias entrañas, trata de sostenerlas con las manos, como si fueran su bebé; pero no logra contener la masa humeante, que se va escapando en dirección al hoyo. En un acto de desesperación, escupe al sacerdote con todas sus fuerzas.

—Hijos de puta —dice sin chillar. Y añade—: Yo os maldigo.

Se levanta, entonces, y salta al agujero; sin un grito. Por unos segundos se produce un silencio cargado de rencor: la gitanilla ha muerto sin miedo y con dignidad. Y eso no ha gustado. El silencio se prolonga hasta que una de las abuelas del público se levanta, se da la vuelta, se baja los pantalones y las bragas, enseña el culo y se tira un sonoro pedo. Eso provoca la hilaridad del resto de parroquianos. Incluso la niña diabólica esboza una sonrisa.

El sacerdote levanta los ensangrentados brazos. Se sitúa detrás de la niña de pelo castaño, le clava el cuchillo en la nuca y procede a despellejarla siguiendo la particular técnica ejecutada en su primera víctima. Cuando termina, la niña se desmaya y su cabeza choca contra el frío suelo de piedra de la iglesia. El sacerdote la introduce a patadas dentro del agujero. La parroquia aplaude. De la boca se reactiva la salida de humo y un sonido muy extraño, como un murmullo de voces infinitas que susurraran al oído, se cuela en la iglesia desde el boquete.

Sss. Sss. Sss.

—La boca demanda sangre animal —dice la niña diabólica. Sus ojos están enrojecidos y parece un hámster a dos patas.

Los guardianes le traen a Johnny. La niña lo agarra por la nuca, como si fuera un gato. Johnny, tembloroso como una ratilla, trata de lamerle los dedos, ajeno al peligro que se cierne sobre él. Este perrillo es todo amor, comprendo la pérdida que significará para el señor Bernstein. Pero la niña, indiferente a las muestras de afecto, levanta la mirada y grita:

—¡Se requiere la presencia del hombre perro!

—¿El hombre perro? —pregunta Mañana—. ¿Qué coño es eso?

—No tengo ni idea —murmuro apabullado.

Del fondo de la iglesia oímos el ruido de las dos grandes puertas que se abren. Todos nos giramos para ver. Al fondo, a contraluz, se recorta la silueta de un hombre. Va vestido de negro y lleva capa. Su cabeza es de perro.

—Pero… —farfullo.

La figura nos mira y suelta un ladrido amenazador. Me tiemblan las manos. Todos parecen adorarlo. El hombre perro ladra de nuevo y empieza a avanzar, a pasitos cortos, en dirección al altar. A medida que va atravesando el pasillo que separa las dos filas de bancos, la parroquia se va poniendo de rodillas. Cuando llega al altar, toda la iglesia está a sus pies. Su figura, iluminada por la luz de las antorchas, parece un fantasma sacado de una pesadilla gótica.

—¿Qué coño lleva en la cabeza? —le pregunto a Mañana.

—Es una máscara —responde esta, cáustica.

—Joder, al principio pensaba que era medio hombre, medio perro —exhalo.

—Yo también. No es una máscara normal, está hecha con los huesos y la piel de un perro real, un bóxer, creo. Por eso parece de verdad.

—Putos maníacos.

El hombre perro se acerca a la niña, le hace una reverencia y se quita la máscara.

—¡Joder! —se me escapa un poco más alto de lo que hubiese querido. Pero es lo que he visto lo que me ha hecho chillar. El individuo que se esconde detrás del disfraz no es otro que H. P. Ras: Hombre Perro Ras.

—Cacho, nos encontramos de nuevo —dice este girándose hacia mí con una sonrisa de oreja a oreja—. Qué placer tan inesperado. Y veo que vas acompañado de tu ayudante. Espléndido, espléndido. Para que luego digan que este es un mundo sin equidad.

—Me dais asco, cerdos —digo con toda la mala leche que puedo.

—No te equivoques, Cacho. No formo parte de su grupo. Solo *trabajo* para ellos. Soy su proveedor, por así decirlo. Animales, vírgenes, a veces adultos también, si creo que dan el perfil, claro. Pensé que tú podrías darlo. Un buen detective siempre viene bien. Aunque me equivocaba, claro está. No suele pasarme.

—¡Desgraciado! —grito con todas mis fuerzas.

—Aunque mi especialidad son los perros con pedigrí, claro —prosigue Ras ajeno a mi insulto—. Un negocio como cualquier otro. Hay una insospechada demanda en esta ciudad. Y yo soy el mejor.

—Hombre perro —interrumpe el sacerdote.

—Sí, claro —responde este girándose—. Ha llegado el momento.

La niña le entrega a Johnny. Ras le agarra del cuello sin miramientos, calculando la mejor posición de manos para romperlo de forma efectiva.

—¡No! —grita Mañana tratando de impedirlo.

—Silencio, zorra —dice la niña girándose hacia ella. Y luego le dice a Ras—: Adelante.

Este le parte el cuello a Johnny, cruda y llanamente. Mañana baja la cabeza, desolada. Espero que descanses en paz, dulce animalito.

—Hijos de puta —murmura Mañana mientras Ras, ajeno a nuestro dolor, coge uno de los cuchillos del sacerdote, le rebana el cuello a Johnny y lo desangra dentro del agujero. El humo y el siseo de voces se incrementan por momentos. También un extraño olor ácido.

Finalmente, Ras lanza el cadáver a un lado y levanta las manos. La parroquia aplaude emocionada y empieza a chillar:

—¡Hombre perro! ¡Hombre perro! ¡Hombre perro!

Este, jaleado por los vítores, se acerca a la niña y le susurra algo al oído. No sé por qué, pero no creo que le esté diciendo lo guapos que somos.

—Vosotros —dice la niña a los guardianes, señalando en nuestra dirección—. Traedlos.

—Mierda —se me escapa.

—Y al ladrón también —añade la niña.

Los guardianes se apresan a cumplir las órdenes. Atado de pies y manos, no puedo hacer nada para impedirlo. Nos alinean a los tres delante del agujero. A mi derecha tengo a Mañana que, con la cara escondida entre los cabellos, mira hacia el suelo; a mi izquierda, a Juan Ramón, que llora desconsolado como un niño. Solo espero que sea rápido. Levanto la mirada: el público se ha puesto de pie. Parece que nadie quiere perder detalle de este trepidante acto final.

—Lo siento —me dice Juan Ramón entre sollozos—. Es todo por mi culpa.

—El plan no ha salido como habíamos previsto —digo a regañadientes.

—Da igual —murmura—. Vinisteis a por mí y eso es lo que cuenta.

No me da tiempo a contestarle. Nos interrumpen los pasos del sacerdote que se acerca. Lleva el cuchillo en las manos y, por la expresión de su cara, creo que tiene intenciones de continuar con su particular carnicería.

—Hijo de puta —murmura Mañana tratando de alejar lo inevitable a patadas.

Pero el sacerdote prosigue, impávido, con su perverso ritual. Ahora le toca el turno a Juan Ramón. Se acerca a este y, con un movimiento preciso del cuchillo, le corta las venas de las muñecas. Su sangre cae por el agujero, ávido de fluidos y terror. Después va a por Mañana, que cierra los ojos con rabia. El sacerdote procede sin inmutarse siquiera y le corta las venas, netamente, casi sin interés. Cuando ha terminado levanta la cabeza y me mira: es mi turno. Trato de alejarme, pero no me da tiempo. Me sorprende que el corte sea indoloro, el tipo realmente sabe lo que se hace. Trato de calcular cuánto tarda en desangrarse una persona con las venas cortadas; seguro que lo he oído alguna vez en televisión, pero no consigo recordarlo. De todos modos, no tengo mucho tiempo para pensar. La niña con un gesto ampuloso señala a la Dama del Arpa.

—Música —dice escuetamente.

La Dama del Arpa parece despertar de un sueño delicioso. Sonríe. Se arregla el pelo. Coloca las delicadas manos en posición, coge aire y empieza a tocar una extraña melodía. *Ta-ta-tá. Tiro-liro-liro-ta-ta-tá.* Es casi infantil. El sonido que emite el Arpa es muy particular. Diría que se parece al de un toro que se lamentara por la brevedad de la vida. Nos quedamos hipnotizados por unos segundos.

—Mierda —murmura Juan Ramón.

—¿Qué pasa?

—Esto es peor de lo que pensaba.

—¿Peor que morir desangrado delante de un agujero humeante? —pregunto desesperado.

—Me refiero al Arpa: están a punto de conseguirlo.

—¿Qué mierda se supone que va a pasar ahora? —interrumpe Mañana.

—Bueno —dice Juan Ramón encogiéndose de hombros—, veremos si la leyenda es cierta.

—Joder.

—¿Y qué podemos hacer? —pregunta Mañana, de nuevo, desesperada.

—Relajarnos y disfrutar de la música —responde Juan Ramón.

—¿Eres imbécil? —explota Mañana.

—Estamos ya en manos de Las Moiras, mejor aceptar lo que tengan preparado para nosotros.

—¿Las qué?

—Las Diosas del Destino —dice Juan Ramón escuetamente. Y luego añade—: La última vez que se oyó esta música fue en la tumba de la diosa Puabi, hace casi cinco mil años. En cierta manera, somos unos privilegiados.

Mañana resopla desconsolada. Su aliento se mezcla con el humo que sale del agujero, que ahora boquea como si se tratara de un volcán: nuestra sangre lo alimenta. *Ta-ta-tá. Tiro-liro-liro-ta-ta-tá.* El siseo de voces aumenta por momentos. Sss. Sss. Parece que algo estuviera trepando desde el interior de la tierra hasta nosotros, a través del agujero. Mañana se desploma. La parroquia está silenciosa, diría que genuinamente acojonada. La niña y el sacerdote se han puesto de rodillas, en señal de respeto. *Ta-ta-tá. Tiro-liro-liro-ta-ta-tá*, prosigue la música. Ahora el suelo tiembla de forma totalmente perceptible. Además, la peste a ácido empieza a ser insoportable. Juan Ramón se desmaya y cae hacia delante; la cabeza y las manos le quedan dentro de la boca oscura, que sigue bebiendo nuestra sangre. *Ta-ta-tá. Tiro-liro-liro-ta-ta-tá.* Fragmentos de piedra caen del techo. Empiezo a temer por el aguante de estos antiguos sillares; si la vibración continúa, bien podría ser que esto se viniese abajo. *Ton-ton-tón-ti-ta-ton-tón.* Ahora la melodía ha dejado paso a tres acordes que se repiten siguiendo un patrón rítmico. La vibración va en aumento. *Ton-ton-tón-ti-ta-ton-tón.* Y el siseo proveniente del agujero es ahora, también, perfectamente audible. Algo se acerca desde dentro. Sss. Algo que no es de este mundo. Sss. Los ojos de la niña perecen inyectados en sangre mientras alarga las manos en señal de adoración. Cae un sillar en medio del pasillo que separa las dos filas de bancos levantando una gran nube de polvo y aplastando, netamente, la pierna de Narciso Jiménez. Un operístico alarido cruza el espacio como una lanza. *Ton-ton-tón-ti-ta-ton-tón.* El humo del agujero deja paso a una extraña luz. Sea lo que sea que está trepando, ya está cerca. H. P. Ras se coloca de nuevo su casco de perro, en busca desesperada de protección. La lluvia de fragmentos de pierda se hace, ahora, constante. El espacio se llena de polvo y ácido. Aprieto con fuerza las mandíbulas justo cuando una lengua bífida y húmeda aparece del agujero. Detrás va una cabeza humanoide de lagarto. Sus pupilas elípticas me miran con avidez. La piel, escamosa y húmeda, le sube y baja al ritmo de la respiración. Mañana empieza a rezar un padre nuestro. El ente desencaja la mandíbula, dejando a la vista colmillos como dagas. Su fétido aliento me dibuja una mueca en la cara, mientras su lengua bífida me acaricia los mofletes.

Tengo que reconocer que este caso me ha superado, aunque estoy contento de haber llegado hasta el fondo. Cierro los ojos y me dejo ir. Con un poco de suerte la agonía no va a durar mucho tiempo.

Pero de pronto:

—¡Ah! —Un grito agudo interrumpe la escena. Abro de nuevo los ojos y me giro.

—¡Es Rata! —grita Mañana.

—¿Rata? ¡Joder, Rata, claro! ¡Me había olvidado por completo de ella!

—¡Y va armada!

Rata se mantiene erguida en el agujero donde habíamos estado escondidos. Lleva la Colt 45 en la mano y ha pintado una feroz expresión en su mirada. Su grito ha conseguido desviar la atención y ahora todo el mundo la mira. Delante de ella, los escombros han formado una especie de rampa.

—¡Yi-ha! —grita de nuevo mientras se desliza hacia abajo disparando como si realmente fuera la reencarnación de un pistolero del oeste.

—¡*Chicken run*! —digo histéricamente.

—¡Billy la niña está aquí, hijos de puta! —grita de nuevo Rata, como una poseída, mientras dispara a discreción.

Los dos guardianes caen abatidos al suelo antes de que puedan hacer nada. El sacerdote, viéndolo todo perdido, trata de empujar a Juan Ramón hacia el agujero —del que sale otra cabeza de reptil, esta vez de color negro—, pero Rata le propina un disparo entre las cejas y es el perverso hombre quien cae hacia dentro. Los reptiles comienzan a devorarlo ávidamente. La parroquia, asustada por el imprevisto giro de los eventos, trata de huir por el pasillo, hacia la puerta principal de la iglesia; pero las piedras continúan cayendo del techo de forma despiadada y el ácido hedor hace que el aire sea casi irrespirable. Sss. Me giro. La cabeza de un tercer lagarto sale completamente del agujero, atraída por los borbotones de sangre de Mañana. Detrás de la cabeza aparece el reptil entero. Se sostiene sobre las patas traseras y mueve la cola excitado. Su expresión es humana o, al menos, creo ver en su cara una humana maldad. Sujeta con sus patas delanteras, como garras, a Mañana; abre la pérfida boca en un gesto inequívoco y se dispone a morderla, pero, justo antes de que pueda hacerlo, Mañana consigue sacar una navaja automática del interior de su calcetín derecho (que se sostenía mediante una goma de pollo, madre mía) y se la clava en el centro del pecho. El bicho emite un chillido agudo y cae hacia el agujero, que lo engulle por completo.

—¿Y eso? —pregunto sorprendido.

—El latero del Liceu —responde Mañana mientras me muestra las refulgentes cachas color azul turquesa.

—Joder —se me escapa.

—¡Atención! —chilla Mañana en dirección a Rata.

Me giro y veo como la niña pequeña se lanza encima de esta y se le engancha como si fuera una alimaña. Trata de morderla con sus menudos dientes, pero Rata la golpea contra el altar consiguiendo que se deprenda de su espalda. La niña, al verse en el suelo empieza a echar espumarajos de frustración, casi parece que tenga la rabia. Arquea el lomo y salta de nuevo, pero Rata la esquiva de tal modo que el pequeño ser maligno cae, también, dentro de la boca y desaparece en la negrura.

La Dama del Arpa, desolada, se lanza detrás de la niña soltando un grito que me eriza los pelos de la nuca.

¡Bum!

Cae otra piedra gigante del techo. Se levanta una inmensa nube de polvo que nos ahoga. Tosemos como condenados. Cuando se disipa podemos ver que la piedra ha ocupado el lugar de agujero, sellándolo para siempre. La puerta dimensional se ha cerrado. Estamos salvados.

Rata pregunta:

—¿Estáis bien?

—Si conseguimos escapar, lo estaremos —digo levantando las muñecas.

Rata coge la navaja automática y secciona las cuerdas que nos impiden andar con normalidad. Cortamos la hemorragia como podemos y nos ponemos en marcha: ahora lo esencial es salir de aquí. Antes de partir, cojo el cadáver del pequeño Johnny con una mano: no quiero que su cuerpecito descanse entre esta gentuza. Con la otra mano y la ayuda de Mañana levanto a Juan Ramón, que está muy débil debido a su cautiverio. Avanzamos a duras penas, esquivando los fragmentos de piedra que siguen cayendo y tratando de que los ojos no nos lloren a causa de la carga ácida que hay en el aire. Se trata de cruzar los metros que nos separan hasta las puertas de la iglesia. Creo que, si no nos cae el techo encima, lo conseguiremos.

¡Bum!

Una piedra gigante se desploma encima del altar pulverizando el Arpa. Aquí acaba la historia del instrumento, cuatro mil años después de su construcción. Nadie se lamenta, ni siquiera Juan Ramón.

Reemprendemos la marcha, animados por la perspectiva de escapar de este lúgubre sitio.

Pero de pronto:

¡Bang!

Suena un disparo a mi izquierda.

Rata levanta su Colt; sale humo del cañón.

Bajo la vista: en el suelo, Rodolfo de la Vega se desangra.

—Te puedo dar dinero —le implora—, mucho dinero, más del que puedas imaginar.

—A cagar, gilipollas —dice Rata con expresión neutra.

Y le pega un balazo en la cabeza.

—Rata —digo.

—Estuve esclavizada en uno de sus almacenes, le tenía ganas.

Parece que no tiene nada más que añadir.

—Vamos —digo.

—No tan rápido, mis queridos amigos. —Una conocida voz nos detiene.

Me giro. No puede ser. No puede ser. Mierda. H. P. Ras, con el casco de perro enfundado nos encañona con uno de los rifles de los guardianes. Rata reacciona rápido y le apunta con su pistola.

—Relájate, niña —espeta Ras—. Si no me equivoco,

gastaste tu última bala con Rodolfo.

—Mierda —dice Rata lanzando el Colt al suelo.

Un sillar cae en medio de la iglesia, justo entre nosotros y Ras. El suelo tiembla como si se estuviera produciendo un terremoto. Del agujero salen ácido y fragmentos de pierda ardiendo.

—¿Preparados para morir? —pregunta la cabeza de perro.

—Eres un hijo de puta —digo alargando el brazo para señalarlo con un dedo.

Y entonces sale de mi manga un fulgor dorado. Se trata de la pequeña pistola que me escondí en la tienda de antigüedades.

—La Remington —dice Juan Ramón—. ¡Bendita sea!

Solo tiene dos disparos; serán más que suficiente. Antes de que pueda reaccionar, le reviento la máscara a balazos y Ras cae al suelo con una especie de aullido atenuado.

Rata lanza un escupitajo que atraviesa el espacio en una parábola perfecta y le da en la cara de perro.

—Por Johnny —dice.

—Vámonos cagando leches —añado con voz de ultratumba.

Tenemos el tiempo justo de cruzar las puertas antes de que el techo se venga abajo y toda la iglesia desaparezca detrás de nosotros. Andamos a duras penas por una especie de túnel mientras la nube de polvo nos persigue, amenazante. Debemos parecer espectros salidos del infierno. No nos importa. Al final se vislumbra una luz. Si podemos llegar, estaremos salvados.

***

Abro los ojos. Úrsula, la camarera del bar de la calle Sant Climent me mira con su característica cara de mandril. Lleva la misma bata de hace unas horas aunque, ahora, a la luz de la madrugada, parece un poco más agradable.

Giro la vista a la derecha: Mañana y Rata descansan sentadas en sendas sillas, tienen los ojos cerrados y la expresión neutra. Ahora la giro a la izquierda: Juan Ramón, envuelto en una manta, bebe sorbitos de un brebaje caliente. Finalmente, miro hacia abajo: a mis pies descansa, envuelto en una vieja manta gris, el cadáver de Johnny.

—¿Cómo se encuentra? —me pregunta Úrsula, mientras con la mano me da bofetadas en la cara. Trato de hacer un análisis rápido de mis dolores y estado de ánimo general.

—Hecho una mierda —digo mirando a mi alrededor. La persiana metálica del bar está cerrada: parece que, al menos, estamos salvados—. Gracias por sacarnos de la calle —le digo a Úrsula con agradecimiento sincero.

—Os he encontrado en la puerta cuando cerraba el bar. De algún modo habéis logrado llegar hasta aquí.

—¿Pero qué diablos ha pasado? —Ahora es Pepe, que sigue con el codo apoyado en la barra, el que pregunta. No parece que se haya movido desde que nos fuimos.

—Es un poco complicado de explicar —contesta Juan Ramón desde el otro extremo del bar.

—Jiménez, tú siempre con tus líos, ¿no te podrías quedar en casita tranquilo por una vez?

—Creo que, a partir de ahora, voy a seguir tu consejo.

—Se ha armado una buena —interrumpe Úrsula.

—¿Qué ha pasado? —pregunto con preocupación.

—Han tenido que venir la policía y los bomberos.

—¿La policía y los bomberos? ¿Quién les ha avisado?

—¿Avisado? —dice Pepe con cara de sorprendido—, los vecinos, claro.

Mierda, si la policía decide tomar cartas en el asunto, no me explico cómo vamos a contar todo lo que nos ha pasado.

—¿Algo importante entonces? —pregunto haciéndome el tonto.

—Una explosión de gas —murmura Úrsula como si se tratara de un secreto—. Se ha hundido un edificio en la calle Aurora. Un follón de mil demonios. Por suerte no estaba habitado.

—¿Ah, no?

—No, no ha habido ninguna víctima. Lo han dicho en las noticias.

—¿Ninguna víctima?

—No se han encontrado cadáveres.

—Aunque no sé por qué, me jugaría el pescuezo a que vosotros tenéis algo que ver con esa explosión —dice Pepe con una mueca—. ¿A que sí?

—No tengo ni idea de a qué te refieres —le contesta Juan Ramón—. Por cierto, todavía no sé si os he dado las gracias por atendernos.

—No —dice Pepe—. Y que conste que he colaborado a arrastraros hasta dentro del bar.

—¿Colaborar? —exclama Úrsula ofendida.

—Sí, mujer, colaborar.

—¡Pero si solo aguantaste la puerta!

—Pues eso, colaborar.

—En cualquier caso —digo conciliador—, creo que esto se merece un brindis. ¿La última, Pepe?

—Claro —dice este sonriendo.

Es fácil que un borracho esté de tu parte.

—Lo mejor será olvidarse de lo que ha pasado aquí —añado titubeante—. Nosotros ya hemos resuelto nuestros negocios y, además, Juan Ramón está sano y salvo. No creo que sea bueno hurgar demasiado en el estiércol.

—En la mierda, querrás decir —puntualiza Pepe.

—Solo trataba de ser fino.

Pepe suelta una sonora carcajada. Mañana y Rata se despiertan de golpe y miran a su alrededor con pánico. Cuando reconocen el bar, parece que se calman un poco.

—Aquí estamos a salvo —digo para tranquilizarlas.

—Cacho —susurra Rata, lo hemos conseguido.

—Eso parece.

—Ay —exclama Mañana frotándose las muñecas.

Me miro las mías. Igual que las suyas, están vendadas con un trozo de camiseta vieja. Parece que Úrsula se ha ocupado de contener la hemorragia. *Chicken run*. Juan Ramón también tiene sus heridas limpias y vendadas.

—Gracias —digo con cara de tonto.

—De nada —responde Úrsula. Y añade—: Yo no sé qué habéis hecho esta noche. Lo que sí sé es que en este barrio había algo muy malo, algo que se estaba propagando como la peste y que no era nada bueno, y si vosotros habéis contribuido a...

—Úrsula, ¿ya empiezas otra vez con tus cuentos para no dormir? —la interrumpe Pepe.

—No son cuentos —responde Úrsula enfadada—. Todos sabemos que desde hace unos años pasaban cosas raras. Y tú eras el primero en estar cagado, siempre pegado ahí a la barra.

—¿Cosas raras? —pregunta Rata.

—Niños que desaparecían, gente asustada corriendo por calles oscuras, puñaladas, peleas; no sé, algo malo.

—El barrio siempre ha sido así —dice Pepe suspirando. Aunque es cierto que en los últimos años, la cosa se estaba poniendo más fea. Tétricas historias que me había contado mi padre parecían cobrar vida de nuevo.

¡Toc! Toc! Toc! Nos interrumpe el sonido metálico de unos nudillos chocando contra la persiana metálica del bar.

—Si son de la policía, no les deje entrar —le digo a Úrsula mientras me levanto buscando un sitio donde escondernos.

—Está bien —dice esta—. Trataré de entretenerles.

¡Toc! Toc! Toc!

Mierda, hay que darse prisa.

Juan Ramón, Mañana, Rata y yo nos levantamos. Por primera vez me doy cuenta de nuestro deplorable aspecto: tenemos la cara cubierta por una gruesa capa de barro,

372

polvo, sudor y sangre. Además, a excepción de Rata, nuestras ropas están totalmente despedazadas y presentan un aspecto patético; quizás esta no tuvo tan mala idea al vestirse de camuflaje. Para más inri, los rasguños, las quemadas, los restos de pólvora y nuestras rasgadas muñecas dan un toque pintoresco al conjunto que hace, si cabe, más difícil explicar cómo hemos llegado hasta este punto. De hecho, casi parece que acabamos de volver de la guerra de Vietnam.

¡Toc! Toc! Toc!

—Al baño —murmura Úrsula mientras nos hace un gesto con la mirada. Y luego añade en voz alta—: Ya voy.

Nos empezamos a mover, pero Pepe nos detiene con un gesto.

—Tranquilos, hombre —dice sonriendo.

—¿Pepe? —Podemos oír desde el exterior.

—¿Remedios? —contesta Juan Ramón con el corazón en un puño.

—¡Sí, soy yo!

Todos miramos a Pepe al mismo tiempo.

—¿Qué pasa? —dice este encogiéndose de hombros—. Pensé que se alegraría de saber que su marido está vivito y coleando, y la llamé. Hice bien, ¿no?

Supongo que tiene razón.

—Venga, ¡ayudadme! —dice Úrsula mientras trata de levantar la persiana metálica.

Juan Ramón es el primero en levantarse, después nos acercamos los otros a ayudar; hasta que, al fin, la persiana empieza a descubrir, de forma progresiva, la figura de Remedios. Por el pelo chafado es obvio que acaba de levantarse de la cama. Además, no ha tenido tiempo de elegir bien la ropa, así que combina una falda negra con una chaqueta verde loro que no le pega nada. De todos modos, su expresión de completa alegría eclipsa el resto de su figura.

—Juanito —dice con la voz entrecortada—. ¿Estás bien?

—Que sí, mujer —dice este tratando de contener la emoción.

—Ven aquí que te vea.

Juan Ramón y Remedios se funden en un silencioso abrazo que, seguramente, resume el cariño al que se puede llegar después de cuarenta años de matrimonio.

—Bueno, bueno, a ver si vamos a tener que poner dos rombos a la escena —dice Pepe y, después de apurar el poco coñac que le quedaba, recupera su posición natural en la barra.

Remedios se gira hacia mí.

—Señor Cacho, estoy muy agradecida —me dice.

—Solo he hecho mi trabajo.

—Mucho más que eso —añade Juan Ramón.

—Reconozco que ha sido un caso complicado, pero al final todo ha salido bien.

—Bueno —dice Rata señalando el cadáver de Johnny—, casi todo.

—Sí —suspiro resignado.

—En cualquier caso le encargué que encontrara a mi marido y eso es lo que ha hecho. Mañana recibirá un cheque con el doble de sus honorarios.

—¿Cómo? —exclamo—. ¿Hago yo el trabajo y le pagan a mi ayudante?

—Mañana —dice Mañana, desesperada, haciendo círculos en el aire con el índice—. Cacho, ¿qué te pasa?

—Si prefiere hoy mismo… —Remedios me mira con cara de no entender nada.

—Qué idiota. Claro. Mañana —murmuro para mis adentros. Luego añado—: Mañana será perfecto. Y el precio acordado, suficiente.

—Insistimos —dice Juan Ramón.

—Y yo insisto en que no. No vaya a ser que se me suba el éxito a la cabeza.

—En fin, como usted quiera —completa Remedios.

Pasa un ángel, pero nadie lo ve; una breve pausa durante la cual cada uno realiza un pequeño viaje al interior de su consciencia. Finalmente, es Úrsula la que vuelve a hablar:

—Señores, creo que lo mejor será que se metan en sus respectivas camas y tomen un merecido descanso.

—Completamente de acuerdo —dice Mañana. Realmente parece hecha polvo.

Salimos a la calle.

Mañana, Rata y yo decidimos ir al piso de la primera. Por lo menos esta noche, necesitamos estar juntos; asimilar todo lo que hemos vivido en las últimas horas no va a ser fácil.

En mitad de la calle Sant Climent nos despedimos de Remedios y su marido:

—Aquí tiene las llaves de su despacho —le digo a Juan Ramón.

—Gracias.

Pausa.

—Aunque no me lo ha pedido —añado—, le voy a dar un consejo.

—Adelante.

—Retírese del negocio, no vale la pena poner en riesgo la vida por un puñado de euros.

—Estamos de acuerdo —responde Juan Ramón—, a partir de ahora voy a ser un jubilado más.

—¿Y qué pasa con Los Caballeros del Alba Gris? —pregunta Remedios.

—Para ser sincero —respondo—, creo que Los Caballeros del Alba Gris han desaparecido del mapa para siempre.

—Y muerto el perro, muerta la rabia —dice Juan Ramón.

—Exacto —murmuro mientras rasco el suelo con la punta del zapato.

—Entonces, hasta la próxima —dice el señor Jiménez ofreciéndome su mano.

—Hasta la vista —digo estrechándosela.

La pareja se da la vuelta y empieza a alejarse por entre las sombras de la noche. Tengo la impresión de que cuando desaparezcan, no los voy a ver nunca más.

—Un momento —suelto de pronto.

La pareja se gira.

—¿Si? —pregunta Juan Ramón.

Me acerco apresuradamente.

—¿Por qué le dejó esa nota a su mujer diciendo que si le pasaba algo contactara conmigo? —le pregunto.

—¿Qué quiere decir?

—¿Quién le habló de mí?

—Oh, eso —dice Juan Ramón golpeándose la frente—. Sí, claro, fue mi sobrina Ana, dice que quiere ser detective también.

—Oh, vaya. ¿Cuántos años tiene?

—Quince. Es una gran fan tuya.

—Si se saca la licencia estaré encantado de conocerla.

—Y ella también —dice Juan Ramón mientras se despide con la mano.

La pareja se aleja hasta desaparecer, definitivamente, por la calle de la Cera.

Mañana, Rata y yo cogemos un taxi en Sant Antoni Abat que nos lleva hasta el piso compartido de mi ayudante.

Me desplomo en el sofá mientras Mañana y Rata entran, silenciosas, en la habitación de la primera.

El sopor me invade como una lluvia torrencial.

La realidad se desvanece como mantequilla al fuego.

Un dulce sueño viene a buscarme.

—Idiota. —Me despierta una voz familiar.

Abro los ojos. Es Silvia. La tengo a escasos centímetros de la cara.

—Podrías haber dormido conmigo.

—No estaba seguro de si querrías.

—Pff.

Yo sí quería, aunque no se lo digo; simplemente me froto las sienes como un tonto.

—¿Dolor de cabeza?

—Más bien hambre.

—Acabo de pedir comida —dice Mañana, apareciendo por el pasillo.

Nos giramos hacia ella, pero no decimos nada.

—¿Interrumpo algo? —Se hace la inocente.

Silvia y yo nos miramos.

—No —respondemos al unísono.

—Vale, vale, tortolitos.

Silvia gruñe. Me gustan las chicas que gruñen. Me la quedo mirando como un bobo. Mañana se da cuenta y me da en la cabeza con el dedo. Me apresuro a cambiar de tema:

—¿Cómo te encuentras?

—Mejor, mucho mejor.

—Me alegro.

—¿Y tú? ¿Cómo estás?

—Creo que bien, aunque no sé ni qué día es.

—Lunes —dice Mañana después de pensarlo unos segundos.

—Vaya semanita.

—Nada que no pueda solucionar un buen café caliente —dice Silvia colocándome una taza en la mano.

—¿Y esto?

—Magia.

—¡Qué piso más guapo! —interrumpe Rata. Me giro y la veo salir de la habitación de Mañana. Va vestida con ropa prestada y, casi, parece femenina.

—Qué cambio, Rata —le digo guiñándole un ojo.

—Ya ves, mi ropa de camuflaje estaba inservible.

—¿Rata? —pregunta Silvia.

—Sí —responde esta desafiante—. ¿Y tú?

—Silvia.

Las dos chicas se quedan mirando a los ojos. Por suerte, suena el timbre de la puerta y todos nos giramos. Casi se puede percibir el característico olor dulzón de la comida china.

—Creo que estoy salivando como un perro —digo.

—Si quieres comer algo, primero a la ducha —replica Silvia. Y luego añade—: Cacho, como siempre, apestas.

—Gracias por el cumplido —digo mientras dirijo mis pasos hacia el pasillo.

Me limpio una vez más en el baño del piso compartido de Mañana, Silvia y Rubén. No sé si será la última, quién sabe. La verdad es que ya casi lo siento como propio. Encima Silvia me ha vuelto a lavar la ropa. No me lo merezco. Antes de salir, escribo «gracias» en el vaho del espejo. En el fondo, soy un sentimental.

Cuando entro al comedor, ya me están esperando a la mesa. Se ha unido a la comitiva Rubén, que parece contrariado por el hecho de haber tenido que esperarme para comer.

—¿Qué tal, Cacho? —me pregunta socarronamente.

—Fantástico.

—Veo que has decidido seguir viniendo por aquí; te tratamos bien, ¿eh?

—Me tratáis de fábula.

—¿Por eso esta vez has venido acompañado? —dice

señalando a Rata.

—Calla idiota —replica esta—. Me apuesto lo que quieras a que es tu primera comida caliente de la semana, deberías estar agradecido.

—¡No es verdad! —protesta Rubén.

—¿Ah, no? La peste a Doritos que sale de tu cuarto se oye hasta aquí.

—Está bien —reconoce este—. Estoy superenganchado al *WoW* y, últimamente, no he pensado en cocinar.

—¿A qué? —interrumpe Mañana.

—*World of Warcraft* —dice Rata—. Una pasada, acaba de salir.

Pausa.

—¿Te gustaría jugar? —pregunta Rubén, y juraría que se ha puesto rojo como un tomate.

Rata lo mira de reojo y sonríe.

—Siento interrumpir este momento tan bonito —dice Mañana—, pero creo que en la tele dan algo que os interesa.

Todos nos giramos en dirección al televisor. En la pantalla, las imágenes de la bacanal que grabé con cámara oculta la noche del restaurante van pasando una y otra vez. La cara de los participantes ha sido difuminada para que no puedan ser identificados. Qué cabrones. Silvia aprieta el botón de volumen del mando hasta que podemos escuchar la voz de la presentadora: «Al parecer, la banda se dedicaba a organizar orgías clandestinas con perros. La policía ha detenido ya a cuatro personas y ha podido salvar a medio centenar de perros de raza, algunos de ellos valorados en miles de euros. Aunque el maltrato animal está penado, no hay ninguna ley que prohíba explícitamente las prácticas sexuales con animales».

—Hijos de puta —dice Mañana apretando los dientes.

«Las identidades de los participantes en las orgías», prosigue la presentadora, «permanecen, de momento, ocultas hasta nueva orden del juez de instrucción. Aun así, circula una lista de dichos miembros y algunos de ellos han sido ya atacados por grupos defensores de los derechos de los animales».

—¿No van a detenerlos? —exclama Mañana.

—Lo dudo —digo a sabiendas de que mi respuesta no le va a gustar.

—Pues qué mierda.

—¿Te sorprende? El poder está por encima de todo. Por lo menos hemos conseguido desmantelar la red. Y dudo que los cabrones que participaban en las orgías puedan asistir a ningún acto público sin que nadie les escupa a la cara; al menos durante un buen tiempo.

—¿Ese video lo grabaste tú, Cacho? —pregunta Rata sin entender nada.

—Sí, la pista de Johnny nos llevó hasta allí.

—Pero, entonces, ¿participasteis?

Mañana y yo nos miramos.

—Es una larga historia —digo para zanjar el tema—. Otro día te la cuento.

—A mí me interesa —dice Rubén sonriendo.

—Un momento, esto no ha terminado —interrumpe Mañana.

«El querido tenor Narciso Jiménez», prosigue la voz con una marcada entonación triste, «ha sufrido un desafortunado accidente doméstico, con consecuencias funestas para su salud; sufre de un traumatismo craneal, así como de rotura de catorce huesos, entre ellos el fémur derecho, la cadera y diversas costillas. El tenor ha hecho un comunicado oficial en el que anuncia su retirada, sin fecha de retorno, de los escenarios. Quedan, pues, canceladas todas las actuaciones del *Doktor Faust*, de Ferruccio Busoni, que estaba representado en el Teatre del Liceu de Barcelona».

Las imágenes muestran, ahora, un repaso a la exitosa carrera del maldito tenor. Sin duda su retirada será una gran pérdida para la lírica, aunque yo me alegro por ello.

—Joder —dice Mañana—, el tío ha sobrevivido al derrumbamiento de la iglesia.

—Él sí, su carrera no —digo con sorna.

«Debemos lamentar, también», añade la presentadora, «la defunción por paro cardiaco del empresario Rodolfo de la Vega que se ha producido esta madrugada. Conocido por ser el tercer hombre más rico del mundo, su imperio pasa ahora a manos de sus herederos. La capilla ardiente se instalará mañana en la catedral de León».

—Igual me paso —dice Rata con sorna.

«Lamentablemente, buena parte de sus empleados ha celebrado la defunción del millonario con cava. Se ha leído, también, un manifiesto en el que se reclama una mejora de las condiciones salariales».

—Soy una heroína y nadie lo sabe —murmura Rata mientras la televisión muestra imágenes de gente alegre brindando a las puertas de los almacenes.

—Ya basta —digo apagando el televisor—. La muerte nunca es una buena noticia.

Durante unos instantes nadie dice nada, como si, de pronto, se nos pusiera delante el horror que vivimos anoche.

Rubén nos devuelve al presente:

—Entonces, ¿no nos vas a contar lo de la orgía de perros? —dice levantando la mano como si estuviéramos en clase.

—Rubén, ¿por qué no te vas a tu habitación? —Ahora es Silvia la que interviene.

—¿Ah, sí? ¿Y por qué debería hacer eso?

—Creo que Rata quiere ver ese juego de ordenador tan chulo que tienes —dice Silvia.

Rubén mira a Rata de arriba abajo. Parece que le gusta lo que ve.

—¿En serio? —pregunta.

—Me gustaría jugar un rato —dice esta tímidamente, tratando de no mostrar demasiado interés—. Me han dicho que los gráficos son muy buenos.

—Buenos no, acojonantes.

—Está bien —dice Rubén a Silvia—. Ya os dejo tranquilitos. Pero que conste en acta que, si pudisteis entrar en el dichoso restaurante, fue porque conseguí petarles el sistema e incluiros en la lista de invitados.

—Te estoy muy agradecido, en serio —le digo.

—¿Puedes hacer cosas así? —pregunta Rata abriendo los ojos desmesuradamente.

—Sí —responde Rubén—. Eso y muchas cosas más.

—Pues vamos.

La parejita desaparece por el pasillo. Nos miramos con alivio. La verdad es que un poco de calma nos hará bien.

—Ahora viene la peor parte —digo en voz baja.

—¿A qué te refieres? —pregunta Silvia.

—No te asustes, ¿eh? —empieza Mañana—. Pero esa bolsa que ves ahí —dice señalando a los pies del sofá—. Contiene un cadáver.

—Joder.

—El cuerpo de Johnny —me apresuro a decir.

—¿El chihuahua? ¿Y qué hace aquí?

—Anoche estuvimos a punto de salvarlo, pero no fue posible. Así que ahora debería darle la mala noticia al señor Bernstein.

—Entonces, quizás querrás estar solo —dice Mañana bajando la cabeza.

—No, en realidad… —trato de decir.

—Sí, lo mejor será que no te molestemos —añade Silvia.

Voy a detenerlas, pero en pocos segundos ya se ha refugiado cada una en su habitación. Me quedo solo en este destartalado piso que ni siquiera es el mío. No me apetece nada hacer la llamada, pero no tengo más remedio. Así que saco el teléfono del bolsillo y marco el número del señor Bernstein. Trato de concentrarme en el ritmo de los tonos. Uno, dos, tres. Uno, dos, tres. Para cuando este responde, el comedor ya ha desaparecido en una espesa negrura y mi cerebro está completamente concentrado en la tarea de darle la mala noticia.

—¿Señor Cacho? ¡Me alegro de oírle! —exclama Leonid.

—Lo mismo digo, señor Bernstein.

—¿Tiene buenas noticias para mí? —me pregunta su ansiosa voz.

Mierda.

***

El funeral de Johnny tiene lugar en el cementerio de Poblenou. La familia Bernstein es propietaria de un mausoleo privado y Leonid ha decidido que el animalito pase la eternidad junto a sus seres más queridos.

Llego tarde. Llueve y, como nunca llevo paraguas, estoy empapado. Odio cuando Dios me escupe a la cara. Avanzo por el jardín que da a la entrada y veo, resguardada debajo de un árbol, a Mañana. Está hablando con Jaime Maniles, su antiguo amor. Hago ver que no me he dado cuenta de que están ahí y prosigo mi camino. Ellos también ignoran mi presencia. Me alegro de que se hayan encontrado.

Avanzo hasta la puerta de acceso. Encima de unas robustas columnas de piedra descansa el ángel del juicio final; parece que custodia la entrada. Me detengo por unos instantes y lo observo.

«Espero la hora de la resurrección de los muertos», me susurra. No custodia la entrada, sino la salida. Muy reconfortante.

Penetro en el interior y el estómago se me encoge; el cementerio de Poblenou es un lugar pintoresco que parece esconder algún mensaje oculto, que se me escapa.

Avanzo entre calles de nichos empapados hasta que llego al mausoleo de la familia Bernstein. Este queda cerca de *El beso de la muerte*, la famosa estatua. En ella, un joven desplomado vuelve la mirada hacia atrás; ahí le espera la muerte con un tierno beso.

Debió huir a las montañas.

Cuando llego, Bernstein me saluda con la mano izquierda. Con la derecha sostiene un bonito paraguas que parece de mercurio. Lleva puesta una elegante americana de pata de gallo (color negro), camisa gris y mocasines lacados. Igual que la primera vez que lo vi, el conjunto le resulta un poco estrecho, cosa que resalta su abultada musculatura y le da un toque de gorila domesticado.

Me acerco hasta él.

—Le acompaño en el sentimiento, Leonid —digo bajando la cabeza.

—Gracias por venir, Cacho.

—No hay de qué.

—¿Cree que sufrió mucho el pobre?

—Se lo dije, fue una muerte rápida.

—No somos nada —dice Leonid sin poder reprimir una furtiva lágrima.

Pongo mi empapada mano encima de su hombro.

—Me gustaría que todo esto hubiera terminado de otro modo.

—Por lo menos, la muerte de Johnny no ha sido en vano. Esos desgraciados ya no podrán volver a hacer daño a ningún otro animal.

—Eso se lo aseguro.

—Hijos de puta —suelta el señor Bernstein apretando los puños.

—Tenga coraje, Leonid. Si hay un cielo para animales, Johnny está en él.

—De eso estoy seguro. El perro más dulce que yo haya visto jamás.

Le doy un abrazo al señor Bernstein y me retiro a un lado. Los operarios proceden a introducir el féretro dentro del mausoleo, ajenos a todo el dolor que les circunda. Seguro que esta noche contarán el entierro a sus familias como una anécdota divertida.

—Lo siento —me susurra Mañana, que llega por detrás.

Me giro y la veo: está radiante.

—No pasa nada.

—Nos hemos alargado y ha querido acompañarme hasta la puerta.

—¿Cómo ha ido? —digo curioso.

—Cacho, ahora no es el momento.

—Joder, no me vas a dejar con la intriga.

—Te recuerdo que estamos en un entierro.

—Por favor —imploro.

—Está bien —resopla Mañana—. Hemos hablado mucho, ha sido bueno.

—¿Y entonces?

—¿Qué quieres saber? ¿Si tus dotes de celestina funcionaron?

—No es eso —digo—. Solo quiero enterarme de si hay final feliz.

Pausa.

—No, Cacho, no. Las cosas no son tan fáciles.

Sus palabras caen como bombas. Durante unos segundos no emitimos ningún sonido. Solo se oye la lluvia que se desploma con la precisión rítmica de un metrónomo; y el sonido que realizan los operarios al depositar el ataúd de Johnny.

—Pero ¿no lo vais a intentar?

—De momento hemos empezado a curar la herida, eso ya es mucho —dice Mañana tranquilamente—. Ahora somos personas completamente distintas. Y eso está bien, no pasa nada.

Su serenidad mata mis estúpidas preguntas. Un círculo que se cierra. Un camino que ya se ha andado y que no vale la pena volver a andar.

—Por cierto —digo con una sonrisa—. Enhorabuena

por tu nuevo trabajo.

—¿Cómo? —dice Mañana poniéndose roja—. ¿De verdad?

—De verdad.

El funeral termina y todo se disuelve en la fría lluvia.

Regreso a casa, a mi querida guarida de lobo solitario, con un ligero gusto agridulce en la boca. Nada que no puedan matizar un trago de Jameson y unos cacahuetes. Así que pongo la radio y me tumbo en mi apreciado sofá color verde oliva. Por los altavoces suena *Cien Gaviotas*, de Duncan Dhu, un tema de mediados de los ochenta que me ha acompañado toda la vida.

Miro a mi alrededor mientras la música reverbera por las paredes.

No hay nadie.

Solo la luz que entra a través del cristal sucio de mugre, a través de las cortinas azules impregnadas de humedad, a través del polvo suspendido en el espacio vacío, a través de las retinas de mis ojos, a través de los nervios ópticos y hasta mi glándula pineal. Un *flash* de luz y el mundo parece girar ciento ochenta grados. La órbita de mi existencia varía su rumbo. Un cambio de ángulo. Una puerta que se abre y unos brazos que se cierran.

Me llamo M. Cacho y soy detective privado, esa es la única certeza.

Cierro los ojos.